三國風雲之

曹賊

第二部

卷之貳

誰入亂世奸雄

庚新（風回）著
超合金叉雞飯 繪

二部 卷貳

目錄

人物

曹朋

曹朋

甘寧

曹操

魏延

典韋

許褚

陳群

呂布

貂蟬

劉備

袁紹

章一　敢不信我？

「我不是李儒！」玄碩垂著頭，半晌後才憋出了一句話。

「是嗎？」

「我不是李儒！」玄碩再次重複道。

曹朋和闞澤相視一眼，不由得會心一笑。兩人起身，一起走出了房間，只留下玄碩在屋中。當然了，還有那一立一倒的兩尊佛子雕像。

六年心血，六年心血……眼看著就要成功了，難道要毀於一旦？

玄碩抬起頭，盯著那兩尊佛子金像，嘴角勾勒出一抹苦意。

沒錯，我就是李儒！

腦海中，不由得浮現出六年前那一幕血火交織的景象……

董卓遷都長安之後，開始拉攏招攬世族子弟。袁紹殺韓馥，他命人送去冀州牧的印綬；曹操占居東郡，董卓封曹操為奮威將軍；之後，董卓與西涼部將漸漸疏遠，獨重呂布和王允兩人；甚至連他的女婿，為董卓一手打下江山的李儒，也在不知不覺中受到了怠慢。後來，王允獻連環計，李儒立刻覺察到了王允的險惡居心，並勸說董卓放棄任秀，不如贈與呂布。

結果董卓來了句：若有人看中你妻子，你可願獻出？

丈人啊，我老婆可是你閨女，我獻不獻出倒無所謂，關鍵是得有人看得上，願意要才行啊……

也就是那時起，李儒深居簡出。

後來鳳儀亭風波起，董卓帶著任秀還有家小離開長安，去了郿塢。臨走的時候，還把李儒的老婆，也就是董卓的閨女一同帶走。以至於李儒父子兩人留在長安，頗有些淒涼。

再後來，王允的連環計成功。

李儒率先得到消息，眼見著無法救出董卓，便帶著兒子李著逃出長安。本來李儒打算去投奔牛輔，那也是董卓的女婿，不想沒等他趕到，牛輔就被人殺了。而李傕、郭汜又準備散了西涼軍，李儒一看情況不妙，立刻帶著兒子躲進了南山。不想賈詡橫空出世，勸說李傕、郭汜率部圍攻長安，並挽回了局面。等李儒知道後，關中局勢已塵埃落定。

也許會有人說，何不去投奔李傕、郭汜？

李儒也有李儒的驕傲，在他眼中，李傕和郭汜不值得他輔佐，不過是兩個跳梁小丑罷了。而且，在躲入南山的時候，他與幾個浮屠教的弟子有些接觸，加之之前的慘敗，使得李儒生出了遁世之心。他已經展現過他的才華，更無須再去證明他的能力。輔佐董卓，已經讓他心力憔悴，倒不如找一處偏遠山村，遁世修行，買些田地，做一個逍遙自得的富家翁……

但是，當富家翁需要資本。哪怕是在亂世，手中若沒有資本，當個富家翁也難。

於是，李儒便想起了當初存放在雒陽的那些黃金，若能取出，他父子大可以在山中逍遙快活。為此，李儒毀了自己的相貌，改了口音，更換姓名，返回雒陽。

整整六年時間，眼看著就要實現夢想了，卻橫空跑出來了一個曹朋，把他的計畫完全打亂！

曹賊

章一 敢不信我？

看著佛子金像，李儒不由得咬牙切齒。

我只要咬緊牙關，不承認自己是李儒，什麼事都不會有！

他心裡很清楚，如果被人知道他就是李儒的話，會死得很淒慘。同時，他也搞不清楚，曹朋究竟是打的什麼主意。抓他？那理應把他直接送往許都，而且還是大功一件。憑李儒早先所做的那些事情，他甚至相信，只要曹朋把他交出去，立刻能博得老大的名聲，為人稱道。

李儒，可是協助董卓毒殺少帝的凶手……

但曹朋卻沒有把他送交出去，而是帶到這荒山野嶺中盤問。

難不成，他看上了那兩萬斤黃金？

也不太可能！畢竟曹朋那兩篇文章所表現的氣節，不是貪婪之人。

李儒有點想不明白，曹朋究竟是懷的什麼心思？

「看起來，這李文成還不死心啊。」

曹朋站在跨院門口，低聲和闞澤交談。

闞澤一笑，「這是自然。他還沒弄明白公子的心意，自然不會吐口。公子當知道，李文成當初可是做了何等大事。董逆的幫凶，毒殺弘農王的凶手，若承認了，必死無疑……」

「他真的能成嗎？」曹朋疑惑的問道：「我是說，讓他留下來，靠譜嗎？」

闞澤一怔，旋即領會了那『靠譜』的意思。

「靠譜，絕對靠譜！」他輕聲道：「公子如今，其勢初成。但若想要更進一步，必須要有個明白人出謀劃策。縱觀公子身邊，子山和我都是做事的人，而非謀者；濮陽闓有些迂腐，學識雖好，卻不當大事；而今兄鄧海西，如今官拜屯田都尉，掌兩淮之事，其勢比之公子更盛。公子若無謀者相助，早晚必成令兄之附庸。說實話，我不認為這是一件好事情。」

「為什麼？」

「令兄如今雖說孤身，可他的背後，尚有整個棘陽鄧氏族人，一旦他得勢，必然會有大批族人前來相投。而公子卻不一樣，即便是認祖歸宗，可保證整個曹氏與你同心嗎？所以，公子必須要有一個清晰的謀劃，甚至要始終壓住令兄一頭才行。唯有這樣，那些鄧氏族人才不至於造反；也唯有如此，公子才可以得到更多的支援。」

「如今的形式就是，你這一支吞下鄧氏；抑或者將來，被鄧氏壓制。公子，非我挑撥關係，這是一個現實。哪怕鄧叔孫沒有這個想法，焉知其他鄧氏族人不如此？」

曹朋不由得眉頭緊蹙，陷入沉思。

鄧芝！

雖然和鄧芝交往不多，但曹朋能夠感受到他想要光大門楣的心意。上次在曲陽，鄧芝就有這種意圖，只是逢陳宮兵臨城下，最後被曹朋壓制住了他的心思。

但是，壓制住了，不代表他沒有。

而且鄧芝就在鄧稷的身邊，保不准什麼時候興風作浪。鄧稷若是一個把持不住，甚至可能會影響到他夫妻之間的和睦。現如今，曹汲為民曹都尉，隱隱能壓制住鄧稷。可是曹朋卻清楚，老爹上升的空間恐怕並不會太大，畢竟這底子擺在那裡，早晚必會被鄧稷超過……

不行，為了姐姐，甚至是為了我未來的絕世名將外甥，我也要想盡一切辦法，壓住姐夫一頭。強權出真理，不如此，那些鄧氏子弟豈不是要翹尾巴？

可是……

曹朋輕輕拍了拍頭。他對李儒的印象並不太好。《三國演義》中，幾乎把李儒描寫成一個極其猥瑣的大叔，甚至在長安之亂時，把李儒給寫死了。這麼一個人，真的合適嗎？

「公子，你可別小覷了李儒。此人心思縝密，猶善隱忍，而且其目光之高遠，掌握時機之準確，都非同一般。那董卓不過是臨洮一介莽夫，憑李儒出謀劃策，幾乎得了整個漢室。若不是後來董卓一味放縱世家子弟，說不定這漢室江山……此人不但有用，而且是有大用。但就要看公子你，敢不敢用。」

董卓之亂，僅局限於中原。

說實話，這對於出生在山陰的闞澤，並沒有太大的影響。

甚至說，江東士家對漢室的歸附之心，遠沒有中原世家大族那麼強烈。畢竟，江東一直處於夷蠻爭鬥的亂局之中，作為一個農夫出身的闞澤，更不會對漢室有多麼強烈的感情。江東人更信奉拳頭，誰的拳頭大，就聽誰的！孫策不過是商賈子弟，卻能統帥六郡，靠的就是他的拳頭。乃至於整個三國時期，江東的抵抗最猛，而且最團結，也就源自於此……

「可是看他的意思，有些不太願意。你看，他連自己的身分都不肯承認，又怎可能低頭歸順呢？」

闞澤嘿嘿一笑，「那是他還沒到山窮水盡。」

「山窮水盡？」曹朋不禁一怔。

別看他在雒陽剝繭抽絲，破獲了老大的案子，可是對這人心的掌握，卻遠不如闞澤來得更深刻。

就在這時，夏侯蘭前來稟報，郝昭回來了！

闞澤聽聞，不由得眼睛一亮：「快使伯道前來。」

不知不覺，已經過了戌時。

李儒枯坐在房間裡，一動不動，好似老僧入定一般。曹朋帶著闞澤和郝昭，重又走了進來。

「居士，想清楚了？」

李儒抬起頭，「我不是李儒。」

郝昭一怔，露出愕然之色。他可是並州人，雖說只是並州軍中的一個小卒，卻也聽說過李儒的名字。

「主公，他是李儒？」

曹朋呵呵一笑，示意郝昭坐下，對李儒道：「居士，我來為你介紹一下。可能你不認識伯道，但伯道之前所從之人，你定然很熟悉。他是陷陣出身，原為呂布小將。」

李儒一驚，向郝昭看去。

「伯道如今是我黑眊統帥，也是我最信任的兄弟。」曹朋笑著，走過去摟住了郝昭的肩膀。

這一個簡單的動作，卻使得郝昭心頭一暖。

「你可知道，我這兄弟之前為何沒有出現？」

李儒面色平靜，古井不波，既沒有任何表示，更一言不發。

曹朋恍若未見，自顧自說：「我讓伯道去了一趟滎陽……居士，你可聽清楚了，是滎陽。他到了滎陽之後，就拜訪了洞林寺，還和洞林寺的主持袁著有親切交談……」

「曹朋，你……」

「居士，我再問你最後一次，如果你還是這個樣子，那我就立刻下令，命人取了袁著的首級。」

李儒那張遍布疤痕的面孔，扭曲在一起，看上去非常恐怖。「你……你究竟想要怎樣？」

「我想要怎樣，還需要確認你的身分之後再說。」

「好吧，我承認，我是李儒……你放了我孩兒，你說什麼，我都可以答應。」

「你剛才不是不肯承認嘛？」

「我……」

曹朋臉上的笑容，陡然收起。「敬酒不吃吃罰酒的賤骨頭，不到山窮水盡，你就不肯低頭。李儒，

章一
敢不信我？

既然你已經承認了自己的身分，當清楚你現在的處境。我給你兩條路走，一條是把你父子送到司空面前，我相信司空會很樂意見到你，而且許都會有很多人願意收拾你們。」

若在平常，曹朋這一番話，李儒根本不會放在心上。可現在……

他激靈靈打了個寒顫，腦海中浮現出他那位老丈人的慘狀。

屍骨無存，那可真的是屍骨無存！自己倒無所謂，這輩子也算不得虛度。可他的兒子……他的兒子才剛到而立之年，若是到了曹操那些人的手中，估計那下場不會比老丈人好多少。他可以不顧自己，但不能不顧兒子。

李儒深吸一口氣，「你不用說了，我選第二條。」

「你還沒有聽我說，就選擇了？」

李儒那雙小眼睛，盯著曹朋：「你想要這兩萬斤黃金，我給你。」

「哈哈哈！李文成，你未免太小覷我了吧……我實話告訴你，那五百尊金像的確是很誘人，但我未必能看到眼裡。我若是想要這兩萬斤黃金，現在就殺了你，自然可以輕鬆的吞下。但是，我不要。」

曹朋喜歡錢，但並不看重。

再說了，在這個時代，空有錢帛，又有何用？想在前世，為了破那宗讓他喪命的案子，他曾拒絕了多少誘惑。兩萬斤黃金的確誘人，但他真不放在心上。

李儒的眼睛，瞇成了一條線。

曹朋道：「之前我在陸渾山拜師，先生曾問我，有何志向？我對曰：為天地立心，為生民立命，為往聖繼絕學，為萬世開太平。先生曾說，我這志向，猶難似逐鹿天下。那不僅僅需要更多的名氣，還要更大的權力，更強橫的力量。我也知道，這條路很難，所以我需要有人幫我……」

「你看，我身邊有不少人。治軍，我有伯道；決勝疆場，我有興霸；我兄弟王買、鄧範，還有夏侯蘭，可百人敵、千人敵，乃至萬人敵；子山和德潤，能使我家業興旺，無後顧之憂。然則，我還缺一個人，一個能為我籌謀未來者。這個人，需要有眼光，有智謀，有閱歷……但他不能拋頭露面，更不能為世人所知。所以我思來想去，倒只有居士你，最為合適。」

李儒有一種哭笑不得的感受，半晌後突然道：「你瘋了？」

「十年，我要你幫我十年。」

曹朋不理李儒的嘲諷，自顧自道：「十年後，你可以自己決定，是留下來繼續幫我，還是離開。到時候，我會給你一個身分，給你一塊土地，還有你這兩萬斤黃金，全部歸還。你不要想著糊弄我，也別想著陷害我。你兒子李著，我已命人把他送到我兄弟那邊，想來這個時候，他已經在路上……等到了射陽之後，他自會給你來信。如果你陷害我、糊弄我，那麼我兄弟會在第一時間幹掉你兒子。」

李儒聽聞，有點傻了。

曹朋的那個理想，說穿了大而空，甚至可以說他是妄想……

然而，他不得不承認，曹朋的理想頗能蠱惑人心。

李儒也是讀聖賢書出身，也希望能名留青史。但他知道，以他現在的情況，根本就不可能。

曹朋的條件，讓他有點心動。同時，他也的確是存了到時候陷害曹朋、糊弄曹朋的想法。

你讓我幫你，可以！但我也可以終身不出一策，等熬過十年，看你怎麼說……

沒想到，曹朋竟然給了他一個釜底抽薪，把李著送走了。李著，是李儒現在唯一的希望，也是他唯一的骨血。古人常言，不孝有三，無後為大。如果李著死了，那他李儒的血脈，就等於被絕了！

曹朋這一手，不可謂不毒。但同時，也不可謂不高明……正好掐住了李儒的軟肋，讓李儒無法拒絕。

「我如何信你？」

曹朋哈哈大笑，「李文成，你敢不信我？」

曹賊

章一 敢不信我？

「我……」

這小子太霸道，太霸道了！

李儒可說是無比憤怒，但又不得不低下頭，一聲不吭。

「我給你一晚上的時間考慮，明早出發時，你必須有所決斷。幫我，得一世，甚至十世、百世富貴；不幫我，你父子明日一早人頭落地，從此這世上，和你李儒再也沒有半點關係。何去何從，你自己考慮清楚。」

說罷，曹朋向闞澤和郝昭使了一個眼色，大踏步走出房門。

房門合住，李儒就聽門外郝昭輕聲問道：「公子，你真的要相信他嗎？」

曹朋說：「我既然肯用他，就一定會相信他。用人不疑，疑人不用……李文成，有真才學。」

腳步聲漸漸遠去，屋中復又歸於平靜。

李儒這時候才發現，他後背衣襟，已經濕透。如同虛脫了似的，他呼的一下子倒在地板上，四肢攤開，就那麼靜靜的躺著，腦袋一陣陣眩暈。

這小傢伙的氣場可是不弱！假以時日，恐怕連我那死鬼老丈人都比之不得……

不過，他說的倒也有趣。想我李儒苦讀十年，助我老丈人成就大事，本可以飛黃騰達，可到最後……若我老丈人那時候肯聽我一句，也不至於弄到最後，落了個屍骨無存的下場。

這小傢伙有點意思！他的志向，雖說是遙不可及，但也不是真的就沒有可能……

陳勝、吳廣說：王侯將相，寧有種乎。如今的世家大族，最初不也一個個都是泥腿子出身？要有權，要有名，要有人……若三者合一，何愁大事不成呢？

想到這裡，李儒覺得自己突然有些興奮起來，翻身一骨碌坐起，看著那兩尊金像，突然間放聲大笑！

若助其成就大事，豈不勝似這兩萬斤黃金……

許都，一如舊貌。
年初時離開，仲秋時返回，轉眼間半年過去，但許都看上去好像並沒有太大的變化。人口似乎多了些，東里許的房屋好像稠密了些。路還是那條路，不過看上去擁擠了一些。即便是曹操大力推廣曹公車，使得許多地方的旱情出現緩解，可人力畢竟有限，在天災面前，所做的一切不過是盡人事而已。好在許都屯田再次豐收，一百七十萬斛的糧米，讓曹操多了許多底氣。流民還是不可避免的出現了，但並沒有發生大規模的暴動，即便是有些地方出現這樣那樣的問題，也很快就平息下來。
海西的屯田情況很好，據徐州刺史徐璆七月時上奏的文書，預計可以使徐州存糧達三百囷，約百萬斛。
聽上去，似乎比去年的產量少了。去年僅海西一地，就存糧百萬斛，而今屯田的面積增長了三倍，為何還是百萬斛？原因很簡單，海西去年屯田，只供應一個海西；而今年，海西屯田的面積雖然增長了三倍之多，所需要供應的卻是大半個徐州……
年初，孫策跨江而擊廣陵，使得廣陵錯過了最好的耕種季節，以至於廣陵郡出現了糧荒。如果不是海西的支持，廣陵郡勢必出現動盪。加之泰山郡臧霸、沛國朱靈，以及下邳的休養生息，必然會耗費大批糧草。
徐州能夠存留百萬斛，已經是非常不易。也就是說，徐州已經度過了最為困難的階段，來年若一切順利，一定會重煥生機。不過，曹操隨後下令，命海西撥出三十萬斛糧草至譙縣，撥出十萬斛糧米到山桑，用以防患未然。若汝南攻克，很可能會出現饑荒，必須做到有備無患。
劉備占領了汝南之後，正逢豫州大旱，汝南的災情非常嚴重。他手裡可沒有曹公車，只能依靠挖掘溝渠，疏通河道。汝南的水源，多源自淮水，但由於其地勢較高，淮水也難以澆灌汝南地區。而劉備又

章一
敢不信我？

傾力招兵買馬，對於內政並沒有過多投入。如此一來，汝南的災情嚴重。

曹操決意消滅劉備，但他必須要做好占領汝南後，那不可避免的災荒。如果不能平息這場災荒所帶來的影響，那麼即便是占領了汝南，也可能對曹操造成巨大的打擊。

如果不是海西屯田成功，僅汝南地區的災荒，就有可能使許都存糧告罄。

「娘，妳不進城？」曹朋一臉的詫異，看著張氏問道。

眼見著就要到許都了，張氏突然說不想進城。這讓曹朋感到萬分疑惑，弄不清張氏的心思。

「如今正是收割時節，我回田莊盯著。」

「田莊？」

張氏笑了，輕輕拍了一下曹朋的腦袋，「你忘記了？我之前和你說過的……你阿爹如今拜奉車侯，雖然沒有食邑，卻得了一處田莊，就在龍山腳下，和你典叔父家的田莊緊挨著……你典家嬸嬸也回來了，如今就在塢堡裡居住。這時節，正在收糧，娘總是要過去看一看。」

曹朋這才想起來，好像是有這麼一回事。

張氏到雒陽之初就告訴過他，說曹操賜給曹汲一塊八十頃的田莊。這田莊，同樣在屯田的範疇中。屯田法規定，凡需要用官牛等由官府提供的生產農具者，官六民四；如果用私牛，自行準備農具，則五五分帳。似曹汲這種私有田莊，卻又屬於屯田範疇內的土地，會有第二次分割，權作是一種福利發放。曹汲可以從中與官府再次分配，獲取一定的收益……

可不要小看這經過兩次分割的收益，八十頃土地，差不多可以獲得萬斛糧米。對於曹汲這種小規模的家庭而言，萬斛糧米足以使他們過得逍遙快活，無憂無慮了。

豐收時節，也是最為快樂的時候。張氏要住在田莊裡，更多的是為了享受這種喜悅之情。

對此，曹朋倒也可以理解。於是他命郝昭率三百黑眊押送著那五百尊佛像，陪同張氏一同前往田莊。有了自己的田莊，黑眊就不需要再借用典韋家的地方，對曹朋來說，也是一樁不錯的事情。

曹朋帶著闞澤和李儒，在甘寧和夏侯蘭的護衛下，率飛眊百騎，直奔許都。

黃月英隨張氏去了田莊，郭寰也一同前往。原因嘛，也很簡單。郭寰的母親和姐弟，如今都住在田莊裡，負責打理田莊的事宜。算算時間，郭寰也有半年未曾和母親相見了……

一近許都，曹朋便感受到了一種緊張的氣息。

看城門內外排起的長龍，以及城門下門卒嚴密的盤查，令人頓時生出壓抑的感受。

許都，看起來正值多事之秋。

「阿福！」

就在曹朋等人準備進城的時候，忽見一隊騎軍行來。馬上的小將，正是許儀。

曹朋看他的裝束，就是一怔。許儀不是虎賁軍的人嗎？為何換了一身裝束？

曹朋擺手示意甘寧等人停下，催馬迎著許儀過去，問道：「二哥，你這是怎麼了？」

「什麼怎麼了？」

「為何是這種打扮？難不成犯了事，被貶了？」

「呸！」許儀憤怒無比，「你這傢伙見面就不能說幾句好話？什麼叫做我犯了事……我和老三，已經從虎賁軍中調出。我如今是屯騎司馬，負責宿衛都城，巡查四門；老三任步兵司馬，和我差不多相同。對了，你是不是要入城？走吧，隨我一起，咱們一邊走一邊說話。」

從虎賁軍調出來了？曹朋倒真是有些詫異……

不過想想，虎賁郎雖說榮耀，可實際上並無太大職權。

許儀也好，典滿也罷，都不到二十歲，讓他二人整日宿衛，的確也為難了他們……而跳出虎賁軍，聽上去似乎沒有虎賁郎那麼榮耀，可是手中的權力卻比虎賁郎要大太多。五營校尉的司馬，手中至少可以指揮七百人，俸祿和虎賁郎差不多，六百石，但更容易建立功業。畢竟，虎賁軍出擊的機會，遠沒有五營宿衛出擊的機會多。

看許儀的樣子，絲毫沒有氣餒，反而很開心。

曹朋不禁問道：「二哥，何故離開虎賁？」

許儀命人在城門下辦了手續，和曹朋並轡而行。

「不是我想調出，是主公命我和老三從虎賁軍調出。對了，王叔父也被調離虎賁，現任城門司馬，麾下有一千五百人，厲害得很呢。不過他不在秀春門這邊，要不然還有可能見到他。說起來，這段時間人員調動挺頻繁，也不知道主公是什麼用意。你這次回來，很有可能會留下，但具體是什麼職務，目前也說不太清楚……還有，老五也回來了，十天前被任為越騎司馬。」

「嚴法也回來了？」

「嗯，之前和曹都護一同回來，而後便留在許都。」

曹朋越聽，越感覺奇怪。曹操這種安排，就等同於把京畿宿衛軍的基層軍官完全打亂。

「我還要巡值，就不陪你了……奉車侯前兩日去了潁川，你家裡現在沒什麼人。晚上我交接之後，和老三去找你。對了，主公交代過，你回來之後，直接去司空府，他要見你……」

「我知道了。」曹朋一頭霧水，搞不清楚曹操這葫蘆裡究竟賣的是什麼藥。

沿著大街往家行，曹朋突然扭頭問道：「文成，你怎麼看？」

李儒自同意歸附曹朋之後，表現的很沉默。來許都的路上，他心中忐忑。不過呢，他又表現的很平靜，似乎一直在考慮著什麼事情。聽到曹朋的問話，李儒輕聲道：「以我之見，公子最好現在就去司空府。」

「哦？」

「孟德這樣安排，別有深意。據我推斷，不久他必然會有大動作。公子去了司空府之後，勿論孟德提出什麼要求，你都不要猶豫，務必立刻應下。此關係公子之前程，我猜想，孟德之所以見你，是有要事安排。」

曹朋想了想，輕輕點頭。

「既然如此，闞大哥、甘大哥，你們陪文成先回去。子幽帶十人，隨我一同前往司空府。你們回府之後，我若不回來，你們絕不可踏出府門半步。」

「喏！」

甘寧和闞澤拱手應命，陪著李儒，往曹府而去。

曹朋則帶著夏侯蘭，直奔司空府。

司空府外，車水馬龍，似乎非常熱鬧。許多人在門外排隊等候，等待著曹操的接見……

曹朋在府門外下馬，蹔步而上。

「什麼人。」

「卑職曹朋，忝為雒陽北部尉，奉司空之名返回，特來覆命。」

那門卒聽聞，頓時露出笑靨。他看了一下門外停靠的車仗，輕聲道：「車上是……」

「乃卑職在雒陽搜剿來的贓物，也是司空下令帶回。」

「如此，請車仗自側門入，曹北部和護兵只管入內，今日是典中郎當值，北部可直接向典中郎報到。」

「多謝了！」曹朋拱手，在錯身進入大門的時候，把一個袋子塞到了門卒手中。

入手頗為沉重，估摸著有一貫。門卒心裡頓時樂開了懷，暗道一聲：這位曹北部，果然爽快。

似他這種門丁，俸祿並不高。遇到大方的，自然會有些外快，但也是可遇而不可求。

曹操馭下很嚴格，一般是不允許收受賄賂。可這種事，大家都心知肚明，真要杜絕也不太可能，所以曹操也睜一隻眼、閉一隻眼。

「敢問，剛才那人為何直接進入？」門外一個小吏上前問道。他們在這裡等了許久，可是卻無法見到曹操。

門丁冷笑道：「剛才是司空本家，奉車侯之子，雒陽北部尉，騎都尉曹朋曹公子，大名鼎鼎的曹八百。司空有命，曹公子可自由進出司空府，無須通稟……呵呵，你若是不滿，待會若見到司空，大可以告之。」

「這個……」小吏滿面通紅，退到了一旁。

「原來，剛才那少年就是曹八百？果然儀表不凡。」

「聽說他是司空本家，早年間流落在外，很快就要歸宗了……」

「是啊，久聞奉車侯有子不凡，今日一見，名不虛傳啊！」

曹家，和當初來到許都時的情況大不相同。那時候，不論是曹汲、鄧稷還是曹朋，都是沒沒無聞。可現在，曹汲有造刀之能，好隱墨鉅子，造曹公犁，創曹公車，可謂是名聲響亮；而鄧稷主持海西屯田，連續兩年大豐收，其官職雖然不算太高，可是權柄甚重。

曹朋更創金蘭譜，與曹真、典滿、許儀結義，號小八義；一篇《陋室銘》，一篇《愛蓮說》，被讚為節操無雙；書《八百字文》，拜師胡昭，出任雒陽北部尉數日，便破獲一樁大案，可稱得上聲名響亮。

更重要的是，曹朋的『曹』，與曹操的『曹』，在不經意間合而為一。

誰都知道，曹操極其看重本家，曹姓子弟大都會獲得重用。曹朋的前程，也就可見一斑……

司空府門外眾人的竊竊私語，與曹朋無關。

曹朋進了司空府後，讓夏侯蘭等人在一旁的門房等候，便逕自來到中閣外的公房中。

典韋剛巡視完畢，回到公房。見到曹朋，他也是萬分驚喜，上前一把將曹朋抱起來，「阿福，你這傢伙，做好大的事情。」

「叔父，你這是……」

「嘿嘿，你這小子，還真能折騰。」典韋笑呵呵的拉著曹朋，在屋中坐下。「你在雒陽做的事情，我都聽說了。做得好！我就知道，阿福出馬，定可水落石出……主公昨天還和我說，你這小子做得不錯。」

「對了，主公找我……」

「哦，可能是要問你雒陽的事情。不過你先在這裡等著，主公正與妙才商議事……」

「夏侯將軍回來了？」

「是啊，今天一早回來，便被主公叫來議事。」

曹朋心裡一動：夏侯淵忝為陳留太守，掌兗州防務，責任重大，他突然返回許都，定然是有大事發生……莫非，袁紹有異動？官渡之戰要爆發了嗎？

一想到官渡之戰，曹朋不免感到熱血沸騰。

這，可是決定曹魏命運的關鍵之戰，曹操把我召回，莫非就是為了此事？

只不過，如今這形勢出現了變化，曹朋也說不清楚到底是怎麼一個狀況。歷史上，劉備這個時候應該是占領了徐州，可由於曹朋的出現，使得劉備最終未能得到徐州，反而提前占領了汝南……

劉備？

曹朋驀地一驚，似乎覺察到了什麼：難道說……曹操要對汝南用兵？

章一
敢不信我？

劉備透過許都的保皇黨，竊取兵械輜重，其用意已表露無遺。曹操對劉備用兵，也在情理之中，並不出乎曹朋的預料。事實上，劉備占領汝南，背依荊襄，對曹操而言，始終是一個心腹大患。如果不能早日解決劉備，那將來官渡之戰，勢必危險。

可是，為什麼要讓我回來？難不成，曹操要讓我去打劉備嗎？

嗯，有可能，很有可能……李儒說，不論曹操提出什麼要求，切莫猶豫，一定要答應下來。說的，就是這件事情吧。

一想到要和劉備交手，曹朋不免有些激動。同時，心裡也隱隱感到緊張，因為如今的劉備，手裡可不僅僅是關張二人，很可能還要再算上一個趙雲。

曹朋記不清楚趙雲是什麼時候歸附了劉備，但顯然不是在這個時候……關二哥，還沒有千里走單騎呢！

關張趙雲……嘖嘖嘖，不論哪一個出來，都不好對付。

曹朋手裡如今只剩下一個甘寧，不過好在即便真的和劉備對上，還有曹營裡諸多將領協助。哈，倒要見識一下，關張的本領！

曹朋想到這裡，只覺血脈賁張。

曹朋和典韋聊著天，說著話，不知不覺已過去一個時辰。眼見著天色將晚，曹朋不免等的有些著急。就在這時候，有人來報，說是曹操讓曹朋過去。

曹朋連忙整衣冠，隨典韋一同走出公房。穿過中閣，沿小路而行，迎面就見兩人走來。

「妙才、仲德，和主公商議好了？」

「嗯！」

典韋和那兩人打招呼。

為首的中年人點點頭，目光卻落在了曹朋身上，道：「你就是那個當初不給我面子的曹友學？」

「啊？」

「啊什麼啊，騎著我的照夜白，卻想要不認帳嗎？」

「末將見過夏侯將軍。」

「哼！」夏侯淵冷哼一聲，但並未有太大的怒氣。

「好了妙才，你莫要嚇唬他了。友學做得不錯，到任不久便做了好大事情，你剛才不也還在主公跟前稱讚？」夏侯淵身邊的男子不禁笑道。

典韋道：「阿福，這位就是河南尹，程府尹。」

程昱！

曹朋連忙又行禮，程昱連連擺手：「友學，快點去吧，主公等著你呢。」

曹朋告了個罪，隨著典韋往裡走。

典韋笑道：「仲德素來嚴謹，很少與人和顏悅色。阿福，看起來他對你挺滿意，否則不會是那副表情。」

曹朋搔搔頭，回頭看了一眼，只見程昱和夏侯淵的背影沒入中閣外。

夏侯淵來了！程昱也回來了……說明這事情，可不小啊。

曹朋正思忖間，典韋突然停下了腳步，「阿福，主公就在花廳，我就不過去了，你自己去吧。」

「啊……好吧。」

曹朋抬頭看去，就見前方一道拱門。他深吸一口氣之後，邁步上前，在拱門外開口道：「雒陽北部尉曹朋，奉司空之命，前來報到。」

章二

投名狀

和半年前相比，曹操顯得衰老許多。

今年，曹操方四十四歲，但是看他斑白兩鬢，會讓人以為他已經過了五旬年齡。花廳的光線有些昏暗，使得曹朋看不太真詳。不過他還是能感覺得出來，曹操身體上的疲憊之氣。

「卑下曹朋，見過司空。」

曹操擺了擺手，「友學，坐吧。」

「喏！」

曹操靠在榻上，並沒有立刻說話。良久，他沉聲道：「年末，你父將往譙縣遞交族譜，而後便可認祖歸宗了。你這一支，自征和二年顛沛流離，到今日已近三百年，確實受了許多苦楚……而今，是時候回家了。」

曹操這一席話，說得聲情並茂。

曹朋連忙匍匐地上，「若非司空，我父焉能歸宗。」

「好了，起來吧。我查過族譜，論輩分，你父和我同輩，你應當喚我一聲世父。阿福，我不瞞你，近來我時常有力不從心的感受，但是卻無法與外人道。你年紀雖小，卻是個懂事的孩子。你在雒陽做得很好，甚至超出了我的預計……只是這件事，並沒有結束，甚至只是一個開始……我實不知道該如何說才好。你破了此案，我很高興，但內心中，卻又不希望是你破案。」

「世父此言，從何說起？」

曹操眸光閃閃，輕聲道：「你可知道，你破了這案子，卻讓我不得不走到漢家的對面啊。」

曹朋倒吸一口涼氣。

沒錯，雒陽大案告破，不可避免的會有一批人受到牽連。這其中，很有可能牽連到漢室，於曹操來說，並非一樁美事。曹朋不清楚，歷史上曹操在解決衣帶詔的問題時，究竟是怎樣一種心態。但也正是因此，曹操才得了國賊之名，和漢家徹底反目。雖說此後雙方相安無事，但貌合神離，彼此間的明爭暗鬥始終不曾斷絕……

世家搖擺不定，令曹操感到頭疼。於是到最後，曹操不得不頒布唯才是舉令，說出了不問出身，不問德行，只言才幹的言語……其目的，就是為了消除與漢室對立所產生的影響。

世家的不配合，或者說世家的猶豫，令曹操走上了寒門主政的道路。

然則如此一來，也使得曹操與世家產生矛盾。

唯才是舉令沒有錯，可惜所推行的時間太短。建安十五年頒布第一次唯才是舉令，到建安二十二年第三次唯才是舉令，寒門登上政治舞臺的時間不過數載。如果曹操有充足的時間，說不定可以解決寒門與世族之間的矛盾和衝突，但第三次唯才是舉令頒布之後三年，曹操病故。曹丕登基後，為篡奪漢室，與世族妥協。於是，陳群上九品中正制，由此而開始了長達數百年之久的世族門閥時代……

在後世，曾有一種言論，說司馬篡魏，是世族對寒門的反攻倒算。仔細想想，也有些道理。

曹朋腦海中，突然產生出一個念頭：如果能使曹操提前頒布唯才是舉令，又會如何？

但這個念頭也只是一閃即逝。這件事的後果太嚴重……嚴重到曹朋無法承受的地步。一旦他向曹操提出這個建議，勢必會令他走到世族的對立面。世族或許對曹操沒有辦法，但要收拾他，卻有無數種手段。此時的自己，不免有些弱小……

自重生以來，苦心與世族結交的友誼，很可能就此破滅。這也是曹朋不願意看到的結果！只是，這念頭一起，曹朋就再也無法止息。世族門閥，自古有之，根本不可能徹底消亡。即便是到了前世曹朋生活的年代裡，世族門閥同樣存在！只不過，他們用另一種形式存在，或者可以稱之為『利益集團』。朝代更迭，世族門閥同樣在更迭。老牌的世族消亡，新生的門閥崛起，這是無法改變的規律。

唯才是舉令，必須推行！

但提出這個設想的人，絕不能是曹朋……那人可以是曹丕，可以是曹彰，可以是曹植，甚至可以是郭嘉，可以是程昱，但絕不能是他！

「阿福？」

「啊，姪兒在。」

曹操笑道：「想什麼呢？」

「姪兒在想，如何為世父分憂解愁。」

曹操不由得笑了，輕聲道：「你有此心，我心甚慰。不過，我卻有一樁事情，需要你為我出面……阿福，可敢殺人嗎？」

曹朋一怔，腦海中立刻想起李儒的那番話：勿論曹公提出什麼要求，你必須毫無猶豫的答應。

「敢！」

「如果這個人聲名甚響，甚至有可能會令你聲名狼藉，你可敢做？」

「敢！」但心裡面不禁嘀咕起來：老曹不會是想我去殺了漢獻帝吧……

「哈哈哈……」曹操忍不住大笑，似乎一下子快慰許多。「你這孩子，倒是爽快，難道就不問，我要你殺什麼人？」

「凡是與世父為敵者，皆可殺之。」曹朋抬起頭，大聲回答。

曹操又是一陣大笑，「與我為敵者多不勝數，難道我要你去殺了袁紹，你也去嗎？」

「這個……」

李文成，你他媽的陷害我！

曹朋心中大怒。

老曹難不成是要我領兵，和袁紹交鋒？

「呵呵呵，友學啊，你有護家族之心，我心甚慰。不過呢，以後回答時，還是要三思才行。放心吧，我不會讓你去殺袁紹。以你現在的本事，恐怕也不是袁紹的對手。」

曹朋頓感如釋重負，暗地裡鬆了一口氣，問道：「那世父要我殺何人？」

「這個嘛，你不用問……該動手的時候，我自會讓人告訴你。不過在此之前，我有重任委託。」

「何事？」

「你先回去，待會兒我會派人過去。」

曹朋依舊是一頭霧水，有些弄不清楚曹操的心思。不過，既然曹操開口了，他也只能應從。

與曹操說了一會兒閒話，感覺著曹操的精神似乎振奮了許多，曹朋便提出了告辭。

曹操牽著曹朋的手，把他送出花廳。

這看似平常的舉動，卻又使府中那些家臣奴僕，感到非常驚訝。

曹操是什麼人？

當朝司空，位列三公。可不是什麼人都能讓他執手相送，就算是剛才的夏侯淵和程昱，也沒有如此殊榮。而曹朋，官不過三百石俸祿的雒陽北部尉，居然是曹操執手相送……

可看得出，曹操對曹朋非常看重。

此前，荀彧受過這等殊榮，郭嘉受過這等殊榮；而今，曹朋也受了這等殊榮！

位於皇城毓秀門旁邊，一座巍峨府邸，在夜色中極為醒目。

劉光站在花園中，輕輕咳嗽了兩聲，扭頭向身後的家人看去：「你是說，曹司空執手相送？」

「司空府傳來的消息，正是如此。」

「還有呢？」

「曹司空今日非常忙碌，據說接見了許多人。其中包括新任東郡太守劉延，陳留太守夏侯淵，還有河南尹程昱……之後他與曹朋在花廳中說話，差不多有半個時辰之久。」

「他們說了半個時辰？」

「喏！」

劉光轉過身，負手而立。抬頭仰望星空，他臉上不由得浮現出一抹古怪的笑容。

能夠和曹操說半個時辰，更說明了曹操對曹朋的信任和看重。

劉光閉目沉吟良久，輕聲道：「立刻備車，我要入宮。」

「這個時候？」

「嗯！」

此時，天已晚，宮門早已關閉。不過，對劉光而言，時間不成問題。他是漢室宗親，又跟隨漢帝多年，所以進出宮闈頗為方便。

家臣連忙下去備車，劉光嘆了口氣，半晌後自言自語道：「也許，是時候會一會曹友學了。」

曹朋可沒有想到，曹操牽了一下他的手，居然會成為許多人關注的事情。

回到曹府，曹朋就見王猛坐在花廳正中，與許儀、典滿和鄧範正在說話。闞澤坐在一旁，甘寧也是靜靜聆聽。看到曹朋回來，眾人紛紛站起來，王猛更笑著走出大廳，用力拍打曹朋的肩膀。

「世父，你輕一點。」

「嘿嘿，昔日的小不點，如今已經茁壯成人……怎地，連這點力道都受不得？我可是聽興霸說了，你的身手如今可不差，已經超過為叔了。」

「世父，莫聽甘大哥亂說。」

甘寧在一旁開口：「我可沒亂說，不然讓公子出手看看？」

「得了吧，這一路顛簸，我骨頭都快散了。對了，大家吃過了沒有？」

「我娘和小鸞在廚上正安排，估計差不多了。」鄧範開口回答。他還是在曹府居住，哪怕如今已經成了越騎司馬，卻不肯搬出去。

洪娘子和鄧巨業，現如今主持著曹府的大小事情。自從曹朋稀釋了在雒陽的賭坊股份之後，便有意令鄧巨業撤出。鄧巨業倒是無所謂，回到許都後，倒更加悠閒。

曹朋上前，和鄧範用力的擁抱了一下，而後招呼人落坐。只是這一次，曹朋坐上了主位。王猛是長輩，所以坐在上首，其餘人皆坐在曹朋的下首。

「阿福，你帶個居士回來作甚？難道你想做浮屠弟子？」

「是啊，那傢伙看上去很古怪……陰惻惻的，還不愛說話。一回來，便獨霸了一個跨院。」

曹朋和闞澤、甘寧相視一笑，「居士的事情，你們莫問。我常年在外，阿娘有些擔心，故而請了居士，在家中祈福。五哥，你回頭和巨業叔說一下，那個院子就給居士修行，沒事兒別讓人去打攪……你們可不要小覷了他，他道行可是不低。」

典滿等人顯得無所謂，便說起了閒話。

過了一會兒，步鸞過來說，飯菜已經妥了。於是曹朋等人又一起上了酒桌，推杯換盞，好不熱鬧。

「大哥怎麼沒來？」

「他可舒服了……虎豹騎練兵，他隨同前往。估計這次回來，肯定要有升遷……我估摸著，虎豹騎司馬不成問題，甚至可能會更厲害些。」

虎豹騎練兵？曹朋敏銳的捕捉到了一絲線索。

沒錯，虎豹騎自練成之後，時常會離開許都，進行訓練。許都附近的盜匪，幾乎被虎豹騎打得絕跡，根本不敢在附近逗留。不過，這個時候讓虎豹騎離開許都……曹朋心中似有些了然。

看起來，老曹是真有大動作！

袁紹……應該不太可能。那麼最有可能的，就是劉備。曹操這一次連虎豹騎都出動了，說明是有意要置劉備於死地，他這是下決心了！

不過，這些事情，他不可能在酒桌上詢問。看典滿和許儀，也未必清楚曹操的真正意圖。他索性放下心思，喝起酒來。整日的算計，也太過於辛苦。曹朋本身並不是一個喜歡算計的人，能得片刻的悠閒，又何必算計來算計去呢？

這一頓酒，一直喝到了近戌時。典滿、許儀來日還有軍務，所以便停下來，向曹朋告辭離去。王猛有點喝多了，在鄧範的攙扶下，回房休息。

曹朋也有些醺醺然，酒宴散去之後，他並沒有回房，而是到後院之後，來到李儒的住所……

李儒看上去很悠閒，正坐在榻上，蹺著腿看書。

「李文成，你今天差點害死我。」曹朋一進門，便怒氣衝衝的道。

「哦？」李儒一笑，「我怎麼害你了？」

「你……」曹朋話到嘴邊，卻不知道該如何說了。

是啊，李儒怎麼害他了？

沒錯，李儒是要他答應曹操的要求。可曹操那句讓他殺了袁紹的話，明顯是一個玩笑而已。

在一旁坐下，端起案上的水碗，曹朋咕嘟咕嘟一飲而盡。

「曹公今天找我，淨說些莫名其妙的話。」

李儒還是一副風輕雲淡的模樣，只是他那張臉，多多少少的破壞了氣氛。他放下書，坐起來，看著曹朋說：「曹孟德今天都說了什麼？」

他不會稱呼曹操『主公』，因為在他眼中，曹操沒有那個資格。

也許，對李儒而言，他的主公只有一個，那就是他的老丈人董卓。想當初，他隨董卓入雒陽時，曹操不過是西園八校之中，名不副實的典軍校尉而已，可李儒當時已官拜中郎將。

時到今日，董卓死了，李儒很難再去臣服什麼人。即便是曹朋，更多的也是一個交易。

若說李儒真的拜服曹朋，曹朋還真沒有那個資格。

曹朋也不介意李儒的無禮，更不會在意李儒直呼曹操的名字。他沉下心，把今天和曹操見面時說過的話語，重複了一遍。李儒聽得很認真，不時還會詢問幾句。

片刻後，他驀地笑了，「如此說來，我倒是要恭喜公子了。」

「喜從何來？」

「若我猜得不錯，曹孟德恐怕是準備對許都的人下手了。如今袁紹盤踞河北四州，實力雄厚。曹操和袁紹之間的一戰，不可避免。他做出這麼多的安排，實際上是要準備掃清身邊的阻礙，可以全力與袁紹一戰。以目前的狀況而言，曹操有兩個心腹之患。其一，汝南劉玄德；其二，便是許都城裡，那些暗地裡反對他的人。」

「劉玄德嘛……我不是太瞭解。但以曹孟德如今的力量，劉玄德不足為慮。曹操所懼者，是許都城中的反對者，這些人或身居高位，或手握兵權，或出身不凡，或聲名響亮。他動這些人，必會得罪許多人。當初他奉天子以令諸侯之名，有可能因此而受到影響；但如果不動手，他又不能全力對付袁紹，所以他一定會選擇一些不足為道的人動手。」

有七、八年了吧！

當李儒侃侃而談的時候，彷彿又回到了當年在董卓身邊出謀劃策、運籌帷幄的感覺。雖然多年未曾出手，可這眼光猶在。

李儒想了想，「若我猜得不錯，曹孟德很有可能任你為北軍中候。」

「啊？」曹朋聽聞，不由得大吃一驚。

北軍中候，隸屬執金吾所轄，掌監北軍五營，其秩真六百石，有負責監察五營校尉的職責。在東漢，用品秩低的官員檢查品秩高的官員，都極為正常。五營包括屯騎、越騎、步兵、長水和射聲。五營校尉秩真兩千石，負責京畿宿衛，權力極大。但是在北軍中候監察之時，五營校尉必須聽從監察，否則就視同謀反。北軍中候雖職位不高，但責任重大，而且權柄極重。

「何以見得？」

李儒冷笑道：「我問你，屯騎司馬是誰？」

「我二哥。」

「越騎司馬是誰？」

「我五哥。」

「步兵司馬是誰？」

「我三哥……」

李儒道：「若我猜得不錯，長水和射聲兩營的司馬，和你也不會陌生。」

「哦？」

「北軍中候監察五營校尉之時，其兵權暫由營中司馬掌控。如此一來，當你入營監察時，則五營盡歸你掌控。你可以憑北軍中候之權力，緝拿五營校尉，而且是做到兵不血刃的拿下。」

「你是說……」

李儒笑道：「所以我要恭喜公子，曹孟德這是在給你送功勞。」

話說到這個地步，曹朋如果還不明白曹操要他對付什麼人，那就是個傻子了。先架空五營校尉，旋即以曹朋出面，負責監察。此次雒陽大案，牽扯到了長水校尉種輯……而種輯又是衣帶詔的主謀之一。曹操用攻打劉備，來轉移衣帶詔上眾人的視線，轉而以雷霆之勢……

曹朋看著李儒，心思不免有些複雜。

如果種輯是落在他手裡，那他不可避免的要落一個曹操幫凶的名聲。

曹操是老曹賊，那他就是小曹賊……曹操還真看得起自己。怪不得李儒說，一定要答應……這，恐怕就是所謂的『投名狀』！

建安四年七月底，曹純自定穎出擊，率虎豹騎直逼上蔡。

上蔡守將張赤，原本是流竄於汝南地區的黃巾餘孽，麾下有數千人，勢力頗為雄厚。歷史上，張赤被李通所擊殺。但由於劉備搶先進入汝南，加之劉辟、龔都等人的推薦，使得劉備在汝南地區收穫頗豐，短短數月間，共招降六路盜匪，其中大的如張赤這種數千人的黃巾餘孽，小的也有似吳霸、瞿恭這種只有數百人或者千人上下的山賊盜匪，一時間勢力暴漲。

曹賊 章二
投名狀

得知曹純只率三千騎軍，張赤頓生狂妄之心。本來，憑藉上蔡堅城，他大可以支持一段時間，可他竟生出要和曹純決戰的想法，陳兵於城外，與曹純進行野戰。虎豹騎又豈會畏懼野戰？兩軍甫一接觸，張赤軍隨之潰敗。

六千大軍完全擋不住虎豹騎的衝擊，戰鬥只持續了一炷香的時間，便結束了……

曹真在陣前斬張赤首級！

夏侯衡與曹休先登攻入上蔡，虎豹騎大獲全勝。

與此同時，曹仁自梁郡出兵，與朱靈合兵一處，斬龔都首級後，八千大軍直逼汝陰。所到之處，城縣不戰而降者不計其數，以至於曹仁幾乎未受到太大的阻礙，便兵臨汝陰城下。

攻破汝陰，即可直逼新蔡。

魏延受命之後，率部跨確山，攻克郎陵。

八月初六，曹洪與曹純兵分兩路，向平輿撲來。夏侯惇親率三萬大軍隨後，一時間平輿城中，刀光劍影，風聲鶴唳。

劉備面色陰沉，顯得焦慮不安。他沒想到，曹操竟然在袁紹十萬大軍屯駐黎陽之際，敢出兵攻打自己。此前，劉備還覺得自己實力增加不少，應該能抵擋一下。誰料想短短數日光景，形勢急轉直下，平輿已危在旦夕。

「諸君，可有妙策退敵？」劉備雖然表現的很平靜，但心裡面卻有些七上八下。

糜竺說：「如今態勢，平輿必不可守。」

「我何嘗不知，可若棄平輿，又當如何？」

張飛咆哮：「哥哥何須擔心，若曹軍到來，小弟願率一支兵馬出擊，將那曹軍擊潰！」

廢話！

連關羽都忍不住給了張飛一個白眼。

你說擊潰就擊潰，你當那些曹軍都是烏合之眾嗎？

「棄平輿，走汝陰，奔荊襄。」麋竺給出了一個選擇。

劉備道：「荊州暫不可去，我雖為陛下歸宗，但劉景升未必肯接納我。而且荊襄世族多歸附劉景升，我此刻前往，必不得重用。以我之見，倒不如往青州投奔了袁紹，或能有所收穫。」

「投河北袁紹？」簡雍露出沉吟之色。

劉備的這個選擇看上去荒誕，其實卻很聰明。

歷史上，劉備投奔荊襄，劉表之所以願意接納，主要是因為張繡歸附，袁紹滅亡，曹操一統北方之勢已經顯露無遺。所以，劉表才會接納劉備，目的是要劉備在新野抵擋曹操。

而現在，袁紹勢力正強橫，荊襄在劉表掌控下，穩如泰山。這樣的情勢下，劉表斷然不會允許一方勢力貿然進入他的治下，說不得就會引狼入室。

可袁紹不一樣。袁紹有四州之地，在河北根深蒂固，劉備到了他帳下，根本掀不起半點風浪。同時為了加強己方勢力，袁紹倒也不會介意收留劉備。

只是投奔袁紹……

劉備手下眾將不禁有些猶豫。從汝南到冀州，可不是一件容易的事情，其間要跨兩州之地，行程千里。即便是能到冀州，在座的這些人還有多少能活下來？特別是汝南東面已經被清剿，甚至連個接應的人都沒有。到冀州，實在是太困難了！哪怕關羽、張飛再強橫，估計也很難順利通過曹操的地盤。

「要不然……我們退往淮南？」

「不可！」劉備果斷否定。「孫策與劉表爭鬥正酣，我們這時候若是過去，勢必會遭到兩人同仇敵愾。淮南雖大，但對孫劉而言卻很小。且曹孟德斷然不會允許我們坐擁淮南，他會使孫策出兵擊之。」

劉備說著，露出一抹苦意。他現在的情況，著實有些尷尬……想自立，卻沒有機會；想依附，可供的選擇又那麼少。思來想去，也只有袁紹一個可以投奔。

劉備一咬牙，沉聲道：「就這麼決定，我們從汝陰突破，設法從徐州通過，轉道青州。公佑，你即刻出發，向青州袁譚求援。若他能從青州出兵相助，那麼我們至少有五成機會通過徐州……」

「明公往袁紹，倒也是個不錯的選擇。可曹軍即將兵臨城下，如果我們棄城而走，曹軍乘勝追擊，我們會立刻潰敗。必須要有人守在平輿，至少要阻擋住曹軍三日。明公可藉此機會集中兵馬，將曹仁擊潰，順勢突圍。」簡雍抬起頭，提醒劉備。

這句話一出口，屋中眾人再次沉默。

誰都知道，留守平輿的人絕對是九死一生。這話說出來容易，可是要做起來，似乎並沒那麼簡單。誰願意明知死路一條，而留在平輿？

這時候，從屋角站出一人。

「明公，若明公信我，辟願留守平輿。」

「從孝？」

站起來的人，名叫劉辟，原本是黃巾軍小帥。當初正是他和龔都迎接劉備前來汝南，後來又遊說汝南各路盜匪歸附劉備。只是他本領有限，所以在劉備帳下並不重用。如今，他站出來，使得屋內眾人不由得愕然。

「從孝，你可知……」

「明公勿複言，辟知輕重。當今天下大亂，朝綱不振，奸賊篡權。能復漢室者，非明公不可。辟死不足惜，願為明公阻攔曹軍。然則辟亦不知能抵擋幾日，但求明公能順利突圍，來日為辟報仇，辟心願足矣。」

劉備快走兩步，一把握住了劉辟的胳膊。「從孝，真義士也。」說著，兩行熱淚奪眶而出。

不過流淚歸流淚，逃跑還是要繼續。

既然有劉辟願意留下來，事情自然好辦了！於是劉備下令，準備撤離平輿。

劉辟將他的獨子劉德託付給了劉備，劉備當場決定收下劉德為義子，隨他一同離開。當晚，劉備率部離開平輿，往汝陰方向撤退。此時，汝陰守將陳到正憑藉汝水，拚死阻攔著曹仁的兵馬。

就在劉備撤離汝水後的第三天，曹洪所部率先兵臨城下。

當天下午，夏侯惇大軍抵達，將平輿縣城團團圍住，隨後便發動了凶猛的攻擊……

汝南戰事已拉開序幕，曹純如摧枯拉朽般，攻取上蔡。

消息傳至許都，令無數人感到愕然。有高興，有驚異，也有恐懼……

種輯一連幾日感覺心驚肉跳。雒陽大案的告破，使得種輯有一種強烈的危機感。但他卻無法隨意離開，只要他掌握著長水營，就等同於漢帝手中有一支可用的兵馬。種輯甚至決定，如果曹操一旦下手，他就會立刻起兵造反。憑藉手中兵馬，他大可以占居一地，而後設法與袁紹通信，裡應外合。

只要能堅持到袁紹兵至，則大功告成。

種輯的這個想法，其實也是許多人的想法……

但是，自曹操任曹朋為北軍中候之後，種輯心裡越發慌亂。他懷疑，曹操讓曹朋來，就是為了對付他。不過隨後幾日，一切都顯示正常，種輯的心思也就漸漸平定。

八月初，曹朋下令，監察五營。

所謂的監察，內容主要包括兵員是否有空缺、兵器是否發送，以及各種輜重是否齊備。一般而言，每年八月都會有一次監察。

但今年這一次，卻使得種輯感到心驚肉跳。

曹朋先監察了步兵營，而後又監察了射聲營……兩營監察完畢後，種輯多多少少感到放心。因為從前兩營的情況來看，曹朋只是例行公事。看了看名冊，清點了一下人數，而後又詢問兩句，就算結束了；一直以來，北軍中候都是這麼監察，似乎也沒有什麼大問題。

到八月初九，從汝南方面傳來戰報，平輿告破……但是，劉備卻逃出生天。曹仁也沒想到，劉備竟然會選擇從汝陰突圍。加之之前被陳到阻攔，使得他毫無準備，竟然被劉備率部一下子衝了出去，八千大軍可謂是損失慘重。

朱靈率部退至寧安，而曹仁則敗退項縣。等到夏侯惇反應過來時，劉備已率部向徐州方向逃離。這使得夏侯惇大怒，立刻率部追擊。可此時，劉備已攻占了下城父，做出佯攻譙縣的態勢。

八月十二，曹朋在監察越騎營的時候，發現越騎營名冊不符，旋即將越騎校尉當場緝拿。

種輯乍聽嚇了一跳，但隨後就變得心安理得了。如果曹朋沒有監察出問題，那反而是一個大問題。他既然拿下了越騎校尉，說明這一次監察，並非是針對自己。曹操現在的注意力，都集中在了汝南流竄的劉備身上，估計也沒有時間來招呼自己。這也使得種輯的心，放回了肚中。

前線戰事撲朔迷離。

劉備佯攻譙縣，夏侯惇率部馳援。不想劉備虛晃一槍，趁著夏侯惇救援譙縣之際，猛然折向，轉而攻打竹邑。這一下，連徐州刺史徐璆也嚇了一跳，忙使海西屯田都尉鄧稷出兵，屯駐徐縣，以防止劉備突襲。

八月十八日，劉備來了一個漂亮的乾坤大挪移，在調動了整個徐州的兵馬之後，一頭撲向彭城郡。與此同時，袁譚出兵，迫使臧霸不得不做出固守的態勢。如此一來，竟使得劉備大模大樣的繞彭城郡而走，穿泰山郡，直奔青州。

八月末，劉備抵達青州，與袁譚會合。

整個八月，幾乎所有人的注意力，都集中在了劉備的身上。就連曹操也好像忘記了許都內部的隱憂，連番下令，調動各地兵馬，試圖將劉備所部阻攔。

種輯如釋重負，對五營監察之事也就少了些關注。

幾乎就在這個時候，曹操委任侍中郗慮，假越騎校尉，接掌了越騎營兵馬。而曹朋的監察，也到了種輯的長水營。

「曹家小賊要來監察長水營？」種輯嚇了一跳，怒聲道：「小賊好不知事，如今汝南正亂，他沒事跑過來監察我長水營作甚？」

長水丞是個三十多歲的男子，聽聞不由得苦笑。

「種校尉，按照順序，北軍中候理應先監察屯騎營。不過屯騎營前兩日隨司空前往潁川，所以就輪到咱們長水營。」

「司空不在許都？」

「是啊，曹仁太守放走了劉備，司空極為生氣。已命人將曹仁將軍押解至潁陰，司空親自前往處置。此公文昨日已呈報校尉，難道校尉不知道？」

種輯一怔，眉頭舒展開來。他還真沒有留意這件事……昨日劉備占領了竹邑，種輯喜出望外，非常開心，所以喝得酩酊大醉，並沒有翻閱昨日的公文。

如此說來，曹家老賊不在許都。那曹家小賊，就更不可能生出什麼事端。

「他什麼時候來？」

「回稟種校尉，曹中候傳信，午時抵達。」

種輯長出一口氣，「那豈不是馬上就要到了？」

「是！」

「既然如此，就讓夏侯尚暫領兵馬吧。」

「喏！」

夏侯尚，字伯仁，是夏侯淵的姪子。

他還有一個身分，那就是夏侯真的哥哥……早在五月時，夏侯尚便出任了長水營的司馬一職。不過一直以來，夏侯尚表現的並不搶眼，為人似有些木訥，而且喜歡和人交往。說好聽叫傲氣，說難聽點叫傲慢……表現的非常平庸，也沒什麼越權的行為。

種輯對夏侯尚，基本上沒什麼戒心。但即便如此，他嘴上說讓夏侯尚暫領兵馬，可實際上，卻沒有交出虎符。虎符在手，對種輯而言，就是一個保障……

正午時，曹朋率一百飛眊，抵達長水營。

長水營並不是駐紮許都城內，而是在許都城外的一所塢堡之中。這也不是對北軍五營不滿，實在是這許都城中，駐紮不得太多兵馬。許都不似雒陽那種都城，不論面積還是格局，都顯得有些小氣。在雒陽，北軍五營基本上駐紮城中，可是在許都，卻沒有那麼多的校場。

曹朋一襲月白色碎花緞子戰袍，外罩扭頭獅子獸面吞天甲，腰繫獅蠻玉帶，威風凜凜。

比之年初，他的個頭又長高了不少，如今已經接近一百七十五公分左右，透出英武之氣。身形看上去也不是早先那種瘦弱單薄，雖說不上雄壯，但感覺很結實。

「末將參見種校尉。」在大廳中，曹朋拱手見禮。

種輯大笑道：「久聞曹八百之名，如雷貫耳，未曾想竟是個雄壯少年。快快請坐，快快請坐。」

曹朋也不客氣，在大廳內落坐。

夏侯蘭和甘寧分立在他身後，一百飛眊就在屋外等候。

「種校尉，咱們先說正事，再論家常。我今日來意，種校尉想必已經清楚，敢問已準備好了？」

「哦，種某得知曹中候前來，昨日便將兵權交出。但不知，曹中候準備從何監察？種某定竭力配合，絕不使曹中候有半點的為難。」

曹朋一笑，「那就先請種校尉將名冊送來，而後麾下牙門將、千人督前來候命，等待詢問。」

「呃？」種輯一怔，脫口而出道：「這有些不合規矩吧？」

曹朋道：「非是末將不守規矩，實……不瞞種校尉，越騎營之前發生的事故，想來你已經聽說了。本來，越騎營的名冊上並沒有什麼問題，可後來我發現，許多牙門將根本不知道自己麾下的人數。再一監察，就發現了許多毛病，這才將越騎校尉緝拿。此事並非針對什麼人，而是以防萬一。種校尉，大家都是為陛下做事，北軍乃陛下所倚重，更應謹慎才是。」

曹朋說得滴水不漏。種輯想了想，倒也沒有挑出什麼毛病。

一個毛頭小子，能耍出什麼花招？老子做官的時候，你還沒出生呢……虎符在我手，我怕你什麼？

想到這裡，種輯笑道：「只是如此，卻要使曹中候受累。」說著，他擺手示意長水丞把名冊取來，而後又讓人把營中眾將招至廳外。

曹朋接過了名冊，非常認真的查閱。

片刻後，他突然眉頭一蹙，將手中名冊放下，又拿起另一卷名冊，翻開來查閱。

種輯一怔，「曹中候，可是有什麼問題？」

「好像有些毛病……可否請種校尉將外面的人叫進來，我需要當面詢問。」

「呃……好吧。」

種輯示意長水丞，把在廳外等候的眾將招進廳內。十幾個人往廳裡一站，顯得有些擁擠，於是有幾個人向後退了幾步，讓出了位置。

「還有，夏侯司馬呢？」

「他，尚在軍中。」

「能否也將他找來？」

「善。」

種輯又讓長水丞去喚夏侯尚。

曹朋則拿著名冊，看似很認真的詢問那些牙門將。大約一盞茶時間，廳外腳步聲響起。只見夏侯尚一身戎裝走進廳內，插手向種輯行禮。

「曹中候，夏侯司馬在這裡，你可以問他。」

「呵呵，夏侯司馬在，那是最好……種校尉，可否請你命營中軍士喚出軍營，我想一一查問。」

種輯聽聞，頓時變了臉色。「曹中候，你這分明是在為難我。」

「哈哈哈，種校尉真是聰明人，我的確是在為難你。」

「啊？」種輯腦袋一下子沒轉過彎兒來，愣住了。

就在這時，只聽曹朋一聲厲喝：「還不動手！」

說時遲，那時快，只見他雙手扣在桌案上，雙臂一用力，那沉甸甸的條案呼的一下子飛起來，朝著種輯砸去。與此同時，甘寧和夏侯蘭同時出手，兩人拔出佩刀，就衝向了那些牙門將。而夏侯尚則趁勢向後一退，帶著四、五個牙門將退出大廳。

廳上的異常，出乎所有人的預料。誰也沒想到曹朋說翻臉就翻臉，之前甚至一點預兆都沒有。廳外還有不少種輯的親兵，拔刀就要衝上去。飛眊立刻揮刀而上，將種輯的親兵攔住。

夏侯尚厲聲喝道：「所有人全都聽著，種輯勾結反賊，密謀造反，何當問斬！今日之事，只問主謀，與爾等無關。哪個敢再動手，格殺勿論！」

旋即，他對那四、五個牙門將道：「你們立刻回轉營中，將兵士全部控制起來。」

「喏！」牙門將二話不說，塹步就跳下臺階，跑出帥府。

廳上，種輯終於反應過來了，誰說曹操不準備對付他？曹操從一開始，就要對付自己！

「夏侯尚勾結曹朋，密謀造反，爾等休聽他胡言亂語！」

他話音未落，曹朋已然跳到他跟前。

曹朋進入大廳時，並沒有佩戴兵器，可這時候，他手裡不知道從何處拽出一柄短刀。那短刀刀刃暗紅，刀口鋒利。種輯閃身躲過了條案，拔出佩劍，抬手就刺向了曹朋。就見曹朋腳下錯步一閃，讓過了種輯的佩劍，隨後一個旋步，刷的就到了種輯身前，抬手橫抹。

一抹暗紅色的刀光，自種輯咽喉掠過。鋒利的刀口，幾乎沒有受到任何阻礙，便割斷了種輯的喉嚨。

「此司空三十六天罡刀之一，名曰天閑。今日大發利市，就由種校尉來祭刀吧。」

曹朋的聲音，在種輯耳邊響起。

他瞪大了眼睛，臉上流露出不甘之色，口中『呵呵呵』發出古怪的聲息，卻說不出一句話。

「放心吧，不出三日，你那些朋友，都會前來陪你。到了九泉之下，你也不會寂寞……種校尉，咱們沒有恩怨，只是你不該阻礙司空的大事……」

種輯撲通一聲，仰面朝天的倒在血泊中。

而留在廳上的那十餘個牙門將，又怎是甘寧和夏侯蘭的對手？那甘寧，如同一頭下山的猛虎，出手極為狠辣，每一刀落下，帶著千鈞之力，竟無一人能在他跟前走上一個回合。而夏侯蘭雖不似甘寧凶猛，卻也是一流武將的身手，掌中一口大刀，只殺得牙門將血流成河。

曹賊

章二 投名狀

廳上，到處都是屍體，鮮血流淌了一地。

長水丞縮在角落中，看著曹朋向他走來，不禁大聲叫喊道：「我不知道！我什麼都不知道！」

曹朋探手一把攫住了長水丞的領子，把他拎起來：「我沒打算知道什麼……本官此次前來，只是奉命殺人。聽著，如今步兵營和射聲營已將這裡團團圍住。種輯已死，我們不想為難下面的人。不想死，就聽我命令列事，立刻到軍中，協同穩定兵士，所有人交出武器，在營中等候……」

「卑職明白，卑職明白！」

長水丞，從隸屬關係而言，也屬於北軍中候治下。聽曹朋說完，他哪能不明白曹朋的意思？於是二話不說就衝出大廳，衝著院落裡仍困獸猶鬥的軍卒大聲叫喊：「住手，全都住手……種輯謀反，證據確鑿。曹中候乃奉陛下之命，前來緝拿反賊。種輯已授首，爾等全都放下兵器。曹中候言，只問首惡，從犯不究……全部住手！停止抵抗，爾等千萬不要自誤！」

夏侯尚回身，走進大廳，「友學，恭喜了。」

「大兄，你我同喜。」

兩人說罷，不由得相視而笑。此次拿住了種輯，對他二人來說，都是一樁大功勞。

為了能以最小的代價拿下種輯，而不使都城出現動盪，李儒可是煞費苦心，做出了此次計畫。可以說，如果不是劉備造反，吸引了大部分人的關注，可能計畫也不會這麼順利的執行。

但曹朋還是感到震驚：劉備竟然如此厲害？

要知道，此時的劉備，還沒有得到諸葛亮的幫助，可是看他行軍打仗，頗有些名將的風範。夏侯惇完全被劉備壓制，一直被劉備牽著鼻子走。

好吧，你可以說夏侯惇無能，但曹仁呢？

被劉備所敗……還有一個徐州刺史徐璆，也被劉備牽制。

曹朋不知道該如何來形容他的驚訝，因為在他的印象中，劉備除了善於用人，善於收買人心之外，似乎最大的本事就是一個字，哭！可現在想來，劉備能使三國鼎立，從一個無容身之所的流浪漢，成為後世大名鼎鼎的漢昭烈帝。偌大的江山，又豈是靠著一個『哭』字得來？至少從他這一次在汝南的行動來看，劉備的軍事才能不差，甚至可以說是一流。

怪不得，曹操最初對劉備如此看重。

這傢伙有真本事！單只是這一手乾坤大挪移，就足以讓所有人高看他幾眼。

「伯仁，掌燈吧。」曹朋看了看天色，輕聲說道。

夏侯尚點點頭，立刻下去吩咐。

此時，天已經黑了。一盞紅色的燈籠，在塢堡中緩緩升起。

曹朋站在臺階之上，用力的吸了一口清冷的空氣。他扭頭對甘寧道：「今天晚上，許都恐怕少不得要血流成河了！」

「嗯！」甘寧神色凝重，點了點頭。

「只是這一夜過後，世父雖可以掃清一部分障礙，但名聲恐怕是……世父怕也是非常無奈吧。」

許都方向，十數枝鳴鏑竄起。尖銳的厲嘯聲，在夜色中迴盪，久久不息。

曹朋眼睛不由得一瞇，自言自語道：「開始了！」

章二 再會漢家犬

其實，許都城內並沒有出現混亂跡象。

自汝南戰事拉開序幕之後，許都就開始執行夜禁。入夜之後，街市關閉，店鋪落鎖。行人若沒有腰牌，被發現後，便會遭遇盤查。輕者露宿街頭，重者甚至會被打入牢獄，處以罰作或者罰金。在這種非常時期，聰明人絕不會以身犯法，入夜之後，便一個個乖乖留在家中。

一隊隊兵馬進入都城，極為有序的展開了行動。毓秀門外驃騎將軍府首當其衝，被一群如狼似虎的軍士撞開大門，而後便被嚴密的控制起來。

董承自入秋之後，身體便不太妥當。而在汝南之戰發生後，更是憂心忡忡，所以一連數日臥床不起。忽聞府內大亂，董承連忙問道：「發生了什麼事情？」

「老爺，大事不好，府中被人包圍了！」

「啊？」董承大驚失色，連忙命侍婢攙扶他起來，披衣走出臥房。

驃騎府中，哭喊聲連天。那些根本不清楚發生了什麼事情的家奴婢女們一個個緊張萬分，臉色蒼白。董承在侍婢的攙扶下，剛走到中閣，迎面就見一隊軍卒過來。看他們的裝束，似乎是射聲營的軍卒。

「爾等什麼人，竟敢擅闖驃騎府？」董承驚怒不已，厲聲喝問。

為首一員將走上前，「某家射聲司馬夏侯恩，奉司空之名，前來問候驃騎將軍。」

「夏侯恩，你……」董承氣得聲音發顫，怒喝道：「曹司空就是讓你這麼來問候本將軍嗎？」

「不如此，安集將軍又欲如何？」

一個洪亮的聲音響起，軍卒分開。只見曹操在典韋和許褚的護持下，走上前來。

安集將軍，是董承興平二年時的官位。董承原本是董卓部將牛輔的部曲，也是董太后的內姪。至於他怎麼投奔了董卓，自有一番機緣。不過，董卓死後，董承因董太后的原因，並沒有受到牽連，相反，他還得到了重用。

原因嘛，很簡單！漢帝劉協的母親是王美人，死得很早，所以是由董太后一手撫養。當初靈帝在位時，長子劉辨是何皇后的兒子，得大將軍何進支持，後來被推上了皇位；而董太后則一直希望劉協登基，所以一直都是支持劉協。也正因為這個緣故，董承得到了劉協的重用，後來董承的女兒還嫁給了劉協，成為一個宮中貴人，董承因此成為國丈。

看到曹操，董承激靈靈打了個寒顫，「曹司空何故在此？」

「某若不來，只怕項上人頭就要被呈於袁紹。」

「司空此話何意？」

「哼哼，我聽說，安集將軍近來與一些人走得很近，常在家中私語。故特來詢問，究竟說些什麼。」

「司空，承近來身子不好，並未與人接觸。」

「是嗎？」曹操臉色陡然猙獰，厲聲道：「給我搜！」

不等董承開口，典韋和許褚帶著虎賁，便闖進了內府。

「曹孟德，你無故擅闖吾家，還如此放肆，早晚必在陛下面前評說！」

曹操冷笑一聲，也不理董承的咆哮和質問，目光掃視董承身後的家人，一雙細目不經意間瞇成了一條縫，問道：「爾等，誰又知曉此事？」

家人們面面相覷，不知該如何是好。

「誰若說出董承的秘密，我就答應他一樁事情。」

話音未落，一個青年突然道：「司空，我知道。」

「董慶，你欲何為？」董承嚇了一跳，連忙大聲喝道。

那青年，正是董承的書僮，名叫董慶。

只見董慶眼珠子滴溜溜直轉，道：「是不是說出來，什麼事都能答應？」

「沒錯！」

「小人不求別的事情，只求司空能把風鳶賜予小人為妻，便心滿意足。」

「風鳶？」曹操一愣，扭頭向董承看來。

有人上前稟報：「風鳶，就是董承新納的一名小妾。」

「董慶，你好大膽……」

「讓他閉上嘴巴！」

曹操一聲厲喝，就見兩個小校上來，用布塞進了董承的口中。

「自年初以來，董驃騎時常秘密召見朝中官員。小人雖不知是什麼事情，但是卻見他們鬼鬼祟祟，還在一塊白絹上寫了些什麼。後來小人留了一個心眼，發現董驃騎將白絹藏於臥房的暗格之中。小人願帶路，為司空獻上……但不知道，司空剛才答應的事情，可否算數？」

「當然！」

曹操臉上露出一抹猙獰，擺手示意，讓人跟著董慶進了後宅。不一會兒工夫，董慶拿著一副白絹走來。董承一見，頓時大驚，雙臂猛然用力掙脫了軍校的手，向董慶衝來。可未等他靠上前，許褚上前一步，一腳正踹在董承的胸口。這一腳下去，把董承踹得口吐鮮血，倒在了地面……

在歷史上，衣帶詔事發，是由太醫吉平試圖下毒所致。

然而這一次，由於曹朋的出現，破獲了種輯偷盜兵械的案子，使得曹操從一開始便掌握了主動。從四月開始，由曹真率先覺察到種輯等人的異動，到今天的全面爆發。

衣帶詔上共四十三人，全部被曹操拿獲。其中還包括了偏將軍王服、昭信將軍吳蘭等一干朝廷重臣。除了四處流竄的劉備，和已經返回三輔的馬騰之外，衣帶詔上的成員一個也未逃脫。

當晚，曹操率虎賁闖入宮中，藉口董貴妃妖言惑眾，密謀造反，不顧她身懷六甲，將其斬殺。隨後曹操又命曹仁任衛尉，調三千人為羽林軍，把持宮門，不許任何人隨意進出。第二日，曹操下令將衣帶詔上的成員全部問斬，並誅滅滿門……

四十一家，幾乎全都是朝堂上的重臣，加起來足有兩千餘人，被斬殺於許都城外。

尚書令荀彧、將作大匠孔融等人紛紛求情。

荀彧更直言：「若四十一位重臣全部被殺，只怕會使朝堂陷入癱瘓。」

然而在這種時候，曹操絕不會有半點心慈手軟，嚴詞批駁了荀彧之後，依舊下令，開刀問斬。

一時間，舉城震動！

曹朋是在第二天返回許都，等他回來時，已塵埃落定。

城門外，一顆顆人頭被疊成了京觀，疊放在一起。在陽光照耀下，透出一股猙獰可怖之氣。白色的蘆葦蕩，被染成了紅色，令人不禁怵目驚心！

曹朋不由得在心中暗自輕嘆：自今夜開始，曹操將會成為天下人之敵！

但是，曹朋可以理解曹操。時至今日，曹操並未展現出謀朝篡位的想法，所做的一切，都還是想要中興漢室，做一個霍光一樣的中興之臣。只不過，他生不逢時。漢室雖在，其心已散，大家所圖謀的，更多是權柄之爭、利益之爭。即便是董承這些人，幾乎也是為了獲得更多的權柄和利益而已。

和袁紹決戰，一觸即發。可自己的家裡，卻是宵小橫行……

不是有這麼一句話嗎？

攘外必先安內！

曹操也是沒有辦法的選擇，因為這些人若留下來，勢必會成心腹之患。不殺一儆百，難保會有人趁機生出僥倖之心——你看吧，他們造反了都沒事，曹操也沒什麼大不了，我也可以。

出現這種想法的可能性很大，曹操不得不防。

可若真的開了殺戒……

曹朋輕輕嘆了口氣，催馬朝城門方向行去。一輛馬車，從許都城內緩緩行出，在與曹朋錯身而過的剎那，馬車突然停住。

「曹中候！」從車中傳來一個輕弱的聲音。

曹朋勒馬，扭頭看去。只見車簾一挑，從車裡走出一名少年。

「臨沂侯？」曹朋看清楚那少年時，臉上不由得露出一抹奇異的神采。

這少年，正是有『漢家犬』之稱的臨沂侯劉光。看他的樣子，似乎並沒有受到什麼驚嚇，神情自得，表現出一派悠閒之色。曹朋不禁有些奇怪，這一大早，劉光出城，又是為哪般？

「臨沂侯欲往何處？」

「哦，昨夜的事情……想必曹中候也知曉？」

曹朋不置可否，而劉光也沒有再往下問。

「陛下受了驚嚇，我聽說穎陰有一處寺觀，故而想前往穎陰，為陛下求乞平安。」

只是求乞平安嗎？曹朋眼中，閃過一抹精芒。

「臨沂侯，這是咱們第四次見面了吧。」

「啊？」

「第一次，我們在鬥犬館內，臨沂侯贏了我二哥，差點贏走他的黑龍；第二次，我們在街市上，不過當時我有事情要辦，所以只聊了幾句。」

「這兩次，本侯倒是記得，但這第三次……」

「也許臨沂侯是貴人多忘事，一個半月前，我們曾在雒陽相逢。」

「雒陽？」劉光臉色微微一變，笑道：「曹中候一定是看錯了人，我近段時間一直在許都，並未離開。入夏之後，我身子有些不好，所以在家閉門謝客，更未曾遠離，怎可能去雒陽？」

「是嗎？」曹朋展顏一笑，「那恐怕是我看錯了！」

「定是如此。」

「不過，如今兵荒馬亂，外面不太平。能在家中養病，也是一樁福氣，切莫招惹是非上身，那可就麻煩了。」曹朋笑盈盈而道，聽上去是一派關切之意。「臨沂侯，我還要回去覆命，恕不奉陪……還是那句話，沒事兒還是在家，這時候出門不好。」

「多謝曹中候關心。」劉光微微一笑，拱手和曹朋道別。

目送曹朋背影遠去，劉光仍站在車旁，久久不動。

「侯爺……」

「我們繞一圈，回去吧。」劉光突然開口道，轉身登上了馬車。

「回去？不去穎陰了？」

曹賊

章三

再會漢家犬

「不去了……」

劉光心裡，生出一抹感慨。內心深處，他並不贊成漢帝急不可耐的奪權。因為以漢帝目前的情況，即便是掌控了權柄，恐怕也難有作為。曹操雖然霸道，卻還未顯現反意。當務之急，是要和曹操相安無事，然後慢慢積蓄力量。沒錯，隨著時間的推移，曹操的力量會越來越大，但只要漢室不亡，就總有機會；而現在和曹操反目，很有可能造成第二次逃亡。若再流離失所，漢室可真的沒救了！

至於劉備，劉光並不是很在意。他和劉備見過兩次，但觀感並不是太好。

劉備為人親和，有長者之風。不過劉光卻感覺到，在劉備的親和之下，似隱藏著無窮的野心和欲望。這個人，不得志時能忍辱負重；一旦得勢，必然風雲化龍。雖說他是漢室宗親，但和劉表這些人相比，劉備多了許多野心。哪怕是曹操被劉備幹掉，漢帝的情況也未必好過現在。

如果讓劉光在曹操和劉備之間選擇，劉光倒是更願意相信曹操一些。劉備這個人，心思太重……不可以依持！

本來，劉光準備前往穎陰，拜會幾位潁川大佬。現在，他突然失去了興趣……

當你無力去改變局面的時候，最好的辦法，就是維持住局面。這時候，還是不要輕舉妄動。

曹朋那些話中，隱隱有點醒之意。不管他是出於什麼心理，劉光感覺到，曹朋在說這番話的時候，並沒有什麼惡意。

如今時局變幻莫測，那些大佬們的心思更難以琢磨。一動不如一靜，且暫且靜觀變化吧。

「老莫！」

「奴在。」

「白龍好像快要生產了吧？」

「是，估計下個月就會生產。」

「到時候選兩頭筋骨上佳的崽子，給曹中候送去。」

「啊？」老莫一怔，不禁愕然。

「多一個朋友，總好過多一個敵人。」

車簾，刷的落下。劉光坐在車中，慢慢閉上了眼睛。

朋友嗎？我倒是真希望，能有一個可以交心的朋友。

衣帶詔引發出的動盪，並沒有持續太久。

曹操在處理完了都城內部的隱憂之後，目光便鎖定了河北的袁紹，還有那個逃往青州的劉備。

袁譚對劉備倒是頗為尊敬，得到劉備的求援後，他立刻命大將蔣義渠出擊，拖住了臧霸。而夏侯惇和徐璆，被劉備繞的是頭昏腦脹，弄不清楚劉備的真實目的。八月末，劉備穿泰山郡，與蔣義渠部會合之後，退至青州袁譚治下。袁譚親自出迎，並火速將劉備送往鄴城。

「劉使君的家眷未曾跟隨？」袁譚看著劉備身邊的兵馬，不禁好奇的詢問。

劉備苦笑道：「非是備不願領妻小前來，實在是……這千里行軍，難免會有麻煩。故而在從汝陰突圍之後，備命部下將領，帶妻小兵分兩路。備領兵吸引曹賊的注意力，妻小則逃至荊州，暫且尋一處安全所在落腳。待大將軍揮兵南下，直搗許都，剷除那國賊曹操之後，再設法與妻小聯絡。」

「使君卻是受苦了！」袁譚不由得發出一聲感慨。

實際上，劉備也是有苦難言。帶著家小逃亡，的確是非常麻煩，但如果他真想要帶走，問題也不是太大。關鍵就在於，他甚為倚重的大將趙雲不願投奔袁紹。

原因嘛……趙雲故主是公孫瓚，而公孫瓚就是死於袁紹之手。

趙雲這個人，很忠義，或者說是恩怨分明。他願意歸附劉備，卻不願為袁紹效力。劉備對此也頗為無奈……正好簡雍生了病，也不適合長途跋涉的顛沛流離。於是，劉備便使麋竺留下照顧簡雍，並領趙雲護送家眷，先躲藏起來。

在劉備看來，曹操非袁紹對手。他早晚會重新回來，到那時候再使趙雲等人回來便是。

所以，在從汝陰突圍之後，劉備便讓麋竺和趙雲南下渡過淮水。而他領兵千里迂迴，一方面是為了逃往青州，另一方面，也有掩護趙雲、麋竺等人平安渡過淮水的心思……

曹賊

章三 再會漢家犬

戰事，暫時歸於平靜。

在復奪汝南之後，汝南很快便進入了軌道之中。

不管多少人咬牙切齒的咒罵曹操，可對於汝南百姓來說，曹操的到來，給了他們一個希望。大批糧草透過譙縣輸入汝南各個城鎮，極大程度緩解了即將到來的饑荒。

對汝南人而言，劉備來到之後，一共做了兩件事情：讓盜匪變成了官軍，然後就是大肆徵兵。汝南旱災？劉備無暇，也無力顧及。

但現在，朝廷送來了糧草，令汝南人歡呼雀躍。

然而，劉備在汝南做了一樁大好事，那就是把黃巾餘孽、盜匪山賊聚集在了一起，使得曹操不必花費太多心思去剿滅，甚至不費吹灰之力，便讓汝南回歸了平靜。隨後，曹操命建功侯，陽安都尉李通為汝南太守，撫慰汝南。

李通是荊州人，少年遊俠，名動江汝，歷史上也是曹魏一員大將。不過，曹朋和李通並不太熟悉，甚至沒有見過面。對他而言，唯一的好消息就是，他的老大哥魏延將前來許都。據說，此次魏延攻取郎陵，立下了不小功勳。

曹真說，曹操有意命魏延為蕩寇校尉。原因嘛，就是他在平定汝南的戰役中，斬殺了汝南大盜吳霸。

不過，魏延恐怕還要過些時候才能過來，他手中有一些事情要等待交接，預計入冬後才能到達許都。

「阿福，過兩日老六要回來了。我們去登高吧。」

曹朋一怔，詫異的看著曹真。

曹真笑道：「再過些時日，就是重九了！」

重九，亦即重陽節。

前世，許多民俗節日被國人忘懷。

若不是曹真提醒，曹朋險些忘記了。衣帶詔之案了結以後，曹朋便忙於公務。他是北軍中候，監察北軍五營，之前的監察是為了掩人耳目，這一次監察卻是實實在在，其工作量自然比早先大很多。

九九重陽，正是登高賞菊之時。所以在這一日，又有『菊花節』的說法，為時人所重視……

想想，確實有很長時間沒和兄弟們團聚。此次曹遵自長安返回述職，倒也是一個好機會。只可惜，王買不在，而朱贊……

「好吧，那我們到時候一起去。」曹朋想了想，便答應下來。

曹遵匆匆而來，又匆匆離去。

重九的聚會，並沒有給曹朋帶來太多的喜悅，更多是一種莫名惆悵。兩年前，他們在獄中結拜，小八義初現崢嶸。然則時隔兩年，朱贊已不在人間，小八義變成了一個虛幻的稱呼。

曹遵看上去，精神並不太好。

隨著袁紹兵進黎陽，曹操下令衛覬加強對關中的安撫。同時，為避免腹背受敵，曹操又使鍾繇，派出新豐令張既為使者，出訪涼州安撫馬騰。哪怕明知道馬騰在衣帶詔上，曹操也無可奈何，此時的情況容不得他對馬騰開戰。他可以肯定，如果他對涼州開戰，袁紹勢必會對許都用兵，到時候江東孫策、荊州劉表，都極有可能出兵。以曹操目前的力量，還無法同時開闢幾處戰場。為此，曹操的策略是集中力量先對付袁紹，打敗了袁紹，餘者不足為懼。

曹遵此次返還許都就是為了這件事情。他隨同鍾繇返還，在重九匆匆相會後又匆匆返回長安……

「大家，都很忙啊！」

坐在自家的庭院中，看風起雲湧。曹朋忍不住發出一聲感慨，引得鄧範連連點頭。

「司空有命，待我阿爹回來後，我要陪阿爹前往譙縣，認祖歸宗。」

「這是好事啊。」

「好事嗎？」曹朋搔搔頭，輕聲道：「大熊，你可知道外面人怎麼說我？」

「這個……」鄧範有些躊躇，閉口不言。

「都說我是助紂為虐，說我是小曹賊。老師還派人送信，問我事情的緣由。可我能怎麼解釋？這種事情，本來就沒有誰對誰錯，司空若有半點心慈手軟，就會陷入萬劫不復之地……想必，司空此時的壓力，尤甚於我吧。」

「嗯！」

鄧範和從前一樣，不太喜歡說話。和曹朋在一起的時候，他大多數情況是在聆聽。

「對了，你那邊狀況如何？」

「越騎營一切正常，郗校尉也很盡責，看得出他確實用心。」

對郗慮這個人，曹朋並不是特別瞭解，甚至在記憶中，根本就找不到郗慮這個人的影子。但既然他能以侍中的身分，做到越騎校尉之職，足以說明曹操對他的信任。

其實，到了這個階段，《三國演義》能提供給曹朋的幫助已經不多。很多時候，他必須要透過自己的判斷，來重新認識這個時代的人物。比如劉備，比如陳群，比如郭嘉……想到這裡，曹朋不由得暗自嘆息一聲。靠在廊柱上，仰望蒼穹，久久不語。雖說小八義中，他和鄧範關係很好，但始終比不得和王買那種無話不談的交情……似乎，有些隔膜，但是又說不清楚……

突然，鄧範問道：「阿福！能幫我打一支矛嗎？」

這也是鄧範自結義以來，第一次提出了請求。

曹朋坐直了身子，輕聲問道：「怎麼了？」

「不稱手……感覺有點飄。年初時就出現了這種狀況，可是你一直東奔西走的忙碌，我也找不到合適的機會與你說明。」

「你站起來。」曹朋一蹙眉，起身對鄧範道：「把開門八式練一趟我看看。」

鄧範答應一聲，起身活動了一下身子，在院子裡練了一趟金剛八式。

隱隱間，曹朋覺察到鄧範的拳術進步很大。他認真的觀察了一下，而後輕輕點頭。待鄧範練罷了拳腳，走到他跟前時，曹朋說：「怪不得你會覺得不稱手，你筋膜已大成，氣力增長太快。大熊，看起來你最近可沒少用功，似乎快要突破。這樣吧，等你完全突破之後，我讓阿爹為你打造一支長矛，估計這一次，基本上能定型了。」

「嗯！」鄧範又回到了先前那沉默無語的狀態，在一旁坐下。

就在這時，忽有家臣前來稟報，說府外有人送來兩頭犬，請曹朋查收。

曹朋不禁一怔，疑惑問道：「是何人送來？」

「那人並沒有說，只說面見公子後，自會說明情況。」

「人還在？」

「就在門房等候。」

「大熊，咱們過去看看。」

章三
再會漢家犬

曹朋起身，與鄧範一同往外走。途中正遇到步鸞要出門，於是便跟著曹朋，一同來到門口。

只見門房裡站著一個少年，個頭不低，大約有一百七十公分左右，膚色呈古銅色，體格壯碩，長得是濃眉大眼，虎頭虎腦。灰色布衣，洗的有些發白，但是很乾淨；一頭亂糟糟的頭髮，肋下還夾著一個麂皮刀囊。在他的腳邊，則擺放著一個箱子，裡面有兩頭還沒開眼的白色小犬，似乎剛出生不久。

「公子，好可愛的小犬。」步鸞看到箱子裡的兩頭白犬，開心的說道。

曹朋微微一笑，心裡面卻不由得咯登一下。他不太懂狗，但前世他有一個朋友，卻是警犬隊的翹楚，生性好狗，兩人在一起的時候，時常會談論這方面的事情。故而曹朋雖不懂，卻也有些瞭解。這兩頭白色小犬，似乎是純種的雪獒。在後世，這種雪獒幾乎已經絕跡……一頭血統不純的雪獒，至少能賣到數百萬，如果是一頭純血雪獒，可稱得上價值連城。

「你是……」

少年看了一下屋中的人。曹朋立刻明白，擺手示意家奴出去。

他倒是不怕少年會突然行刺，以曹朋現在的水準，這少年還不是他的對手。

「小人名叫王雙，是臨沂侯府上的犬奴。臨沂侯說，他當初曾欠了公子一對犬，所以讓小人送過來。這兩頭獒，是臨沂侯愛犬白龍所產，剛出生不久。臨沂侯害怕公子不懂得養犬，故而讓小人過來，為公子訓練白獒……」

「臨沂侯？」曹朋不禁愕然。他可實在記不得，劉光什麼時候欠了他兩頭獒。

怔怔看著王雙，片刻後，曹朋突然點頭，「既然如此，那你就留下來吧。小鸞，去給王雙開一個單獨的跨院，讓他負責養犬。對了，既然臨沂侯把你送給我，想必也是個養犬的好手。」

「不瞞公子，小人三代養犬。家父更是養犬的頭等好手，當年在長安，有犬王之稱。臨沂侯的白龍，還有幾頭比較有名的鬥犬，都是家父一手練出來……只是，家父在陛下離開長安時，被流矢所傷，去年故去了。小人別的本事不敢說，但若說養犬，我若說第二，就無人能為第一。」

「是嗎？」看著自信滿滿的王雙，曹朋笑了。「如此，我便讓人把府中的鬥犬都交給你，你幫我好好訓練。」

「喏！」王雙抱起了箱子，在步鸞的引領下，走出門房。

「阿福，這傢伙可是臨沂侯送來的人。」鄧範提醒道。

腦海中，浮現出一個卓爾不群的身子。那雙黑漆的眸子裡，帶著幾分祈求和渴望之意……

曹朋輕聲道：「沒關係，劉光送我雪獒，不會有什麼不軌之意。其實，那傢伙也挺可憐，打小便在宮中，和人勾心鬥角……我們雖非一個陣營，但是……沒事兒的，我會讓人盯著王雙。如果他有什麼不軌企圖，我會在第一時間，命人幹掉他。」

「如此，也罷。」鄧範突然笑道：「不過那兩頭獒，倒是挺不錯。」

「要不，咱們再過去看看？」曹朋說著話，拉著鄧範往外走。

鄧範笑呵呵的跟著，兩人一前一後，追上了步鸞……

天已晚，臨沂侯府中，劉光正坐在花廳裡看書。

老莫邁步走進來，劉光連忙放下書問道：「老莫，他收下沒有？」

「收下了！」

「哦？」

「老奴親眼看見王雙進了曹府，之後就再也沒有出來。」

劉光那略顯蒼白的臉上，露出了一抹笑意。他點點頭，輕聲道：「收下就好。」

「可是侯爺……那小賊分明就是老賊的心腹。我聽說，此人心狠手辣，而且頗有智謀，早晚必成為咱們的大敵。您又何必和他如此親近？若傳到了陛下耳中，恐怕對侯爺不利啊。」

劉光沉默了！半晌後，他輕聲道：「我知道我們早晚會成為敵人。但在我們決一死戰之前，我希望能和他成為朋友……這與我們和曹司空的事情無關，只是我個人的心意。老莫，我真的很想找個朋友。我也不知道為什麼，只是希望與他成為朋友。哪怕有一天，我和他生死相見，也不會後悔！如果陛下因此而不信我……那就隨他去吧。」

老莫看著劉光，沒有再說什麼。他瞭解劉光，也清楚劉光的個性，這個從小和漢帝在一起，擔負著保護漢帝職責的少年，背負了太多的責任。他從沒有見劉光開開心心的笑過，也知道劉光沒有任何朋友。即便是漢帝，利用的心思也遠甚於同宗的親情。也許，能有一個朋友，對劉光而言是一件好事。不管那朋友將來會不會成為生死仇敵，至少在現在，他有一個朋友，這輩子也算是沒有白來世上一遭。

不知為什麼，老莫心中感到淒然，眼睛驀地濕潤了……

建安四年十月，袁紹再次派人招降張繡。張繡也有意歸附袁紹，卻不想被麾下謀士賈詡所阻撓。

「軍師，如今袁紹勢大，又是誠意招納我等，為何不歸降於他呢？」

賈詡說：「袁紹想當初連自家兄弟袁術都不能容下，將軍歸附，能保證袁紹會重用於你嗎？」

「這個……」

「袁紹外表寬宏，卻無容天下國士之胸懷。將軍有大才，與其歸附袁紹，以詡之見，倒不如歸降曹公。我知道將軍擔心什麼！無非是當初在育水河畔，殺死了曹公長子曹昂。可將軍歸附，乃國事；曹昂被殺，不過私怨。若曹公連國事和私怨都無法分清楚，那他也不可能有今日的成就。所以，他必然會接納將軍。」

張繡不禁有些遲疑。賈詡見張繡意動，忙再次勸諫：「曹公奉天子以令諸侯，乃天下正統。將軍降，乃降漢室，名正言順，無人可以指責；而曹公如今雖比不得袁紹強盛，但也正因為這樣，他更容易接納將軍，甚至重用將軍。相反，若將軍到袁紹帳下，想那袁紹兵馬強盛，戰將無數，又豈能由將軍坐大？其三，曹公志向遠大，更需名聲……也正因此，他會接納將軍……若將軍願意，詡願前往許都，為將軍遊說曹公，使將軍免去那後顧之憂。」

張繡沉吟許久，最終點頭答應。隨後，賈詡整理行裝，帶長子賈穆、義子賈星趕赴許都。

賈詡膝下有兩子，長子賈穆，一直追隨賈詡；次子賈訪，如今在張繡軍中效力。而義子賈星，字退之，年方十八，武威人。其父本是賈詡的好友，後因家中遭遇羌人襲掠被殺……賈星被父親藏在一口水井中，逃出生天。賈詡得到消息後，帶著人趕去援救，但為時已晚。後來，賈星被賈詡找到，便留在賈詡的身邊，雖非父子，恩若親生。

賈詡此次前往許都，連賈訪都不帶，一方面是因為要安撫張繡之心，另一方面則看得出，他對賈星的寵愛。

滿寵接待了賈詡，旋即飛報許都。曹操在得知了消息之後，連忙讓滿寵送賈詡前來。他親自率部出城迎接，拉著賈詡的手臂道：「文和此來，定助我信譽名揚天下。」

誰都知道，曹操和張繡有不共戴天之仇。

而今，張繡來投，曹操正可以藉此機會來表現他的氣度，同時消除之前殺死董承等人的影響。

賈詡滿面羞慚道：「詡不過無名小卒，焉敢得司空如此看重。此大義所歸，非詡之功。張將軍在詡臨行之前，還再三叮囑我，見到司空之後，定要告罪。」

這言下之意就是說：張繡要歸降你，但是又擔心你找他報仇。

曹操說：「兩軍對壘，死傷難免，卻是伯鸞多慮了……今伯鸞來投，操如虎添翼。操欲使伯鸞繼續坐鎮宛城，其麾下兵馬，仍歸由他調遣。我會馬上派人通知伯寧，讓他聯繫伯鸞。」

說罷，曹操突然笑了：「文和，你可不老實啊。」

「啊？」

「方才你說你是無名小卒，可我卻早知文和大名。曾有人在我面前言及，說文和你有鬼神之謀，算無遺策。還說，他最希望的，就是能得文和為師。」

賈詡聽聞，不由得激靈靈打了個寒顫。因為在曹操說出這番話的時候，他清楚的感受到，一雙雙目光帶著挑釁之意，緊盯著他。

「呵呵，司空說笑了。詡哪裡有什麼鬼神之謀，不過是市間謠傳，當不得真，當不得真。」

曹操一雙細目，瞇成了一條縫，臉上的笑容更加燦爛。「若只是市間謠傳，我亦不信。然則說此話之人，也頗有名聲。他說的話語，我卻不能不信……呵呵，文和可知是何人所言？」

「這個……詡不知。」

曹操賣了個關子，嘿嘿一笑。他目光掃過廳上眾人，道：「諸公可知，是何人所言？」

眾人紛紛搖頭。

「就是我那族侄曹友學。」

廳上響起一陣倒吸涼氣的聲音。郭嘉面頰一抽搐，看著賈詡，突然道：「若是友學所言，那定然不假。文和先生定然是有大才學，嘉不才，若文和先生有閒暇時，還請賜教一二。」

要知道，郭嘉可是曹操四大謀主之一。荀彧長內政，善於統帥全域；程昱果決，遇事不慌，可獨當一面；荀攸謀後而動，才學出眾；而郭嘉更是以足智多謀著稱，在四大謀主中，有鬼才之名，其能力更是其中的翹楚。他剛才那一番話，可是帶著濃濃的挑釁之意。

賈詡的名聲也不太好。當初他在董卓帳下效力，後來長安之亂，董卓被殺。原本西涼軍若就此潰散，說不定漢室能獲得喘息之機，當時司徒王允、太尉楊彪都是肱骨之臣，更有呂布對王允是言聽計從。哪知就是賈詡一計，令西涼軍圍攻長安，逼死了王允，更打敗了呂布。

史書評價，賈詡一計而壞了漢室江山。

但說句心裡話，賈詡當時獻策，不過是順勢而為，也是為自保。所以後來，哪怕李傕、郭汜占居了長安，賈詡也未能顯露太大的聲名。甚至有很多人都不知道，正是賈詡當初為自保的一策，令漢室壞敗如斯。可曹朋對他的評價，卻是太高了……

曹朋是什麼人？

寫出《八百字文》，留有《愛蓮說》和《陋室銘》兩篇文章的名士，品德可謂高明。他是曹操的族姪，曾破獲雒陽大案，甚得曹操所信賴。雖說他如今不在許都，可誰都知道，曹朋前途無量。他拜師胡昭，聲名顯赫，卻說出『願從賈文和為師』的言語，眾人如何能不驚訝呢？如果換一個人，斷然沒有這種效果。偏偏曹朋說出這樣的話，令許多人感到吃驚。

賈詡不由得有些頭大。他此來歸降，抱著低調的想法，並不希望太過於搶眼，畢竟他此前有劣跡，有些事情最好還是不要被人知曉。可誰知道，他剛一到，就被人捧到了臺上。最為頭疼的是，郭嘉也對他生出不服的念頭。

你和他鬥，違背了初衷；你若退讓，只會讓人瞧不起。

低調歸低調，賈詡卻也不希望自己被人看低。

「若奉孝有意，詡豈能不從。」被逼到了這個分上，賈詡也沒有退路了，只得暗自苦笑。

曹操當即宣布，拜賈詡為都亭侯，任執金吾，留參司空軍事。當晚，更在司空府內大擺酒宴，款待賈詡。賈詡在酒席宴上，終於忍不住問道：「敢問，曹公子如今在司空帳下，出任何職？」

章四

舉賢何須避親

建安四年十月末，張繡歸降。自此，南陽郡被一分為二，其中自穰縣以北，盡歸曹操，占居三分之二，約二十六縣。南陽郡共三十七個縣，劉表坐擁穰縣以南十一個縣，只占居三分之一的面積。

張繡的歸降，還是引起了不小的動盪。

曹操此前攻伐宛城，死了一個兒子、一個姪兒，但不計前嫌，依舊接納了張繡，顯示出公私分明的大度。而且，張繡歸降之後，曹操依舊使張繡駐守南陽，拜南陽太守。滿寵返回許都，接掌廷尉一職。隨後曹操又拜張繡為揚武將軍，屯兵宛城，還讓三子曹植娶了張繡的女兒為妻。此時的曹植，年不過七歲，才思出眾，甚得曹操喜愛，張繡因此而放下心來。

張繡這一歸降，頓時打亂了劉表的計畫。

此時，劉備自淮南出訪荊襄，請求劉表能夠接納。劉表在三思之後，並沒有反對，甚至還溫言寬慰麋竺，並讓出唐子鄉，供麋竺一行人駐守。同時，劉表還讓麋竺設法和劉備聯繫。

劉表在信中坦言：你我同是漢室宗親，本應相互依持。如今天下大亂，漢室朝綱不振，有奸賊亂政。所以請玄德看在宗室的情分，前來荊州協助……

這是一個劉備無法預計到的變數。在汝南時，他萬萬沒想到，張繡會歸順曹操。如今張繡歸降，使得許都南面多出一道屏障，同時更打開了荊襄門戶，曹操隨時可以進攻荊州。

劉表需要一隻看門犬，所以便想到了劉備。

若張繡沒有歸降曹操的話，劉表斷然不會接納劉備。可現在他即便願意，似乎也有些來不及了，劉備已經從青州抵達鄴城，並甚得袁紹看重，而袁紹討伐曹操在即，劉備也不會輕易的離開袁紹……

總之，局面似乎變得複雜起來。

曹操隨即在許都開始了最後一輪布置，命臧霸出兵東平北海兩郡，其目的就是要死死牽制住袁譚，令袁譚不能輕舉妄動。

大河兩岸，火藥味越發濃郁起來，雙方的局勢，一觸即發。

十一月，譙縣迎來了建安四年的初雪。雪勢並不算太大，雨雪交加，使得氣溫陡然間變得極為寒冷。

曹朋隨曹汲抵達譙縣，欲認祖歸宗。不過，認祖歸宗並不是一件簡單的事情。古人對宗族的看重，是曹朋這個從後世而來之人根本無法想像的。必須要一代一代的對照，查證生辰、經歷，以及過往種種，只有將族譜上的每一代人確認清楚，才算是通過了這歸宗的第一關。

而後，宗族還要盤問曹汲的過往經歷。等所有事情都確認下來，則選擇黃道吉日，認祖歸宗。

這還是曹操督促的結果，否則會耗費更多的時間。曹朋倒是不太著急，反正許都也沒什麼大事，他大可以放鬆心情，盡情的遊覽譙縣周遭景致，還不時隨曹汲拜訪宗族大佬，拉近關係。

曹氏宗族有多大？

很大！從曹騰那一輩算起，就分了三支。到曹操這一代，單只是宗房，也就是嫡傳子弟，就有十幾支；而其他分房，林林總總也有十幾房，整個曹氏宗族加起來，單單是曹姓子弟就有上千人，更不要說那盤根錯節的親戚。

曹氏和夏侯氏，有極為親密的關係。同時，還與當地另一大宗族華氏，關係密切。

華氏如今並不太顯赫，而且論其宗房，也不在譙縣本地，屬外來戶。但華氏扎根譙縣，已有多年，其歷史甚至還要超過曹氏和夏侯兩家。華氏的宗房，在平原郡高唐縣，如今最有名的一個便是前豫章太守，如今在孫策府上擔任客卿的華歆華子魚。不過，那關係已經有些疏遠，譙縣華氏和高唐華氏之間，早已斷絕了往來。

譙縣華氏，以行醫經商為主，宗族也近千人。聽上去也不差，但是和曹氏、夏侯一比，顯然差距甚遠。

「你說華佗就是華氏族人？」曹朋詫異問道。

在他身前，是曹姓的一個子弟，名叫曹融。

他也是宗房子弟，專門負責接待曹汲和曹朋父子。兩人坐在酒樓上，聊起了譙縣的風土人情，這言語之間，不知不覺便扯到了本地望族之上。提到望族，自然不能不提及譙縣華氏。

「是啊，那老兒醫道極為高明。前兩年祖婆生病，還是那老兒出手醫治。只是他常年在外，遊歷四方，並不常在家中停留。不過年前從涅陽回來之後，就沒有再出門。我聽人說，他在家裡編撰什麼醫書，整天閉門謝客，誰也不見。那老兒脾氣挺古怪，好端端的寫什麼醫書？以他的本事，在譙縣開一個醫館，必然是生意興隆，偏偏犯了性子，以至於靠族人救濟。前些時候，聽人說他得罪了族中的大人，所以有意斷了他家的月例……」

「這麼說來，華佗家境不好？」

「何止是不好，是非常不好。」

曹朋心裡不由得一動。他招手示意夏侯蘭過來，「持我名刺，到華府走一趟，告訴那華佗，問他願不願意出任少府太醫令。如果願意，少府所藏醫書，他可以隨意翻閱……另外，告訴他，張機將赴許都。」

在東漢時，醫生的地位並不算太高。而在朝廷裡，卻設置了兩個太醫院。

一個是太常所屬，專門負責對貧民百姓醫療。似許都的回春醫館，便是太常治下。若無太常治下的太醫令給予准許，肖坤也無法行醫。

現任太常太醫令，是董曉，張仲景的學生。他是由曹朋所推薦，因根治了郭嘉的疾病，而獲得推薦。至今在許都已有三年，後經荀彧向太常太醫院推舉，出任太醫令，總體而言，做得很不錯。

另一個太醫院，則屬少府，專門針對宮廷和朝中權貴……

歷代所留下的醫書，均藏於少府太醫院中，普通人根本無法翻閱。少府太醫院比之太常太醫院，要輕鬆許多，福利也比太常太醫院好，不過責任更加重大。

此前的少府太醫令，名叫吉平，因為被牽扯進了衣帶詔一案，所以被滿門抄斬。

吉平一死，少府太醫令隨之空缺下來。這個職務可不是什麼人都可以出任，不僅要有高明的醫術，還要有人出面擔保。但凡為太醫令，可以說是醫生的最高境界。此前，曾有人推舉張機，但被張機拒絕。少府太醫令，秩中六百石；而張機曾為長沙太守，那是正經的秩真兩千石。你讓一個曾得兩千石俸祿的太守，跑回來做一個六百石的太醫令，豈不是貶低？而且張機又不缺這個錢，所以最終未能前來赴任。

也因為這個原因，少府太醫令懸而未決。

曹朋是最清楚這些事情的人，在他離開許都之前，少府劉曄還和曹汲在偶然間提起過……

華佗！

東漢末年時，與張仲景，還有一個不知道如今身在何方，是否已經出世的董奉，並稱三大神醫，醫術高明。張仲景以《傷寒論》而聞名於世；董奉則號稱杏林神醫。但若說最有名的，還是華佗。他和張仲景的情況不一樣，遊歷天下，治癒過許多千奇百怪的疑難雜症，而且手段極為詭異。

華佗曾著《青囊書》一部，卻因故自己焚毀。後世流傳一部《中藏書》，但據說並非華佗所著……在中醫史上，可以說是一個巨大損失。

史書上說，華佗是因為不願意專門為曹操為醫，所以被曹操所殺。

野史記載，曹操頭疼，華佗獻策開顱治療，為曹操所疑，最終被殺。但如果說華佗留給人們印象最深刻的，還是關雲長刮骨療毒的故事。曹朋幼年時，對於這個情節可是極為熱愛，後來他知道華佗創五禽戲，據說是中國象形拳術的鼻祖，只是後世的五禽戲是否真傳，無人知曉……

曹朋乍聽曹融說到了華佗，心裡面不禁有些揣測。這年月，能得一個好醫生，無疑是一個保命的最佳途徑。如果能把華佗留下來，倒也不失為一個好辦法，至少將來曹操也不至於因疑心而殺害華佗。

太醫令，對華佗來說，應該是個不錯的選擇……

「友學，你要推薦華佗做太醫令？」

「是啊。」

「你……」曹融看左右無人，輕聲道：「這件事，你最好還是三思後行。這華佗……怎麼說呢，頗有些古怪。當年曾有人見他盜竊屍體，還被官府治罪。你把他貿然推薦到太醫院，萬一出了事情，到時候很有可能給你招惹來麻煩。這個人，毛病不少，且多有古怪啊……」

「偷竊屍體？」

「是啊……這件事當時鬧得還挺大，我也是聽家父提起。當年華佗年方三十，一天夜裡，偷偷的跑到一家墳塋前，把墳塋挖開，偷走了屍體……據說，這傢伙好吃死人肉，所以才偷人屍體。官府緝拿他的時候，在他家裡發現了好幾具屍骸，血肉都沒了，只剩下白森森的骨頭。問他那血肉去了何處，他又說不出一個端倪……」

「有這種事？」曹朋打了個寒顫，透出猶豫之色。「那他當時怎麼說？」

「我阿爹當時在衙門裡做事，曾聽過他的口供。華元化說，他把那些屍體刨開，是為了查詢死因，探索病症。反正這件事，沒有人肯相信。後來還是他一個族叔，花錢為他買罪，才算躲過牢獄之災。後來他在譙縣待不住了，便離開家，四處遊歷。十餘年後再回來時，醫術倒是變得高明許多，只是這人，變得更加古怪。」

解剖學！曹朋腦海中，陡然閃過了一個念頭。

後世還有一種說法，說華佗是解剖學的始祖。關雲長刮骨療毒，還有為曹操開顱治病，似乎都牽扯到了解剖學的原理。那麼，華佗解剖屍體的原因，倒也能說得過去。後世醫學院的學生，哪個沒經歷過這種事情？

曹朋聽了曹融的這番解釋，非但沒有退縮，反而更堅定了他挽救華佗的想法。

曹操肯定認識華佗！兩個人不僅是同鄉，年紀相差也不是特別懸殊。曹操之所以不肯相信華佗，很大程度上，也有華佗早年劣跡所致。

想了想，曹朋猛然起身，對曹融說：「大兄，我欲親自前去拜會華佗，但不知大兄可願帶路？」

「啊？」

「你不懂的……我當年隨一位方士識字的時候，那位方士曾經對我說過：人的身體，是最為奇妙的構造。如果不能夠直觀而真切的觀察，很難掌握其中道理……我覺得，華佗當年偷盜屍體，其目的就是為了掌握身體構造，從而可以更加明確的找到疾病的根源……這是個了不得的人才，若是放過了，日後恐怕後悔莫及。」

如果曹朋是個普通人的話，他這番話，可能會被人當作瘋子。可他是大名鼎鼎的『曹八百』，臥龍孔明先生的弟子。換句話說，他說出來的東西，在普通人眼中，就如同專家教授的評語。這就是名氣的重要性，有了名，說什麼都會有人相信。

「竟有如此事情？」曹融不禁萬分驚訝，連忙起身，帶著曹朋走出酒樓。

華佗並不住在譙縣城裡，而是居於郊外。

由於華佗的名聲不好，所以沒有人願意和他做鄰居。以至於華佗就孤零零的住在過水旁之畔，四周荒無人煙。一座獨立的小院子，看上去很殘破，冷冷清清，令人不由得心裡發怵。

曹融帶著曹朋，叩響柴扉。片刻後，一個皓首老家人走出來，瞪著昏花雙眼道：「你們找誰？」

「敢問，是華佗華先生的家嗎？」

「是。」

「在下曹朋，乃譙縣曹姓子弟，忝為北軍中候，特拜訪先生。」

「我家老爺說了，誰也不見。」

曹融聽聞，頓時勃然大怒，「你……」

曹朋一把拉住了曹融，看著老蒼頭，突然呵呵笑了。

「我知道華先生受了很多委屈，更不為世人所理解。不過我有一句話，拜託老人家帶給華先生。請告訴華先生，我明白他在做什麼。解剖屍體，並非什麼妖魔鬼怪，而是福澤蒼生的好事。有些事情，既然做了，就請他堅持到底……不才雖只是一個北軍中候，但是願意為華先生作保，舉薦他為少府太醫令，可閱盡少府藏書。如果他還願意繼續堅持下去，我會設法為他弄來足夠的屍體，供他繼續研究。」

「總之，不才可以理解華先生的作為。但如果他半途而廢，就此消沉，那我也無話可說……我會在譙縣待一陣子，如果華先生想通了，隨時可以來找我。我就住在縣衙旁邊的官驛之中……別人不理解，不代表就可以放棄；別人誤會，更不是消沉的理由，請華先生多保重。」說罷，曹朋拉著曹融走了。

「友學，你真願意為他弄來屍體？」曹融打了個寒顫，輕聲問道。

曹朋輕輕點頭，「如果他願意繼續下去，我會想盡一切辦法，為他準備屍體。」

「瘋了，真是瘋了！」曹融輕輕搖頭。他願意相信曹朋，可是對曹朋做的事情，還是有些不理解。想了想，這種事，自己還是少參與為好……

建安四年十一月中，一篇檄文，突然傳遍大江南北。

蓋聞明主圖危以制變，忠臣慮難以立權。是以有非常之人，然後有非常之事；有非常之事，然後立非常之功。

……

而操遂承資跋扈，恣行凶忒，割剝元元，殘賢害善。

故九江太守邊讓，英才俊偉，天下知名；直言正色，論不阿諛；身首被梟懸誅之。

……

操便放志，專行脅遷，當御省禁；卑侮王室，敗法亂紀；坐領三臺，專制朝政；爵賞由心，刑戮在口；所愛光五宗，所惡滅三族，群談者受顯誅，腹議者蒙隱戮；百僚鉗口，道路以目；尚書記朝會，公卿充員品而已。

……

其得操首者，封五千戶侯，賞錢五千萬。部曲偏裨將校諸吏降者，勿有所問。廣宜恩信，班揚符賞，布告天下，咸使知聖朝而拘迫之難。

如律令！

作此檄文者，名叫陳琳，字孔璋，徐州廣陵人，曾為大將軍何進主簿。何進欲誅殺十常侍，召四方猛將，引兵入京，以恐嚇太后，陳琳當時便加以反對，然而不得何進所取。後何進死，陳琳避難於冀州，歸附袁紹，為其掌典文章之事。這片討賊檄文，正是陳琳受袁紹之命所做。

時已近年末，曹操正因頭痛而臥床不起，讀罷檄文之後，竟出了一身冷汗，從榻上翻身而起。

這是袁紹要向我開戰啊！

曹操雖然早已做好了開戰的準備，但是當開戰之際，還是不免有些惶恐。他連忙把郭嘉喚來，「奉孝，袁紹檄文，你可曾看罷？」

郭嘉道：「嘉已讀過。」

「奉孝以為如何？」

「袁紹已決意開戰，恐就在年關。不過，主公倒不必在意袁紹，主公與袁本初早晚一戰，這是我們早就預料到的事情。如今，袁紹詐稱百萬雄師，然則並不足懼。主公可使臧霸牽制袁譚；令文遠坐鎮河內，牽制並州兵馬，便能剪除袁紹兩翼。而袁紹實際能用的兵力，以嘉估計，不過十餘萬之眾，主公大可放心。只是，袁紹不足懼，嘉所慮者，是那江東小霸王。」

「孫家獅兒邪？」

「正是！」郭嘉眼中，閃過一抹寒光，「孫策如今雄霸江東六郡，實力大漲。文有張子布，武有周公瑾，更加上程普、黃蓋、韓當等江東老臣。若袁紹與之聯合，他跨江征伐徐州，必成大禍。主公，嘉以為，去年所安排之事，可以執行。只要除去孫伯符，則江東必亂……到時候，主公便能全力應戰袁紹，一舉將其擊潰……」

曹操眸光一閃，彷彿自言自語道：「江東獅兒，實某心腹之患。」

郭嘉聽聞，頓時笑了……

在後世，許多人覺得古時候的人決戰時，往往是兩軍對壘，然後殺啊殺啊的，決出勝負。

但實際上呢？

《孫子兵法》開篇就說：……夫未戰而廟算勝者，得算多也；未戰而廟算不勝者，得算少也。多算勝，少算不勝，而況乎無算乎？吾以此觀之，勝負見矣。

入夜，賈詡和義子賈星，坐在執金吾府衙的後宅，看著院中的雪景，正小酌相談。白皚皚的雪，使得夜色更顯靜謐。風，不剛烈，有些柔柔的。小亭子裡，一口酒爐上正溫著酒水，酒香四溢，令人垂涎欲滴。賈詡非常喜歡這種環境，更喜歡在這種環境下，和孩子們談天說地。

自賈詡歸順曹操之後，曹操對賈氏父子極為看重。不僅拜賈詡為執金吾、都亭侯，更任賈穆為廷尉正，出任滿寵的副手。滿寵是個工作狂，經常一工作就是大半夜；而賈穆新至許都，也希望能做出一番事業，所以顯得是非常勤奮。也正因為這樣，賈穆很快便得到了滿寵的看重，兩人一工作起來，就會忘乎所以，忘記時間。

於是，賈詡只好拉著賈星，在亭中小酌。

「曹公此戰未起，便已做好了籌謀。此廟算者多也……從去年開始，他連續征討張繡、呂布，督撫關中，其目的就是為了今天這一場決戰。張伯鸞歸順，使曹公更少了一個牽制，可以全力對付袁紹。只看他年初時，攻伐河內，便知他已經有了一個全域安排。臧霸出兵北海、東安和齊郡，張文遠屯兵射犬，等於將袁紹的兩隻手臂斬斷。如此一來，袁紹原本占居的兵力優勢，也就隨之蕩然無存。」

「可是……」賈星顯得有些囁嚅，話到嘴邊，又嚥了回去。

賈詡微微一笑，輕聲道：「退之，但說無妨。」

「可如此一來，曹公的兵力，不也分散了嗎？」

「沒錯。」賈詡頗為讚賞的看著賈星，心中暗自嘆息一聲：賈穆好刑名，賈訪喜兵事。自己所學的策術，卻無人繼承。沒想到眼前這個假子，卻獨愛策術，時常請教，令賈詡感到非常的快慰。

「曹公兵力的確分散，但袁紹即便百萬雄師，也不可能全部展開。他必會從兗州渡河，直撲許都。而往許都的路上，陳留有夏侯淵屯駐，濟陰則有于禁襟肘。如此一來，袁紹大軍便只有延津、白馬、酸棗至許都一條狹長戰場，故而他兵力優勢也難以展開。」

「所以曹公欲和袁紹決戰，必是一場曠日持久之戰，非朝夕能夠結束。但曹公早已布局完成，而袁紹興兵，卻顯得有些隨意，使得他兵力優勢隨之削弱。依我看，這一戰曹公和袁紹五五而分。誰能率先捕捉住戰機，誰便可以獲取勝利，就看他們的膽略和眼光。」

賈星低著頭，若有所思。

「退之，如果你是袁紹，當戰事進入僵持，會如何做？」

賈星想了想，苦笑著搖頭：「還請父親指教。」

賈詡似陷入沉思。半晌後，道：「若我為袁紹，必斷曹公糧道。」

「啊？」

「糧道一絕，軍心自亂。當雙方都是靠著一股氣撐著的時候，一旦糧道出了問題，則勝負了然。」

「父親，您的意思是……」

賈詡臉色一變，惡狠狠道：「我打算，給那個曹友學找點麻煩。」

「啊？」賈星愣了一下，旋即明白了賈詡之意。

本來，賈詡準備來許都之後，韜光養晦，低調行事。哪知道曹朋一句話，使得曹操對賈詡多了幾分關注。接風酒宴上那一席話，更讓許多人生出了不服的心思。比如郭嘉，就坦言要請賈詡指點。賈詡退也不是，進也不是，好生頭痛。而這一切，就是因為曹朋那一句話所致！

這兩天，曹操時常把賈詡叫過去，詢問計策。賈詡想藏拙，也要看人。在曹操的跟前，他還真不能藏拙，因為曹操的那雙眼睛，可是毒辣得很。萬一被曹操發現，那麼勢必會在心裡留下猜忌之意。

我這麼看重你，你還要藏拙？難道說，是我不值得你輔佐，還是你有其他的打算？

所以，曹操問計，賈詡也只好應答。但他越是有不俗表現，就會越引起其他人的關注……韜光養晦，去他媽的蛋吧！

賈詡可不敢去招惹曹操，於是曹朋就成了他的出氣筒。

賈星不由得笑了，「不知父親打算如何收拾曹友學呢？」

「哼哼……」賈詡冷笑一聲，端起酒杯，一飲而盡。

第二天，賈詡主動求見曹操。

「主公，詡這兩日觀察主公謀劃，卻發現了一處破綻。」

「哦？」曹操聽聞，頓時來了興趣，頗為好奇的看著賈詡。

賈詡說：「我觀主公所謀，與袁紹之戰，必然曠日持久。若僵持的話，難保袁紹不生詭計。」

「什麼詭計？」

「若我為袁紹，必絕主公糧道。」

曹操心裡一咯登，陡然出了一身冷汗。

史書上說，曹操好劫人糧道，所以對自己的糧道也格外看重。賈詡的提醒，令曹操不免有些惶恐。如果大戰開啟，袁紹真的派人劫掠糧道的話，自己又該如何應對？卻是個問題。

「文和所言極是。」他想了想，「但不知文和有何妙計？」

「我觀主公謀劃，似已選好了與袁紹決戰之處。」

「哦？」曹操一笑，「文和何以見得？」

既然無法藏拙，索性就展示才華。

賈詡既然做出了決定，斷然不會再有疑慮。於是他侃侃而談道：「袁紹兵多，而主公兵少，這是一大劣勢。千里大河，有多處渡口，若分兵而守，則防不勝防，不僅無法阻止袁紹，反而可能令主公兵力更加分散。而今，臧宣高占領齊郡，使主公東面無虞；張文遠屯兵射犬，可牽制並州兵馬；關中有衛覬和鍾繇，足以使主公免去西面受敵之患，所以主公所慮者，無非正面袁紹。」

「主公命劉延堅守東郡，只怕是為了拖延時間。而真正的決戰之所，應該是選在官渡。此地位於鴻溝上游，瀕臨汴水。鴻溝西聯虎牢、鞏縣、雒之要隘，東下淮泗，為許都北面、東面之屏障，有險可守……袁紹若攻取許都，必經官渡。主公亦可行誘敵驕兵之計，在此地與袁紹決戰。而且，官渡距離許都不遠，可保障糧道通暢。」

曹操倒吸一口涼氣，駭然看著賈詡。如果說他之前重視賈詡，是因為曹朋之語，那麼現在他開始感到慶幸，賈詡最終歸順了他。若賈詡歸順袁紹，自己苦苦籌謀數載的計畫，只怕會被一眼看破。

想到這裡，曹操不由得收起小覷之心，起身向賈詡深施一禮，「還請文和救我。」

賈詡說：「主公何必擔心？以詡之見，袁紹若絕主公糧道，也不可能派出大軍。主公只需選一心腹之人，駐守於梅山，便可以使糧道不絕。」

梅山，位於今鄭州市西南二十六公里處，清朝時曾被稱之為鄭州八景之一。

由許都運糧至官渡，梅山是必經之路，同時也是最容易遭遇伏擊的地點……

曹操不由得眼睛一亮，連連點頭：「文和以為，何人可以駐守梅山？」

「此人需膽大心細，有應變之能；而且，這個人需得到仲德所認可，否則未必能得到足夠支持；其三，這個人還要被主公所信任。詡觀主公麾下，能勝任此事者，非海西鄧叔孫不可。」

「哦？」

「我聽說，鄧叔孫當初匹馬定海西，更使海西成為淮北富庶之地。其內弟曹朋，亦主公所鍾愛。本來，我想推薦曹友學，可後來一想，他雖然能幹，可年紀畢竟有些小。此事關係重大，只怕未必能得人信服。不過鄧叔孫，倒也是一個極佳的人選。」

曹操有些意動，但又有些猶豫。

鄧稷在海西做得不錯，而且屯田成績出眾。曹操本已準備來年在淮南開始推行屯田政策，到時候讓鄧稷執掌兩淮屯田。

同時，曹操心裡又存了一樁顧慮。算算時間，鄧稷在建安二年秋入主海西，如今馬上就要建安五年。鄧稷在兩淮的聲望越來越高，曹操也有一些顧忌。這時候把鄧稷從海西抽調出來，無疑是最好的機會；可如果抽調了鄧稷，誰來繼續屯田大計？這也是一個問題……

送走了賈詡之後，曹操在屋中徘徊。片刻後，他突然停下腳步，「君明！」

「在！」

「立刻派人趕往譙縣，讓友學即刻返回。」

「喏！」

要說對海西的瞭解，恐怕沒有人比曹朋更清楚。曹操覺得，這個時候他應該問一下曹朋的意見。至於認祖歸宗，有曹汲留在譙縣即可……

建安四年十二月，江東發生了一樁大事。

吳侯孫策，屯兵彭澤，在渡河準備前往柴桑，與周瑜相會的途中，遭遇數十名刺客伏擊。

彭澤屬豫章，是孫策治下。自孫策平定了江東六郡以來，治安狀況一直良好，可謂是盜匪絕跡，加之柴桑是東吳水軍駐地，所以更加安全。而孫策呢，有萬夫不擋之勇，武藝高強，故而他並沒有太過於在意，只帶了幾十個親隨出發。不成想，對方竟持有邊軍弓弩，數十人同時放箭，而後一擁而上。這些人顯然都不是等閒之輩，武藝同樣不俗，更兼個個爭先，悍不畏死。

孫策雖勇，卻因身中數箭，傷勢嚴重。但即便如此，孫策仍斬殺二十餘人，最終不支倒地。幸好周瑜得到消息，及時趕來援救，才算是將孫策搶了回來。不過搶回來時，孫策已奄奄一息……經大夫診治，孫策所中之箭矢，皆塗抹劇毒，根本無法救活。周瑜氣得暴跳如雷，可是卻也無可奈何。

十二月初十，孫策死於柴桑，享年二十五歲。

孫郎故，揚州亡……一時間謠言四起，使得江東子弟都陷入了惶恐之中。

周瑜護送孫策的屍體返回吳郡之後，與張昭等人商議，決定推出孫策的兄弟孫權繼任吳侯，執掌江東。同時，又命人向許都報喪，請求由孫權接掌。

不過即便如此，孫權畢竟年幼，僅十七歲。由一個十七歲的孩子接掌江東？他又沒有孫策的勇武，更沒有孫策的威望，如何能夠服眾？周瑜和張昭再次商議，並勸說孫權親自上書，表示臣服曹操。這個時候，必須要先穩住局面，如果孫權不能夠得到吳侯之號，江東必亂。

孫權點頭，並請前豫章太守華歆為使節，出使許都……

至於那些謀殺孫策的凶手，經查實，乃前吳郡太守許貢之子，糾集許家家臣和嚴白虎餘部所為。

周瑜敏銳的覺察到，這件事並沒有那麼簡單。

可即便明知如此，他也不敢輕舉妄動。此時的江東需要穩定，而不是大開殺戒，一旦追查起來，萬一鬧出了事端，勢必會引發出整個江東的動盪……周瑜和張昭，都明白！

「孫策死了？」

曹朋即將啟程，返還許都。乍聞這個消息，也不由得大吃一驚。他記不清楚孫策究竟是哪一年戰死，但算算時間，好像也差不多。

歷史上，孫策死於官渡之戰前。而如今，官渡之戰一觸即發，孫策之死，倒也符合於歷史。只是曹朋不知道，孫策本應死於第二年開春，當時他是想要攻打廣陵，遭遇伏擊。而如今，孫策卻提前了幾個月。可別小看這幾個月的時間，至少使得孫策未能說出「外事不決問周瑜，內事不決問張昭」的遺囑。同時，陳琳的討賊檄文，也比歷史上提前了近半年。

此時的曹朋，顧不得其他。曹操命人傳令，召他即刻返回許都。嚇得曹朋還以為發生了什麼大事，便匆匆忙忙與曹汲說明了情況，帶上甘寧和夏侯蘭，然後又喚來了華佗。

華佗時五十五歲，卻是養生有術，看上去頗為年輕。

事實上，在曹朋拜訪華佗的當天晚上，華佗就已經找上門來。

「你今天說的，可是真的？」

「當然，如今少府太醫令尚空缺，我可以為你作保；若我不行，我可以拜訪荀尚書，請他舉薦。」

「我不是問這個，我是說，你真的相信我，我所做的那些，是為醫道？」

曹朋愣了一下，旋即明白了華佗所說的是什麼事。他堅定的點了點頭，「當然！」

沒有人比他更加清楚，在後世的醫學界，有一門專業的課程就叫做解剖學，並占有極為重要的地位。

華佗哭了！吃了那麼多的苦，受了那麼多的罪，甚至被人誤解、被人排斥……今天，終於有一個知音出現在他的面前。儘管曹朋年紀不大，可是華佗卻生出了士為知己者死的念頭。

「我和你一起走。」華佗說：「我不求什麼高官厚祿，只為你知我。」

這一句話，道盡了華佗在過往二十餘年來，所受盡的委屈。

曹朋拍了拍他的肩膀，第二天便命人送信到許都。曹汲和劉曄的關係不錯，憑著這層關係，便足以使華佗登上太醫令之職。畢竟，如今的曹汲可不只是個打鐵匠，他更是民曹都尉、武庫令、奉車侯。同時，曹汲現在是曹氏子弟，而且是曹操的族弟，還有什麼能比這個更親近？

曹賊

章四 舉賢何須避親

劉曄是個聰明人，斷然不會為此而和曹汲反目。

此時，曹朋正準備返還許都。「我要回許都了！」

「我聽說了。」

「你回去收拾一下，和我一起走吧。」

華佗一聽，不由得樂了。「公子，我不需要收拾什麼，只有一個老僕，跟隨我多年，已在門外等候。只需公子一聲令下，佗即可啟程。佗沒什麼家產，所有的行李，都裝在我這腦袋裡面。」

曹朋笑了：「那我可要派人好生保護你。」

「為什麼？」

「這麼珍貴的腦袋，若是丟了，豈不是損失？」

曹朋這句話，別有深意。他不清楚歷史上的華佗最後究竟是怎麼死的，但想來無非是得罪了曹操。曹朋用這樣的方式來提醒華佗：許都不比譙縣，你到了以後要多小心。你死了不要緊，可你腦袋裡那些本事就要失傳了。你的那些本事，比你的性命還要重要……

華佗鄭重點頭，「公子放心，到了許都之後，佗唯公子馬首是瞻。」

「好了，我們出發！」

曹汲在曹氏族人的陪同下，送曹朋離開譙縣。

這一路上曉行夜宿，不復贅言。十數日後，也就是十二月中，曹朋一行人風塵僕僕，抵達許都。

曹朋讓人先帶華佗主僕回家，然後便催馬直奔司空府。曹操早已經得到稟報，故而推了所有的事情，在家中等候曹朋的到來。曹朋一到司空府，便被人領進了後花園。

花園裡，還是那座涼亭。曹操披著一件厚厚的裘衣，正喝著酒，欣賞著園中盛開的紅梅……

「阿福，快來坐。」

「世父，究竟發生了何事，這麼著急將我召回？」曹朋登上涼亭，跪坐於榻上。

「來來來，先不著急，喝了酒再說。」

「世父，你若不先把事情說了，就算是山珍海味，瓊漿玉液，我也吃不下啊。」

「你這孩子，倒是真個心急。」曹操露出一抹慈祥笑容，看著曹朋，半晌後沉聲道：「阿福，我與袁紹，不日決戰。而今，我需有一人，守我糧道。我欲召回叔孫，委以重任……然則海西關係兩淮，亦重要之所在。若召回叔孫，友學你認為，當派何人來接替叔孫呢？」

曹操雖然用的是商量語氣，但曹朋可以感覺得出來，他似乎已經有了決定。腦海中，再一次浮現出李儒在歸附之後說過的話語：若曹公提出要求，切不可猶豫，答應再說。

乍聽，這似乎算不得什麼妙計。

可實際上，策士謀主所獻的計策，往往是揣摩人性，直指核心的寥寥數語。

似郭嘉十勝十敗論，那是屬於全域謀劃，不可以等閒論之。比如後世說賈詡一語而亡漢，其實仔細想想，並沒有什麼高深之處。如果換作後世直白的言論，無非就是：咱們反正就是個死，拚一把可能贏，輸了也無所謂。於是李傕、郭汜召集兵馬，圍攻長安，挽回了敗局。

真正的策術，是在合適的時間、合適的地點，說出合適的言語……

可真要做到這一點，又談何容易？

所以說，一言以興邦，一言以亡國。

同樣的話語，在不同的時機、不同的場合，就會產生不同的效果。

李儒的這一句提醒，其實也是根據曹操的個性而言。他對曹操並不陌生，甚至還仔細研究過。至少在二十二路諸侯討伐董卓的時候，曹操可差一點被李儒設計殺掉。

派人壓陣，而後伏擊……這是誰都能想出的計策。可就是這麼一個計策，令得曹操幾乎全軍覆沒，若非曹洪拚死掩護，甚至有可能死在戰場上。

曹朋道：「若世父將姐夫調回，姪兒以為，步騭可以繼任。」

「步騭？」

曹操鬆了口氣，曹朋既然說出替代者，說明他胸懷坦蕩。只是，這步騭又是哪一個呢？

「步騭字子山，本淮陰步氏族人。建安二年，姪兒與姐夫到海西之後，陳登太守曾舉薦三人，一個名叫衛旌，因桀驁不馴，不願幫助姐夫，所以被我罵走，後來去了江東，下落不明。一個是戴乾，就是此前與王旭火焚海陵，燒死祖郎的功臣。此人性情剛烈，忠直不阿，可惜……第三個，便是步騭步子山，他如今忝為鹽瀆長，今春廣陵之戰時，也曾參與其中。步騭追隨我的時間最久，而且為人謹慎，頗有才華。世父若問我誰可替代，我首選步子山。」

曹操原本也只是問問，並沒有指望曹朋真的會推薦什麼人物，哪知道……

曹操笑了，「阿福，許都城中名士如雲，有才華者更多不勝數，你為何如此看重這步騭呢？」

我能告訴你，步騭在歷史上，曾做到了東吳的宰相嗎？

曹朋也笑了，「許都城中名士如雲，多如過江之鯽。可是有一個問題，我和他們不認識啊……再說了，步子山的堂妹，是我身邊的侍婢，我對步騭的瞭解，遠勝他人。」

曹操臉色一沉，「阿福，爾不知要舉賢避親嗎？」

「既然是舉賢，為何還要避親？步騭明明是最合適的人選，我為什麼要去避嫌呢？」

如果換作別人說出這樣的話，曹操說不定會很不高興。可偏偏曹朋說出這樣的言語時，曹操感覺很高興。這更說明了，曹朋並沒有什麼特殊的想法，一心是在為自己做事分憂……

「那你說說，步騭怎麼就是最合適的人？」

「其一，步騭是廣陵人，而且從建安二年開始，便到了海西，對海西可說是非常的熟悉。」

「嗯，這倒說得過去。」

「其二，姐夫在海西立足後，得益於兩人，一個是近伊蘆長濮陽闓，另一個就是步騭。勿論是平定海西，整頓商市，推行屯田，步騭都參與了最初的謀劃。如果說，對海西情況最瞭解，除了姐夫之外，便是步騭和濮陽闓兩人。濮陽先生才學過人，但有些拘泥，變通之能不高。其實，我一直覺得濮陽先生為地方官，並不算合適。他最適合的位子，應該是在太學中做個五經博士，教書育人……嘻嘻，世父莫要怪我，我也是有感而發，並沒有其他的意思。」

早在曹朋離開徐州的時候，便知道濮陽闓身體不太好。

海西荒僻，雖說如今已隱隱成為兩淮富庶之地，可環境還是有些不好。鄧稷在和曹朋的書信裡，曾提到希望能在許都給濮陽闓找一個職務，令他安享晚年。畢竟，濮陽闓年紀也大了。

曹操笑道：「休得賣弄小心思，你且說下去。」

「而步騭不同，他雖出身望族，卻自幼貧苦，得嬸娘照拂長大，故而通曉民間疾苦。他懂得變通，更通兵事，這一點他猶勝於姐夫……而且呢，他心思細膩，有大局，足以主政一方。世父說得不錯，許都能人多不勝數，但姪兒以為，適合海西屯田都尉者，唯有步子山。」

「另外還有一點，步子山接替姐夫，可是政令連貫。世父，為政最怕朝令夕改。若海西能夠持續發展，必須政令延續。說實話，我很擔心若換了一個陌生人，會出現政令改動的情況。急於樹立自己的威望，建立自己的功績，而將前任的努力全盤否定，對上而言，是數載辛苦前功盡棄；於下來說，更會讓百姓迷茫而不知所措。」

對於這一點，曹朋是有感而發。前世工作經歷，這種朝令夕改的事情屢見不鮮。上一任主政修改街道，下一任到來就認為這不是他的政績，於是中途停止，選擇其他工程，使得城市建設混亂不堪。

初入一條大道，感覺很不錯，可走到一半，發現這街道變得崎嶇不平，簡直是兩個模樣。這大概也是後世一個極富特徵的官場現象。

用曹朋的話說，初入光鮮，敗絮其中……

太平時，可以如此亂來；但戰亂時，卻不能如此。似屯田這等國策，更需連貫性。

曹操連連點頭，露出滿意的笑容：「還有呢？」

「還有就是，我瞭解步子山，卻不瞭解那些許都能人。」

曹操不由得哈哈大笑，「你這孩子，卻是個不肯服軟的傢伙。」

曹朋搔搔頭，露出了憨厚笑容。

「奉孝，你以為如何？」待曹朋離去後，曹操扭頭，衝著亭外輕聲道。

從亭外假山後面走出一人，正是郭嘉。他穿著厚厚的裘衣，邁步走進亭中，笑呵呵坐下。

「主公既然已經有了決斷，何必問我？」

「只是我有些不明白，文和為什麼要推薦鄧稷？他二人，似乎並不太熟悉吧。」

郭嘉笑道：「賈文和確有本領，只一眼就看穿了主公的意圖。依我看，他之所以推薦叔孫，是想要報復一下阿福而已。若非阿福一句話，他說不定會繼續躲著，做那韜光養晦之事……現在，阿福逼得他不得不走出來，他若不報復一下，焉能心氣平和？」

「海西，由叔孫執掌，倒也算不得什麼。可時間長了，畢竟也不太好，換一個人，依我看也沒什麼了不得。步子山這個人我不太瞭解，若主公猶豫，何不命人去雒陽，詢問一下長文？」

說罷，郭嘉突然笑了！

「你笑什麼？」

「我在想，如果阿福知道這件事是賈文和所謀，他會如何反應呢？」

曹操想了想，也笑了：「那孩子，可不是個容易吃虧的主兒。」

他和郭嘉相視一眼，眼中流露出一抹興奮之色。

曹朋出了司空府，已經快午時。一連幾日烏雲密布，忽而陽光明媚，是一個難得的好天氣。街上的行人多起來，一個個看上去挺繁忙。

年關將至，新年即將到來，該置辦年貨的置辦年貨，該走親訪友的走親訪友，使得許都一下子變得很熱鬧。雖然袁紹的檄文傳遍了天下，可是對許都百姓來說，那檄文並沒有掀起太大的波瀾。許都今年的收成雖說比不得去年，但是也算不差。縱觀各地，曹操治下算得上最好。袁紹遠在河北，與我等又什麼關係？就算他兵精糧足，又能奈何得了我們幾分……

看得出，曹操這些年來的治理，民心可用。

曹朋離開司空府後，逕自返回家中。先向母親張氏問安，然後又拉著黃月英說了會兒話，再帶著小外甥鄧艾在院子裡跑了兩圈。鄧艾已快三歲了，咿咿呀呀的，已經會喚出『阿舅』。曹朋越發好奇，鄧艾將來會是什麼樣子？他究竟是不是那個歷史上，大名鼎鼎的鄧士載呢？

看著白白胖胖，在門廊上爬行的小鄧艾，曹朋突然間靈光一閃：唯賢是舉令……

他似乎找到了一個合適的人選！只是這個人選……

吃過了午飯，曹朋便來到了府中那偏僻的跨院中。

李儒正在佛堂上端坐，一旁的火塘子裡，炭火熊熊，使得佛堂的溫度很高。一進門，曹朋就感到那撲面而來的熱氣。看著火塘子裡堆放的滿滿當當的火炭，曹朋不由得哭笑不得。

「文成先生，至於嘛？」

章四 舉賢何須避親

「什麼？」

「這麼小的一佛堂，你把火生得這麼旺。」

李儒眼睛一翻，「閒著也是閒著，我又不能出去，自然希望這房間裡能暖和一些。」

曹朋本就是帶著調笑之意，倒也沒有在意李儒的語氣。他推開窗子，讓空氣可以對流一下，然後坐下來，把他剛才在司空府中的經歷說了一遍。

「你說，好端端的，司空為何要讓我姐夫回來？」

李儒伸了個懶腰，「還能因為什麼？你那位姐夫政績卓著，在海西聲望太高，孟德擔心了。不過你也不用著急，你今天應對的挺好。你越是坦蕩，孟德就越是不會懷疑你。你推薦的那個步騭，十有八九會接替你姐夫……只是，孟德把你姐夫召回來，恐怕不僅僅是因為他在海西根基日深……說不定有大用啊。」

「什麼大用？」

李儒長出一口氣，搖搖頭說：「這個可說不準了。也許留守許都，也許外放主政一方。他有了海西這個資歷，再加上你父子，應該沒有問題。」

曹朋仔細想想，似乎的確如此。

算起來，鄧稷已經在海西兩年多了。隨著海西的發展，那裡已經成為一塊許多人垂涎的肥肉，如果繼續讓鄧稷留在那邊，的確會有麻煩。不過，海西現在也是曹朋最為重要的一塊財富，九大行會這兩年，為他賺取了大筆利益。這年頭，土地和人口最重要，但如果沒有錢帛，同樣一事無成。

這也是曹朋為什麼向曹操極力推薦步騭的另一個原因。

只要步騭在，就可以保證財源不斷。不過單靠一個步騭，恐怕也不行……海西的利潤太大，自己一個人也不可能吞下。最好的辦法，就是利益共用。可是，該選擇和誰共用利益呢？

這，同樣是一個大問題。合作的夥伴如果選不好，勢必會造成大麻煩。這個人，必須要和曹操有密切關係，但權柄又不能太重，而且可以被控制……那麼，該選誰呢？曹洪？曹仁？還是夏侯子弟？

「公子，在想什麼？」

「我在想，該與誰共同治理海西。」

李儒愣了一下，那張奇醜的臉上浮起一抹笑容。不過，他這一笑，比不笑的時候更加難看。他輕輕撫掌，連連點頭。

「先生，你這是何意？」

李儒輕輕嘆了一口氣，道：「公子思緒縝密，是一樁好事。我剛才也正想與公子說這件事情。海西太大了，你一個人，根本就不可能把它完全吞下來，必須與人分享，但這個人選……」

李儒忽然一笑，輕聲道：「這些日子來，我一直在琢磨曹操。我倒是有一個人選，不知公子意下如何。不過，這個人選，恐怕也不太容易拉攏。」

「誰？」

「環夫人，怎麼樣？」

曹朋猛然抬起頭，呆呆的看著李儒。

「你知不知道，環夫人又有了身子？」

「那又如何？」

「如何？」李儒笑了，「曹孟德好色如命，偏偏環夫人有了身子，這說明什麼？環夫人最受寵愛。如今，司空府內是卞夫人當家，為許多人所關注。且世子曹丕，如今成了曹孟德的長子，自然更受關注。環夫人膝下如今只有一子，而且生性低調。她宗族並不興旺，雖有幾個子弟為曹公效力，可是卻沒什麼才幹。說起來，她這一支最弱……正好與之結盟。」

「哦？」

「張繡為何歸附曹公？因為他知道，投奔袁紹，用你的話說叫錦上添花；可歸附曹孟德？卻是雪中送炭啊。」

曹朋聽聞，輕輕點頭。

「如今的卞夫人，就如同袁紹。世子已長大成人，隨曹操征戰，頗有才幹，與之交好者，多不勝數，又如何在意你這一家？而環夫人，則如今之曹孟德。你現在幫她一把，將來她若能有成，定會牢記你今日情義。」

「我明白了！」曹朋頷首，露出一抹笑容。他開始慶幸，當初聽了闞澤的勸說，把李儒留了下來。這可真是一個大殺器……有他暗中相助，至少可以讓自己少了十年的奮鬥。

「先生，你也認為，曹公必勝？」

「他若不勝，你可就慘了。」李儒笑呵呵的起身，慢慢走出了佛堂。

曹朋坐在佛堂裡，抬頭看著佛堂裡供奉的佛像。他突然生出一陣感慨，虔誠的在佛像前行禮。佛祖保佑，曹公必勝！

午後的陽光很溫暖，照在人的身上，感覺非常舒服。

趁著這難得的悠閒，曹朋在門廊上躺著，頭枕著黃月英的腿，看著天空悠悠走過的雲彩。

「月英，長文來信說，陳老先生已派人，到了江夏。」

「嗯？」

「他是去為我求親。」

黃月英的臉一下子紅了，如蚊子哼哼似的，嗯了一聲。

其實，她也在愁苦此事，待在曹家，雖說曹汲和張氏都認可了她，卻畢竟沒有名分。除非她真的不顧一切，連家人都不在意了……可對於飽讀詩書的黃月英而言，那實在有些為難。

陳紀是潁川陳氏的族長，而且是陳寔的兒子，論門第，論聲名，都遠遠高過黃氏。如果黃承彥不想真的和潁川世族反目，那十有八九會點頭承認。

「對了，前些日子，一個叫魏延的人來找你。」

「哦？」

「他說他這陣子就在許都官驛居住，讓你回來後找他。」

曹朋這才想起來，魏延這時候的確是應該待在許都。曹真曾和他提過，只不過因為種種原因，此前錯過了……魏延這一次來許都，恐怕至少能登上檢驗校尉的位置。此前曹真說過，曹操有意讓魏延做蕩寇校尉。但在曹朋看來，這個難度不小。蕩寇校尉，假兩千石的品秩。倒不是說魏延不夠格，而是資歷還有些淺了……若能再混個幾年，倒真的是很有可能。

不過檢驗校尉，也是比千石的職務。曹汲現在才是真千石，比檢驗校尉高一階而已。能做到檢驗校尉，至少可以獨領一軍，也是個不錯的選擇。

曹朋連忙坐起來，想了想，「那我現在就過去探望一下……和魏大哥平輿一別，也快三年了。」

「嗯，那我和娘說，晚上不做你的飯了。」

有這麼一個懂事的紅顏知己，夫復何求呢？

曹朋連忙進屋，換了一身衣服。

哪知，他剛要出門，卻見鄧巨業跑過來，攔住了他的去路，「友學，執金吾衙門來人，讓你前去報到。」

「啊？」曹朋聽聞，不由得愕然……

章五

大幕開啟，白馬之圍

北軍中候，隸屬執金吾。

不過有一個問題，那就是在此之前，執金吾一職一直懸而未決，沒有人出任。北軍五營歸於衛尉所轄，而北軍中候則直屬司空府，由曹操指揮。當然了，這樣的分派顯得有些混亂，卻可以最大程度上進行監管。至少在曹朋隨曹汲前往譙縣之前，執金吾的人選還沒有確定。

「現任執金吾是誰？」曹朋在前往執金吾衙門的路上，忍不住問那帶路的小校。

小校年紀不大，看上去和曹朋差不多，長得倒是眉清目秀，不過黑黑瘦瘦的，似乎有些單薄。

「曹中候有所不知，今執金吾，便是都亭侯賈詡大人。」

賈詡？

曹朋心裡沒來由的咯登一下。他倒是聽說了張繡歸降的消息，但具體情況並不是特別瞭解。特別是賈詡的安排，他更是全然不知。

也怪不得曹朋，他回來到現在不過幾個時辰而已，根本不可能打聽清楚狀況……他不去問，李儒等人自然也沒說，還以為曹朋已經知道。

「執金吾，是賈詡？」

「是啊，曹中候何故吃驚？你不是與曹公說，希望能拜都亭侯為師嗎？」

我說過這句話嗎？

好吧，我的確是說過，但那也只是隨口說說而已……

曹朋猛然勒馬，看著那小校，「你是誰？怎知道這種事情？」

「在下賈星，是都亭侯義子。」

賈星？沒聽說過……至少《三國演義》裡面，沒有半點印象。

曹朋疑惑的看著眼前的少年，心裡面急速的盤算起來。

看上去似乎很正常，身為上司，要見一下自己的下屬也沒什麼不對。可不知為什麼，曹朋心裡面總有些忐忑。賈詡，那可是三國第一毒士，陰人……但如果讓曹朋說他怎麼毒，曹朋又說不出來，只是本能的對賈詡有些畏懼。即便是在面對曹操的時候，曹朋也沒有過這種感覺。可現在要去見賈詡了，曹朋還真有些畏懼。這種感覺，說不清楚，道不明白。

也許，是本能的畏懼？

「曹中候，我們走吧，都亭侯正等著呢。」

看起來，還是專門召見。

曹朋暗自深吸一口氣，故作淡然道：「也好，那我們快些過去。」

執金吾衙門，位於毓秀門外。

早在秦時，執金吾本名中尉，是負責保衛京都和宮城的官員，其所屬兵卒，也稱之為北軍。漢武帝太初元年，改『中尉』為執金吾，擔負著京城之內的巡查、禁暴、督奸等事宜，與守衛宮禁之內的衛尉互為表裡；秩中兩千石，設有兩丞、司馬和千人。不過呢，到了東漢年間，執金吾直系只保留了武庫令一職。

而今的武庫令，正是曹朋的老子，曹汲。

曹汲是拜奉車侯，任民曹都尉，兼武庫令……換句話說，曹朋父子如今都屬於賈詡的屬官部曲。

提起執金吾這個官職，恐怕給後世人最為印象深刻的，就是那句『仕宦當作執金吾，娶妻應娶陰麗華』。而說出這句話的人，正是東漢的開國皇帝，漢光武帝劉秀……不過，自東漢以來，執金吾的權力越來越小。曹操拜賈詡為執金吾，其實也只是一個名義上的榮耀而已。

賈詡如今真正的職務，是參司空軍事，也就是司空府幕僚。

自有漢以來，官分爵、階、職。爵，官之尊，例如賈詡的都亭侯；階，官之次；職，官之掌。後陳群創九品中正制，加入了『品』，也就是官之序。對賈詡而言，都亭侯是他的爵，執金吾是他的階，參司空軍事才是他的職。

在執金吾衙門裡，曹朋終於見到了那位大名鼎鼎的毒士，賈詡。

賈詡是武威姑臧人，個頭偏高，大約有一百八十八公分左右。身材瘦而高䠷，膚色古銅，顯然是常年受風吹雨打所致。作為一個真正的謀主，可不是整天待在屋子裡，他同樣要進行大量的戶外活動……

賈詡長得很英武，年輕時應該屬於帥哥一類。頷下長髯，面帶笑容，頗有幾分慈祥長者的外貌。

「曹中候！」

「卑職曹朋，見過都亭侯。」

「哈哈，不必客氣，不必客氣，曹中候還請入座。」

別看這廝笑得燦爛，外表和善，可曹朋卻有一種毛骨悚然的感受，好像……好像一條隱藏在草叢裡的毒蛇！當賈詡目光落在曹朋身上的時候，曹朋起了一身的雞皮疙瘩。

這傢伙，感覺比郭嘉還要可怕！

郭嘉的厲害之處，在於他的『鬼』，也就是變幻莫測，難以琢磨。而賈詡，似乎在難以琢磨的基礎上，還要增添一分陰鷙；他的謀劃，往往一針見血、直擊要害，不出招則已，出招就是置人於死地的毒招。

李儒和賈詡曾同為董卓效力，李儒也說過，若是以謀略而言，他差賈詡很多。為什麼這麼說？因為賈詡是他當時唯一看不懂的傢伙。

賈詡似乎並不是全意為董卓效力。這裡面，也有董卓對賈詡輕視的因素。自進入雒陽後，董卓對世家子弟尤為重視，而對之前那些追隨他的寒門士子，相對冷淡了。

李儒對曹朋說過，若見到賈詡，最好以靜制動，否則的話，很容易被他看出破綻……

所以，曹朋彬彬有禮，坐下之後，眼觀鼻、鼻觀口、口觀心，好像老僧入定一般。

若說賈詡對曹朋有惡感？那倒不至於……只是他心裡不爽曹朋破壞了他韜光養晦的策略，令他到許都後，頗有些尷尬。但內心裡，他未嘗沒有幾分得意。畢竟曹朋是曹操的族人，且以《八百字文》而顯世，不大不小也是個名人。

能得到曹朋那麼高的讚譽，賈詡要說不開心，那純粹是胡說八道。他陰了曹朋一招之後，心情也舒緩了許多。今天把曹朋叫過來，就是想再敲打一下，順便和曹朋拉一拉關係……

朝中有人好辦事！這人情世故，賈詡看得比郭嘉透澈。

可沒想到，這曹朋進屋以後，好像刺蝟一樣把自己保護起來，坐在那裡，一言不發。

這小傢伙，倒也能沉得住氣。

「聽說曹中候，是舞陰人？」

大幕開啟，白馬之圍

「哦，家父早年曾在舞陰居住，是中陽鎮人士。」

「中陽鎮啊，我知道那地方，我還去過那裡……不過曹中候又怎麼來到了許都？令尊何等才華，若當時投效張伯鸞，也是能出人頭地啊。」

「這個……只因當時得罪了舞陰令，只得逃亡。」

「原來如此。」賈詡輕輕點頭，「那姓成的非善良之人，竟使得我們如今才得相見。」

「以後，還請都亭侯多多關照。」

「呵呵，那是自然，那是自然！」賈詡眼睛微合，沉吟片刻後，突然道：「賈某初至許都，就聽人談及曹中候之威風。更拜曹中候所賜，賈某得主公看重，忝為執金吾，不勝慚愧。不過呢，有一件事還要請曹中候多多包涵。」

「什麼事？」

「前些時候，我與主公商談時，曾建議主公在梅山設置兵馬。主公當時問我什麼人合適，我對這邊的人也不熟，所以就貿然提起了令兄之名，不知曹中候意下如何？」

我意你妹……

曹朋心中陡然大怒：我說老曹幹嘛突然把我姐夫從海西調回來，原來是你這老傢伙在裡面鼓搗。我和你無冤無仇，你差點壞了我的財路……你現在既然說出來，等著吧，這事不算完，早晚要報復回來！

但他臉上，卻是一派鄭重。

「都亭侯言重了，皆為朝廷效力，朋焉能有怨言？」

「呵呵，沒有怨言就好，沒有怨言就好……」

賈詡臉上笑容更濃，而曹朋依舊是你問我一句，我回答一句。

兩人各懷心思的聊了片刻，曹朋告辭離去。

他前腳剛一離開，賈詡臉上的笑容立刻消失。他揉了揉鼻子，道：「確實是個有趣的小傢伙。」

「父親，此人如何？」賈星站在賈詡身後，低聲問道。

「這小子似乎很瞭解我，在剛才說話的時候，居然以靜制動，絲毫不露破綻……不過呢，這小子可是向我下戰書了。」

「什麼時候？」賈星一直在旁邊侍候，聽聞不由得一怔。

賈詡呵呵笑道：「我剛才告訴他，我把他姐夫召回許都，問他意下如何。你還記得，他怎麼回答？他說『焉能有怨言』！焉能有，那就是有嘍……這小傢伙，一定會有其他的動作。」

「那……」

「嘿嘿，這樣倒也不錯。反正閒著也是閒著，有個小傢伙來逗我開心，挺好……退之，從明日起，你就到他手下做事。」

「啊？」

「他這北軍中候以下，尚有中丞空缺，你就先做那北軍中丞。」

「喏！」

「他說什麼，你就做什麼。我的意思是，幫我盯著這小子。」

賈星有些不太理解，但想了想，還是點頭答應下來……

「這賈詡，太可惡了！」

曹朋回到府中，在佛堂裡暴跳如雷，「我又沒招惹他，他竟然差一點壞了我的財路！」

李儒身披一件裘衣，頗為悠閒的掏著耳朵。等曹朋罵完後，他才不陰不陽的開口道：「依我看，你何止是招惹他，還壞了他的大事呢。」

「此話怎講？」

「曹孟德多疑，心機之深，少有人可比。賈文和初來許都，定想著韜光養晦，慢慢來……可你卻好死不死的在曹操跟前說了一句想要拜他為師的話，等於把他推到了風口浪尖之上。公子，你可不是那市井小民，你一篇《八百字文》得天下人讚嘆……你想拜賈文和為師？豈不是把他給抬到了桌面上，下不來嗎？」

「下不來，就待著！」曹朋氣呼呼的道了一句，旋即又笑了。「若非先生提醒，我險些不知這其中奧妙。」

「那傢伙，不謀則已，一謀必殺……他倒也沒太大惡意，就是想出口氣，噁心你一下吧。」

「那我，就給他噁心回去。」

「哦？」

曹朋搔搔頭，苦笑道：「不過我還沒想好，怎麼才能噁心到他。」

李儒眼睛頓時澄亮，輕聲道：「這還不容易？他越是不想出風頭，你就越要讓他出風頭……」

曹朋一怔，不由得嘿嘿直笑：「說得好，說得好！」

他這心裡面就盤算起來，該怎樣噁心到賈詡？

當晚，曹朋在府中設宴，宴請魏延。兩人自汝南一別之後，已有兩年多沒見過，這一重逢，自然有許多話要說，更生出許多感慨。

想當初，魏延不過是一個大頭兵。而今，他已成為曹操眼中的大將。回來的這一段時間裡，曹操幾次召見他，詢問他很多事情。看得出，魏延已不再是當初那個鬱鬱不得志的傢伙，即將飛黃騰達。

為此，曹朋和他連乾了好幾碗。兩人談起九女城，說起夕陽聚，還聊到了當初死戰不退的唐吉。

「阿福，還記得咱們當初的誓言嗎？」

「嗯？」

「總有一天，咱們要馬踏江夏，拿住那黃射，千刀萬剮。」在曹府門前，魏延拉著曹朋的胳膊。

曹朋鄭重的點點頭，「魏大哥放心，我沒有忘記！」可是，這心裡面還是有些矛盾。

黃射，斷然不能放過……但我答應了月英，會饒他性命。可昔年義陽武卒的仇，卻不能忘卻。

曹朋送走了魏延之後，不禁心事重重，徹夜難寐……一邊是兄弟，一邊是月英，他該如何選擇？

建安四年十二月二十二日，大河兩岸，突降暴雪。這也是建安四年，最後一場雪吧！

劉延登上了城頭，舉目眺望蒼茫原野。只見大河上下，千里冰封，茫茫蒼原，染成了白色。

這兩天，河對岸的袁紹軍很安靜，安靜得讓劉延心裡面有點發慌……

一般來說，這個時候不太可能出現什麼戰事，畢竟馬上新年，大家的心思未必集中在這上面。可對於即將決戰的雙方而言，每一次時機的出現，都有可能產生出極為嚴重的後果。這麼大的雪，萬一袁紹軍攻過來的話，那還真不太容易防禦。

「城中百姓，可遷移完畢？」劉延揉了揉太陽穴，低聲問道。

曹操把東郡交給他，使得劉延感到了巨大的壓力。

東郡，是最前沿。一旦雙方開戰，東郡首當其衝……所以，劉延決意，將白馬縣的百姓全部遷移至濮陽。這樣一來，雙方即便開戰，也能有足夠的緩衝。想到這裡，劉延又嘆了一口氣。

哈氣從口中噴出，在夜色中格外清晰。

「太守，大事不好！」

就在劉延準備下城的時候，就見一名斥候跌跌撞撞衝上來。

「袁紹軍，袁紹軍……」

章五

大幕開啟，白馬之圍

一股寒氣從腰間升起，順著脊梁骨直沖頭頂。劉延一個哆嗦，連忙衝上去一把抓住了斥候：「袁紹軍怎麼了？」

「袁紹軍，渡河了！」

「啊？」劉延只覺腦袋裡嗡的一聲響，眼前直冒金星。還真是怕什麼，就來什麼……袁紹居然出兵了？在這個時候出兵？

「可看清楚有多少人馬？」

「大約有數千人，正朝這邊趕來。」

劉延連忙跑到箭樓上，頭伸出垛口向下觀瞧。一批批百姓，正攜家帶口的魚貫往城外走出去。這如果被袁紹軍追上的話，必然是死傷慘重。

「傳我命令，立刻讓他們回來！」

「可是……」

「休得贅言，馬上傳令……來人，即刻向濮陽求援，懇求徐晃將軍出兵援救！來人，給我抬刀備馬！」

說話間，就聽到遠處傳來轟隆隆的聲響。劉延忙凝神觀瞧，只見天盡頭，一股雪塵滾滾而來。

「是袁紹的騎軍！」有軍卒一眼便看出了那雪塵的來歷，大聲嘶喊。

此時，城外的百姓已經開始往回走，只不過，出城容易，進城卻難。許多人聚在一起，堵著城門口，使得城門一時間也無法關閉。看那雪塵撲來的速度，估計很快就會抵達城下。

劉延也顧不得許多，跨上馬，抄起大刀，率領軍卒衝出城門。這一路上，他連砍了十餘個堵在城門口的百姓，而後才算是清出來了一條通道。

「我乃東郡太守劉延，爾等速速列隊進城，不得慌亂。某家會領兵卒在城外阻攔敵軍，但有一人未入城，劉延絕不退兵。」

「大人……」

也許，是劉延的這個保證產生了作用，也許是生死關頭，百姓們也知曉輕重，城門外的百姓開始有序的進入城內。

與此同時，劉延命人列陣在城下，一個個緊張萬分。

「若我戰死，可由白馬令暫領軍事，閉門不出，靜待援軍。」

「喏！」

劉延吩咐妥當之後，立馬橫刀，站在陣前。

風很大，捲裹著雪花撲面而來，讓人幾乎睜不開眼睛……

一隊鐵騎似洪流般，出現在視野當中。為首一員大將，黑盔黑甲，胯下馬，掌中一口大環刀，就好像是踏踩著狂風暴雪般，衝向城門。劉延的瞳孔驟然一縮，心裡更加的緊張……

「快關城門！」劉延突然大聲叫喊。

也就在這剎那間，飛騎而來的大將爆出一聲巨吼：「我乃大將顏良，敢攔我路者，殺無赦！」

風雪止息，天地間白皚皚，一派蒼茫。

深冬時節的太陽，看上去似乎很明媚，但實際上，卻散發出刻骨的寒意。這也是嚴冬在建安四年的最後一次肆虐，可是卻冷得駭人，冷得讓人感到難受，冷得讓人……說不清楚，道不明白。

從濮陽到白馬的官道上，一隊軍士正飛快行進。

戰馬口中呼出的熱氣，在冰寒的氣溫下，格外清晰。呼氣成冰，似乎並不是一句形容詞。

徐晃不停的催促兵馬加快行進，心中更感到焦躁不安。袁紹軍在年關突然發動攻擊，出乎所有人的預料。之前袁紹按兵不動，甚至還後撤百里，讓許多人都以為，至少在年前袁紹不會出擊。這些人當中，徐晃也算其中之一……誰也沒有想到，袁紹這一手以退為進，竟迷惑了許多人。就在大家都沒有防備的時候，強渡大河。

袁紹這一出手，頗有雷霆之勢。

至少在徐晃看來，與此前袁紹的行為方式，有巨大的變化。

高明啊！徐晃不禁由衷感慨，同時又覺得奇怪，是什麼人，為袁紹出了這麼一個計謀呢？

「距離白馬，尚有多遠？」

「回將軍，照這個速度，大約在正午之前，就可以抵達白馬。」

「也不知道，劉太守能否堅持住。」

徐晃深吸一口氣，回頭看了一下身後行進中的兵馬，沉聲道：「傳令三軍，加快行進速度，務必要在正午前抵達白馬。」

「喏！」

傳令兵飛馬而去，可徐晃心中卻更覺不安。但他又說不清楚，究竟是什麼地方出了差錯，所以只能催促兵馬，加快行進速度，儘快奪回白馬。

自濮陽至白馬，必經一處乾涸的河灘。此地因戰國時期，趙國大將廉頗屯兵駐守，故而名為趙營。河灘地勢平坦，無甚險要地勢，加之河床乾涸，使之城外一塊方圓數十里的曠野，極為冷清。

趙營距離白馬有三十六里，距離濮陽四十里，正位於兩地中央地帶。

行至此地，徐晃呼一口濁氣，正要下令加速前進。忽見一名斥候飛馬而來，在他面前停下。

「將軍，前方有一支人馬，攔住了我們的去路。」

「哦？」徐晃一怔，沉聲喝道：「是何方兵馬？」

「看旗號，似是袁紹麾下大將，顏良所部兵馬。」

顏良？

徐晃心中倒吸一口涼氣，露出警惕之色。早在楊奉帳下效力時，他就聽說過袁紹麾下猛將如雲，尤以四人最為顯赫，號河北四庭柱。這四個人分別就是河間的張郃、高覽，鄴城的顏良、文醜。其中，又以顏良、文醜最為悍勇，號稱河北雙臂。意思就是說，這兩個人如同袁紹的左膀右臂，地位顯赫。

想當初，二十二路諸侯討伐董卓，在汜水關被華雄阻攔，連斬關東盟軍十數員大將。袁紹就曾言：「若我上將顏良文醜在，那容得華雄張狂？」

後來，這華雄被孫堅設計，斬殺於關下，孫堅也因而成名，成為諸侯之中的翹楚人物。但也因此，孫堅和袁術結下了仇怨……

徐晃是個很穩重的人，聽聞顏良率部攔住去路，就知道事情不妙。

難道說，白馬已經告破了嗎？

想到這裡，他立刻下令：「三軍止步，列陣迎敵。」

在這個時候，徐晃不能退，只能前進。他若是撤兵的話，顏良定然會趁勢掩殺……如果出現那樣的情況，己方勢必潰敗。所以，先穩住陣腳，而後再做打算。

徐晃剛下令列陣，顏良率領兵馬已逼近跟前。

那顏良身高八尺開外，生得膀闊腰圓，威武雄壯。胯下一匹烏騅馬，掌中一口大刀，威風凜凜，殺氣騰騰。

兩軍列陣對壘，顏良催馬就衝出旗門。

「某家顏良，徐公明可在？」

徐晃這時候，自然不可能露出半點怯陣之意，催馬就到了陣前。

章五
大幕開啟，白馬之圍

「顏良，徐晃在此。」

「徐公明，廢話不與你多說，今我家主公奉天子之詔，出兵討逆，要清君側，振朝綱。白馬如今已經被我拿下，劉延也已成某家刀下亡魂。你若是聰明，即刻下馬投降，我可在主公面前為你美言，保你高官厚祿……但你若是執迷不悟，那就休怪某家，送你與劉延作伴。」

劉延果然被殺了！

徐晃心中一顫，突然大吼一聲：「顏良休要張狂……曹公奉天子以令不臣，乃眾望所歸。你家袁紹老兒，出四世三公之家，受朝廷厚恩，卻不知報效朝廷，擁兵自重，方才是真正的國賊。某家得曹公厚愛，焉能做那袁本初跟前的惡犬？顏良，待我殺了你，為劉太守報仇！」

說罷，徐晃摘下鐵槊，催馬就衝向顏良。顏良也是勃然大怒，掄刀迎上，鐵蹄踏踩河灘，冰屑飛濺……

雖然沒有交過手，可是兩人這一衝鋒，徐晃就覺察到不妙。顏良人馬合一，如同一頭下山的猛虎般，氣勢驚人。

這種陣前交鋒，氣勢尤為重要。

顏良大刀一出來，徐晃就知道，這傢伙比自己強上一籌。可是他卻無法後退，因為到了這個時候，他已沒有退路……若後退，必然是一場潰敗接踵而至。如今所能寄託的，就是自己胯下這匹寶馬。但不知，憑藉曹汲的馬中三寶，能否與顏良周旋？

此時，曹汲所獻的馬鞍、馬鐙和馬蹄鐵，只在小範圍內使用，除虎豹騎之外，就是曹操麾下那些心腹大將，或者超一流的武將可以配備此等裝備。徐晃，也正是其一。

兩匹戰馬長嘶，剎那間照面。

徐晃二話不說，挺鐵槊分心就刺。這一槊刺出，撕空帶著一聲厲嘯，快如閃電。

那顏良卻嘿嘿一笑，大刀向外一翻，正劈在鐵槊槊脊之上。巨大的力量令徐晃在馬上不由得一晃，手臂頓時發麻，鐵槊向下一沉，便失了方向。而兩匹馬繼續衝鋒，顏良大刀壓著徐晃的鐵槊，撲稜一翻，順著槊桿刷的向上一推，橫抹而出。由凝重而輕靈，轉換自如，令徐晃格外難受，只覺手上鐵槊一鬆，緊跟著大刀就抹了過來，嚇得他連忙豎起鐵槊，一式鐵門閂，鐺的崩開了顏良這迅猛如雷電般的一擊……隨後，二馬錯蹬，便分了開來。

手，微微有些顫抖，徐晃嚥了口唾沫。他撥轉馬頭，一咬牙，再次策馬衝出。

而顏良大笑道：「徐公明，身手不弱，可惜非某家對手。」

比力氣，顏良比徐晃要強橫許多。兩人雖然都屬於那種超一流的猛將，可超一流之內，也有分等級。似顏良，幾近超一流的中等水準，而徐晃卻只是超一流的末流。雖說只有這麼一點點的差距，但在對陣時，卻足以要了人的性命。若非馬中三寶，徐晃剛才就有可能喪命。憑藉著馬鐙的承重力，使得他在馬上坐穩身形。這一次，他再也不敢留有半分力量，與顏良鬥在一處。

鬥將，是一種極能提升士氣的戰法。

雖然自有漢以來，講求陣法和戰術，可鬥將仍然是兩軍對壘中，最為重要的一環。

憑藉著馬中三寶，徐晃和顏良鬥了二十餘回合，仍不分勝負。顏良大刀忽而快如閃電，忽而凝重若泰山壓頂，快慢輕重，變幻莫測……徐晃咬著牙，一桿鐵槊上下翻飛，呼呼作響。

兩人鬥了三十個回合之後，徐晃忽聽本陣後方大亂。他連忙虛晃一槊，跳出戰圈，抬頭向本陣看去，只見一支鐵騎，大約有千人左右，呼嘯著衝入陣中。那為首大將，黑盔黑甲，胯下一匹青鬃馬，掌中一桿丈八蛇矛……

「徐公明休走，燕人張飛在此。」

是張飛！

徐晃大驚，連忙撥馬想要救援。可是顏良又豈能容他逃走，催馬便把他攔住。

「徐公明，你的對手是我，要往哪裡走！」

大環刀呼呼作響，掛著風雷之聲，刀雲翻滾。徐晃本就比顏良弱兩分，靠著裝備才算是打成平手。可現在，一頭猛虎出現在他的身後，徐晃哪裡還有心激戰，只七、八個回合，便被顏良殺得汗流浹背，狼狽不堪。

另一邊，張飛蛇矛翻飛，槍槍見血。而顏良的部曲也發動了衝鋒，把曹軍殺得幾近潰敗。

張飛獰笑著，挺矛衝向徐晃，「徐公明，拿命來！」

一個顏良，已經讓徐晃快要抵擋不住，若是再加上一個張飛……

徐晃也不是不知道進退的人，手中鐵槊猛然發力，槍疾馬快，一連三槍逼退了顏良之後，撥馬就走。他這一走，曹軍更是群龍無首，瞬間潰不成軍。

顏良和張飛合兵一處，二話不說，直追擊十里，方才甘休。

徐晃這一敗，可真是淒慘。他從濮陽出發時，帶了近四千人，可殺出重圍之後，身邊只剩下寥寥六、七百人而已……

白馬既然已經失掉，那必須儘快返回濮陽，呈報許都。

想到這裡，徐晃不敢逗留，帶著殘兵敗將，朝濮陽方向敗退。

到傍晚時分，濮陽城已入眼中。徐晃長出一口氣，馬上加鞭，來到了城門外，厲聲喝道：「城上何人值守，速速開城！」

城頭上的軍卒，探頭看了一眼：「啊，是徐將軍，開城門，開城門。」

隨著一連串的呼喊聲，城門吱呀呀開了一條縫。徐晃正要入城，卻見一匹快馬自城門中風一般席捲而來。馬上那員大將身高九尺，一身鸚哥綠的戰袍，掌中一口九尺五寸長的大刀。

「徐晃，關羽在此等你多時，看刀！」

話音未落，來人已到了徐晃跟前。掌中大砍刀呼的落下，只見一抹殘影掠過，刀已經到了跟前！

好在徐晃在城門開啟的那一剎那，本能的感覺到有些不妙，所以勒馬向後退了一步。當關羽衝到跟前時，他連忙抬槊封擋。只聽鐺的一聲響，胯下馬希聿聿長嘶，連連向後退卻……

從鐵槊上傳來一股巨力，令徐晃有些承受不住，一口鮮血噴出，他撥馬就走。

「有埋伏，速走！」徐晃伏在馬背上，催馬狂奔而去。

關羽見一刀取不得徐晃性命，頓時大怒，催馬就要追趕。數十名曹軍蜂擁而上，將關羽攔住。關羽怒氣更盛，大刀好像雪片般在空中飛舞，呼呼作響。此時，從城中也衝出一隊兵馬，和關羽一起，迅速將那幾十名曹軍亂刃分屍。而徐晃已經跑遠了……

關羽催馬還要追趕，卻聽城樓上有人道：「二弟，窮寇莫追……我等只須占領濮陽即可。」抬頭看，只見一個中年男子出現在城頭上，正是劉備劉玄德。

關羽對劉備倒是言聽計從。他勒住戰馬，手撚長髯嘿嘿一笑，「既然哥哥有令，且放他徐公明一次。」

兩人目光相交，不由得哈哈大笑。

劉備目光灼灼，透出一抹欣喜：如今，終於向那曹賊，討回一局！

「濮陽失守？」

在執金吾府衙中，曹朋無比吃驚的看著賈詡。他今日是來呈報北軍檢驗文書，卻不想被賈詡拉住，告之他白馬失守，濮陽已落入袁紹手中。

慢著慢著，有點不太對勁！

章五
大幕開啟，白馬之圍

曹朋拚命的回憶，回憶他記憶中的官渡之戰。

歷史上，官渡之戰的前期戰役，的確是包括了白馬之戰。但白馬之戰，曹操似乎只丟失了白馬，並未丟失濮陽。可這一次，為什麼連濮陽也失守了？

歷史，似乎發生了一些微小的變化。

可別小看這微小的變化，卻使得曹操的局面變得更加險惡。

歷史上袁紹攻取白馬，是為了保證大軍南下的通暢；而現在，濮陽失守，等同於曹操東面屏障被分割開來。曹操在兗州本就有些麻煩，當初斬殺邊讓，使得他和兗州士子關係緊張。所以當初曹操攻打徐州時，呂布不費吹灰之力便占領了濮陽，並造成兗州大亂。

時至今日，兗州的情況好轉許多，但也不代表曹操和兗州士人的關係修復。如果兗州動盪……

曹朋不由得倒吸一口涼氣！

「濮陽失守，使得曹公此前在青州的部署一下子打亂。臧霸雖有本事，可此人眼皮子活泛，不可以輕信。此前濮陽在手，又有于禁兵馬節制，臧霸或許不會有什麼想法。但現在，濮陽丟失，于禁側翼已受到威脅，恐怕是自顧不暇。」賈詡言畢，笑咪咪看著曹朋。

「友學，可有主意？」

章六 偏離軌道的歷史

尼瑪的主意！

看著賈詡那張笑咪咪的臉，曹朋最希望的，就是衝上去給他一頓老拳，讓賈詡變成賈豬頭。不在賈詡手下做事，不知道這廝多麼陰損。

一篇檢驗公文，曹朋寫了無數遍，被賈詡折騰的快要發瘋。本來挺工整的文案，這廝左一筆、右一筆的畫了個亂七八糟，然後讓曹朋拿回去重新抄寫。

曹朋是看了半天，也沒弄清楚到底有什麼問題，於是回去重新抄寫一遍送過來，這賈豬頭又開始挑毛病。左一個毛病，右一個毛病……尼瑪，上次為什麼不說清楚？好吧，老子忍了，回去再抄一遍，修改過來。但賈豬頭仍不滿意，認為上面的幾筆資料需要校對，讓曹朋再回去校對一次。五營軍務，那可是厚厚一摞，曹朋累得跟孫子一樣校對完畢，也沒有發現什麼問題，於是回來呈報。那賈詡卻不同意，堅持認為上面的幾筆資料不正確。逼得曹朋當著他的面把資料重新計算了一遍，才讓賈詡無話可說。

曹朋算是看出來了，這賈詡就是個小肚雞腸。

我不就是破壞了你韜光養晦的計畫，你至於這麼一次次的整我？虧我上輩子對你那麼崇拜，沒想到……我決定了！別給我機會，否則我一定會報復回來……

如今，這貨又來刁難。

曹朋的臉，頓時沉了下來，「卑職並非參司空軍事，倒是都亭侯，定然勝券在握。」他仰著臉，看著賈詡。

賈詡輕輕一咳嗽，「那個……五營校驗，暫且放在一旁。不過濮陽失守，主公必然會有所行動。在此之前，友學務必將北軍名冊整理清楚，隨時聽候調遣。」

整理你妹！

曹朋深吸一口氣，起身道：「卑職遵命。」

我現在，是一刻也不想待在這執金吾了……

曹朋發現自己和賈詡八字相剋，從見面開始，兩個人就沒有和諧過。

「這傢伙，還真不可愛。」

身後，傳來賈詡的嘀咕聲，讓曹朋怒從膽邊生，恨不得轉身衝過去，拉住賈詡一頓暴打，方解心頭之恨。

可愛你妹……曹朋暗自咒罵，走出衙堂。

執金吾衙門不算太大，屬官也不多。說起來，真正的屬官只有兩個，一個是武庫令，另一個就是北軍中候。而武庫令曹汲，如今還在譙縣。再者說了，就算是曹汲回來，也不可能在執金吾衙門辦公，他還有一個職務，是民曹都尉，所以大部分時間是留在司空府做事。

也就是說，真正歸屬賈詡管轄的朝廷命官，只有曹朋一個。這也讓曹朋苦不堪言，更對賈詡恨之入骨，感覺這傢伙分明是給自己小鞋穿！可是官大一級壓死人，曹朋還是無可奈何。

北軍五校名冊，不是早就整理清楚了嗎？

走出執金吾衙門，曹朋搔搔頭，上馬準備回家。

可走到半路，就聽身後急促的馬蹄聲響，有人高聲呼喚：「曹中候留步，曹中候留步。」

回頭看，卻見賈星上前。

尼瑪，沒完了？

曹朋不敢對賈詡發火，可不代表他不敢對賈星發怒。勒馬停在路中央，他怒視著賈星道：「賈退之，是不是都亭侯大人，又想起什麼事情來了？」

「這個……呵呵！」賈星有些不知所措。

這直呼他的姓氏和表字，說明曹朋此刻很怒。但沒辦法，誰讓賈詡最近折騰曹朋有些狠了些，估計換作自己，也會不高興吧。對於曹朋，賈星報以同情。

「曹中候，曹司空剛才派人前往衙堂，吩咐北軍五校，整兵候命。都亭侯命曹中候立刻率部前往城外軍營集合，中時點兵，不可遲到……那個，咱們可能要出征了。」

「連北軍五校也要出征？」曹朋聽聞，也不由得一怔。

執金吾的職務是典司禁軍，保衛京城。所屬北軍五校，主要是護衛京畿安全……不過，早在西漢時期，執金吾也有領兵遠征的先例。西漢漢昭帝，執金吾馬適曾率軍征討破羌人；而在東漢年間，漢和帝時，執金吾耿秉還曾出任大將軍竇憲的副手，征伐北匈奴，入漠北八百里。不過，自靈帝以來，北軍不離京畿已成了慣例。

現在突然準備出征，說明曹操也意識到了情況不妙，甚至連京畿部隊都要出征，可見局勢敗壞。

賈星輕聲道：「曹中候，其實義父他……並沒有什麼惡意。只是他性格如此，有時候可能做得過了，還請你見諒。私下裡，義父對中候，亦是讚不絕口呢。」

「呃……」所謂伸手不打笑臉人，賈星既然降低姿態，曹朋也不好再發火。他一拱手，「我這就回府準備，隨後往軍營報到。」

說罷，他撥轉馬頭，打馬揚鞭離去。只留下賈星在大街上，看著他的背影，苦笑不已……

「阿福，要出征了嗎？」

「嗯！」

回到府中，曹朋立刻命人點起飛眊，同時命人通知郝昭，使黑眊整兵，在城外等候。夏侯蘭、甘寧皆隨行出征，同時闞澤一併前往，出任曹朋的書記主簿。李儒不能拋頭露面，所以留在府中。

不過，李儒還是提醒曹朋：「袁紹來勢洶洶，公子切不可莽撞行事。我估計，曹操必先取濮陽，以穩固東面局勢，而後解白馬之厄。只是這其中，頗有凶險，若一個不慎，就會有滅頂之災。公子需多小心……我有一計，說不定能使公子安然無恙返回。」

「先生何計？」

「盯著賈文和。」

「啊？」

「賈文和，可不是一個容易吃虧的傢伙，那傢伙心思縝密，算無遺策。你只需要盯著他，他怎麼說，你就怎麼做，絕不可自作主張。以我之見，有賈文和在，曹孟德未必會有麻煩。」

看得出，李儒對賈詡還是非常看重。

這計策也許在許多人眼裡，看似平淡無奇，可實際上，卻是給了曹朋一個方向……跟著賈詡，不會吃虧！那麼就算吃虧，老子也要拖著賈詡一起下水……

張氏淚汪汪，黃月英更是焦慮。步鸞和郭寰更一邊為曹朋裝束衣甲，一邊偷偷的抹眼淚。

雖然這並非是曹朋第一次離開家，卻是曹朋第一次真正意義上的出征。棘陽時的徵召，雖然凶險，也比不得這一次。張氏等人在家裡，卻也知道這局面不甚妥當。整個許都，都好像籠罩在一片愁雲之中，也讓張氏和黃月英等人更感不安……故而，眾人紛紛叮囑。

「阿娘、月英，不用擔心。」

曹朋從步鸞手中接過三叉束髮金冠，戴在了頭上。而後郭寰為他束緊金冠，從旁邊取下一根獅蠻玉帶，默默為曹朋繫在腰間。

曹朋笑道：「這又不是孩兒第一次出征，何必擔心呢？此前孩兒在下邳，可是和虓虎交鋒。」

「可是，我聽外面說……」

「阿娘，休要聽那些愚夫愚婦的謠傳。曹公乃漢室棟梁，得天護佑，又豈是那靠著祖上餘蔭而成事的袁紹可比？妳們放心，孩兒定可以安然返回，到時候說不定還能建立功業，甚至可以追上阿爹和姐夫他們呢。」

「我不要你建功立業，只求我兒能平安回來。」

曹朋穿戴好了甲冑，轉過身，突然張開雙臂，用力的抱住了張氏。他在張氏耳邊道：「娘，妳放心吧，孩兒一定會平安回來。」

「嗯！」張氏話未出口，眼淚先留下來。她從黃月英手裡接過了一個香囊，繫在曹朋腰間大帶上。「這是娘和月英，還有你阿姐求來的平安符，你戴在身上，一定要小心才是。」

曹朋用力點點頭，轉身看了一眼淚漣漣的黃月英，走上去，用力將黃月英擁在懷中。

「照顧好阿娘。」

「嗯！」

「不管妳阿爹是否答應，等我回來，咱們就成親。」

「啊？」黃月英瞪大了眼睛，嬌靨頓時泛起一抹紅暈。她看著曹朋，半晌後，輕輕垂下螓首，「那你，一定要早些回來。」

曹朋鬆開了黃月英，在眾目睽睽之下，又抱了抱步鸞和郭寰，轉身來到曹楠跟前。

「阿姐，姐夫這次回來，我估計很可能會駐守糧道。若真如此，我建議姐夫選文長合作。他二人在九女城就曾合作過，想來一定會很合拍。」

曹楠含著淚，點頭答應。

曹朋伸出手，掐了一下鄧艾的小臉蛋，然後快步走出花廳。

張氏等人一直送他到府門口，被曹朋攔住，「阿娘，妳們別送了，只是一場小戰而已，當不得緊張。妳們別出來了，搞得好像很嚴重一樣。有興霸和子幽，還有闞大哥在，我豈能有事？」

「那……你定要小心。」

曹朋大笑，轉身走出府門。

飛眊衛士李先和大牙，一個牽著馬，一個抬著畫桿戟，在門口等候。曹朋目光掃過門外八十名飛眊，和甘寧等人頷首，而後翻身跨坐照夜白背上，從大牙手中接過畫桿戟。

「上馬，出發。」

隨著他一聲令下，飛眊翻身上馬。

曹朋朝著府門內的張氏等人看了一眼，微微一笑，打馬飛奔。甘寧等人則朝張氏一拱手，緊隨曹朋而去。

府門內，張氏淚如雨下，已哭成了淚人兒般模樣！

別看曹朋說得輕巧，可心裡面，卻一點也不輕鬆。

官渡之戰，似乎偏離了歷史的軌道，轉而朝著一個未知的方向發展。如果不能奪回濮陽，兗州很可能會爆發出第二次動盪。而在這個時候，兗州一亂，整個河南都必然出現混亂……到時候，曹操早已經謀劃好的一盤棋，將徹底被打亂。

青州的臧霸不可以依持，單靠于禁，也是獨臂難支。所以，曹操要想把這盤棋引回自己的掌控，就必須要奪回濮陽……可是，復奪濮陽，又談何容易？袁紹絕不會輕易的放過濮陽。

到時候，一場惡戰，勢在必行！

曹朋想到這裡，不免感覺忐忑。以前他總是自信滿滿，做起事情來更是有如神助、順風順水，那是因為他知道這歷史發展的軌跡，所以會有一種萬事掌控於手中的感受。可現在，情況似乎失控了，歷史的發展偏離了軌跡，會造成什麼樣的結果？曹朋也說不清楚……至少，他現在感覺很不安。

官渡之戰，曹操還能打贏嗎？

如果曹操輸了官渡之戰，整個三國，恐怕就會改變了局面。

此前，他信誓旦旦的說希望能改變歷史；可是當歷史發生了變化，哪怕只是一點點的偏離，卻讓曹朋感覺心驚肉跳。他現在也說不清楚，究竟是改變歷史好？還是遵循歷史好呢？

一路上，曹朋很沉默。

在城外，飛眊與郝昭的黑眊會合，往大營行去。

郝昭只帶了二百黑眊，留下一百人，等著鄧稷返回之後，由鄧稷安排。

如果，只是說如果……一旦濮陽不能復奪，局勢變得惡劣時，這一百黑眊至少能護著曹朋一家人，往江夏避難。江夏黃氏，還算實力雄厚，只要黃承彥肯接手，曹朋一家人就不會有難。

當然了，這也是最壞的打算。

「公子以為，此戰可勝乎？」闞澤突然催馬，和曹朋並轡而行，輕聲問道。

「勝，當然可以勝。」

「呵呵，既然如此，公子又何必緊張呢？」

「啊？」曹朋愣了一下，勒住馬，扭頭問道：「大兄，我看上去很緊張嗎？」

闞澤笑道：「所有人都看出來了。」

「真的？」曹朋扭頭，對甘寧、郝昭和夏侯蘭道：「我看上去，很緊張？」

甘寧三人齊刷刷點頭，好像小雞啄米一樣。

曹朋搔搔頭，忍不住笑了，「好吧，我承認，我有點緊張。」

「公子何須緊張？輿霸得小姐之託，即便戰死，也會護持公子周全……區區袁紹，何足掛齒？」

「是啊，我還是喜歡看公子笑呵呵的模樣。」夏侯蘭也忍不住道。

郝昭正色說：「公子當年在祖水河畔，曾豪言壯語。如今，這豪言壯語仍聲聲在耳！公子大事未成，我等還希望能藉公子之勢，建功立業。依我看，那袁本初，定非曹公的對手……」

是啊，天塌了有個高的頂著，我緊張個什麼？

曹朋大笑道：「本來有點緊張，可是我有諸君，怕他個球……走，咱們立功去！」

許都，北郊大營。

這裡原本是一塊空曠的荒地，野草叢生。然而，自建安元年，曹操迎奉了漢帝遷都許縣之後，荒地就變成了北軍五校的集中之所。平時，北軍五校各有營地，分駐許都四方。

北軍大營之中，只屯駐一校兵馬，那邊是屯騎營。畢竟比不得雒陽那種近千年的古老帝都，不論是從城市格局還是面積而言，許都都無法和雒陽相提並論。就以這北郊大營來說，一校駐紮，綽綽有餘，還有很大的空間；但若是五校同駐於北郊大營，則明顯無法容納五校人馬。

可如果是在雒陽，一個北郊大營足以屯駐五校而有餘。這也是在雒陽時，北軍的營地名叫北軍大營，而在許都，只能被稱之為北郊大營。這裡，只是五校集中之地，想要駐紮五校兵馬，至少要把面積再擴充幾倍。

曹朋身為北軍中候，不屬五校，自成體系。所以來到北郊大營之後，他便直奔中軍大帳。而此時，中軍大帳中已來了不少人……

屯騎校尉呂虔，兗州任城國人。早在曹操東郡起兵之時，便追隨曹操，歷任襄賁校尉、泰山太守，多次平定黃巾軍餘孽作亂。建安三年呂布被殺之後，臧霸接替呂虔，出任泰山太守，而呂虔則隨之調至許都，出任屯騎校尉。此人不但武藝高強，射術更為一絕。難得的是，呂虔還長於治軍，通曉兵法，在軍中屬於能鎮一方的將領。若到了地方，則有內政之才，泰山郡在呂虔治下，效果顯著。

越騎校尉郗慮，以侍中兼領兵馬。他不通武藝，也不懂兵法，但是越騎營在他治下，頗有效果。

射聲校尉史渙，豫州沛國人。少年時曾為遊俠兒，在曹操起兵後，以客軍身分加入，行中軍校尉之職。征伐時，常任監軍，以監視諸將。建安四年，史渙與張遼在射犬斬殺了眭固後，出任射聲校尉。

步軍校尉王澤，並州太原人。

除此四校校尉之外，原長水校尉種輯因謀反而被殺。鑒於北軍五校常駐許都，責任重大，必須要安排心腹之人為將，才可以放心。所以曹操在思忖良久之後，命廣昌亭侯樂進出任。

這樂進，也是最早追隨曹操的人。早在二十二路諸侯討伐董卓的時候，樂進就是曹操帳下吏。後遷為陷陣都尉，每戰必先登，驍勇異常。自初平三年到今日，十年間經歷大小百餘戰，可謂是戰功顯赫。故而累遷討寇校尉、遊擊將軍……素以膽識英烈而著稱，甚得曹操喜愛。

把樂進調至長水營，也有節制五校之意圖。畢竟，五校之中，以樂進聲望最高，戰功最顯赫，爵位最尊。哪怕是呂虔，和樂進比起來，不但資歷不足，聲望和戰功也遠遠不夠。

所以，長水營在經過一番波折後，實力和地位非但沒有削弱，反而因樂進的到來，成為五校之尊。

除五校校尉之外，尚有五校司馬也列坐大帳：屯騎司馬許儀、越騎司馬鄧範、射聲司馬夏侯恩、步軍司馬典滿、和長水司馬夏侯尚。從這五校司馬的安排來看，曹操給予了曹朋極高的重視和充分的信任。五校司馬，皆有臨時掌兵之權，而曹朋，恰恰有監軍督促之責……

曹朋一進來，許儀等人紛紛向他招呼。

不過曹朋沒有理睬他們，而是上前一步，先與樂進呂虔等人見禮。

這種做法，也使得樂進等人對曹朋的印象大好。都是在許都，誰又能不知道這曹朋是曹操跟前的紅人？別看人家年紀小，可這功勞和能力都不差。輔佐自家姐夫，平定了海西；追隨荀衍，出使江東；堅守曲陽，與陳宮大軍鏖戰；拜師胡昭，也算得上是師出名門；雒陽大案，賴於曹朋破獲；擊殺種輯，更顯示出曹朋的膽氣和勇武……如今更成了曹操的族子，將來的前途，誰又能說得清楚？

樂進笑道：「友學來了，快坐。」

「謝廣昌亭侯。」曹朋再次行禮，然後才和許儀等人打招呼，在軍帳中落坐。

「友學，可知如今局勢？」樂進突然開口。

曹朋道：「今日與都亭侯說話時，曾聽他提起。」

「那友學以為，這形勢如何？」

「嗯……」曹朋不禁猶豫了，不知道該如何回答才好。

樂進笑道：「這裡也沒有外人，我只是隨口詢問，你大可不必拘束。」

搔搔頭，曹朋道：「形勢怕不太好。」

「哦？」

「若只是白馬丟失，尚不足為懼，奪回來就是。可濮陽……濮陽乃兗州治所，關係重大。主公若不能儘快奪回濮陽，只怕會令局面越發糟糕。」

樂進輕輕點頭，「友學所言，和我等剛才商議，大致一樣。對了，伯仁……你接著剛才的話題說。你剛才說，濮陽、白馬、延津三地如鼎足之勢？」

夏侯尚連忙起身說：「不錯，如今袁紹占領了白馬、濮陽和延津三地，不禁使袁紹大軍南下得到了保障，而且三城相連，如常山之蛇，相互間呼應。若要復奪濮陽，勢必要面對白馬和延津袁軍的攻擊，可如果棄濮陽不顧，多一日，則兗州多一分亂因，所以非常的麻煩。」

曹朋知道，夏侯尚是夏侯真的親哥哥，而且在《三國演義》中好像也曾經登場……是在漢中之戰？反正不是什麼光彩的角色，很龍套。可是看夏侯尚的言語和舉止，卻不是那種無用之人。他年紀比曹朋稍大一些，氣度相當沉穩，而且說起話來，也是頭頭是道。

因為夏侯真這一層關係在，曹朋和夏侯尚的關係挺不錯。此刻聽他分析，也不禁是連連點頭。

沒錯，現在曹操面臨的局面挺尷尬。

奪濮陽？勢必要面對袁紹大軍阻攔，到時候肯定會有一場極為慘烈的搏殺。

不打濮陽？那情況更加糟糕，很可能會出現整個兗州的動盪。

袁紹這一招，使得可真是巧妙。

可問題是，在歷史上，袁紹並沒有奪取濮陽啊！

唯一的變數，似乎就落在了劉備的身上。如今細想起來，正因為劉備的出現，使得袁紹可以從容的在白馬布局。

歷史上，顏良攻打白馬，後來被關羽所殺，曹操復奪白馬，袁紹根本來不及對濮陽興兵……而現在，劉備如歷史上那般情況投奔了袁紹，可他這一次，卻帶著關羽和張飛！也就是說，顏良沒有被關羽所殺，使得袁紹得到了充足的時間進行布局。但說到底，之所以會出現這樣的情況，根源好像還是落在了曹朋身上。如果沒有曹朋在一旁的煽風點火，此時關羽應該已經斬了顏良。

輕輕揉了揉鼻子，曹朋心中不由得暗自苦笑。他重生了，並加入了曹操的陣營，可這老天爺為了平衡官渡這場遊戲，又增加了難度。當務之急，若想助曹操取勝，就必須要讓這場官渡之戰回到歷史原有的軌道上。可問題在於，要如何挽回呢？

曹朋不禁蹙眉，陷入沉思。忽然間，他感覺有人在旁邊推他。

他回過神來，卻見鄧範一臉苦笑，抬手指了一下樂進，「廣昌亭侯在問你話呢。」

「啊？」曹朋抬頭看去，卻見樂進似笑非笑的看著他。「廣昌亭侯……」

「誒，如今是在軍中，休提那爵位。」

「樂將軍！」曹朋連忙改口，見樂進沒有反對，才赧然道：「剛才在想事情，未聽到將軍呼喚。」

「在想什麼？」

「這個……」

郗慮等人的目光，凝聚在了曹朋的身上。

曹朋道：「只是在想，如何斬了那常山之蛇。」

「哦？計將安出？」

曹朋赧然回道：「卻是沒有……如伯仁剛才所言，袁紹在河南岸如常山之蛇，擊其首則尾至，擊其尾則首至，極其腹則首尾皆至。所以說，對付這常山之蛇，可掐其頭，按其尾，斬其腹。但要做到，恐怕不太容易。我軍如今兵力處於劣勢，和袁軍硬拚，只怕也非是主公本意吧。」

樂進和呂虔眼睛不由得一亮。

掐其頭，按其尾，斬其腹……

這個形容的確實妥當。可問題就在於，若如此做，就等於同時攻擊三地，和袁紹來一場硬碰硬的火拚。如果雙方兵力相等，那倒是還可以有一戰。但問題就在於，雙方兵力太懸殊。袁紹的兵力，數倍於曹操現在可以調動的兵力，想要破了這黃河岸邊的常山之蛇，恐怕不是一樁容易的事情。

不過，曹朋這九個字出口，的確是讓樂進等人對他高看一眼。包括夏侯尚，也在一旁輕輕點頭。

「是啊，要破了常山之蛇，的確不易。」

曹朋突然道：「樂將軍，其實你我在這裡胡言亂語，很難有什麼用處，何不找個明白人問問？」

「明白人？」

「主公帳下謀士如雲，定有那能想出對策的高人。依我看，都亭侯就一定能想出來。只不過他這個人，素來不喜出風頭，不逼他一番，斷然不會開口。我在南陽的時候，可聽人說過：姑臧一賈，算無遺策……其實，何不向他請教？」

鄧範偷偷捅了曹朋一下，那意思是說：有這句話嗎？我怎麼沒聽說過？

曹朋回頭，瞪了他一眼，鄧範立刻如老僧入定，再也沒有反應……

「是啊，都亭侯才華過人，必有計策。」郗慮突然開口。

從他的語氣裡可以聽出，他並不是太服氣賈詡。

「對了，都亭侯怎麼還沒有來？」王澤忍不住好奇問道：「都亭侯不是說申時點兵嗎？這都快到申時了，他怎麼還沒過來？」

「剛才我出城的時候，見他往司空府去了。」呂虔一旁回答。

就在這時，忽聽帳外小校稟報：「廣昌亭侯，司空命你即刻前往司空府，有軍務商議。」

「我馬上過去。」樂進站起來，表情顯得有些凝重，「看樣子，主公那邊還沒有一個妥當的謀劃。我先去拜見主公，這裡的事情暫由子恪統帥。待都亭侯回來，請代我告之一下……不管主公那邊是否有決斷，肯定會有行動。傳令下去，三軍原地休息，一俟有命，即刻行動。」

「喏！」眾人紛紛起身，插手應命。

樂進匆匆走了，鄧範卻忍不住道：「阿福，你怎麼又去招惹賈詡？」

「我哪裡招惹他了？」

鄧範苦笑道：「你剛才那些話，不就是在逼他嗎？萬一他想不出什麼對策，主公定會責怪。你可是在他麾下，到時候，他又要找你麻煩。」

鄧範就住在曹府，可是很清楚這段時間賈詡是怎麼折騰曹朋。

曹朋嘿嘿一笑，「你放心，別人我不敢說，但賈文和一定能想出辦法。你不知道，那傢伙是屬牙膏的，你不擠他，他斷然吐不出來。必須逼他，否則他就不舒服。」

「牙膏？」

「呃……就是個比喻，你懂得。」

曹朋驀然覺察到，自己好像說錯了話，於是三言兩語把話題岔開。也幸虧是鄧範，早已經熟悉了他說話的方式，倒也沒有追問。和曹朋處得久了，時常會聽他說一些三不搭的言語。

領會，領會意思就行！

曹朋心裡嘿嘿冷笑：賈文和，你也有今天？

賈詡來到了北郊大營，整點兵馬。

今天在司空府中，爭吵的非常厲害。對於究竟如何應對袁紹的這一輪攻擊，大家意見很難保持一致。不過有一點倒是很統一，那就是必須要在最短的時間裡，設法將濮陽奪回來……

北軍五校，與武衛軍和虎賁軍，共八千人，將隨同曹操出征。

夏侯淵自陳留出擊，屯兵酸棗；于禁南撤八十里，與臧霸相呼應，以免遭受攻擊，同時還可以暫時穩定兗州局面。徐晃則逃至離狐，與李典會合；李典率本部兵馬，北上三十里，形成對濮陽的逼迫。同時，命夏侯惇屯駐虎牢關，而曹仁令羽林軍留守許都，護衛京畿。

隨同曹操出征者，尚有虎豹騎三千人……

賈詡整點了兵馬之後，剛坐下來喘口氣，就有小校前來，說是司空有事，請都亭侯前去商議。

這剛從司空府出來沒多久，又把我招去作甚？

賈詡不由得愕然，可是也不敢怠慢，連忙整理了一下衣服，帶著賈星，匆匆趕到了司空府。

「主公，何故喚詡前來？」

來到司空府，賈詡就見這衙堂上，曹操端坐，郭嘉、荀彧在一旁相伴。

曹操微微一笑，露出一口雪白的牙齒：「文和，快坐。」

「啊，卑職謝坐。」他坐下來時，卻發現一旁的郭嘉和荀彧，一臉詭異的笑容。心裡面，頓時生出不祥之兆，不免感到有些忐忑。

「文和啊……」

「卑職在。」

「算起來，你也來許都快三個月了。呵呵，一切尚好？」

「回主公，詡得主公厚愛，委以重任，不免忐忑，所以盡心竭力做事，一切都還算是不錯。」

「可是你……」曹操臉上的笑容陡然收起，聲音獰戾，「某待你甚厚，何故不肯相助？」

「啊？」

「我早就知道，文和你算無遺策，有鬼谷之謀。而今，正是危急存亡之時，眾人皆獻計獻策，唯有文和，整日悠閒，好不快活。莫非，待袁本初至，取我人頭獻上嗎？」

這話，可是句句誅心。

只嚇得賈詡撲通一聲跪在地上，「主公，詡得主公厚愛，焉敢存有貳心？」

「哼，既然如此，那你就為我想出破敵之策。」

「啊……」

「你現在可以回去了，明日一早，若還沒有良策，我必取你項上人頭……下去吧。」

「主公！」

「還不退下！」

曹操厲聲喝道，把個賈詡嚇得冷汗直流，灰溜溜退出衙堂。

賈詡前腳剛一離開，曹操臉上頓時又浮現出焦慮之色：「奉孝、文若，這麼做，好嗎？」

郭嘉微微一笑，「主公，友學雖年幼，卻不是不知輕重之人。他既然這麼說，那就說明賈詡必能想出辦法。主公還是想一想，該如何與袁紹迎頭痛擊……嘉有一計，或可以成功。」

入夜，曹操以曹純為先鋒，率虎豹騎開拔。他自領武衛軍和虎賁軍並屯騎、越騎、射聲三校為中軍，隨後離開許都。樂進的長水營和步軍營為後軍，以樂進為後軍主將，王澤為副將，典滿、夏侯尚為軍司馬，入子夜隨即開拔。此時，夏侯淵已率部，逼近酸棗……

賈詡騎在馬上，顯得悶悶不樂。大軍出征後他不再執掌北軍五校，轉為參司空軍事，留駐中軍。

「父親，何不悶悶不樂？」賈星催馬跟上，在賈詡身邊，關切問道：「莫非是主公為難之事？」

賈詡搖搖頭，「其實，要解決此事並不難。如今劉備駐守濮陽，看似強橫，其實也是最大的破綻。他方投袁紹，野心頗大。而袁紹此人好疑無斷，麾下謀士雖多，但相互間齷齪甚多。所以袁紹不會信劉備，他麾下的謀士也未必看得上劉備。只須派人離間，使其產生間隙，那常山之蛇便也有名無實。」

當賈詡說出這番話語時，透出強烈的自信。

賈星恍然大悟，「我明白了……父親的意思是，仿效陳平與項籍、范增嗎？」

賈詡一笑，並未回答。

陳平與項籍、范增，是楚漢時期發生了一個戰例。項籍，就是西楚霸王項羽，范增是項羽的謀士，被項羽尊為亞父，也是楚漢時期一位極有能力的謀主。當時漢王劉邦與項羽交鋒，屢戰屢敗。劉邦在得到韓信幫助之後，所憂慮者，就是項羽身邊的這個范增，而非項羽。

這時候，劉邦的謀士陳平獻計，離間范增和項羽的關係。范增最後告老還鄉，在歸途病故；而項羽在失去范增之後，最終被困於垓下，自刎於烏江。

細想，項羽和范增那麼親密的關係，都可以被挑撥離間，而劉備和袁紹，根本就沒什麼交情。而且劉備幾乎是在袁紹軍中自成體系，又有皇叔之名，袁紹豈能不懷疑，豈能不提防？這兩人就是兩頭老虎，雖暫時相安無事，可一旦有變故，便會立刻反目。

賈詡這一計，可謂是一語中的，說中了常山之蛇的要害，那就是劉玄德。

賈星道：「父親既然已有計策，又何必憂心忡忡？」

賈詡嘆了口氣，「我在想，是何人欲將我架於火上燎烤？」突然，他森然一笑。

賈星猶豫了一下，輕聲道：「我聽說，今日在大帳議事的時候，曹中候曾對廣昌亭侯言，父親是個明白人。」

「又是這小子！」賈詡似乎並沒有吃驚，反而輕聲道：「某與曹友學，誓不兩立。」

賈星聽聞，卻笑了……

占領濮陽已有三日，袁紹大軍源源不斷，向河南進發。

袁紹命謀士許攸督軍，而他則領兵馬，繼續留守黎陽……

十二月二十七日，夏侯淵突然自酸棗出兵，猛攻延津。同時，虎牢關守將夏侯惇也不斷率領兵馬，渡河進入河內，欲和張遼合兵一處，攻打冀州後方。曹操的意圖似乎已顯露無遺，他要渡河而戰，與袁紹在河北決戰。似乎濮陽的丟失對曹操而言，並無任何影響。

袁紹不禁得意，與帳下吏言：「人道曹孟德用兵如神，依我看，卻是個不識時務無能之輩。」

他和曹操也曾交好，少年時更一起做過許多荒唐的事情。一直以來，袁紹始終都壓著曹操一頭，不論是出身、才學，還是官位……等等。曹操當上典軍校尉的時候，袁紹已做到了司隸校尉；曹操在東郡起兵時，袁紹已經奪下了冀州。

可是，也不知道是從什麼時候開始，曹操漸漸後來居上，壓了袁紹一頭。

特別是在曹操奉天子以令不臣後，雖然把大將軍之位讓給了袁紹，但皇帝在曹操手裡，至少在名義上，袁紹必須要尊奉許都。哪怕他的官職高於曹操，可給人感覺，卻是低了曹操一頭。

既不屑，又畏懼！

這也是袁紹對曹操的態度。

如今，濮陽被他奪取，這曹操早晚必然滅亡。曹操居然不救濮陽，轉而猛攻延津，想要和自己決戰……哈，袁紹在黎陽就有近二十萬大軍，而曹操呢，他又能抽調出多少兵馬？

在袁紹看來，曹操就是急瘋了……

十二月二十八日晚，黎陽府衙內，袁紹已決意在正月初一渡河出擊，對曹操發動總攻。

忙碌了一整天，他也有些累了，所以天剛一黑，袁紹便回屋躺下，準備先小憩片刻再說。

哪知，他剛一躺下，就有門丁稟報：「大將軍，河南急報。」

這裡的河南，可不是後世的河南省，而是指黃河南岸。

此時，河南是由許攸督軍。許攸，字子遠，早年曾為奔走之友，與袁紹曹操等人皆有交情。後因參與了冀州刺史王芬謀殺漢帝的事件，被迫逃離，後投奔到袁紹麾下。

袁紹對許攸頗為信任，常委以重任。聽說許攸派人送信來，袁紹立刻知道發生了大事。

「快讓他進來。」

他披衣而起，有小校進屋，將火塘子裡的炭火挑旺。不一會兒，一個黑衣男子在門丁小校的帶領下，走進了房間。

「小人許平，拜見大將軍。」

「許平啊……不必多禮，子遠讓你來，有什麼事嗎？」

這許平，是許攸的家臣，一直跟隨許攸左右，所以袁紹並不陌生。見是許平，他也就沒了疑問。坐在榻上，他和顏悅色的問道，並讓許平坐下說話，透出一種『大家自己人』的親切。

袁紹可以如此，但許平卻不能真的聽從。他從懷中取出兩封書信，雙手呈遞給了袁紹。

「怎麼回事？」

「今日我家老爺在巡視之時，捉到了一個曹軍細作。老爺從那細作身上，搜到了一封書信，是曹操寫給濮陽劉備。」

袁紹心裡一咯登，臉色頓時拉下來，呈現出一抹冷色。他點點頭，先打開許攸的書信，上面的內容和許平說的差不多。同時許攸信中言：曹操恐非是不理濮陽，而是他早有謀劃。

看罷後，袁紹眉頭一蹙。他也沒有吭聲，只是將書信放下，而後拿起曹操給劉備的書信。

絕對是曹操的筆跡，袁紹一眼就可以分辨出來。當年，袁紹和曹操曾一起臨摹法帖，如郭香察的《華山碑》、崔瑗的《草書勢》……可以說，對彼此的字跡都非常清楚，並不陌生。

這的確是曹操所書！

袁紹眉頭緊鎖，認真的往下看。

這封書信的內容，寫得非常潦草，甚至還有一些塗抹的地方，但大致意思就是告訴劉備：玄德啊，我們的計畫快要成功了。袁紹已經上當了，我會繼續攻擊延津，使袁紹以為我想要在河北與他決戰。等到他注意力轉移之後，你我同時出擊，將袁紹留在河南的兵馬吞掉。到時候，袁紹一定會集中兵力反撲，我讓夏侯惇集河洛三萬大軍，趁勢攻擊冀州，則袁紹必敗。此事若成功，我會和玄德平分河北……

袁紹倒吸一口涼氣，臉色變得煞白。他努力穩住心神，對許平說：「許平啊，你先下去休息，此事我自有定奪。」

許平只是負責傳信，自然聽從命令。

「立刻請沮授、郭圖和逢紀先生前來議事。」

袁紹隨即吩咐下去，片刻之後，沮授三人前來。

「大將軍深夜相召，不知發生何事？」沮授上前一步，拱手相詢。

袁紹沉默不語的將書信遞交給沮授，臉色陰沉的，好像要滴水一樣。

「這不可能！」沮授看罷書信，頓時大驚，「主公，此必是曹阿瞞離間之計！」

他和劉備有過接觸，自然很清楚劉備目前的情況。雖說沮授也不太喜歡劉備，但如果說劉備和曹操勾結，那斷然不可能。衣帶詔可不是一樁小事，那麼多條性命足以證明，劉備不可能和曹操是同謀。所以，看罷書信之後，沮授第一個反應就是離間之計，不可以信。

郭圖卻冷笑一聲，「我看未必。劉玄德此人，甚有野心，他來投時，我就覺得奇怪……要說那曹操也不是庸才，麾下將領頗有幾分能力。數萬大軍圍剿，精銳並出，劉備卻能從重重包圍中殺出，輾轉千里，投奔主公，這裡面頗有蹊蹺。非是我小瞧劉備，而是曹阿瞞也非等閒。劉備能殺出重圍本就是一件奇怪的事情，而他的家眷，至今仍不知下落。據說，他的家眷被他掩藏起來，可如今整個豫州盡在曹操之手，他的家眷又能藏到何處？此其二。」

「還有一點，劉備和公孫瓚師出同門，早年曾拜在盧植門下，關係非常親密。劉備落魄時，公孫瓚常與他資助，要兵給兵、要將給將……如今公孫瓚折於主公之手，可劉備依舊來投……呵呵，誰可保證，這劉備沒有為公孫瓚報仇之心？而且，子遠可是親手抓獲，斷然不會有假。」

「公則此言差矣。」沮授道：「那劉備早年也曾征戰四方，建立有功勳。其人並非不識兵法，兼之曹操輕敵，能得以逃脫，也很正常。再者說了，他若帶著家眷，豈不是更加麻煩？要我說，這也沒什麼懷疑。至於公孫瓚……呵呵，非國事，劉玄德豈有不知輕重的道理。」

「那你就敢肯定，劉玄德沒有敵意？」

人常說，袁紹手下的謀士各立門戶，相互間爭鬥不休。而實際情況，也確實如此。

沮授、田豐，本韓馥手下，算是後來人。而郭圖、逢紀、審配、許攸，則是一早便在袁紹手下效力，但郭圖、逢紀、審配等人又各有黨附。袁紹有三個兒子，單是這三人就分成了三個派系。許攸呢，此貨貪婪，雖沒有黨附，卻又和其他人不和。總之，袁紹的手下可以分成無數個小型的利益集團，平日裡爭吵不休，相互攻擊。

袁紹一聽他們爭吵，就感覺頭痛。

「諸公且住，諸公且住。」眼見著話題越扯越遠，範圍越來越大，袁紹不得不出面阻止。

「子遠並非不知輕重之人，他這個時候派人送信，想來是覺察到了什麼。沮授先生說得不錯，可公則和元圖也不是沒有道理。當務之急，是要想一個辦法，證明這劉備並沒有貳心。」

沮授三人聽聞，都閉上了嘴巴。

在沮授看來，這種試探完全沒有必要，弄不好反而適得其反。而逢紀和郭圖則是沉思不語，他們要想一個好辦法，來證明他們說得沒錯，從而駁倒沮授。

「以我之見，何不領劉備換防？」郭圖想了想，笑道：「如果劉備沒有和曹操勾結，主公可以派人與劉備換防，令其撤出濮陽。」

「這個……」

「主公，這樣做，有兩個好處。其一，劉備如果沒有和曹操勾結，必然心懷坦蕩，即便是換防，也不會生出怨念。其二，若劉備真的與曹操勾結，他撤離了濮陽，也可了一樁心腹之患。其三，萬一劉備不肯撤離濮陽，那此事必然不假，到時候主公可令子遠出兵，火速攻取濮陽，擊潰劉備，豈不美哉？」

沮授覺得這就是一個餿主意。這種時候換防，豈不是平白露出破綻嗎？可是內心裡，他又希望袁紹能夠同意。至於同意的理由，則是趁機證明，他沮授的眼光比郭圖、逢紀要強。

總之，三人各懷心思。

袁紹道：「平白無故換防，恐怕也不太好吧。」

郭圖笑道：「這有何難？如今曹操正猛攻延津，就讓劉備駐守延津，協助防禦，豈不是大好理由？劉備也不會為此而生出怨念，而主公也可以趁機將河南穩住，保證隨後出擊。」

袁紹連連點頭，「公則此計甚妙，那換誰接防呢？」

郭圖和逢紀相視一眼，驀地笑了。

「沮司馬愛子沮鵠，素有謀略，且精通兵法，武藝不凡。何不令他接防濮陽，如此一來，主公豈不是可以更加放心嗎？」

「這個……」袁紹抬頭，向沮授看去。

卻見沮授面色平靜，拱手道：「願從大將軍調遣。」心裡面則暗自咒罵：逢元圖，郭公則，我與你們誓不兩立……你們怎麼不讓你們的兒子去前線，卻要我兒子到濮陽！誰不知道曹操一旦反擊，濮陽必然首當其衝，你們心思恁歹毒！

可他卻不能表現出這種怨恨，只能暗地裡怨毒的掃了郭圖和逢紀一眼。

咱們，走著瞧！

章七

都亭侯足矣

建安四年十二月二十八，于禁、李典、徐晃集一萬三千兵馬，兵臨濮陽城外十八里處，紮下營寨。

而此時，濮陽城中，劉備手裡不過三千人。

「換防？」劉備聽聞大驚。他指著前來送信的許平罵道：「如今曹軍就在濮陽城外十八里紮營，這時候換防，與獻城何異？」

許平道：「此非小人決斷，我家老爺也是奉命行事。」

劉備看著許平，不禁苦笑。

「請回覆子遠將軍，非是備不願換防，實如今不可換防。曹軍兵臨城下，若濮陽換防，勢必會動搖此前種種布局……萬一曹軍趁機出擊，濮陽必然重回曹賊之手。還請先生回去代為美言，將此地情況說與子遠將軍知，請子遠將軍能多體諒。」

「這個嘛……」許平有些猶豫。

一旁孫乾連忙上前，將一塊馬蹄金偷偷塞給了許平，說道：「先生勞頓，一路辛苦。只是現在這情況，實在是我家將軍不得已。此時若換防，勢必引發整個河南戰線動盪，請先生代為美言。」

許平臉上頓時露出笑容：「如此，小人將如實回稟。」

「有勞先生。」

劉備送許平出了衙堂大門，臉色也隨之陰沉下來。

「哥哥，何必與那潑才好臉色？」關羽上前說道。

劉備搖搖頭，輕聲回答：「非是我願意如此，實不得已耳！袁本初忽然要我換防，頗有怪異之處。我擔心，曹賊恐怕是耍了什麼花招，使得袁紹對我生出疑竇，故而才有此決意……」

「那又如何？」

「賢弟，你不懂！」劉備苦笑道：「如今我們寄居袁本初帳下，卻得他看重，本就惹人猜忌，加之大公子對我禮敬有加，定使人產生懷疑。你我在袁紹手下做事，時間雖然不長，可是袁紹這邊的情況卻很複雜。袁紹長子袁譚，理應為袁紹繼承人；可袁紹獨愛幼子袁尚，使得其手下將領各有心思……」

「據我所知，袁紹六大謀主已分為數派。其中郭圖、逢紀、審配，各為其主謀劃，而田豐剛直，言語冒犯袁紹，被囚於階下；沮授雖得袁紹所重，卻不得其信；許攸清高而自傲，且多貪鄙，亦不可託付。我等來投，只怕為眾人所不喜啊。」

關羽聽罷，沉吟不語。半晌後，道：「如此說來，袁紹不足以持？」

劉備沒有回答，只是輕輕的，一聲嘆息。

「主公，大事不好！」就在劉備和關羽準備轉身回還衙堂的時候，關平縱馬來到衙堂前，下馬單膝跪地，氣喘吁吁。

「坦之，何故如此失態？」關羽厲聲喝問。

劉備攔住了關羽，上前把關平攙扶起來，「坦之，發生何事？」

「許子遠的家奴，在城外和三叔……」

「和你三叔怎地？」
「和三叔起了衝突。」
「啊？」
「三叔巡城回來，不成想正遇到許攸家奴出城。所以三叔便上前盤問，哪知那家奴無理，非但不肯相從，反而出言辱罵大伯。三叔就怒了，把那家奴從馬上拉下來，綁在城門下抽打。」
劉備聽聞，腦袋嗡的一聲響，急道：「雲長，速與我去攔阻翼德！」
甚至來不及讓人備馬，劉備跳下臺階，牽住關平的坐騎飛身上馬，揚鞭向城門口衝去。
關羽也是直跺腳，「翼德怎如此莽撞！」
「父親，非是三叔莽撞，實在是那家奴太過張狂！」
「算了，這事等會兒再說，咱們先趕過去。」
關羽和關平邁大步向城門口跑去，而此時，城門樓下，張飛手持馬鞭，正凶狠的抽打許平。
「你這賤奴，敢再張狂否？」
「黑廝，你若有膽，就打死我……否則我必讓那劉玄德死無葬身之地！」
張飛本就是火爆的脾氣，聽聞更怒。
「我讓你現在就死無葬身之地！」
一頓鞭子下去，打得許平皮開肉綻，慘叫不停。
「將軍且住，將軍饒命！」
「你若再挺下去，爺爺倒是敬你一條好漢，饒你一命；你既然討饒，那就更不能饒……」張飛一邊罵，一邊打。
劉備縱馬馳來，許平已被打得遍體鱗傷。

「翼德，還不住手！」劉備大聲喊叫，不待戰馬停下，便從馬上跳下來，踉蹌著衝了過來。

「哥哥，你休要攔我，我今日若不打死這賤奴，必不甘休。」

「翼德欲我死才甘心？」劉備快要崩潰了，嘶聲吼叫。

「哥哥，此話怎講？」

「你、你、你……」劉備指著張飛，渾身直打顫。

他一把將張飛推開，到許平跟前，將許平解綁，心急道：「先生勿怪，此乃誤會。」

許平被人攙扶著，手指劉備道：「劉玄德，這事兒不算完……某家早晚必報此仇。」

「老子現在就砍了你的狗頭！」

劉備吼道：「翼德再不住口，為兄就在你跟前自盡！」

這一次，可是把張飛給嚇住了，連忙閉上嘴巴。

劉備還想過去向許平求情，哪知許平從懷中取出那枚馬蹄金，扔在了劉備的腳下。

「玄德公賞賜，某家受不起，咱們走……」

說著話，許平在家臣的扶持下，狼狽的離開濮陽。

劉備站在城門下，看著許平一行人遠去的背影，呆呆發愣，腦海中一片空白。完了，這一下，可是徹底把許攸給得罪了！他抬手捂著臉，久久發出一聲長嘆。轉過身，看到張飛那張憨厚的面龐，這一肚子的怒火，卻撒不出來。

「翼德，你好不懂事。」關羽趕到後，聽聞事情緣由，不禁責怪起來。

「可是……」

劉備苦笑一聲，「雲長莫要責怪翼德，此非翼德之過，他也是想維護我的名聲罷了……」

「咱們回去再說。」劉備一手拉著張飛，一手拽著關羽往衙堂行去。

城門口，兩個腳夫模樣的人相視一眼，悄悄自城門口溜走，卻沒有被任何人發現。

「嘿嘿，此天助我也！」曹操聽聞斥候回報，不由得仰天大笑。

此時，曹操大軍就駐紮在長垣縣城外二十里處的韋子營。距離白馬，不過是一晝夜的路程。

由於夏侯淵在延津的強攻，在很大程度上吸引了袁紹的關注。而于禁、李典、徐晃三人的出擊，也在一定程度上牽制住了袁紹的兵馬。曹操分明是擺出了一副要在河南決戰的架式，也使得許攸更堅定了自己的想法，所以親自到延津戰場督戰……

而這樣一來，竟無人留意到，曹操已抵達長垣。

曹操本就是個膽大之人。想當初，他手中只有五千兵馬，就敢去追擊董卓大軍；如今，他手裡有一萬多兵馬，更不會懼怕袁紹。

在中軍大帳中，曹操笑咪咪的看著賈詡，問道：「文和，接下來該如何是好？」

濮陽城門下發生的事情，已經傳到了曹操耳中。

這也說明，劉備和袁紹之間的猜忌，已經無法挽回……

對許攸，曹操再瞭解不過。想當初，曹操也算是那奔走之友中的一員，只不過沒有像許攸他們那樣極端。王芬謀殺漢靈帝計畫失敗以後，許攸等人逃匿，而曹操和許攸也就少了聯絡。但是曹操相信，以許攸那種睚眥必報的性格，他的家奴受到羞辱，又怎可能輕易放過劉備？

軍帳中，賈詡、郭嘉端坐兩邊。

由於荀攸在延津，協助夏侯淵作戰，程昱在管城（今河南鄭州）進行布防，而荀彧則留在許都，調配輜重，進行統籌安排，所以曹操身邊只有郭嘉和賈詡兩人跟隨，為他謀劃。

一個司空軍事祭酒，一個參司空軍事，對曹操而言，足矣！

「劉玄德此時，定心中忐忑。既然和許攸撕破臉皮，他唯有兩條路可行……要麼從袁紹身邊反出，要麼就是立下戰功，以換取袁紹信任。所以，不管他選哪條路，都無法在濮陽久留。接下來，就要看主公決斷。」賈詡說完，向郭嘉看去。

他被曹操逼迫獻策。本是存了韜光養晦，保存己身的想法，若不是曹操相逼，他絕不會輕易牽扯到這種關乎全域的謀劃之中。然而，既然已經進來了，賈詡就不會再輕易退出。

對於戰局的捕捉和謀劃，賈詡和郭嘉倒是呈現出出奇的一致。

「主公，當下決心。」郭嘉道。

曹操沉吟良久，抬起頭道：「文和所謀，正合我意。只是這其中，還有一個破綻……奪取白馬之後，我等必遭東西夾擊。許攸斷然不會坐視白馬失守，一定會出兵奪取。可我手中兵力，卻不足以同時應戰，需有一人，堅守白馬一日。」

曹操目光灼灼，在賈詡和郭嘉身上掃過。其言下之意就是：給我推薦個人唄……

郭嘉不禁陷入沉思，手指輕輕叩擊坐榻扶手，心想：這個人選，可不太容易選出來。

「我有一人推薦，但不知主公是否捨得。」賈詡眼珠子一轉，心中陰陰一笑。

「何人？」

「此人年紀不大，但是卻屢有戰功，有應變之能。他曾憑藉千人，抵擋數倍於己方的兵馬，堅守孤城，最終獲勝。而且，此人的武藝極高，若有他堅守白馬一日，當不成問題。」

「你是說……」曹操隱約猜到賈詡說的是什麼人。

郭嘉眉頭一蹙，「都亭侯，這等事開不得玩笑。」

賈詡正色道：「非是我玩笑，實如今而言，唯有此人最合適。主公，詡並非那種不知輕重的人，主公要解決劉備，勢必傾盡全力。如今主公兵馬，略有分散，所以能敵關張者，唯有典許二人。而廣昌亭侯，必為先登，子恪和公劉也會參戰……主公，此乃一舉滅劉關張最佳時機，若錯過了這個機會，再想將其剿滅，恐怕不太容易。」

賈詡這話也就是告訴曹操：既然你決定對付劉備，必須全力出擊，否則就又是一場汝南之戰。曹操不由得陷入了沉思。

郭嘉雖有心勸說，但賈詡說的，似乎也沒有錯。歷數曹操如今在長垣的部下，好像也只有那個人最為合適……但這一戰，也忒凶險了吧。

「啊嚏……」曹朋在自己的小帳中，狠狠的打了一個噴嚏。

「公子，沒事兒吧？」

「沒事兒，一定是有人想我了。」

「哦？」闞澤笑呵呵站起來，把火盆子裡的炭火挑得更旺。

「你沒聽人說，一個噴嚏是有人想你，兩個噴嚏是有人罵你，三個噴嚏……」

「三個噴嚏怎麼了？」

曹朋嘿嘿笑道：「三個噴嚏，那就說明你生病了。」

一旁甘寧忍不住哈哈大笑，闞澤也不禁連連搖頭，指著曹朋：「不用問，又是你中陽山的笑話。」

「錯！」曹朋正色道：「這是某家經驗所得。」

帳外，寒風凜冽。帳中，卻是歡聲笑語。

曹朋似乎絲毫沒有感覺到緊張，即便是大戰將至，他仍然談笑風生。畢竟，他此戰是監軍，手裡除了兩百八十個軍卒之外，也沒有什麼部曲。打仗這種事，輪不到他費心，自有個高的頂著。再說了，有賈詡和郭嘉兩人在，難道還用怕什麼袁紹嗎？所以，曹朋顯得很輕鬆。

「曹中候？」

「誰！」

「卑職乃曹公帳下吏，司空有命，請曹中候即刻覲見，有要事相商。」

「呃……我馬上過去。」

曹朋聽聞曹操召見，哪裡還敢有半點遲疑，連忙站起來，從一旁的柱子上取下一件白裘披衣，和甘寧、闞澤說了一聲，便走出營帳。

小帳外，是一個親兵打扮的小校。曹朋倒是認得這人，說起來，他和曹朋的關係還挺密切。這小校名叫曹彬……當然不是那個在徐州被陶謙部將張闓所殺的曹操的親弟弟曹彬，而是曹真的親弟弟。他也叫曹彬，和曹朋是同年。

「文質，主公喚我何事？」

文質，是曹彬的表字。這出自於《論．雍也》，文質彬彬。

曹彬這個表字，還是曹操在年初時，賜予曹彬。

聽到曹朋詢問，曹彬搔搔頭，笑道：「主公的心思，哪是我等可以明白，想必是有事吩咐。」說著話，他壓低聲音道：「都亭侯和郭祭酒剛走，之前主公和他們在商議事情。」

曹朋聽聞這話，不由得心裡一咯登。

賈詡也在？那肯定沒什麼好事！

不過，你敢做得初一，那我就做得十五……

曹朋隨曹彬來到中軍大帳之外，曹彬做了個手勢，示意曹朋自己進去。

曹朋猶豫了一下，在大帳外恭聲道：「北軍中候曹朋，奉司空之名前來覲見。」

大帳裡似乎很安靜。片刻後，就聽曹操那略顯沙啞的聲音從裡面傳來：「阿福啊，快進來，我正要找你說件事情。」

中軍大帳裡，很空曠。十六根六米高的柱子將大帳撐起，使得人在其中也不會感覺太壓抑和氣悶。至少比之小帳那種三米不到的高度，讓人舒暢許多。十六根牛油大蠟插在柱子上，把大帳照映通透。

曹操把雙腳放在木盆中，享受著泡腳的快活。

而曹朋則張大嘴巴，呆愣愣看著曹操，一時間有點轉不過彎兒。

「讓我守白馬一日？」

「嗯！」

曹操示意小校往木盆裡添些熱水，對曹朋說：「我也知道，此事可能有些為難。但事關重大，我思來想去，唯有阿福你最為合適。若白馬失守，劉備必然馳援白馬，到時候我需時間將其消滅。可你也知道，劉備，非等閒！到時候許攸也會派兵援救，若被他奪回白馬，我將腹背受敵……所以，我需要一個人，為我在白馬堅守一日，而這個人，也只有你。」

我謝謝你了……你可真看得起我！

曹朋不免有些猶豫。

「阿福，你若不願，那就算了……」

「不是不願，而是……姪兒年紀小，萬一有失，怕壞了世父的大事。」

「不會的！」曹操不禁笑道：「這次乃文和所薦，奉孝也頗為贊同，都認為你是最合適人選。阿福，到時我會為你留一校人馬，人員由你任命。」

果然是那老陰人！

曹朋在心裡面，把賈詡快要罵翻了天，不過在表面上，還是做出平靜之態。

人。

「若姪兒選，除姪兒部曲之外，請世父將步兵營留下。典滿、許儀、鄧範可為姪兒副手，協助守城……有此三人，當足矣對付袁紹大軍來襲。」

「只他三人？」曹操心裡不免有些躊躇。他想了很多可以幫助曹朋的人，卻未想到曹朋會點典滿三人。

「你可有人選？」

曹朋道：「此三人與姪兒八拜之交，結義金蘭，固可以齊心協力。而且，他們和姪兒合作過，勿論是我五哥鄧範，還是二哥和三哥，在海西時，都曾聽我調遣，所以不必擔心其他。若換作軍中其他人，姪兒資歷淺薄，年紀又小，未必肯聽從命令。與其那樣各懷心思的做事，姪兒寧可相信我二哥他們。有道是兄弟齊心，其利斷金嘛……」

曹操輕輕點頭，覺得曹朋這話，說得也頗有道理。可這些人全都是毛頭小子，最大的許儀，今年也不過十八歲。把自己的大後方交給這一群加起來還不到七十歲的少年身上，未免也忒兒戲了些。不管怎麼說，總讓人有些不太放心。

「阿福，你還可以再選他人。」

「呃……」曹朋愣了一下，旋即明白了曹操的心思。的確，四個最大不過十八歲的小孩子在一起，換作是自己，恐怕也不會放心。

他想了想，「再選一個也行，但不管他是什麼人，都必須聽我調遣。」

「那是自然。」

「請世父賜姪兒尚方寶劍，如此姪兒方可點將。」

「尚方寶劍？」

「姪兒的意思就是，有先斬後奏之權。」

尚方寶劍這個名詞，在東漢末年還沒有出現。東漢年間，更多的是持節，或假節的說法，所以曹操一開始也沒明白。不過先斬後奏……這權力可不小。

曹操猶豫一下，還是點頭答應：「可以。」

「那我選都亭侯。」

「噗……」

曹操正喝著水，聽曹朋這句話，頓時噴了出來，濺曹朋一臉。他劇烈的咳嗽著，同時擺著手，強忍著笑，「阿福，抱歉抱歉，為叔並不是故意，你休要在意。」

曹朋耷拉著臉，從小校手中接過一塊乾淨的布巾，把臉上的水漬擦掉。

至於這樣嗎？

不過，你賈詡不安好心，我也不會對你客氣。就算老子戰死白馬，也要拖著你過來給我墊背。

而曹操則心道：這兩個人，果然鬥上了！

「你可以換一個人。」

「姪兒只要都亭侯，有都亭侯一人，勝似千軍萬馬。」

「你……」

「若世父不同意，那就算了。反正，要我再選一個人，那就是都亭侯。如果世父不放人，其他人我也不要，反而平添襟肘。」

看起來，曹朋是非賈詡不可。

曹操似笑非笑的看著曹朋，半晌後一咬牙，「那好，就讓都亭侯留下來。」

「還有尚方寶劍呃……」

「阿福，你可別是想……」

「世父，這尚方寶劍就是個震懾。您也知道，我年紀小，資歷淺，到時候肯定會有人不服。可是有了這尚方寶劍，姪兒就足以震懾全軍。」

「我贈你的天閑刀，可帶著？」

「在我帳中。」

「那就以天閑刀為尚方寶劍，我准你先斬後奏。」

延津的戰事，越發激烈。

十二月三十一日，也就是建安四年的最後一天，戰事變得膠著起來。隨著袁紹下令大軍渡河速度加快，夏侯淵有點頂不住了！剛開始，他是猛攻；但三天之後，袁軍兵力增強，使得夏侯淵不得不由攻轉守，從延津後撤四十里，背靠濟水，和袁軍再一次展開激烈戰鬥。

過濟水，便是封丘縣。這裡算得上是夏侯淵的地盤。

夏侯淵是陳留太守，而封丘正是陳留治下。從封丘渡河，有源源不斷的輜重可以供應，並且從陳留發出援兵，只需要半天就可以抵達。背靠自家老巢，夏侯淵漸漸挽回劣勢，與袁軍繼續膠著。

許攸率部進駐延津！

同一日，曹操命長水營和射聲營出擊，神不知鬼不覺，抵達白馬城外。

白馬此時已變成了一座空城，當地的百姓更是在顏良破城之日，被屠殺一空。這本就是個面積不大的縣城，在屠城之後，旋即變成了一個臨時的輜重屯聚之所。從河北岸源源不斷有輜重送來，袁紹還派出大將孔順駐守白馬。這孔順，也是屬於冀州的一方豪強，其族中頗有財富，只是其人非常貪婪奸詐，懂得溜鬚拍馬，故而被袁紹欣賞，才委以重任。

不論換作什麼人，都不會輕易攻打白馬。因為奪取了濮陽之後，袁紹在河南岸的布局已經成型。以

曹賊

章七

都亭侯足矣

白馬為常山之蛇的腹部，濮陽和延津分別為常山之蛇的蛇頭和蛇尾，呈鼎足之勢，若白馬遭遇攻擊，濮陽和延津可以火速馳援，形成夾擊之勢。

孔順所要做的，就是守住白馬一日而已。他手中有五千人，守住白馬，綽綽有餘。

可是，誰也沒有想到，就是這看似牢不可破的白馬，在一夜之間，竟被曹操攻破。樂進率長水營先登白馬，幾乎不費吹灰之力便斬殺了孔順，順利將白馬掌控於自己的手中。隨後曹操迅速出擊，虎賁軍、虎豹騎和武衛軍同時出動，三十一日當晚，埋伏在趙營河灘周圍。

曹朋率步兵營抵達白馬時，就見樂進正在處理戰俘。

白馬城外，已經變成了屍山血海。數千軍卒被斬首於白馬城下，一顆顆首級更被疊摞成了京觀。

曹朋想要阻攔，卻被賈詡攔住。

「曹中候，廣昌亭侯是在為你掃清後患。」

「什麼？」

賈詡神色平靜，輕聲道：「此次白馬得袁軍數千人，可是我們馬上就要迎接一場惡戰……這些人，可不是當初你在曲陽俘虜的降兵。他們都是袁軍的精銳，若不處置，臨戰時發生營嘯，連你都難以活命。廣昌亭侯這是替你背了罵名，只有殺了這些人，才算是安穩！」

「可是……」

「曹中候，你也不是初臨戰陣，當知慈不掌兵的道理。你今日心軟一分，他日就要付出十分乃至百分的代價……我等與袁紹，已成水火之勢。顏良能屠盡白馬，那麼今日，你就必須殺盡這些降卒。這種時候，為主將者絕不可有婦人之仁。」

耳聽那淒厲的哭喊聲，曹朋不由得惻然。

原本以為，自己經歷了曲陽惡戰之後，已經能夠心平氣和的面對屠殺。可是當他親自面對時，心仍有些發顫。可他知道，賈詡說的一點都沒錯，此時的一分仁慈，會付出百倍代價。

登上城樓，看著那一隊隊被推出城外、丟了腦袋的袁軍士卒，曹朋不由得心中哀嘆。

這樣的屠殺，究竟還要經歷多久？

前世，曹朋曾看過一個關於三國人口的統計資料。

據說在永壽三年，也就是西元一五七年的時候，東漢第十位皇帝，也就是漢桓帝，曾做出過一次人口統計。當時合十三州之地，有人口五千六百四十八萬人。然而在建安二十五年，也就是西元二二〇年，曹操故去之後，合十三州人口，只剩下七百六十三萬人……這，是一個何等怵目驚心的數字。

從一五七年到二二〇年，也就是一甲子光陰，大漢人口幾乎減少了八成五。

倒也不能全部歸咎於曹操這些人，單只黃巾之亂，死了多少人？董卓之亂，又死了多少人？好吧，算上當時被豪強世族藏匿的人口，再增加七百萬，六十年中，共死去四千萬人！

許多人，恐怕就是死於眼前這種瘋狂的殺戮之中。

曹朋抬起頭，仰視蒼穹。

國人歷來都如此，對自己人總是能下得狠手，對異族卻要展現泱泱大國之風，表現出仁義之態。東漢如此……跨越一千八百年後，亦如此。

人常說，三國將星璀璨，三國人才輩出，是一個輝煌的年代。

我呸！

當你親眼看到這一場場殺戮，看到這一幕幕慘劇的時候，還他娘的輝煌嗎？三國，就是他媽的一個黑暗的年代！遙想三國之後，八王之亂，異族侵入中華，肆意屠殺大漢子民……可那狗屎的歷史書上，卻寫著什麼促動民族大融合、融合文化的年代。那是他娘的融合嗎？

不知為什麼，曹朋只覺得這心裡面，好像有一團火在燃燒。

只燒得他，渾身都在痛！

「友學，你怎麼了？」賈詡突然覺察到了曹朋情緒上那種激烈的波動，忍不住輕聲問道。他生於這個時代，沒有曹朋那種多愁善感，對這種場面的殺戮，早已經見怪不驚。

不僅是賈詡，還有那些生於這個時代的人傑們……郭嘉，荀彧，諸葛亮……他們能預料到那最後的結局嗎？

眼角有些濕潤，曹朋轉過了身。半晌，他深吸了一口氣，看著賈詡道：「都亭侯，一百年後，會是什麼樣子？」

「啊？」賈詡被曹朋這沒頭沒腦的一句，問得愕然不知所措。

「昔年陳湯擊匈奴三千里，豪言：明犯我強漢者，雖遠必誅。一百年後，還會不會有人記得這句話呢？那個時候，我們都已經不在了，讓兒孫們決斷吧。」

賈詡似懂，非懂！

「我下去巡城，待我向廣昌亭侯道謝。」曹朋轉身，默默的沿著馳道走下城樓。

而賈詡站在曹朋背後，默默的看著他，眼中閃過若有所思的光芒。

曹友學，說這些話，究竟是什麼意思？

空蕩蕩的街道上，還有那沖洗不掉的血跡。在犄角旮旯裡，還殘留著一些殘肢斷臂……想來，那是顏良之前在白馬屠城時留下的痕跡。

曹朋沒有騎馬，默默行走於街道上。

往來穿梭的士兵，一個個看上去行色匆匆，非常忙碌。

如果許攸知曉了白馬丟失，一定會瘋狂的發動反擊吧。如果他調集兵馬猛攻白馬，雖然只有一天，可自己真的能堅守得住嗎？曹朋不太確定！哪怕是在經歷了曲陽之戰後，他仍有些猶豫。

曲陽之戰的案例，很難複製。

從表面上看，守住白馬，似乎比守住曲陽容易許多。可如果仔細一想，就會發現，兩者根本不可以相提並論。守住白馬，恐怕要比曲陽更困難。

曲陽之戰，有很多偶然因素。而袁紹對白馬的執念，恐怕要遠勝過呂布對曲陽的執著。

所以，想要打好這一戰，必然要付出更多的代價。而曹朋現在所能依持的，除了手中的步兵營，似乎就只能寄託於曹操能夠在一天之內解決劉備，回兵馳援。可那又有多大勝算？

要知道，曹操這一次，手裡可是沒有關雲長。

沒有關雲長，自然也就沒有了斬顏良、誅文醜的戰績。

不行，這一戰必須要打，而且要打得好，打得巧，打得妙，打得乾淨俐落脆……單靠曹朋一人，恐怕還不足以做到。

「這是什麼地方？」

不知不覺，曹朋來到了一座宅院門外。這宅院門口，有許多兵卒在守護，似乎是一處重地。

「這裡是袁軍屯放輜重之地。」

「是嗎？」曹朋邁步，走上了臺階，「進去看看。」

甘寧緊隨曹朋身後，兩人進了這宅子大約一炷香的時間，就見曹朋興沖沖從宅院中跑出來。

「快，讓都亭侯速來。」他站在臺階上大聲呼喚，臉上則流露出一抹興奮之色……

章八 巔峰之戰

起風了！這是建安五年的第一場風。

嚴冬已經過去，春天到來……可在原野上，卻看不到半點春的痕跡，依舊是那麼肅殺蕭索。

麾蓋下，曹操面容沉靜，手中緊握寶劍。也許是緊張的緣故，指關節有些發白，可他卻毫無覺察。

在他身後，典韋和許褚兩人形容沉靜，猶如兩尊亙古以來便存在的雕像，戰袍在風中獵獵作響，黑色鐵甲在陽光中閃爍光芒。再往後，虎賁軍和武衛軍列陣森嚴，矗立在風中。

對曹操而言，這並非是第一次出戰。可是，這一戰對他來說，卻是最為重要的一戰。

若濮陽不能奪回，那麼謀劃兩年之久的決戰，如同兒戲。只有破了袁紹這條擺放在河南岸的常山之蛇，才可以令戰局重新回到他的掌控之中。只要濮陽在他手裡，就可以確保兗州穩定，其東部屏障依舊可以發揮重要作用，不但可以抵禦青州之地，更能牽制袁紹的兵馬。

最重要的是，有濮陽在，青、兗就無法連成一體。青州袁譚就算再厲害，也不可能給予袁紹太多的幫助。同時，濮陽的存在，還可以給程昱更多的時間來布局官渡……

總體而言，濮陽能否奪回，成為曹操和袁紹之間決戰的一個關鍵所在。只是這個關鍵，曹操覺察到了，而袁紹卻沒有發現。或許，袁紹手下也有人留意到這一點，但在那種派系林立、相互傾軋的環境下，袁紹又能聽進去多少？曹操對這一點，同樣報以懷疑的態度。

「主公，怎麼還沒有來？」

「放心，會來的。」曹操回頭看了一眼曹彬，示意他稍安勿躁。

其實，他心中何嘗不焦慮呢？

在這裡多待一刻，白馬就增加一分危險。哪怕是曹操對曹朋有信心，可白馬關係重大，他也同樣感到憂慮。想來延津已經得到消息，許攸已派出兵馬援救……希望阿福能頂住吧。

此時此刻，曹操的注意力已完全放在即將到來的劉備身上。對他來說，劉備才是他心中大敵……

正如曹操所預料的那樣，許攸在許平返回延津之後，立刻命沮鵠和大將高蕃趕赴濮陽接手。此前，他還會禮貌的問候一下，而這一次，根本不予詢問，直接命沮鵠、高蕃換防。

劉備若到了許攸手裡，勢必面臨許攸更加凶殘的報復。所以曹操在這個時候選擇攻擊白馬，就是給劉備一個必須出擊的理由。他必須出擊，援救白馬……也只有這樣，才能向袁紹證明清白。若不如此，劉備休想再得到袁紹半分信任，那時候他在河北，可就無容身之處。

劉備的確是出擊了！只不過他的反應，卻讓曹操極為惱火……

這傢伙幾乎是在用龜速行進，卯時從濮陽出發，不過四、五十里的路，卻磨磨蹭蹭，走了大半天。可以看出，劉備一定也覺察到了，故而才會是這種反應。他每一步走得都很小心，斥候不斷往來，令曹操不勝其煩。但是曹操必須要耐下性子，等待！

可以說，劉備是在磨蹭。也可以說，劉備是在消磨曹操的耐心。

不過曹操這一次，已有了充足的準備，他不相信，劉備敢不救援白馬。

時間一點點的過去，風也漸漸停下。午後的太陽，漸漸偏移，夕陽斜照大地，給這初春的平原籠罩上一層血色的外衣……

「主公，劉備來了！」

斥候終於傳來了一個令人振奮的消息，曹操臉上頓時露出了笑容。

「君明，仲康。」

「喏！」

「準備好了。」

典韋嘿嘿一笑，一把抄起長戟，「主公放心，若大耳賊到來，典韋定要他死無葬身之地。」他善雙鐵戟。但由於是騎戰，所以典韋將雙鐵戟置於身後，換上了一桿長戟。

為大將者，十八般武器要樣樣精通。典韋在這一點上，比之許褚要強橫許多。許褚善使大刀，而典韋卻是樣樣都能玩得出神入化。但如果比拚力氣，許褚又要比典韋稍稍強上一籌。

許褚咧開嘴，露出雪白的牙齒：「那大耳賊為何還不過來？」

正說著話，地平線盡頭出現了一支人馬，徐徐行進。此地，名叫趙營，也就是之前顏良阻擊徐晃的地方。地勢很開闊，最適合大軍野戰交鋒。

當劉備的大纛旗，清楚的映入曹操的眼簾時，曹操猛然一催馬，「全軍，出擊！」

武衛軍和虎賁軍一左一右，便迎上前去。

兩隊鐵甲軍一出現，劉備也立刻發現。他不由得露出苦澀笑容，輕聲道：「我就知道，曹操老賊沒那麼簡單。」

當他得到白馬失守的消息時，第一個反應不是去救援，而是想堅守濮陽。因為他知道，那一定是一個陷阱。可沒想到，于禁、李典、徐晃三人突然領兵後撤三十里，並紮下了營寨。

沮鵠倒是沒說什麼，因為在他來濮陽前，便接到了沮授的書信。信裡說，不可以對劉備逼迫太甚，最好能讓他留在濮陽，這樣一來，可以助沮鵠一臂之力。

但高蕃卻不同意。

高蕃是袁家死士，原本屯駐河上。在得知白馬失守的消息後，高蕃立刻請求劉備出兵。說是請求，倒不如說是命令……劉備心裡有一萬個不情願，但在高蕃的命令之下，也只得出兵。只是在離開濮陽後，劉備磨磨蹭蹭，小心翼翼，生怕中了曹操的埋伏。可不成想到最後，還是要和曹操決戰……他看了看身後兵馬，暗自苦笑一聲，「三軍，列陣……迎敵！」

如果徐晃在這裡，說不定真的會大笑三聲，然後說：「大耳賊也有今日。」

風水輪流轉，此時劉備所面臨的局面，與當初徐晃面臨的局面何其相似？同樣是在趙營，同樣是被人堵截，同樣是無法後退，只能硬著頭皮迎戰！歷史，總會有那麼多有趣的巧合。

「玄德，還不下馬受降？」曹操大笑，催馬上前，手中劍遙指劉備。

劉備面沉似水，半晌後厲聲道：「老賊，恨不得食爾血肉！」

兩人太熟悉了，以至於根本不需要什麼場面上的交代。一個是衣帶詔上留名，曹操除之後快的心腹之患；一個是野心勃勃，誓要將曹操誅殺的當世梟雄。

「誰與我取那老賊首級！」

劉備大喝一聲，身後張飛二話不說，躍馬挺矛，就衝向曹操。

張飛這邊剛一出來，曹軍陣中許褚也衝出本陣，拍馬舞刀，攔住了張飛。

兩個人，都是那種天生神力，且驍勇異常的超一流猛將。這打在一處，只聽刀矛撞擊，呼喝聲不斷。論武藝，張飛略勝許褚；論力氣，卻是許褚勝過了張飛。但許褚還有一個後天的優勢，那就是身下的高橋鞍可以令他穩住身形，雙鐙可以讓他坐得更穩，爆發更大的力氣。甚至連胯下坐騎，也因配上了馬蹄鐵，占居上風。

鐵蹄呼的踹向張飛的戰馬，而張飛的那匹馬也聰明，覺察到不妙，連忙碎步閃躲。只是這一來，使得張飛在馬上難以穩住身形，和許褚交鋒時，自然也感到吃力，漸漸抵擋不住。

關羽在陣中看到，微合的丹鳳眼猛然圓睜，胯下馬希聿聿長嘶一聲，馱著關羽就衝出本陣。

「偷襲小兒，還欲猖狂！」

關羽拖刀衝向許褚，卻聽曹操陣中有人厲聲高喊。典韋執戟衝出來，胯下戰馬猶如一道紅色閃電，瞬間就攔住了關羽的去路。

要說典韋的這匹馬，來歷可是不小。他這匹坐騎，正是當初呂布胯下的那一匹赤兔嘶風獸。

歷史上，關羽在下邳之戰後，與曹操約法三章，歸順曹操。曹操對關羽甚厚，三日一小宴五日一大宴，上馬送金，下馬贈銀，後來還把赤兔馬送給關羽，並封關羽漢壽亭侯……可如今，由於種種原因，曹操雖然依舊欣賞關羽，但他最看重的人，還是典韋。滅呂布之後，曹操將呂布的方天畫戟贈給了曹朋，卻把赤兔馬送給典韋。

典韋森然而笑，長戟掄圓了，照頭就是一擊。關羽一見，也顧不得去幫助張飛，擺刀相迎，大刀狠狠的撞擊在長戟上，發出一聲巨響。兩匹馬希聿聿暴嘶，同時後退。

但也從這一擊可以看出，關羽的坐騎，明顯比不得赤兔馬。

赤兔馬在退了數步之後，便再次衝出，而關羽的那匹馬，卻因為承受了那股巨力，後退不止。當戰馬停下，關羽想要衝鋒，典韋已到了跟前。長戟又是一記力劈華山，聲勢極為駭人，戟刃撕裂空氣，發出刺耳聲響。長戟未至，罡風臨體，迫得關羽再次揮刀相迎，只震得手臂發麻。

典韋也暗自稱讚，這關羽的確非凡。可稱讚歸稱讚，他手上可不會有半點留情，長戟舞開，戟雲翻滾，戟影重重。關羽咬著牙，揮刀和典韋戰在一處。

歷史上的關羽，給人一種感覺：一名天下無雙的刺客。

在關羽成名的戰例中，幾乎全都是一刀斃命，絕不會給敵人留有半點機會。關羽的爆發力非常強，如獅子搏兔，前三刀凶悍異常。但三刀過後，若不能斃敵，那關羽就要進入膠著階段。

如曹劌論戰所言，一而再，再而三，三而衰。

後世很多人說，關羽的刀法源自於《左氏春秋》，似乎也有些道理。

至少在關羽與人交手時，頗有些曹劌論戰的痕跡。而且，他當時胯下赤兔馬，同樣也是一匹爆發力超強的汗血寶馬，兩者相互配合，自然可以產生出巨大的威力。然而現在……赤兔馬到了典韋的手裡，關羽刀法雖然依舊狠辣，但威力至少減掉三成。

而赤兔馬，馬鞍、馬鐙、馬蹄鐵配備齊全，令典韋如虎添翼。此消彼長之下，只三十個回合，關羽的刀法就開始散亂。劉備在身後觀戰，也不由得是心驚肉跳。他開始後悔，為何沒有把趙雲給帶過來？若是有趙雲在，那麼和曹操拚殺起來，他至少在武將方面不會吃大虧。

「主公，二將軍和三將軍好像頂不住了。」陳到催馬上前，在劉備耳邊低語。

劉備，輕輕點頭。

「曹操老賊不曉得給典韋、許褚的坐騎上，配了什麼東西，使得這二人騎戰之力明顯提高。主公還記得去年和老賊的虎豹騎交鋒時，虎豹騎似乎也有這等裝備？」

劉備再次點頭，暗自下決心，一定要想辦法把這秘密找出來。不過此時，他卻顧不得琢磨曹操的裝備。眼見著關羽張飛都已落了下風，劉備也知道，拚死一戰的時候到了。此前，他一直不肯出擊，就是擔心曹操還有後招……不對，是一定有後招。哪知道曹操還沒出招，己方已有些抵擋不住。

「叔至，出擊！」說著話，劉備抽出雌雄雙劍。

他這對雌雄雙劍，與其說是劍，倒不如說有點類似於斬馬刀。劍身奇長，而且也很寬。兩柄劍重達三十六斤，也稱得上是兩支神兵。這兩柄劍，還是劉備在許都簽下衣帶詔之後，董承所贈。而打造這兩支大劍的人，正是曹朋的老爹曹汲。當初，曹汲聲名鵲起，曾和曹洪有協議，每三個月會為曹洪打造一把刀。這雌雄雙劍，就是在那時候打造出來，後經曹洪之手，高價賣給了董承。從質地上，比不得河一雙刀，但也是當時少有的兩把利器……

劉備，準備親自出戰了！

比武藝，劉備肯定比不得張飛、關羽這些人，甚至連關平都勝他一籌。但他也不是那種手無縛雞之力的書生，想當年涿郡起兵，劉備也憑一身武藝，著實斬殺了不少敵人。只不過，後世人只言關張，令劉備顯得暗淡無光。

此時，夕陽已經落山，天色昏暗……

兩軍都已燃起了火把，曹操見劉備準備出戰，就知道劉備恐怕是撐不住了！

就等著你出手呢！

曹操拔劍向前一指，「樂進，出擊！」

戰鼓聲隆隆響起，樂進的長水營如排山倒海般，撲向劉備的兵馬。剎那間，喊殺聲迴盪在趙營上空，近萬人纏鬥在一處，刀來槍往，廝殺格外慘烈。火光中，一蓬蓬鮮血噴現，殘肢斷臂散落地面之上。樂進咬著牙瞪著眼，手中大刀翻飛，殺得血流成河。

咕隆隆，咕隆隆……

戰鼓聲越發的響亮，曹操雙眼微合。「子恪，公劉，出擊！」

「喏！」

呂虔和史渙早已耐不住，那喊殺聲直刺激得他二人熱血沸騰。聽曹操下令，二人立刻率部衝出。

曹彬道：「是否下令，命虎豹騎出擊？」

「不急！」曹操凝視戰場，輕聲道：「且再等等！」

劉備雖然已做出搏命的架式，但陣型並不混亂。

還有一支人馬，仍在後方觀戰。與其說是觀戰，倒不如用監視來形容更妥帖一些。那些兵馬的裝束，明顯和進入戰場的袁軍不一樣，清一色白旄披衣，左盾右刀，透著一股剽悍之氣。

白旄兵！劉備手下最精銳的白旄兵……

曹操和劉備之間的交鋒並不多，討伐陶謙算一次，之後恐怕就是汝南大戰。但這並不阻礙曹操對劉備的瞭解。

白旄之勇，想當初也是讓曹操眼饞不已。不過，他現在手握武衛、虎賁和虎豹騎三支精兵，那種羨慕妒忌恨倒是減輕不少。可即便是這樣，曹操對白旄的戰鬥力仍舊保持著警惕。

沒錯，如今劉備的白旄，的確是比不得當初在徐州時的白旄。經過多次搏殺，白旄精銳損失許多，雖然後來在汝南補充了一些，可戰鬥力畢竟比不得先前。

只不過，曹操不會有半點輕敵，仍死死按住虎豹騎和虎賁、武衛三支兵馬，等待劉備做出最後的搏命。三校投入其中，兵力仍有些不足。劉備手舞雙劍，在軍中馳騁，殺法極為凌厲，同時還有關平相助，迫使呂虔和史渙拚死才將二人抵住。而夏侯尚、夏侯恩兄弟在本陣躍躍欲試，可沒有曹操的命令，他二人也不敢擅自出戰，唯恐影響了戰局。

「子羽、伯仁，你二人率武衛出擊。」

「喏！」

眼見著戰事進入膠著，曹操不禁微蹙眉頭。

這可不是他所希望見到的局面。夏侯恩和夏侯尚兩人也是初生牛犢不怕虎，得令之後，立刻率武衛軍殺入戰場。本來，袁軍稍占上風，可是當武衛軍一千五百人加入之後，立刻發生了變化。武衛軍以許氏族人為主體，跟隨曹操征戰多年，其驍勇絲毫不遜色於虎賁軍。

劉備此時披頭散髮，雙劍翻飛，左劈右砍。「坦之，與我抵住那兩人！」說話間，他猛然發力，雙劍舞得更急。

呂虔和史渙一下子也奈何不得劉備，甚至隱隱被劉備壓制。

關平大吼一聲，催馬迎向了夏侯尚兄弟。

在後陣觀戰的陳到更是面沉似水，他扭頭對孫乾道：「公佑，我留下二百人與你，而後率部參戰。若形勢不妙，你務必保著主公撤走，我來斷後。」

「好！」孫乾也拔出佩劍，做出搏命的架式。

陳到大槍高高舉起，厲聲喝道：「白毦，出擊！」

八百白毦齊聲吶喊，衝進戰場。

別看只有八百人，卻是劉備軍中精銳，更隨劉備轉戰千里，一個個經驗豐富，殺法驍勇異常。白毦衝進戰場之後，形勢又發生了變化。

曹操在本陣觀戰，見白毦出擊，臉上頓時露出一絲獰笑。

「虎賁，出擊！」他拔出寶劍，催馬衝出。

要知道，曹操也是個善戰之人。早年為騎都尉，曾身先士卒，與黃巾軍搏殺一起，論勇武，未必就遜色劉備太多。

虎賁軍衝入戰場之後，同樣是刀盾在手，卻比其他兵馬多出了一份配合。想當初，曹朋讓典韋訓練虎賁列隊、行走、站軍姿，其實是對虎賁軍的一種磨練。單以戰鬥力而言，虎賁軍尤勝武衛軍。從十數萬曹軍中選出來的精銳，再加以正規的訓練之後，配合非常的默契。

三人一組，虎賁軍絕不會和白毦硬碰硬的打。他們最大的利器，就是相互間的配合純熟，衝上去之後，往往是三個人或五個人圍住一人，在瞬間擊殺對方之後，再尋找下一個目標。一名虎賁架盾崩開袁軍刺來的長矛，兩人隨後上前砍殺，一封一架一抹，配合如行雲流水般，一名袁軍便倒在血泊之中。

文玉東，便是一名虎賁小隊長，大刀凶狠的抹過一名袁軍的脖子後，隨即厲聲吼道：「虎賁，變陣！」左手大盾揚起，鐺的磕飛一口大刀，身體同時滴溜溜一轉，讓出一個空檔之後，一名虎賁踏步上前，挺槍便把對方的胸口穿透。旋即，另一名虎賁架盾迎敵，文玉東轉身做出掩護的姿態。

三人小隊不停的轉動，只是虎賁軍的一個縮影。整個虎賁軍在行進之中，就如同一個巨大的絞肉機，只要被圈入他們的圓陣之中，袁軍根本無法抵擋，瞬間就倒在血泊中，變成一具死屍。

這可怕的戰鬥力，讓劉備也感到吃驚。

曹操竟然有這麼一支銳士，可是卻從沒有見他用過啊……

臨戰時，最怕的就是分心。更何況，劉備本就遜色於呂虔、史渙，剛才憑著一股悍勇之氣，將二人壓制，終究難以長久。這一分心，史渙和呂虔頓時搶回了先機，兩人雙戰劉備，不幾個回合，劉備一個不小心被呂虔一槍扎中了肩膀，鮮血頓時噴濺出來。痛得劉備大叫一聲，險些落馬。

就在這時，陳到帶著人趕過來，將呂虔和史渙攔住。

「二將軍、三將軍！休得戀戰，速速掩護主公撤離……」

「大伯速走，我與叔至斷後。」關平也衝過來，和陳到並肩作戰。

孫乾領人保護著劉備向後撤離，張飛和關羽也不敢再打下去，各自虛晃一招，撥馬就走……

曹操厲聲喝道：「休走了劉備！」

典韋、許褚催馬追趕，卻被數十名白毦一擁而上攔住。

袁軍的陣腳，徹底亂了！也幸虧白毦拚死搏殺，總算沒有出現潰敗……

曹操怒道：「嗚鏑，虎豹騎出擊！」說著話，掌中寶劍將一人砍翻。

曹彬從胡祿裡取出一枝鳴鏑，直射向空中。與此同時，郗慮也命壓陣的越騎營發射鳴鏑。一聲聲刺耳的銳嘯在空中會合一處，幾乎將戰場上的喊殺聲掩蓋。從袁軍後方，一股黑色洪流洶湧而來，鐵蹄踏踩大地，直令大地顫抖。

劉備面色慘白，嘶聲吼道：「是虎豹騎！不要戀戰，速退！」身後突然傳來一聲慘叫。劉備扭頭看去，只見孫乾被一名虎賁從旁躍起撲下了戰馬，重重的摔在地上。他轉身想要營救，卻被關羽攔住。關羽也沒有了早先那氣定神閒的美髯公姿態，抓住劉備的手臂大聲吼道：「哥哥，快走啊！」

劉備咬牙，催馬而去……

這一場血戰，一直持續到了將近深夜。袁軍早已潰敗，只剩下為數不多的白毦仍在殊死搏殺。

曹操返回麾蓋之下，看著被火光照映成一派血色的戰場，不由得發出一聲嘆息。

「劉玄德，知兵啊！」

「主公此話怎講？」

「我之前還在疑惑，劉備為何行進緩慢。如今想來，他一是小心謹慎，二來則是為拖延至天黑……這天色一晚，他就算戰敗了，也可以藉助夜色逃離。我卻忽視了這一點，竟平白錯過了消滅劉備的最好時機，可惜啊……」

「主公何必擔心，劉備就算跑了，也是幾乎全軍覆沒。濮陽，此時恐怕已落入文則手中，他孤零零一個人，就算回到袁紹那邊，也沒有回天之力。」郗慮道。

「鴻豫，你不懂！」曹操深吸一口氣，將寶劍遞給了曹彬。「劉備此人，極有韌性。他若不死，我必難以釋懷……傳我命令，封鎖兗州！若有殺劉備者，封萬戶侯，賞千金；若得其下落者，封五千戶侯，賞百金！總之，一定要找到劉備，把他徹底給我消滅掉！」

郗慮大吃一驚，卻不敢遲疑，連忙應命。

「主公，劉備淪落到這等模樣，會不會返回河北？」曹彬問道。

曹操輕輕搖頭，「以劉備之性情，斷然不會再回河北。他損兵折將，再丟了濮陽的話，回河北也是突遭羞辱。以我對他的瞭解，他會另謀出路……只是一時間，還不好判斷他的去向。」

曹彬沉默了！

與此同時，趙營戰場上的戰鬥也已經全部結束。八百白毦幾乎全軍覆沒，甚至無一人投降。

夏侯尚帶著一個小校，壓著孫乾過來，「主公，還是走了大耳賊。」

「此非你們之錯，是我沒有考慮周詳。」曹操對孫乾並不陌生，只看了他一眼後，輕聲嘆了口氣：「先把公佑帶回去，看管起來。」

而後，曹操下令，典韋和許褚收攏兵馬，留下郗慮打掃戰場，全軍火速回兵，準備回援白馬。想必，白馬現在已經打起來了吧……

不管怎樣，曹操總是不太放心白馬那邊的戰事。哪怕有賈詡在曹朋身邊，他還是感到擔心。兵馬迅速聚集一處，趁著夜色往白馬方向趕去。從趙營到白馬，不到四十里。可還沒等走出一半的路，曹操忽聽曹彬叫喊：「主公快看，那邊的天空，好像燒起來了！」

曹操聽聞，連忙順著曹彬手指的方向看去，只見遠處本應漆黑的夜幕，此時變得一片火紅，好像著火似的。他激靈靈打了個寒顫，忙催馬衝上一處山崗，手搭涼棚觀瞧。

那火光，似乎是從白馬方向傳來。

要知道，曹操此時所在的位置，距離白馬尚有近二十里，二十里外居然能看到白馬的火光，那該是何等可怕的火事……

「是白馬！」典韋驚恐的叫喊起來。

果然出事了，果然出事了！這麼大的火，說明白馬的戰事一定極為慘烈。阿福定然是抵擋不住，才會用這樣一種方式，烈焰焚城。

「典韋、許褚！」

「末將在。」

「你二人立刻率本部人馬，火速趕往白馬。」

「喏！」

許褚和典韋此刻的心情，絕不會比曹操輕鬆。因為在白馬縣城，還有他二人的寶貝兒子。得令之後，兩人催馬衝下山崗，厲聲喝道：「虎賁（武衛），隨我馳援白馬！」

山崗下，曹真衝上來，在曹操身前滾鞍落馬。

「主公，孩兒願率本部兵馬，去救我四位兄弟。」

「子丹，你莫急……」曹操話到一半，也不知道該如何說。他一咬牙，「子和，你立刻率虎豹騎，一同前往。」

曹純答應一聲，領著曹真上馬衝下山崗，虎豹騎在夜色中隆隆出動，朝著白馬方向趕去。

阿福，要堅持住啊！

曹操不禁在心中暗自呼喊，先前勝利的喜悅，此時已蕩然無存。

夕陽已經落山，白馬縣城冷冷清清，不見一個人影。

城門洞開，可以把城裡的街道看得一清二楚。除了城門口那一座用屍體疊摞起來的京觀之外，整個白馬，就好像一座鬼城。站在城門外，小風襲來，如陣陣陰風，令人頭皮發麻。

顏良張著大嘴，看著眼前這座城池，也有點發怵。

「空城？」他低頭朝跪在馬前的斥候道：「你說白馬，現在是一座空城嗎？」

「正是。」

說實話，斥候從城裡溜達一圈出來，也覺得頭皮發麻。整個城市太冷清了，太寂靜了，靜得讓人毛骨悚然。特別是這斥候還知道，顏良曾經在白馬屠城，這心裡面也就更加惶恐。

好在，走了一圈之後，什麼人都沒有見到，甚至連一點聲息都沒有，除了他胯下的戰馬蹄聲迴盪……

「將軍，白馬東門，被人用土石堵死，看起來曹軍原本是想要在這裡和將軍決一死戰……西城門內，發現大量的土石，以及此前囤積在這裡的輜重，似乎是準備把西門一同封死。」

顏良有些丈二和尚摸不著頭腦。「那為何現在，連曹軍的影子都看不到？」

你問我，我又問誰？斥候不禁苦笑，可是在臉上，還要保持一副鄭重其事的表情，「回稟將軍，以卑下看來，定然是曹軍得知將軍率兵前來攻打，嚇破了膽子，所以匆忙間逃走。」

「是嗎？」

「將軍乃河北四庭柱，天下誰人不知？此前輕取白馬，擊潰徐晃，立下赫赫戰功。在延津，將軍又大敗夏侯淵，曹軍又豈能不知？依卑職看，那曹軍守將原本是想要死守。可聽說是將軍來了，所以不敢戀戰，倉皇逃離白馬。」

唔，這個解釋聽上去，倒也合情合理。

顏良扭頭問道：「威璜以為如何？」

這威璜，是一個年紀大約在三十左右的武將，本姓呂，名佩，字威璜。

聽聞顏良詢問，呂威璜哈哈大笑，「將軍何必顧慮，如今白馬就在眼前，我等只管進去就是。若那曹軍敢用詭計，以將軍之勇，還不是手到擒來？依我看，曹軍無膽，此乃空城一座。」

顏良也大笑，「既然如此，我等進城！」

章九 斬顏良

曹朋縮在一個狹小的空間裡，從頭頂上傳來一陣陣嘈雜聲。有戰馬的嘶鳴，還有軍卒們的交談、兵器碰撞……各種聲音混雜在一起，讓人感覺很刺耳。

那些軍卒，話語中帶著濃濃的方言。可能是冀州的吧……抑或者並州？幽州？青州？反正袁紹軍的兵員很雜，既有漢人，還有依附於漢人的胡人。河北地域廣袤，天曉得他們說的是什麼話語。大致意思能聽得明白，不過如果方言太多，口音太重，就有些無法理解。

呼！

一個木桶從曹朋眼前掉落，蓬的一聲落入井內。水桶在井裡左右一晃，兩指粗細的繩子啪的拍在井壁上，險些打中曹朋。緊跟著，盛滿了井水的木桶緩緩升起。

曹朋屏住呼吸，身體又向後靠了一下，閉上眼睛暗自猜測，在他頭頂上，應該是袁軍後營。

這些傢伙，還真會選地方啊！

沒錯，曹朋此刻就藏身於水井裡，在井水上方的井壁上，掘出了一個僅可供一人藏身的洞穴。整個白馬，四十七口水井，每一口井內都有這樣一個洞穴。這些洞穴，是曹朋命人連夜鑿出來，專門供人躲藏。

此次他駐守白馬，任務艱鉅。

如果按照普通人的想法，能守住白馬即可。但是在曹朋看來，單純的守衛並非易事，延津援軍必須要給予重擊，否則援兵將會不斷湧來。

曹操攻取白馬的意圖，就是為了拖延時間。但如果能順便把袁軍消滅，也不失為一個好計策……

這個念頭，是曹朋在宅院裡發現整整堆放了一個院落的桐油，才想到的法子。

三國時期，最著名的是什麼？

火攻！

皇甫嵩火燒長社，諸葛亮火燒博望，孫劉聯軍火燒赤壁，陸遜火燒夷陵……諸如此類的戰例，可以說是耳熟能詳。既然諸葛亮能火燒新野，那麼他今天同樣可以一把大火，燒了白馬。

這想法一冒頭，就再也無法止住。為此，曹朋還找來了賈詡，把他的想法告知。

賈詡一開始有些猶豫，但後一想，又覺得此計並非不能成功。

不過，想要執行這條計策，還需要很多細節的安排。樂進離開之後，賈詡便和曹朋仔細研究了一下，最終做出了一個妥善的謀劃。

首先，這個計策需因人而異。若對方來的是張郃、高覽之流，賈詡認為不太妥當。不過張郃、高覽如今還在黎陽，自然也不可能出現在白馬城外，那麼最有可能攻擊白馬的袁軍將領，就是此前在延津大出風頭的顏良……若是顏良，倒好辦了！

賈詡命人把桐油倒進街道兩旁的水溝裡，而後又在四處灑上桐油，並鋪設了足夠的引火之物。桐油，是用來在軍營中引火的物品。袁軍在白馬屯放了數量如此驚人的桐油，正好為曹朋所用。同時，還有大量用來取暖的火炭，也被灑在路上。

而後賈詡命人堵住了東門，做出準備死守的態勢，以迷惑對手；又在城中四十七口水井的井壁上鑿出洞穴，並選出四十七名勇士藏身其中，準備到時縱火。

這四十七名勇士，卻費了好一番心思。雖說可以藏身水井，但也是身處險境，隨時有可能喪命。

為此，曹朋最後決定，由他來帶隊。

「我為主將，若不能身先士卒，焉能是將士效命？再說了，這縱火看似危險，實則不然……反倒是袁軍突圍時，你們在城外難免會有一場惡戰。我留下來，其他四十六人，可以自行決斷。」

賈詡大吃一驚，連忙勸說，可曹朋既然下定了決心，他也勸阻不來。最後，曹朋又點了鄧範、郝昭和夏侯蘭三人留下，甘寧、典滿和許儀則隨賈詡率部撤出白馬。甘寧三人自然不肯同意，但曹朋卻取出了天閑刀，令他們最終答應……

四十七名勇士，除曹朋四人之外，其餘四十三人皆黑眊所屬。步兵營也很精幹，可是人多嘴雜，曹朋也沒打算向他們透露。而黑眊則不同，曹朋挑選的，全都是跟隨他超過兩年的銳士，對他忠心耿耿……一切安排妥當之後，賈詡率部撤出白馬，而曹朋等人則藏入井中。

天，漸漸的黑了。

白馬縣城在經過了一陣喧鬧之後，歸於平靜。以目前來看，一切都很正常，也沒有什麼破綻……

袁軍進駐白馬以後，沒有發現城中的陷阱。事實上，這入夜以後，氣溫很冷。雖然按節氣已是立春，可正月初一，這氣溫又能高到哪兒去？特別是半夜又起了風，令人更加難受。所以袁軍早早便回房休息。

看上去，一切都很順利。只是躲在井壁洞穴裡的人，卻很痛苦。

身下就是井水，這洞穴更加潮濕。人躲在裡面，不敢亂動。如果只是一會兒那也就罷了，可曹朋等人卻是從午後便藏於洞穴裡，一直到現在，整整四個時辰，近八個小時，那滋味可不舒服。

頭頂上的動靜越來越小，隱隱約約，可以聽到街道上巡兵走過的聲息。

已過了戌時，氣溫越來越低。曹朋算了算時間，已差不多了，於是掙扎著從洞穴裡探出頭，向井口看了一眼，而後循著抓住嵌在井壁上並不引人注意的木樁子，一步步往上攀沿。從井口探出頭，見四周黑漆漆，並無人的影蹤，曹朋這才算放下心，翻身從井中爬出來，沿著一面高牆，輕手輕腳走出。

街道上，沒人！

白馬是一座空城，那些房舍也都空著。

曹朋剛蹲下身子，就見不遠處巷口，走出一人。那人朝曹朋揮了揮手，隨即也蹲了下來。看不清楚是誰，但看那樣子，應該是自己人……

曹朋從懷中取出一枚火摺子，在牆壁上用力一擦。

滋的一聲，火星迸濺，火摺子頓時亮起來。把火摺子扔在了一蓬乾草上，眼看著那乾草燃起，迅速蔓延。與此同時，白馬縣城內四十餘處，幾乎都出現了這樣的情況。當乾草引著了溝渠內的桐油之後，火勢呼的一下暴漲。曹朋這下子看清楚了，那巷口的人正是鄧範。

「走！」曹朋做出了一個撤退的手勢，就轉身往水井方向行去。

不成想，那水井旁有三個袁軍士卒正在汲水，看到曹朋，還有滿城的火光，軍卒不由得一怔。

「敵……」

不等他們開口，兩枚鐵流星已飛到跟前，砰砰兩聲，正中其中兩名軍卒的面門。距離並不算太遠，曹朋又是全力發出，兩枚鐵流星砸在面門上，直接把那兩名軍卒的眉骨砸凹了進去。與此同時，曹朋一個魚躍龍門，騰空而起，順勢從腰間抽出短刀，呼的一下子就把另一名軍卒撲倒在地。兩人在地上翻滾兩圈後停下，曹朋爬起來，看了一眼地上的死屍，飛快跑到水井邊，縱身撲通就跳進了井內。

靠，好冷！

冰涼的井水，讓曹朋腦袋瓜子都木了。好在他尚保持清醒，攀著洞穴的邊緣，連滾帶爬的進了洞穴裡，抓起地上的裘衣，將自己牢牢裹住。

而此時，大火已經蔓延開來……

正月初一的風，很刺骨，也有些烈。

風助火勢，火藉風威，剎那間整個白馬被覆蓋在一片火海之中。

在房屋裡睡覺的軍卒們被驚醒了。當他們向門口衝去的時候，卻發現門外已經被大火封住了出路。火苗子呼呼往屋子裡灌，有那不小心的軍卒身上沾了桐油之後，瞬間便被大火包裹起來，變成了火人。淒厲的哀號聲在屋中迴盪，火人到處亂闖，連帶屋中的擺設也紛紛起火。

兩個軍卒衝過去，一刀砍翻了昔日的同伴，可是看著被大火封死的門窗，也不由得露出絕望之色……兩人相視一眼之後，一咬牙，悶頭想衝出。這大火倒還好，可怕的是鋪在街道上的那些火炭也被點燃起來。長街一片通紅，衝出屋子的軍卒沒走出幾步，腳下的靴子便被火炭點燃。一聲慘叫過後，軍卒倒在火炭上翻滾，濃濃的烤肉味，混合著刺鼻的毛髮點燃後的味道，與那慘叫哀嚎，交相呼應。

整個白馬，都在燃燒。

顏良從夢中驚醒後，反應非常迅速。當他衝到長街時，街上的火炭還沒有點燃……可是火勢已經起來，整個城市都被大火包圍，烈焰沖天。

中計了！

顏良大吼道：「出城！往城外走！」

也顧不得去騎馬，顏良幾乎是光著腳衝向城門樓。腳下是越來越燙，燙得人幾乎無法立足。火炭漸漸發紅，整條街道都變成了紅色……

顏良咬著牙，忍著痛，拚命的跑。大刀，已不知道扔到了什麼地方，至於軍卒，更無暇去理睬。

也幸虧他發現得早，沒有等整條長街完全燒起來，便到了城門樓下。此時城門下，軍卒瘋狂向外跑，一聲聲呼爹喊娘的哭號迴盪在空中。

「閃開，閃開，閃開……」顏良探手從一名軍卒手裡搶過一柄大刀，左劈右砍的，硬是在城門口殺出了一條血路來。撲通一聲，他跌坐在城門外，只見身後的長街已變成了火海。

一閃一閃的火炭，猶如滾動的岩漿，令人心驚肉跳。腳下被燎起了十幾個火泡，痛得讓他站立不穩。如果說剛才他只顧著逃命，所以沒有覺察到腳上的燒傷，這會兒衝出了白馬縣城，腳底下鑽心的痛，讓顏良根本無法站立。他咬牙，拄著大刀站起來，厲聲吼道：「顏良在此，兒郎們速速向我靠攏！」

喊聲剛出口，那靠攏兩字又在口中縈繞，只聽一連串的鳴鏑聲，在空中響起。

「殺！」

從黑暗中，衝出一隊隊曹軍，手舞刀槍，蜂擁而來。為首一員大將，胯下烏騅馬，掌中一對削鐵如泥的大刀。雙刀上下翻飛，暗紅色的刀芒在空中一道道，一條條的劃過。

顏良瞳孔一縮，頓時生出不祥預兆，急吼道：「快跑！」

他轉身踉蹌著想走，可是腳下的火泡子讓他連站都成了問題，哪裡還跑得起來？只兩步，火泡子就破了，雙腳頓時被鮮血染紅。身後傳來一連串的慘叫聲，馬蹄聲越來越近……

顏良大吼一聲，回身想要揮刀迎敵，卻見那烏騅馬如風一般從他身邊掠過，一抹寒光在眼前一閃，耳邊傳來馬上那員大將的吼聲：「甘寧在此，顏良何在？」

緊跟著，顏良的人頭刷的一下子飛了出去。

在人頭離開頸子的一剎那，顏良很想告訴那員大將：我就是顏良！

一腔熱血，從腔子裡噴出，迅速染紅了顏良的屍體。那無頭死屍好像一根朽木般，蓬的摔倒在地上。

也許，顏良怎麼都不會想到，堂堂河北四庭柱，竟落得個如此憋屈的死法。他甚至沒弄清楚白馬的這場大火究竟是怎麼燒起來，且殺他的人，又是什麼來歷？

不過，他至少還算知道，殺他的人，名叫甘寧……

許多人到死，也沒弄清楚自己是怎麼死的，死在何人之手。

顏良此次奉命馳援白馬，帶來了八千精卒，可以說這八千人，全都是袁紹手下最精銳的悍卒。可是一場大火，八千人葬身火海……

有那幸運的袁軍士卒從火海中跑出來，但他們的幸運，似乎也僅止於此了。

賈詡調集五百弓箭手，堵在城西門外。那些從城裡跑出來的軍卒，甚至連方向都還沒有弄清楚，便被襲來的箭矢射成了刺蝟，一個個栽倒在地上。有那武藝高強、身手也不錯的軍卒，衝到弓箭手陣前，但旋即被長矛手捅成馬蜂窩……

火勢越來越大，已開始蔓延到城頭。那沖天的烈焰，把漆黑的夜空照得通紅，即便是二十里外，也能看得清清楚楚……

賈詡跨坐馬上，白馬的火光把他的臉也照得通紅。

「退之！」

「在。」

「此戰結束後，你到曹友學手下做事，你覺得怎樣？」

賈星聽聞一怔，但馬上回答道：「願從父親吩咐。」

「嗯！」

賈詡不再言語，看著那沖天的火光，許久後嘆息一聲，撥轉馬頭，緩緩的離去。

說老子是『毒士』？依我說，這曹友學才是真正的毒士！

這一把火燒下去，能把袁紹燒得心肝都是痛的。只是不曉得那小子，能不能平安的脫身呢？這小子對敵人夠毒，對自己也能算得上一個狠字了得……

濮陽得而復失，劉備下落不明，白馬化為一片廢墟。

建安五年正月初一，對袁紹而言，絕對談不上是幸運日。但在此之前，他至少是這麼認為。

袁紹已準備出兵渡河，忽聞許攸傳來消息，令他頓時懵了。

「濮陽失守，顏良在白馬被殺？」袁紹呆坐在榻上，竟半天說不出話來。

套用後世的一句經典臺詞：人生大起大落的實在太快了……

在前一刻，袁紹還信誓旦旦，要渡河長驅直入，攻取許都，殺死曹操。到時候奉天子以令不臣的就是他！而且，憑藉他四世三公的出身，加之掌控河南河北，大漢十三州至少有七州在他手裡，到時候他……可這個美夢剛開始，就一下子被現實擊潰。

濮陽，被曹操又奪走了！最可恨的是，顏良也死了，而且是死得極為淒慘。劉備慘敗而逃，如今下落不明。連帶著沮授的兒子沮鵠也不知去向，令人不免感到惶恐。

顏良，那是他心腹愛將。早在二十二路諸侯討伐董卓之前，袁紹還只是渤海太守的時候，顏良便開始跟隨他，並立下赫赫戰功。一個顏良，一個文醜，猶如他左膀右臂。河北四庭柱陡然缺失一柱，使袁紹無比心痛。

「顏良，何人所殺？」

看著暴怒的袁紹，衙堂上眾人噤若寒蟬。

沮授道：「據子遠傳來消息，曹操奪取白馬之後，子遠本打算命呂佩出兵奪回白馬。但將軍不願，言白馬之前是他奪取，如今被曹操收復，自當由他親自率兵，將白馬再攻取下來。所以子遠就……」

顏良，何等驕橫之人！

冀州眾將誰都知道，一個顏良，一個文醜，那是除了袁紹之外，誰都無法節制的傢伙。

許攸雖然也是袁紹的老臣，而且還是發小（青梅竹馬），但顏良最多是給他面子，未必會聽從許攸的調遣。所以這種事情發生了，倒也不足為怪。

袁紹怒道：「我是問你，何人殺了顏良？」

沮授深吸一口氣，聞了聞心神，「據子遠的戰報，曹操奪取白馬後，便即刻集中所有兵力，與劉備交鋒。故而留守白馬的，是曹操的族姪，名叫曹朋。顏良幾乎兵不血刃奪取了白馬，卻不想正中那小曹賊的詭計。小曹賊將整個白馬焚燒，顏良就是在火起之後慘遭殺害。」

「曹朋？」袁紹紅著眼睛，抬起頭，「這名字有點耳熟。」

「主公忘了，那曹朋就是作《八百字文》的曹八百，其父乃民曹都尉，武庫令曹汲，為隱墨鉅子。」郭圖輕聲回答。

袁紹頓時暴怒，「恨不得將曹八百生啖之！」

想當初，曹朋做的《八百字文》，也曾流傳到河北，為許多人所讚嘆。其中就包括了一代儒學宗師、五經博士、鄭學的開創者鄭玄。據說，鄭玄當時已臥床不起，病得快要死了，結果讀了《八百字文》後，鄭玄當晚竟喝了一斗酒，還放歌吟唱，極為稱讚。

所以，袁紹也知道『曹八百』之名。私下裡還說，將來若奪取許都，殺了曹操之後，曹氏族人中有兩個必須要活著送到他跟前，一個是曹汲，另一個便是曹朋。

曹汲會造刀，創曹公犁、曹公車，堪稱大匠；曹朋文采出眾，甚至不輸於袁紹手下文采最好的陳琳……如今，若有人把曹朋送到袁紹跟前，估計袁紹會立刻拔刀將曹朋斬殺。

「我欲即刻渡河，與曹賊決戰。」

「不可！」沮授一聽，頓時急了。他連忙上前阻止，「曹操方奪回濮陽白馬，士氣正旺，此時渡河與之決戰，恐非上上之策。授以為，當屯兵黎陽，漸營河南。穩紮穩打的同時，分遣精騎，抄其邊鄙，令彼不得安，將軍可取其逸。如今之勢，不必拘於決戰於一役，當徐徐圖之，在河南先站穩腳跟，步步蠶食，方為上上之策。要知道，曹賊兗州並不穩固，只要主公站穩腳跟，就可以令兗州大亂。」

「兗州一亂，則青州臧霸亦不足為慮。到時候，主公可層層推進。曹操雖占據了河南，可四面皆敵，又如何是主公的對手呢？」

如果曹操坐在這裡，聽沮授所言，必會大驚失色。他拚命營造局面，就是促使袁紹和他決戰。畢竟，袁紹占據四州之地，人口眾多，錢糧廣盛，勢力極為強大。相比之下，他雖占據了司州、豫州、兗州、徐州，卻是四面環敵。

西有馬騰，衣帶詔留名者，麾下有涼州雄兵，實力不弱；江東雖處於動盪，可是自孫權繼承父兄基業之後，逐漸呈平緩局勢；荊州劉表、益州劉璋……這些人，都是曹操目前最為顧慮的對手。一旦戰局出現僵持，那劉表、孫權等人也會蠢蠢欲動，到時候曹操勢必腹背受敵，而許都內部將更加動盪。

只是，沮授的這番話，卻沒有令袁紹心動。他此時，一心想要為顏良報仇，而且自信滿滿，豈能容徐徐推進？誓要一戰功成才對……

所以，沮授的勸諫，令袁紹大怒。

「某今雄兵百萬，戰將千員，與曹賊相持，何須如此大費周章？曹賊今得了濮陽，氣焰正囂張。我若不渡河擊之，豈不是令天下人恥笑？我意已決，休得贅言。」

多麼張狂的口吻！

沮授還想再勸，袁紹已甩袖離去。見此情景，沮授不禁感到失落。他有一種不祥的預感，如果袁紹和曹操決戰，甚有可能大敗。他死不足惜，可宗族……

當天回到軍中，沮授立刻命心腹之人連夜返回鄴城，命宗族分散資財，以防萬一。

沮授開始安排後招，郭圖等人也蠢蠢欲動。

當晚，河北四庭柱中的另一位，也是袁紹左膀右臂之一的大將文醜，押運糧草，抵達黎陽。郭圖馬上拜訪了文醜，將顏良死訊告之。

文醜和顏良，親若兄弟。兩人一同入伍，追隨袁紹東征西討，雖非親兄弟，卻勝似同胞骨肉。

聽聞顏良被殺，文醜頓時就瘋了。他立刻闖入黎陽帥府，找到了袁紹後，撲通就跪在地上，放聲大哭，「主公，我兄死得恁慘，主公為何不出兵報仇呢？」

「非是某不願，實在是曹操……」

「曹操算得什麼東西，不過閹宦之後，跳梁小丑。醜願領一支人馬，即刻渡河，與那曹操決戰。若不能親手斬殺了曹操曹朋叔姪，醜願奉上項上首級。」

袁紹聽聞大喜，「某正欲出兵，與那曹操決戰。」

郭圖卻在這時候插嘴：「主公，今日聞沮授所言，似有心怯。如今，他為監軍，權威太盛。而他又不願和曹操交鋒，傳揚出去，豈不是讓士氣更加低落？況且此次濮陽之戰，頗有疑竇。劉備駐守濮陽時，曹軍屢次攻城而不得；可沮鵠一到，濮陽就立刻失陷，這裡面是不是……」

郭圖渾然忘記，當初讓沮鵠換防劉備的人，就是他。

而袁紹聽聞這番話，也不由得心裡一咯登……是啊，濮陽丟的未免太巧合了些。

「公則之意……」

「主公即欲決戰，更需防範奸人。以圖之見，何不將監軍一職分散，設都督行監軍事？主公可委派心腹之人，自可保證無礙。」

袁紹大喜，連連稱讚。他旋即下令，撤監軍之職，在軍中設立三個都督。

沮授領其中之一，郭圖和袁紹的心腹愛將淳于瓊，則各領一軍，等同於把沮授的權柄分去三分之二，而其中最為精銳的兩支人馬，由郭圖和淳于瓊擔任。如此一來，沮授都督之職，名存實亡。

「辛乙。」

「末將在！」文醜起身應命。

「我命你統本部兵馬，明日一早渡河，與許攸會合後，決戰延津。」

「末將遵命！」文醜抹去眼淚，大步離開。

「傳我命令，命各部糧草輜重加快運送，十日之後，某要親率大軍，渡河與那曹賊決一死戰。」

「喏！」

郭圖心滿意足的笑了！

原本，袁紹打算這兩日就要渡河。可由於白馬被焚毀，袁軍運送過河的輜重糧草更是被付之一炬。許攸在延津，不可避免的要遭受糧草短缺之苦；而黎陽的輜重糧草，則需要重新調集，所以只能推遲渡河的時間。白馬，已無須鏖戰，那裡據說已經被夷為平地，不足以囤積糧草。

袁紹現在需要再建立一處糧倉，以保證後續的戰事。

這，可不是一朝一夕，就能夠建立……

熱，非常熱！熱的整個人好像置身於火海中，快要被烤成人乾一樣……

曹朋恍惚間，身處熊熊烈焰的包圍，那火焰變幻，幻化出一個又一個陌生而熟悉的面孔。前世背叛了自己、槍殺自己的好友張揚；在陳留，被自己斬殺的雷緒；還有黃射、鄧才、馬英以及數不清楚，認識的、不認識的人，圍繞在四周咆哮，一個個面帶猙獰，獰笑著向他撲來……

「啊！」曹朋驀地睜開眼睛，只覺天旋地轉。

曹賊

章九 斬顏良

耳邊，響起亂哄哄的聲音，「中候醒了，曹中候醒了！」緊跟著，腳步聲響起，一個又一個人影在眼前晃動。曹朋感覺昏沉沉的，想要坐起來，卻渾身無力。

視線，漸漸恢復了正常，眼前的面孔也逐漸清晰起來。有甘寧，有典滿，有許儀……

「這是哪兒？我這是怎麼了？」

至少可以確定一件事，自己並沒有再一次穿越。

闞澤連忙讓人去招呼醫生，同時攙扶著曹朋坐起，並在他身下墊上了厚厚的褥子……

「公子，你可是把我們都嚇壞了。」

「怎麼了？」曹朋虛弱的問道，仍有些弄不清楚事情的緣由。

他記得，自己在白馬縱火之後，又殺了三個袁軍，然後就跳進井中，鑽進井壁上的洞穴裡。一開始很冷！後來，隨著火勢越來越大，他開始感到熱。白馬一場大火，把井水都燒得沸騰起來……耳聽一聲聲慘叫，眼前蒸騰著水氣，後來就什麼也不記得了。

「這裡是濮陽，公子可記得嗎？」

「濮陽？我記得我不是在白馬嗎？怎麼會……對了，白馬戰局如何？顏良死了沒有？大熊、子幽、伯道他們怎麼樣了？」

「公子只管放心吧。五公子和郝昭、夏侯他們都沒事兒，他們的情況比你好，雖還不能下榻，可是在兩天前已經醒來。」

「唔！」

「顏良死了。不過不太清楚是被什麼人所殺，只是在城外發現了他的首級……袁軍八千銳士，一個都沒逃掉，甚至連屍骨都化為灰燼。不過白馬……恐怕是要重建了！那裡已變成了一片廢墟。」

曹朋聽罷，長出了一口氣，接著又問：「劉備呢？主公那裡的情況如何？」

「劉備全軍覆沒，但他和他的人，下落不明。濮陽已經奪回來了，主公帶兵返回白馬的時候……你不知道，當時主公是何等的吃驚。整個白馬，火勢太大，根本無法控制，一直到第二天正午，火勢才算被撲滅……到天黑後，才能勉強進入。我們找到你的時候，井水都快要被燒乾了。你在裡面昏迷不醒，主公便立刻命我等將你送到了濮陽……」

「不過，袁軍開始渡河了，延津那邊戰事似有些緊張，主公便帶人趕去支援。留下我等照顧你。這整整三天，可是把我們嚇壞了！興霸偷偷掉了好幾次淚……」

「典滿，你休得胡言！」甘寧一旁勃然大怒，「你何時見我落淚？」

「沒有嗎？你昨天晚上還躲在屋子後面，說什麼對不起小姐，對不起黃公……」

「你……」

曹朋只覺得耳根子嗡嗡直響，腦袋一陣陣的迷糊。

「好了好了，都別吵了，公子醒過來是好事，你們這樣子再吵下去，就會打攪了公子的休息。」闞澤見甘寧和典滿鬥嘴，連忙出聲阻止。「大家都先下去吧，讓公子好好的靜一靜。」

眾人這才留意到曹朋那頹然之態，於是紛紛告辭，走出了房間。

片刻後，醫生趕來，為曹朋檢查，又號了一下脈，確定曹朋並無大礙，只不過需要休息而已。在闞澤的攙扶下，曹朋重又躺下來，迷迷糊糊，很快便睡著了。

章十

月黑殺人夜

其實，火燒白馬的損失並不小。四十七名縱火的勇士，有近二十人喪命。不過，他們不是在與人搏鬥時被殺，而是……那天晚上，白馬的火勢很大，所有人到最後都被烤得昏迷不醒。有幾個人是在洞穴中被活活烤死，剩下的則是耐不住高溫，所以想要到井水中降溫。可那時候的井水，也被燒得沸騰！

溫水煮青蛙的故事，很多人都聽說過。

曹朋的親兵大牙，就成了井水中的青蛙。剛開始的時候，井水很涼，待在裡面也挺舒服，可隨著火勢越來越大，井水也逐漸升溫。許多人剛開始並沒有覺察到井水在升溫，以至於等到最後覺察不妙時，已經無力脫身。最後，這些人就好像鍋裡的青蛙一樣，被活活煮死。

但這些事情，甘寧不可能告訴曹朋……

曹朋是因為虛脫而昏迷，在床上又躺了三天，才能下榻行走。

正月初八，天氣仍有些冷。

曹朋從屋中走出來，感到有一絲絲的眩暈，不過他還是堅持著讓親兵扶著他在院子裡行走，慢慢恢復體力。走了大約一炷香的時間，出了一身汗，就見夏侯蘭幾人也慢慢的走來，他露出笑容，「大熊、子幽、伯道，你們能下地了？」

「嗯！」

鄧範看了一眼曹朋，有些關切的問道：「阿福，你大好了？」

「好什麼好？」曹朋不禁笑道：「不過是可以活動而已。這次差一點被清蒸了，沒十天半月，恐怕很難恢復。不過越是這樣，就越是要多走動，躺在床上，會死人的。」

夏侯蘭三人也不禁笑了。

站在小亭之中，曹朋緩緩打了一趟太極，讓幾近僵死的身體得到了充分活動，只是這一趟小架打完，整個人好像是從水裡撈出來一樣。他從亭中走出，就見鄧範三人也在一旁練拳。從他們的動作可以看出，恐怕一時半會兒也無法恢復到巔峰的狀態。

曹朋在院中又慢慢走了一圈，等汗水自然乾掉。

初春的太陽升起，明媚的陽光普照花園，那嫩綠的枝芽掛著露水，在陽光下折射五彩光影。

春天，來了！

闞澤和甘寧從花園外走過來，卻見曹朋在亭中靜立。

左腳探出半步，左手虛抬，手心朝上，似乎托著什麼東西；右腳在後，右腿微微彎曲，將重心全都放在右腿上，右掌掌心朝下，似乎按著什麼東西。迎著陽光，一呼一吸，氣脈顯得很悠長，幾若不見。這看似簡單的一個動作，正是後世形意拳中入門樁，三體式。

甘寧倒是能看出點端倪，可闞澤卻看不出其中奧妙。不過，在這個時候，兩人誰都沒上去打攪，只是在一旁靜靜的觀瞧。

大約半個鐘頭，曹朋終於收功，緩緩收起腿腳，在亭中活動了一下，精神似乎好轉了許多。

「興霸、德潤，你們來了。」

章十 月黑殺人夜

「嗯！」

「延津可有消息？」

闞澤點點頭，和甘寧邁步走進亭子，而後道：「曹公已率部屯兵匡城，與袁軍對峙於延津。不過夏侯將軍已卸下陳留太守之職，由廣昌亭侯接掌兵馬。夏侯將軍被曹公任為泰山太守，於三日前趕赴泰山郡。聽人說，東海郡太守昌豨似乎有些古怪，故而命夏侯將軍前往。」

昌豨，又名昌霸，原本是泰山寇。因臧霸之故，改名為昌豨，與孫觀、吳敦、尹力聚眾，寇於泰山。後隨臧霸歸降呂布，及呂布戰死，昌豨復又歸降曹操，被任為東海郡守。

闞澤說得很輕鬆，可曹朋卻覺察到一絲不妙。

曹操命夏侯淵任泰山郡太守？難道說，是臧霸出了問題？

昌豨是臧霸的人，而臧霸此時正屯兵青州，與袁譚交戰。誰又能保證，昌豨的古怪和臧霸沒有任何關係？至少在曹朋看來，其中必然有一些牽連。否則，這官渡之戰剛拉開序幕，曹操正在用人的時候，卻把身邊大將、最為信任的夏侯淵從主戰場調離，跑去泰山郡做太守……這裡面肯定有問題。

「那呂校尉呢？」

「呂校尉也調走了，任琅琊郡太守。」

呂校尉，就是屯騎校尉呂虔，曾為泰山郡太守。

曹朋一聽，頓時明白過來，一定是臧霸那邊出了問題。

臧霸現在屯兵在齊郡，直面袁譚兵馬。而呂虔和夏侯淵到來，等同於將齊郡和東海郡一下子分割開來，使之無法呼應。可問題是，好端端的為什麼發生這種事？濮陽已經復奪，臧霸……

不可能！臧霸是聰明人，斷然不會在這種時候表明立場。想當初，曹操兵困下邳，臧霸藏於泰山，始終沒有歸順，直到下邳外城告破，臧霸才歸順了曹操……那是個不見兔子不撒鷹的人，如今戰局不明朗，他怎可能輕易表明立場？

如果換作是曹朋，這時候肯定會選擇堅守，在一旁靜觀勢態發展，等到時局即將明朗時，再表明立場，才能獲得最大的利益。這個時候……臧霸不可能造反。

那麼，就是昌豨？

曹朋不禁冷笑。

說實話，如果不是他當初在徐州待過，甚至根本不記得有昌豨這麼一個人。東海郡太守，看似很好很強大，其實是為了安撫臧霸才給予的委派。他想在東海郡起事？根本沒有勝利的可能。且不說呂虔和夏侯淵，就算是即將離任的鄧稷，還是馬上就任的步騭，都可以隨時威脅東海郡。周倉還有兩艘海船，可以在朐縣登陸……潘璋被任為厚丘都尉，隨時都可以兵臨城下。還有海西數萬大軍，以及王買和鄧芝等人，哪有昌豨成功的可能？

唯一的疑惑，就是昌豨為什麼有古怪，有什麼古怪……

閉上眼，曹朋沉吟不語。好半天，他突然向闞澤看去，就見闞澤微笑著，朝他輕輕點頭。

「劉備！」曹朋瞪大了眼睛，沉聲問道：「對不對？」

「公子果然厲害，我只不過提了個頭，公子就猜出了大概。」

「如此說，劉備逃去東海了？」

「很有可能！」

闞澤將一件青灰色的裘衣遞給曹朋，讓他披上，以免受涼，而後坐下來說：「如今大戰將至，各地守衛森嚴，劉備想要往南走，並非一件容易的事情。他妻家本是東海豪強，頗有根基。雖說之後遭受公子的強力打擊，但聲望猶存，且根基猶在。東海麋家在朐山，仍有千餘族人，再加上僮客，也能有兩、三千之數。昌豨此人好色貪婪，如果予重金，焉知他不會心動？」

月黑殺人夜

「此前，劉備占領濮陽，一定不甘心就此居於人下。他手底下還有些能人，難保不會為他想出狡兔三窟之策……所以我猜想，劉備會逃往東海。」

這傢伙，還真是打不死的小強啊！

曹朋不由得在心中發出一聲感慨，輕聲道：「劉玄德，不簡單！」

這句話，他是發自內心。自重生以來，雖然只與劉備交鋒一次，可是曹朋卻能感受到劉備的過人之處，那還真不是像《三國演義》或者後世人所說的那樣，只會哭！若談及手段，劉備未必就輸給曹操太多。怪不得，他能與曹操三足鼎立。

掙扎著站起來，甘寧連忙過去將他攙扶著。曹朋緊了緊身上的裘衣，緩緩從亭子裡走出來。

夏侯蘭等人已練完了拳腳，正一邊慢走，一邊低聲說笑。

他們三人當中，鄧範是接觸曹朋時間最長，學到曹朋拳腳功夫最全面的人。同時，鄧範也是最遵守曹朋的教導，絕不會有半點差錯。曹朋怎麼練、怎麼教，他就會怎麼做。連帶著教夏侯蘭和郝昭的時候，也遵循曹朋之前說過的話，比如練功前先熱身，練功後不能立刻坐下，諸如此類……

「大熊，咱們回屋吧。」

「嗯。」

「你們剛才在說什麼？」曹朋好奇問道。

鄧範呵呵笑道：「沒什麼，只是聊起了公明將軍。」

公明將軍，就是徐晃。

此時，徐晃以偏將軍之職，忝為東郡太守，屯駐濮陽。于禁以平虜校尉，駐廩丘，屯兵秦亭，以監視袁軍河上之動作。李典率本部兵馬，駐守韋鄉，與徐晃遙相呼應，呈抵角之勢。

「徐東郡前兩日和我商量，希望我留守濮陽。」

曹朋一蹙眉，並未發表意見，只是靜靜的聽鄧範說下去。

「徐東郡還看中了子幽，讓我勸說子幽也留下來，並許以東郡司馬參軍事之職……」

司馬參軍事，可不是一個小官。東郡是個大郡，有三個司馬的名額，全都是秩比千石的俸祿。參軍事，那就是真千石俸祿。

徐晃居然看中了夏侯蘭和鄧範？曹朋詫異的扭頭，看了一眼甘寧。按道理說，最應該被看中的，是甘寧才對啊！

不過又一想，曹朋旋即釋然。

甘寧是曹朋的心腹，而曹朋又是曹操的紅人。挖曹朋的心腹，弄不好就得罪了曹朋，徐晃未必肯做，所以他把目光落在了夏侯蘭的身上，也算是正常。

可惜，徐晃還是看走了眼。曹朋最看重的，除了甘寧之外，就是郝昭。郝昭的武藝不算特別出眾，二流巔峰而已，不過他出身陷陣營，治軍手段極強……在曹朋心裡，夏侯蘭雖然強橫，卻比不得郝昭的黑眊，才是曹朋最可以依持的心腹。

「子幽，你怎麼說？」

夏侯蘭笑道：「司馬參軍事雖然很誘人，但我覺得，還是在公子身邊舒坦。」

曹朋聽聞，也笑了！畢竟沒有辜負他一番苦心，看起來夏侯蘭還是很忠於自己。

「大熊，你要去嗎？」

鄧範搖搖頭，笑道：「我可不想。當初在陳郡做勞什子司馬已經累死，好不容易出來，我可不想再去。」

「可我覺得，你應該去。」

「為什麼？」

曹朋伸手，環住了鄧範的肩膀。與其說是他摟著鄧範，倒不如說他藉鄧範的肩膀行走。

甘寧等人順勢後退了幾步，和曹朋拉開距離。他們知道，曹朋和鄧範一定有心裡話要說。

「巨業叔和你娘，都希望你能出人頭地，做一番事業。如今，你已有了很好的基礎，說實話我認為你留在許都，用處並不是特別大。如今主公正與袁紹交戰，留在濮陽，你有大把的機會。你看虎頭哥，如今已經做到了廣陵都尉，司馬參軍事，你可不能比他差……你和子幽的情況不一樣，你身上還背負著巨業叔他們的期望呢。」

「可是……」

「五哥，你聽我說。」曹朋壓低聲音道：「論本事，徐公明比子廉叔父強許多。我覺得你留下來，可以跟徐公明學很多東西，那是你在我身邊都無法學到的本領……咱八個兄弟，如今四哥走了。要說親近，還是你和虎頭與我最親近。大哥他們有家世，有大把機會。可是咱們呢？」

「雖說我入了宗族，可畢竟是外來人，如果沒人幫襯，也無法立足。你和虎頭做得越好，我在宗族裡就越有地位，到時候也能為咱兄弟爭取更多的機會！五哥，我要你留在濮陽，不僅僅是為你的前途，也是為我，為虎頭咱們兄弟的大好前程謀劃。」

鄧範沉吟良久，最後點了點頭。「那我聽你的。」

曹朋嘿嘿笑了，搭著鄧範的肩膀往臥房走。不過一邊走，他心裡一邊嘀咕：看起來這濮陽不能久留……萬一哪天徐晃挖牆腳挖到甘寧、郝昭他們身上，我可不敢保證他們會和夏侯、大熊一樣，向著我說話。還有闞澤，也必須留下！

嗯，再過兩天，待我身體再恢復一些，一定要離開濮陽……想必，老曹和老袁已經開戰了吧！顏良被我幹掉了，那麼文醜……曹操又準備如何對付文醜呢？

歷史上，關雲長斬顏良誅文醜，成就了偌大名聲。而今，他卻隨著劉備東躲西藏，不知去向。可曹朋卻忘記了，關羽雖然不在曹營，可曹營之中，還有一個比關羽更凶悍一頭的惡來典韋。

正月初十，袁紹督軍渡河，以張郃、高覽為大將，進駐延津。

此前，許攸和文醜與曹軍已交鋒數陣，各有勝負。最初幾日，文醜連斬曹營四員大將，氣焰熏天。然而曹操督軍抵達匡城之後，以樂進替夏侯淵，命典韋、許褚出戰。文醜被典韋打得落荒而逃，就變得小心翼翼起來……

袁紹入駐延津之後，雙方戰事陡然間變得膠著。曹操和袁紹接連兩場惡戰，結果卻是不分伯仲。

表面看來，曹操似乎占了便宜。可實際上呢？

曹操損失頗為慘重。袁紹有兵力上的優勢，令曹操感到壓力很大。可他卻沒有別的辦法，官渡布局尚未完成，他必須在延津繼續拖著袁紹，與之糾纏下去。

可問題是，還需要堅持多久呢？

夜深了，烏雲遮月。從黃河古道吹來的風，捲起旌旗獵獵。風很大，吹得讓人有些睜不開眼……

延津大營中，袁紹暴跳如雷。

原以為會是一場摧枯拉朽的戰事，結果卻成了平分秋色，不相伯仲的僵持。從總體而言，袁紹無疑占居優勢，可如果仔細想想，集數倍於曹操的兵力，卻無法速戰速決，袁紹實際上是輸了……而且是輸給袁紹最不願意輸的對手，這讓袁紹又如何能夠開心呢？

「辛乙。」

「末將在。」文醜上前一步，插手行禮。

辛乙，是文醜的表字。

月黑殺人夜

袁紹直呼他的表字，也說明並沒有過於怪罪。

自己的事情，自己清楚。前些時候被典韋殺得有多狼狽，文醜記憶猶新。說心裡話，對於典韋，他不敢去照面，但是對其他人卻不會畏懼。可有那麼一個剋星在，文醜始終有些嘀咕。聽到袁紹喚他，文醜心裡一顫。

「你不是與我說，要取曹賊首級？曹賊首級，今在何處？」

文醜騰地一下，臉通紅。

他和顏良還不太一樣，顏良的膚色偏黑，他的膚色偏白，所以這臉一紅，就特別的明顯。如果是在私下裡，文醜或許還不覺得怎樣。可在大帳中，所有人的目光都盯著他，令文醜更覺羞愧。

想他出征之時，何等張狂？可是來到延津之後，卻被人打得大敗。

許攸是肯定不敢說什麼，可袁紹卻不會有顧忌。

一句話，令文醜無地自容，單膝跪地，大聲道：「醜明日再與曹賊交鋒，誓取曹賊的首級。」

袁紹的目光旋即柔和許多，輕輕點頭，表示讚賞。

他剛才倒不是真的要責怪文醜，而是用激將法。文醜和典韋的搏殺，袁紹也不是不清楚，如果單以武力而言，文醜的確是比典韋差了一點。可打仗，並不是靠一勇之夫。袁紹最怕的就是文醜失去了信心，所以才出言激將。

從目前來看，這激將的效果，好像還不太壞！

郭嘉言袁紹外寬內忌，不足為慮；曹操說袁紹算不得什麼，早晚必能敗之……

可這並不是說，袁紹真的很差。身為河北霸主，雄踞四州之地，袁紹靠的可不只是他的出身。若說他不行，那還得要看和什麼人比。如果說和曹操這些人相比，袁紹可能差了點；但若是和普通人比，袁紹絕對稱得上是一位人傑。

文醜激動不已，退回去之後，暗自握緊了拳頭，在心中給自己打氣：典韋不可怕，典韋不可怕。

「主公！」郭圖忽然說：「圖有一計，或能予曹賊重創。」

「哦？公則有何妙計？」

「連日交鋒，曹賊損兵折將，士氣正低落。而主公親臨延津，所領乃王者之師，士氣旺盛。圖觀今夜天象，似有大雨降臨，何不趁此機會，偷營劫寨，必可以大獲全勝。圖以為，主公可兵分兩路，命昌辭和俊乂佯攻曹軍兩翼，吸引牽制曹賊兵力，而後主公親率辛乙將軍，直搗曹賊中軍，或可一戰功成。」

昌辭，名高覽。俊乂，就是張郃。

郭圖此計不可謂不毒，借月黑風高，佯攻兩翼，吸引曹操注意力之後，袁紹領兵直撲中軍。

張郃相貌清臒，似文弱書生；高覽則生得是敦實而粗壯，透出剽悍之氣。這兩人和文醜一樣，同為河北四庭柱，是袁紹手下數一數二的大將。

袁紹聽聞，不由得連連點頭，表示贊成此計。

沮授卻站出來說：「曹操生性多疑，好用奇兵，公則此計雖然巧妙，但曹操未必看不穿吧。」

「總勝似不出一謀。」郭圖冷笑一聲，看著沮授，滿眼的挑釁之色。

此次渡河，袁紹沒有把逢紀帶過來，而是命逢紀留守黎陽，幫助袁尚。沮授聽聞頓時大怒，厲聲道：「公則此話何意？」

「我……」

「好了好了，休得爭吵。」袁紹一見沮授和郭圖要吵起來，不由得有些頭疼，連忙站出來阻止。「公則此計甚妙，我正欲此。」

說著，他向沮授看去，那意思是說，你以為我不如你嗎？你能想到的事情，我又焉能想不到？

沮授還要辯解，忽感身邊有人拉扯他衣袖。扭頭看去，只見謀士許攸朝他輕輕搖頭，示意他莫要再勸說。

如果說在袁紹麾下，沮授欽佩什麼人的話，田豐算一個，不過如今卻被袁紹囚禁於鄴城大牢；還有半個，那就是許攸。因為許攸不僅是資歷比沮授老，其聲名也要比沮授大一些……早年的奔走之友，許攸與何顒等人齊名，甚至連荀爽也對他頗為讚賞，可算得是天下名士。

而沮授呢，相比之下就沒有許攸強悍。許攸是天下名士，而沮授只是冀州名士，而且還是貳臣。見許攸鄭重其事的搖頭，沮授沉默下來。

袁紹看沮授不再出聲，頓時來了精神，命張郃、高覽、文醜三人分別準備，待天降大雨之時，便是他偷襲曹營之際。

眾人散去之後，沮授私下拉著許攸問道：「子遠，何故攔我？」

許攸嘆了口氣，「都督未見主公心意已決，欲忤逆乎？元皓前車之鑒，你我當牢記在心啊。」若說袁紹麾下第一直臣，那首推田豐。可田豐數次直言勸解袁紹，甚至不惜言語忤逆，最終被打入大牢中。許攸的情況也不是太好，袁紹渡河之後，許攸的話語權明顯被削減了許多。顏良之死雖和許攸無關，可袁紹還是對他產生了不滿。所以，許攸如今在袁紹軍中，只是一個軍師祭酒，也就是謀士。

後世不是有一句話嗎？參謀不帶長，放屁也不響。

許攸的權柄，甚至不如沮授。

沮授道：「可是……」

「都督，你多慮了。以我之見，公則之計雖稀鬆平常，但也不是沒有道理。且讓他試試看，有戰未必輸，曹操也不是神人。連日交鋒，我軍已感到疲憊，更不用說曹孟德長途跋涉，連續交戰，同樣難過。」

想想，似乎有道理。沮授苦笑一聲，「也許是我太小心了。」

「小心好，小心無大錯……走，回我營中，咱們喝酒去。」許攸說罷，拉著沮授就走。

沮授雖然不太情願，可是也不好薄了許攸的面子，只好跟著許攸一同走。

沮授也是直臣、能臣，論謀略，甚至強於許攸。可他的確是比不上許攸，因為缺少了那一份圓滑，多了幾分堅持。所以，許攸在袁紹軍中的地位，明顯要比沮授高一些。不是說許攸比沮授強，而是說他懂得變通，知曉看人臉色，揣摩袁紹心思，故而才能如此。

兩人回到小營，借酒澆愁。

不多時，烏雲密布的蒼穹傳來一聲驚雷。

沮授快步走到小帳門口，看著營中獵獵招展的旌旗，輕聲說道：「子遠，主公看來要出擊了！」

曹操端坐於軍帳，手捧一卷《孫子兵法》，正看得津津有味。他好讀書，更好讀兵書。一卷孫武十三篇不曉得被他讀過多少次，可仍然覺得沒有厭煩。

史書上記載，曹操手不釋卷，即便行軍打仗，也會攜帶大量書籍。

此時，在軍帳之中，就擺放著一摞摞書卷。

曹操正看得津津有味，忽然一陣狂風吹起帳簾，自帳外捲進中軍大帳。大帳兩邊大蠟的火焰，撲簌簌亂抖，使得軍帳之中忽明忽滅。曹操不由得心生不快，剛要開口呼喝，就見曹彬帶著人把帳簾扯下。

「起風了？」曹操放下書卷，蹙眉問道。

「回主公，風很大。」

曹操點頭，起身走出大帳。只見軍中大纛在狂風中獵獵作響，風捲狂沙，吹得讓人有些睜不開眼。

「傳令下去，加強警戒。」

「喏！」

章十
月黑殺人夜

曹彬剛要傳令，忽聽遠處傳來一陣震天價響的喊殺聲。

風很大，可那喊殺聲更大。

曹操激靈靈打了個寒顫，連忙問道：「何處廝殺？」

「報！」

不等曹彬回答，一匹快馬疾馳而來，在中軍大帳前停下。馬上小校滾鞍落馬，單膝跪地，「啟稟主公，大事不好……樂將軍營寨遭遇袁軍劫營……袁軍大將張郃、高覽，如今正猛攻樂將軍營地，樂將軍命小人前來求援，言那張郃、高覽攻擊甚是猛烈，請主公速速派出援兵！」

曹操聽聞大驚，連忙招呼兵丁。

「且慢！」只見荀攸匆匆趕來，「主公，此定是袁紹聲東擊西之計，若主公中軍一動，袁紹必然發動猛攻。以攸之見，張郃、高覽未必是真打，只需派一支人馬前往救援，張郃、高覽必退。主公須穩守大營，以免袁軍偷襲中軍……就由武衛軍去援救吧。」

「吾正欲如此。」曹操驀然一驚，頓時醒悟。「傳我命令，命許褚率武衛軍，火速救援。」

許褚得到命令之後，立刻點起兵馬，向樂進大營馳援。

「君明、子和，你二人做好準備，以防袁軍偷營。」

話音未落，只聽中軍大帳外傳來一陣騷亂。有曹軍嘶聲吼道：「敵襲、敵襲！袁軍偷營！」

果然如此！曹操看了一眼荀攸，「若非公達，某險些中計……君明，準備迎敵。」

隨著曹操一聲令下，典韋等人紛紛領命而去。

曹操獨坐中軍大帳中，只覺心驚肉跳。他深吸一口氣，忽而哈哈大笑起來。

「主公因何而笑？」曹彬神色緊張，卻有些好奇的問道。

曹操擺手，示意曹彬放輕鬆些，「我笑我，還是小覷了袁本初！」

此時，曹營外，袁紹率大軍直逼而來。他命文醜為先鋒，大將韓莒子、淳于瓊、眭元進、王門為副將，領兵五千，猛攻曹營中軍。袁紹自領八千人馬，河北名將韓瓊護持中軍，大將鍾縉、鍾紳等跟從，緊隨前鋒軍而至……

這一次，袁紹看起來是要和曹操來一場血戰。

袁軍共動用大將五十四人，可謂傾巢而出。曹操也沒有想到，袁紹偷營會偷的如此猛烈。此前，他雖命令樂進駐守小營，為其側翼，可遙相呼應。但現在樂進被張郃、高覽牽制住，有些自身難保，更不可能與曹操呼應起來。

典韋身披重甲，身負雙鐵戟，一手長刀，一手大斧，率虎賁堵在中軍大營的轅門外，和袁軍展開了殊死的搏殺。長刀，是曹汲親手為他打造，可一刀斷三十劄甲，鋒利無比；大斧也是經過曹汲鍛造而成，沉甸甸足有四十餘斤。

這典韋，就如同一頭瘋虎般，長刀大斧揮舞之處，袁軍血肉橫飛。

他一邊搏殺，一邊嘶聲吼道：「惡來在此，哪個敢來送死？」

典滿緊隨典韋身邊，掌中一口大刀，使得是水潑不透。父子兩人聯手，死死將曹營中軍轅門堵住。袁軍士卒雖然凶狠，可是在這父子二人的拚死搏殺下，一時間也難以衝進轅門之中。

文醜遠遠看到典韋，頓時大怒：「惡來休要猖狂，我要會你！」

可不等文醜話音落下，眭元進、王門、韓莒子三人同時催馬衝上前去，「何須將軍勞頓，我等可以代勞，將軍只管闖營。」

三員大將，雖說比不得河北四庭柱，卻也是袁軍少有的猛將。他們單對單，不是典韋的對手，可三人一起上，而且又是打著纏鬥的主意，使得典韋一時間也奈何不得。

遠處，袁軍蜂擁而至，袁紹督大軍，已兵臨轅門之外。鍾縉、鍾紳兩兄弟二話不說，催馬就衝過來，

月黑殺人夜

與眭元進三人合鬥典韋。

這五個人全都是打著不與典韋拚命的主意，只將典韋牢牢的纏住，氣得典韋哇呀呀暴喝，但對這五人的無賴打法又有些苦惱……

文醜催馬衝向了典滿，掄刀就砍。

典滿這兩年進步不小，可是想要和文醜交鋒，還有些不足，只兩、三個回合，就被文醜殺得滿頭大汗，氣喘吁吁……

與此同時，袁紹在麾蓋之下，持寶劍遙指曹軍大營，厲聲喝道：「兒郎們，取曹賊首級者，封萬戶侯，尚萬金！」

「殺！」袁軍一個個好像打了興奮劑似的，瘋狂衝向曹軍大營。

而曹操此時，也頂盔貫甲，手持寶劍，指揮兵馬迎敵……

風，越來越大！

曹軍在袁軍的凶猛攻擊下，隱隱有些不敵。

可就在這時，忽聽有人高聲叫喊道：「主公，大事不好……延津起火，咱們大營遭遇敵襲！」

袁紹聽聞，大驚失色。他連忙扭頭看去，只見延津大營方向，火光沖天！

章十二

圍魏救趙

「好大的風！」

曹朋勒馬，將風巾往上拉了拉，遮住大半張臉，只露出一雙眼睛來，「距離延津，還有多遠？」

「快到了吧。」闞澤催馬跟上，對曹朋說道：「風這麼大，要不咱們先找地方避一避？此地距離延津不遠，雙方斥候探馬必有許多，還是多小心些才是。」

曹朋想了想，手指前方一處土丘。

「往那山丘後面避一避，派人打探一下狀況。」

「喏！」闞澤連忙轉身，把曹朋的意思告知夏侯蘭。

夏侯蘭立刻帶著十名飛眊，催馬離隊而去。曹朋則領著其他人，直奔不遠處的土丘南坡而去。土丘東西向，長約二百多米，不算太高，也就二十多米的樣子，應該是自黃河帶來的大量泥沙堆積成丘。

歷史上，黃河經過無數次改道，和後世的河道大不相同。大改道，小改道，不大不小的改道。

黃河孕育了這一方人，卻也給這一方人帶來無數災禍。

延津就曾歷經數次改道，所以在這塊土地上，出現了大大小小的丘陵，一面陡峭，一面徐緩。曹朋等人在南坡下發現了一座小樹林，於是眾人催馬躲進樹林，以躲避肆虐狂風。

本來，曹操命曹朋在濮陽休養，並沒有要他歸隊。

可是濮陽城中，有一個挖牆腳的徐公明，讓曹朋總覺得提心吊膽。後來在曹朋的勸說下，鄧範留在了濮陽縣，出任東郡司馬參軍事，有領軍之權。要說起來，鄧範做這司馬，倒是輕車熟路。當初在陳郡時，就做過曹洪的司馬。但相比之下，東郡這個司馬的權力似乎更大，只因為那『參軍事』三字，使得意義完全不同。

在陳郡的時候，鄧範只有督軍之責，可是在東郡，他可以獲得更多話語權，甚至參與政務。

徐晃在得了鄧範之後，猶不死心。

曹朋發現，這傢伙沒事就往他的住處跑，美其名曰是探望他，可是當徐晃那雙眼睛從甘寧等人身上溜走時，曹朋總覺得這傢伙不懷好意。所以，不等身體完全康復，就向徐晃提出了告辭。他可是聽鬮澤說了，徐晃私下裡在打聽甘寧的事情，讓曹朋覺得好不慌張。

這傢伙，果然是不懷好意！

徐晃盛情挽留，卻被曹朋嚴詞拒絕。

「主公在延津與袁紹鏖戰，我身為晚輩，又怎能躲在一旁觀戰？此前雖殺了顏良，可袁紹元氣未傷。我不是說我有多大本事，但這時候，我必須站在主公身邊。」

一番話，說得是擲地有聲。即便是徐晃有心挽留，卻也沒辦法再說什麼了。

人家是要去為司空效力，難道要阻攔不成？別人還好說，可曹朋是曹操的姪子，又不隸屬他徐晃所轄。曹朋是北軍中候，歸賈詡管。所以，徐晃還真攔不住，只能送曹朋離開濮陽。

臨走時，徐晃又贈給曹朋五百兵馬，使曹朋能湊足八百人的衛隊。

於徐晃而言，奪回濮陽，又俘虜了數千袁軍兵卒，他的兵力已恢復到了早先的實力，甚至隱隱超出。

章十一

圍魏救趙

五百兵馬，算不得什麼。可對曹朋而言，得五百兵卒，其勢力也就隨之暴漲……

不過，想要讓這五百人達到黑毦的戰鬥力，曹朋還不指望。他已經想好了，等到了延津，就把這五百人交給曹操，如果曹操不要，他再命郝昭訓練這些人。畢竟，他的品秩並不高。北軍中候能有個三百人的衛隊，已經很了不得……八百人？

嘖嘖嘖！曹朋可不敢去多想。

一路西行，倒也還算平靜。

袁軍放棄了白馬，屯兵延津，與曹操交鋒。所以這一路上，曹朋等人也沒有遇到什麼麻煩，只是在途經白馬的時候，又停留了一日，祭拜亡靈。

白馬，已成廢墟。

如果不是那被大火燒成焦黑色的殘垣斷壁，甚至不會有人以為，這裡曾是一座縣城。整個城市，幾乎沒有一座完整的建築，放眼望去，只剩下一派衰頹殘破之氣。行走其間，不時可以看到一堆堆凝固的，好像油脂似的東西。那是人被燒死之後，殘留下來的脂肪……

八千人，付之一炬！

如果再算上顏良屠城，樂進殺俘，這小小的縣城，在不足一個月裡，就埋葬了兩萬多性命。

之前，曹朋還不忍樂進殺俘的行為。可轉眼間，他一把大火，將八千人葬於火海。

站在廢墟外，曹朋越來越覺得，自己似乎變得虛偽了……

命人在白馬城外準備了香火，曹朋對著廢墟，拜了三拜，以祭奠那些聚集在白馬上空的亡靈。

第二天，曹朋便帶人離開了白馬。

直至建安十三年，也就是赤壁之戰開始前，白馬一直無人問津，成為一塊野草叢生的荒地。

赤壁之後，時為東郡太守的鄧稷，才下令重築白馬，並從各地遷三千戶流民，安置在白馬，算是令白馬重新興旺起來。只不過那個時候，許多人都已經忘記，正是曹朋，令白馬變成廢墟。

進了樹林之後，曹朋下馬休息。看得出，他情緒並不是太好，甚至有些消沉。

事實上，從離開白馬之後，曹朋就顯得有些悶悶不樂。

闞澤倒是可以理解曹朋的這種心情，於是走上前勸慰道：「公子，還在為白馬的事情難過？」

「難過倒是說不上，只是數千冤魂……你知道，我不太喜歡這種感覺。自從從雒陽回去之後，我總覺得自己似乎變得很虛偽……其實我也明白，這種事情我阻止不得。可看別人做，和自己親手……總是有些怪異感受。」

闞澤苦笑一聲，「公子，時也，運也。」

這四個字，似乎道出了許多道理，讓曹朋也不禁暗自感嘆。

一名親兵送來了乾糧，曹朋囫圇吞棗的嚥下，伸了個懶腰之後，正要和闞澤說話，可忽然間，他僵住了。側耳做出聆聽的模樣，片刻後，他對闞澤道：「德潤，有沒有聽到什麼聲音？」

闞澤也側耳傾聽，卻只聽見颯颯風聲。

他搖搖頭，剛要開口，就見甘寧匆匆走來，道：「公子，我剛才似乎聽到喊殺聲。」

「哦？」曹朋邁步走到林子邊緣，「我似乎也聽到了！」

「這時候，曹公和袁紹還在交戰？」闞澤沒有聽見，不過他也知道，曹朋和甘寧的聽力遠不是他可以比擬的。

「備戰！」

郝昭突然下令，黑旄呼的一下子坐起，單膝跪地，一手執刀，一手執盾，警惕的向林外張望。

遠處，夏侯蘭率著十名斥候，縱馬疾馳而來。他衝進林中，跳下馬快步來到曹朋跟前，氣喘吁吁道：

「公子，曹公似乎遭遇袁軍突襲。我剛才看到有袁軍向曹公大營撲去，人數看上去有不少，我粗略估計了一下，應該有萬人左右。樂進將軍的小營，遭遇襲擊，許褚將軍雖然已領兵救援，可看情況，似乎並不太樂觀。袁紹好像是準備率主力突擊曹公中軍，依我看，曹公未必能夠抵擋住袁紹攻擊。」

「那我們還等什麼，立刻前去救援！」曹朋一聽就急了，連忙抄起畫桿戟，就要上馬出戰。

闞澤一把拉住了轡頭，「公子，且慢。」

「德潤有何妙計？」

「妙計倒說不上，只是公子這點人馬，即便是過去，也當不得用。若曹公抵擋不住，哪怕公子把這八百人帶去，也沒有用。若曹公能抵擋得住，有沒有公子這八百人，都不成問題。」

曹朋勒住韁繩，「德潤，你究竟想說什麼？」

「我是說，公子現在就算過去了，也沒什麼用處。」

「難道眼睜睜看著曹公被殺？」

「那倒不是。」闞澤深吸一口氣，沉聲道：「公子，你冷靜一點。我的意思並不是說不去援救曹公，而是說要如何才能援救曹公。你這麼莽乎乎的衝過去，弄不好曹公救不出，連自己也要搭進去。我倒是有一個想法，不知道公子願不願意聽，若公子願意，且下馬再說。」

「這個……」曹朋閉上眼，努力讓自己穩定下來。

呼出一口氣，他翻身下馬，問道：「德潤，你想說什麼？」

「其實公子想救曹公，不一定非要過去。剛才聽子幽所言，袁紹此次似傾巢而出……他若是傾巢而出，其後方必定兵力空虛，守衛鬆懈。昔年魏國人龐涓攻打趙國，趙國向齊國求援，齊國出兵之後，並沒有救援趙國，反而領兵攻打魏國，迫使龐涓回援，而趙國之圍隨之告解……今日，公子何不仿效孫臏呢？」

「你是說，圍魏救趙？」

「正是！」

要說三十六計，任誰都能說出幾條來。可是在關鍵時候能否靈活運用，卻是另一回事。

曹朋也知道這圍魏救趙的典故，可在匆忙之間，就是想不起來。

而闞澤卻可以想出來，這也是他和曹朋最大的區別所在。身為謀士，不僅僅要保持冷靜，更需要在關鍵時，想出應對之術。以目前的狀況來看，闞澤的圍魏救趙，無疑是最佳方案。

曹朋聽聞，不由得連連點頭。他把風巾往臉上一蒙，「興霸、子幽，你二人率飛眊，隨我出擊。伯道留下，聽從德潤之計。半個時辰之後，我們就在十里營會合……」

「喏！」闞澤和郝昭插手應命。

袁紹凝視遠處的火光，大驚失色：「曹賊莫非設有伏兵？」

他心裡，突然慌亂起來。

曹操如今死守營盤，一時間恐怕也無法取勝。若他的伏兵摧毀我大營，而後前後夾擊，我就要腹背受敵。弄不好，殺不掉老賊，反而要折在這裡！

郭嘉曾說過袁紹『好疑而色荏』，『多謀而無斷』。如果換作曹操在袁紹的位置上，定然會指揮兵馬，繼續猛攻，直至攻破對方的大營。可袁紹卻沒有這種魄力，看到後營火起，他就失去了方寸。

「辛乙何在？速命辛乙前來。」

文醜正欲衝破轅門，聽聞袁紹的命令，有些頗為不快的來到袁紹跟前。

「主公何故令我收兵？某正欲攻破轅門，去曹賊首級。」

「辛乙，我們上當了！」袁紹說著話，用手一指延津方向。

文醜順著袁紹手指的方向看去，也不禁大吃一驚。

「老賊有埋伏，我等傾力出擊，大營中必然守備空虛。他這是想要釜底抽薪，斷了我們退路。收兵，立刻收兵！」

收兵？

文醜不免有些不太情願。眼看著就要攻破曹軍大營，卻在這時候收兵，著實令文醜心有不甘。

「辛乙速率部馳援本陣，我親領兵馬斷後。」袁紹說得是斬釘截鐵，不容有半點違背。

文醜噝了口唾沫，猛然撥轉馬頭，厲聲喝道：「兒郎們，隨我救援本陣！」

說著話，文醜帶著兵馬便往延津大營方向趕去。

可這一來，卻使得袁軍有些無所適從。這打得正好好的，怎麼突然要收兵？不過軍中無戲言，既然袁紹下令了，軍卒們自然撤退。

袁軍這一撤，圍攻典韋的袁軍眾將也紛紛撤退。

典韋之前被十幾員大將圍攻，狼狽不堪，袁軍突然撤離，頓時令典韋緩過一口氣。可這被纏鬥的感覺，著實不美。典韋大怒，催馬追了兩步，手中圓盤大斧呼的脫手飛出，擲向對方。

跑在最後的，是袁紹麾下大將焦觸。聽聞腦後金風作響，他連忙反手一刀揮出。只聽鐺的一聲響，大刀劈中了典韋擲出的大斧，焦觸不由得手上一震，險些拿捏不住兵器。

也就是這一眨眼的工夫，典韋催馬已到了跟前，手起刀落，一刀將焦觸斬於馬下。隨後，他把大刀一扔，反手拽出雙鐵戟，催馬就追趕對方。剛才被圍攻的滋味可不好受，如今有機會發洩，典韋又豈能輕易放過對手？

另一邊，曹純率部殺出，虎豹騎呼嘯著，在黑夜中橫衝直撞。曹操領兵衝出轅門，雖不太清楚袁紹為什麼撤退，但他卻不會輕易放過這等機會，所謂痛打落水狗……袁紹如果繼續攻擊，曹操還真無力還手，可袁紹居然收兵……

「兒郎們，隨我追擊！」曹操厲聲大喝，寶劍在火光中，閃爍寒光。

文醜率部趕回延津大營的時候，就看到留守大營的士兵們正在拚命救火。曹軍蹤跡全無，如果不是那大營中橫七豎八的袁軍屍體在提醒著什麼人，文醜甚至會以為，只是一場無意中的走水……

大營裡，顯得有些混亂，一名袁軍大將催馬來到了文醜跟前。

「東陽，發生何事？曹軍呢？」

東陽，是這袁軍大將的表字，他本名張旭，也是袁紹麾下一員有數的悍將。此刻張旭狼狽不堪，在馬上一拱手，「辛乙將軍，剛才有一支曹軍偷營，幸得沮授先生覺察的早，才沒有發生大亂子。不過曹軍衝進來後，非為鏖戰，只燒了兩囷糧草，便突圍離去。」

只是兩囷糧草？文醜一臉懷疑之色，看著後營沖天火光。

張旭尷尬解釋：「那兩囷糧草旁邊，有剛運來的幾十桶桐油，兒郎們救火時不小心把桐油踢翻，結果……」

操！文醜差點揮刀砍了張旭。搞了半天，是自己人幹的好事！

「曹軍有多少人？」

「不太清楚，但全都是騎軍……還有，為首的曹將頗為厲害，末將不是他的對手。」

「混帳東西……那曹軍何時離去？」

「剛走不久！」張旭說著，掌中開山斧一指東面，「他們往東面逃離，不過全是騎軍，估計這時候已逃走了。」

文醜二話不說，撥馬就走。「兒郎們，隨我追擊！」

很厲害？再厲害，能有典韋厲害嗎？老子現在連典韋都不怕，何況一個無名無姓的曹將。

文醜這次是真的怒了！眼看著大功告成，卻被這不知道是什麼來歷的曹軍給攪亂好事……最可氣的是，本以為是曹軍縱火，沒想到卻是因為自己人不小心。他也懶得斥責張旭，這一肚子的氣，全都撒在了曹軍身上。

張旭有心想要阻攔，可想到文醜的脾氣，到了嘴邊的話，還是又嚥了回去。誰都知道，文醜是個火爆性子。以前有顏良壓著還好一些，顏良一死，袁軍上下除了袁紹之外，恐怕無人能夠攔阻文醜。就算是沮授和許攸，也奈何不得。

文醜命步軍留下救火，只帶了五百騎軍，沿著張旭手指的方向追去。

天色越來越陰沉，烏雲遮月，厚厚的雲層似乎快掉落下來般，讓人心裡不由得感到很壓抑。風，小了許多。雲層中，隱隱有銀蛇出沒，忽明忽滅，非常詭異。

文醜追出十餘里後，隱隱約約看到前方有兵馬晃動。他連忙催馬上前，藉著對方軍中的火把光亮，一眼認出來者正是河北四庭柱之一的高覽。

「昌辭，你怎麼來了？」

高覽連忙上前，在馬上拱手答道：「我等正攻打曹軍營寨，忽聞主公將領使我等撤兵回援。儁乂擔心曹軍追擊，故而領本部壓陣，讓我帶人先趕回大營。辛乙何故出現此地？」

「該死的曹賊！」文醜惡狠狠的咒罵一句，把情況告知高覽，而後問道：「昌辭來時，可見可疑之人？」

高覽一怔，突然大叫一聲：「若非辛乙提醒，我險些忘了。回來的路上，我的確是遇到一支人馬，但由於天色昏暗，且距離又遠，所以並未看清楚對方旗號。大約有百餘人，全都是騎軍。我以為是主公斥候，加之心急趕回救援，所以也就沒有理睬，辛乙所說可是他們？」

文醜一聽，頓時興奮起來：「沒錯，就是那些人！他們往何處去了？」

「似乎……是往十里營方向。」

文醜聽罷，立刻便要追趕。高覽忙把他攔住，「辛乙，會不會有埋伏？」

「埋伏個甚……曹賊無膽，哪裡還有埋伏？」

高覽想了想，似乎也是這麼個道理。見文醜執意要追擊，他索性命部將率步兵返回大營，自己則領五百騎軍，與文醜合兵一處，一同追擊。

千騎狂奔，在黑夜中蹄聲大作，如隆隆戰鼓。

卡嚓！一道閃電撕裂蒼穹，銀蛇在雲層中閃沒。

閃電的光芒，把大地照的一片慘白，文醜、高覽兩人追擊了大約有十里，就見前方影影幢幢，似有人影出沒。隱隱約約，有戰馬嘶鳴的聲音傳來，文醜頓時大喜，刀背拍在馬臀上，戰馬長嘶。

「昌辭，就是他們！」文醜說罷，厲聲吼道：「曹賊休走，文醜在此！」

十里營，因戰國時期魏國大將龐涓曾紮營此地而得名。據說魏軍當時紮下十里大營，故而得名十里營。十里營，丘陵起伏。

前方的曹軍聽到文醜的呼喊聲，頓時慌亂起來。就聽有人呼喊：「袁軍追上來了，快走！」

說話間，人影晃動，便沒入丘陵之中。

到了這個時候，文醜又怎可能善罷甘休，放過對方？只見他拍馬舞刀，大聲吼道：「休走了曹賊，給我追！」

高覽想要攔住文醜，但還是慢了一步，只好帶著騎軍，緊跟著文醜追了過去。進入丘陵地帶後，視線明顯受阻，空氣中瀰漫著一股雷雨之氣，戰馬行走其間，更顯得有些焦躁。

「人呢？」文醜勒馬，詫異問道。

章十一
圍魏救趙

追上來之後，卻意外發現曹軍不見了蹤影。

高覽心生不祥之兆，催馬上前道：「辛乙，窮寇莫追，咱們還是先回營覆命，來日找曹賊決戰。」

看著起伏的丘陵，文醜也有點怕了。

為大將者，總是讀過一些兵書，通曉一些兵法。文醜也覺得，再追下去弄不好就要中埋伏，高覽的勸說也使得他心生怯意，正好找個臺階下來，「如此，今日且放過那些狗賊……」

話音未落，忽聽一聲鳴鏑響。兩旁丘陵上，突然冒出無數支火把，星星點點，猶如在十里營燃起了一團團火焰。

「休走了文醜！」有人厲聲喊喝。

從丘陵背面，傳來喊殺聲。

兩支人馬從暗處殺來，黑漆漆的又看不清楚對方有多少人。文醜不禁大驚，連忙撥轉馬頭，大聲道：「昌辭，有埋伏，速走！」

說話間，袁軍已經出現混亂。

文醜催馬疾馳，想要逃離出十里營。但他走出沒多遠，大概也就是兩、三里的樣子，前方忽然火光通明。一員大將，騎著一匹照夜白，攔住了他的去路。來人身穿青色碎花緞子戰袍，身披獸面吞天唐猊寶鎧，腰繫獅蠻玉帶，頭戴三叉束髮紫金冠，掌中一桿方天畫戟。一件大紅色披風，在火光的照映下，猶如跳動的火焰。

「文醜，哪裡走！」來將一聲厲吼，催馬從山丘上衝下來。

那方天畫戟在空中掛起一抹寒光，人如龍，馬如虎，眨眼間就到了文醜的近前。

文醜嚇了一跳！失聲驚呼道：「呂布？」腦袋裡嗡的一聲鳴響，他有點傻了。

想當年，李傕、郭汜圍困長安，逼走了呂布。呂布帶著家小，曾投奔袁紹，並助袁紹擊潰了公孫瓚。

後來，因為袁紹對呂布心存顧忌，便命人在途中殺死呂布，不想被呂布提前得知，帶著八健將從袁軍大營中殺出重圍。那一次，文醜也在場，曾親眼看到呂布的凶悍狂猛。

不是說，呂布已經死了嗎？

文醜腦袋有些糊塗，心裡更生出怯意。

「辛乙，小心！」

高寵在後面大聲呼喊，才使得文醜激靈靈打了個寒顫，舉刀相迎。

只聽鐺的一聲巨響，那方天畫戟帶千斤之力，狠狠的劈在文醜手中大刀之上。刀戟相交，只震得文醜手臂發麻。同時，他更生出一點疑惑，呂布這力氣可是比從前差了不止一籌。

二馬錯蹬，『呂布』根本不理睬文醜，朝著高覽就衝過去。

而在他身後，一名黑甲將軍，擰槍奔著朝文醜就刺過來，丈二龍鱗呼嘯，帶著一股銳利罡氣。

文醜剛從『呂布』的一擊中回過味來，那丈二龍鱗已到了跟前。幾乎是本能的，文醜抬刀向外一崩，鐺的一下子磕飛了丈二龍鱗……不對，那傢伙不是呂布！

到這時候，文醜才清醒過來。他知道，剛才那使方天畫戟的人，不但武藝比不得呂布，而且和呂布有太大的區別。呂布跨坐赤兔嘶風獸，而他的坐騎卻是照夜白。呂布有三十多，快四十歲，而聽剛才那人的聲音，似乎年紀並不太大。招數倒是一樣，可威力卻有天壤之別，否則剛才自己絕對是凶多吉少。

就在文醜一愣神的工夫，銀槍小將已和他錯身而過，衝向敵陣。

一員黑甲大將舞刀衝了過來，「文醜，拿命來！」

文醜忍不住哈哈大笑，「狗賊，焉敢欺我？」

從剛才兩次交鋒，文醜可以覺察到，對方兩員將雖然厲害，但並不足為慮。所以，當第三個曹將衝過來時，文醜頓時露出張狂姿態，揮刀向對方劈去，這一刀誓要砍下來將的首級。

哪知道，雙刀交擊，在空中爆發出一聲巨響。

來將的大刀上，帶著一股奇詭的力量。看似是交擊一刀，可實際上，來將的大刀在瞬間劈出十餘刀來……第一刀方觸文醜大刀，立刻彈走，又迅速落下。最奇妙的是，十餘刀幾乎是劈在同一點上，一刀強似一刀，一刀勝似一刀。十幾刀的力量匯聚在一起，猶如大江之水，滔滔不絕。當最後一刀匯聚了前面十幾刀的勁力之後，文醜已覺察到了一絲不妙……

卡嚓——掌中大刀斷為兩截！

操！居然還是一柄寶刀！

來將的刀，斷了文醜的大刀之後，並未停下，呼的斜抹下來。文醜想要躲閃，已經來不及了！他可以清楚的感受到，來將手中的大刀落在他胸前甲冑上，撕裂了鐵甲，沒入他的身體。巨大的刀勁順著文醜的身子，斜著一拖……文醜慘叫一聲，從馬背上跌落下來，身體幾乎被斷開了一樣，當場斃命……鮮血，瞬間將地面染成紅色。

高覽正在和那兩員曹將搏殺。單以身手而言，高覽比那兩名曹將要勝一籌。

身為河北四庭柱之一，高覽和張郃雖然武藝高強，卻比顏良和文醜遜色不少。如果以身手而言，張郃也就是在準超一流的水準，而非超一流武將；高覽呢，比張郃稍差一些，也就是一流武將的巔峰。對面兩員曹將，都是一流武將；單對單，高覽穩操勝券，可是一對二，高覽就有些吃力……若沒有百十合，高覽想要戰勝對方，基本上也不太可能。

文醜的慘叫聲傳入高覽耳中，令他嚇了一跳。

偷眼看去，就見文醜的屍體倒在血泊中，內臟流了一地……

他心裡不由得一慌，對面那使畫桿戟的曹將突然抬手發出兩枚鐵流星。高覽正有些魂不守舍，耳聽勁風呼嘯，抬頭看去，那鐵流星已到了跟前。他作勢想要閃躲，不想兩枚鐵流星卻出現了詭異的變化！

原來第二枚鐵流星後發先至，鐺的撞在了第一枚鐵流星上，清脆的聲音令高覽心頭一顫，閃躲不急，啪的一聲，鐵流星正打在他的肩膀上。這一擊，力道奇重，高覽雖穿著甲冑，也被鐵流星打得甲葉子橫飛，身體撲通一聲摔倒在地。

「子幽，留他一命！」使畫桿戟的小將，大聲呼喝。

那手持丈二龍鱗銀槍的曹將驀地停下，不等高覽爬起來，丈二龍鱗掄圓了啪的拍在高覽的後背上，打得高覽口吐鮮血，當下就昏了過去。從兩旁衝過來兩名曹兵，二話不說就把高覽給拖走了。

與此同時，一支步兵從丘陵後衝出來，行進間錯綜整齊，二百人前進猶如一人，單只是那雄渾的腳步聲，就使袁軍騎兵驚慌失措。逃走的騎軍有不少，但還是有數百騎軍被堵住了去路。一旁，那斬殺了文醜的曹將，領著一支騎軍正對袁軍虎視眈眈。

「某家乃北軍中候曹朋，文醜已死，高覽被俘，爾等還不下馬投降！」

「投降不殺！」一員大將厲聲喊喝，聲音在丘陵上空迴盪。

卡嚓！又是一道閃電劃過。慘白的光亮照定了丘陵，袁兵清楚的看到倒在血泊中的文醜。兩個主將都被幹掉了？那還打個什麼？

「我等投降，我等願意歸降。」

數百袁軍滾鞍落馬，早有曹兵衝過來將他們的坐騎攔住，拿走了他們的兵器。

轟隆隆，大雨傾盆。

曹朋強按著心中的狂喜，大聲道：「迅速撤離此地，與主公會合。」

章十二 以退為進

轟隆！驚雷炸響，銀蛇亂舞。大雨傾盆而下，把天地籠罩在濛濛雨霧之中。

袁紹領兵退去之後，曹操只追擊了數里，便收兵回營。曹軍大營外，屍體幾乎疊摞成一座座小山。剛才的戰鬥，著實有些凶險，如果不是袁紹突然撤兵，曹操這一次損失必然慘重。可饒是如此，曹操也折損了近千人。袁紹或許損失更多，但他損失得起，而曹操卻沒有這個資本。袁紹黎陽屯兵二十多萬，源源不斷的開拔過河，軍士戰死，隨後便可以補充滿員。

曹操呢？

他雄霸豫州、司州、兗州和徐州，看似和袁紹的地盤差不多，但實力的確是有巨大的差距。曹操所占領的地區，都是自黃巾以來戰事頻發之地。兗州、徐州就不說了……但只是一個司州，自董卓入京之後，頻發戰事，也使得人口劇降。

就以關中而言，昔日八百里秦川，有得關中者得天下的說法。

然而李傕和郭汜肆虐關中數載，使得關中民不聊生，許多地方十室九空，十成人口至少折了四成還多。更不用說兗州，當初曹操和呂布一場大戰，令兗州損失慘重；青州，曾經是黃巾餘孽最為猖獗之地，若非曹操將那百萬黃巾賊收攏的話，只怕青州至今也無法恢復元氣。

徐州？那更不用說了！自興平元年以來，徐州的戰事就沒有停止過。若非海西屯田，此時的徐州恐怕已經是流民遍地，慘不忍睹。

豫州的情況相對好一些，卻也不容樂觀。曹操占地雖大，但實際上，他的情況並不算太好。

而袁紹的河北就不太一樣。

冀州素以錢糧廣盛而著稱，在黃巾之亂後，並未發生過太多戰亂，雖然有黑山賊張燕聚大批流民，但整體上要比曹操的基礎好百倍。幽州、並州，乃苦寒之地，素以精兵而著稱，歷經袁紹和公孫瓚之戰以後，兩地已逐漸趨於平靜，並無太大災荒。袁譚手中的北青州，也是青州人口最多的地區。

所以，袁紹賠得起，而曹操卻有些捉襟見肘。同時，袁紹周圍並無太多敵人，而曹操卻面臨著四面環敵的局面，他手中也有幾十萬兵馬，但兵力過於分散，所以就更損失不起兵力。

袁紹退去之後，曹操便命人休整營寨。

「是何人為我解憂？」曹操站在大帳外，看著接天雨幕，不由得疑惑問道。

從袁軍俘虜的口中，他已經瞭解了大概的情況。袁紹原本準備夜襲，強攻曹軍。可不知為什麼，後方大營突然起火，以至於袁紹擔心中埋伏，受到夾擊，所以才會在匆忙之中撤退。

問題是，誰在袁軍大營縱火？

曹操向荀攸看去，卻見荀攸搖搖頭，露出一絲苦笑。

想想也是，荀攸是司空祭酒，一直留在營中，他本身並無調動兵馬的權力，自然也不可能派兵偷襲袁紹大營。留守在濟水大營裡的將官，當時都在迎敵。樂進和史渙被打得沒有還手之力，而許褚去救援樂進，也不太可能偷襲袁紹大營，剩下的曹純、典韋等將領都在身邊。除去這些人，還能有誰？

「可曾派人查探？」

章十二
以退為進

「已經派人了……不過到目前，還未有消息。」

曹操忍不住倒吸一口涼氣，轉身回到大帳裡坐下，「公達，再這麼打下去，恐怕要有麻煩了。」

荀攸上前，為曹操斟了一杯酒，而後示意曹彬出去。曹彬很機靈，立刻快步走出大帳，在麾蓋下，擔當警戒責任。

「奉孝與文和已趕往官渡，伯寧也領兵去了虎牢接替元讓……主公，如今形勢，唯有堅持。」

「談何容易啊！」曹操嘆了口氣，輕聲道：「我何嘗不知如此，可問題是，將士們都有些疲乏了。」

「再疲乏，也要堅持住。」

「嗯！」似乎是在給自己打氣，曹操用力點頭。

本以為，自己布局良久，應該能擋住袁紹。不成想濮陽先失一局，雖說後來將濮陽奪回，卻也把自己的實力完全暴露。估計袁紹就是看出了這個問題，所以才會不計後果的尋求與自己決戰。一次、兩次、三次……還能堅持多久？

「要不，讓子廉過來？」

曹洪如今正守在潁川。張繡雖然降了，但畢竟還是有些不放心，萬一他和劉表再次勾結，劉表出兵攻打的話……當然了，劉表沒那個膽氣。可問題是，凡事都有萬一。如今袁紹占據上風，難保劉表不會意動。萬一，萬一劉表出兵，而張繡不足以依持的情況下，曹洪就是許都的西面屏障。

「主公，萬萬不可！」荀攸連忙勸阻，「曹都護在潁川，張繡就不敢輕舉妄動。若把曹都護撤走，只怕張繡會有貳心。如今主公兵馬已經鋪開，這個時候最好是不要妄動。」

「呵，我也只是說說罷了。」

就在這時，大帳外傳來匆匆腳步聲。典韋濕漉漉挑帳簾進來，躬身向曹操見禮，「主公，營中已恢復完畢，若袁紹敢再來，某定取他首級！」

看得出，典韋也憋了一肚子的火氣。雖說他斬殺了三名袁軍大將，可換作是誰，被十幾人圍攻半晌，都會極為惱火。哪怕是殺了幾個人，也不足以出他胸中這口惡氣。更重要的是，他寶貝兒子典滿被打傷，更是火上澆油。

曹操一笑，擺擺手，示意典韋不用多禮，而後問道：「圓德可無礙？」

「呃……犬子無能，實在是羞煞人也。被文醜打傷，並無大礙……不過待此戰結束之後，末將定要好生操練他，省得他將來丟人。」

曹操不由得大笑：「君明，圓德輸給文醜，並不丟人，你又何必為難他……」

正說著話，就聽曹彬在帳外大聲道：「主公，探馬回報。」

「哦？」曹操連忙站起，快步走了過去。

「有一支人馬正向大營靠攏，人數大約有千餘人，步騎混雜。兄長已帶人迎過去，請主公決斷。」

這裡的『決斷』二字，就是提醒曹操戒備。

曹操眉頭一蹙，疑惑向荀攸看去。

不等他吩咐，就聽典韋怒道：「袁紹還敢來送死？主公，末將這就過去，定將那賊人一個不留。」

「慢！」曹操連忙喚住了典韋。

萬一是什麼義士過來投奔，典韋這火爆的脾氣過去，弄不好就要打起來。說不定袁紹大營的火，就是人家放的……不管怎麼說，還是別讓典韋出動，這傢伙殺傷力太大。

「傳令下去，三軍戒備。」

曹操說著話，回軍帳取下寶劍，對荀攸和典韋道：「走，咱們過去看看。」

典韋可不敢違背曹操的意思，雖然心裡不太舒服，但還是應命。他召集一曲虎賁，隨曹操冒著大雨，向轅門外走去。還沒等他們走到轅門，就見一匹快馬自轅門外疾馳而來……

馬上斥候一邊跑，一邊興奮大叫：「主公，大喜事，大喜事！」

曹操一怔，停下了腳步。

那斥候在距離曹操還有十幾米遠的地方便滾鞍落馬，幾乎是連滾帶爬的跑過來，臉上帶著無比興奮之色，「主公，大喜事！」

荀攸問道：「喜從何來？」

「曹中候！曹中候來了！」

「哪個曹中候？」荀攸愕然問道。

反倒是曹操醒悟過來，「你是說北軍中候曹朋？」

「正是。」

「胡鬧！他不在濮陽養傷，跑來這邊做什麼？」曹操怒聲呵斥，但任誰都能聽得出來，他心裡高興得要死。不管怎麼說，曹朋在這個時候過來延津，說明曹朋心繫曹操，忠心耿耿。

荀攸也不禁笑了，但他卻忍不住問道：「曹中候來，和這『大喜事』又何干？」

是啊，曹朋過來就過來了！帶了一千多人，說實話頂不得什麼大用處。

斥候氣喘吁吁道：「子丹將軍剛才前去迎敵，不想是曹中候所部。曹中候在來的路上，斬了文醜，俘虜了高覽，如今正往營中趕來。子丹將軍命卑職前來報喜。」

曹操聽聞，頓時呆住了。

荀攸一蹙眉，厲聲道：「你休要胡言亂語，曹中候如何能斬得文醜？」

「真的！曹中候真的殺了文醜，卑職是親眼見到了文醜的首級，還有袁軍大將高覽，昏迷不醒，被袁軍俘虜抬著過來。曹中候真的殺了文醜！主公，曹中候真的把那文醜給殺了……」

荀攸一開始還擔心曹朋虛報戰功，可聽說文醜的腦袋都被砍下了，那就不可能假嘍。他猛然回身，朝著還有些暈乎乎，甚至是不太相信自己耳朵的曹操拱手一揖，「恭喜主公，賀喜主公……袁紹連折大將，必然士氣低落。曹中候今斬了文醜，端地大功一件，可喜可賀。」心裡面，也不由得有些感慨。

一晃四年！

四年前，曹朋一家人隨著典韋，狼狽不堪的來到了許都。那時候的曹家，可稱得上是一無所有，除了一個典韋，他們甚至不認識任何人，一文不名。可一晃四年，曹家崛起已經是不可避免。曹汲以一代造刀宗師的身分，出現在世人面前，從而得到了曹操重用，更因為獻馬中三寶而獲得曹操賞識，從此一飛沖天，官路亨通。

而鄧稷，不過是個獨臂參軍。若非自己的兒子荀輯，荀攸甚至不會正眼看鄧稷一眼。當初派他去海西，也是存著試探。不成想鄧叔孫在海西一發不可收拾，不但站穩腳跟，更立下赫赫功勳。四年前的今日，鄧叔孫還是一介白身；可現在，已經領千石俸祿的都尉。

至於這曹朋，似乎更令人感到吃驚。他因鄧稷而展露世人面前，因荀衍而為人所知。一篇《陋室銘》引得世人稱讚，更建立起曹朋風骨崢嶸的氣節；而後曲陽血戰，奇襲下相，立下赫赫功勳。後來雖然因為呂布家眷的事情而受到懲罰，可沒過多久，他就以一篇《八百字文》揚名於世，拜師胡昭，一篇《愛蓮說》，更令世人感受到了曹朋不同凡俗的氣節。

雒陽大案，在他手中輕而易舉的告破。白馬一把大火，燒死了顏良，連曹操都為之讚嘆。

如今，這小傢伙竟然殺了文醜，還俘虜了高覽！這兩個人可不是什麼土雞瓦狗，實打實袁紹的愛將。此前文醜殺了多少曹軍將領？如今卻被曹朋所殺，可以想像，會給袁紹帶來何等打擊。

慢著，他怎會殺了文醜？難道說……

荀攸倒吸一口涼氣，脫口而出道：「莫非袁紹大營縱火之人，就是曹友學？」

曹操激動的不能自已，聽聞荀攸這一句話，不禁愣住了：是啊，這種時候，除了曹朋之外，還有誰

曹賊

章十二 以退為進

會在袁軍大營縱火？

想到這裡，曹操忍不住仰天大笑。那傾盆暴雨落下，落進口中，他卻猶未覺察。

「此吾家萬里侯，此吾家萬里侯！」

雖然並不是第一次這麼稱讚曹朋，可是這一次曹操的稱讚，無疑是對曹朋徹底的承認。

典韋站在曹操身後，也不可思議的連連搖頭。當初那個在宛城救他性命，看似柔弱不堪的少年，一轉眼竟成長到了如此地步？他和文醜交過手，自然清楚文醜的厲害。看典滿挺凶悍吧……可是被文醜打得全無還手之力。四年前，自己帶著曹朋來到許都，那時候典滿可以秒殺曹朋，而現在……

典韋不由得感慨萬千，輕聲道：「此天賜阿福與主公。」

曹操笑得眼睛都快不見了，對於典韋的這句話，他欣然接受。

阿福，果然是給我帶來福氣的傢伙！

「快隨我出轅門迎接。」

曹操深吸一口氣，穩定了一下自己的心情。剛才太張狂了，太得意忘形了……

荀攸和典韋緊隨其後，而此時，曹軍大營都已經驚動了，許多武將紛紛出動，來到轅門外。他們可是聽說了，主公的姪兒斬殺了文醜！

很多人沒有見過曹朋，只聽說過他的名字。事實上，在火燒白馬之前，曹朋雖有名氣，但並不為人看重。畢竟那時候，曹朋只是個北軍中候而已，手中沒兵沒將，怎能被人看重。而現在……曹朋已走上了一條康莊大道！

遠處，馬蹄聲傳來。一支人馬從大雨中飛馳而來，馬上一員將，頂盔貫甲，威風凜凜，仍透著稚嫩的面龐，卻給人一種沉穩之姿。那員小將在轅門外勒住戰馬，縱身從馬上跳下。

只見他緊走幾步，小跑到曹操跟前，單膝跪地道：「末將曹朋，請還！」

「阿福，可大好了？」曹操詢問，言語中透著濃濃的關切。

曹朋可以感覺得出，曹操這種關切並沒有什麼作偽的意思，而是發自內心。

在後世，常有人說曹操是虛偽小人。可實際上，曹操對族人和心腹的關愛，絕對是發自內心。仔細想想，似乎也很正常。你不是自己人，又不是真心為我做事，我為什麼要對你發自內心的關切呢？

將心比心，曹操並沒有做錯什麼。

春夜，冰寒。一場大雨，更使得氣溫陡降。

曹操讓曹朋換上一身乾爽的衣服，拉著他在大帳中聊天。

問及斬殺文醜的事情，曹朋笑道：「文醜非我所殺，殺文醜者，乃我身邊大將甘寧甘興霸。」

「就是那位黃小姐的親隨？」

「正是。」

甘寧當初隨曹朋，是透過黃月英而成。雖然現在甘寧一直跟隨曹朋左右，但大多數時候，人們還是會認為甘寧是黃月英的家將。

曹操樂開了懷，連連點頭，表示讚賞，「此戰結束之後，便讓甘寧入仕吧。」

他瞇著眼，朝曹朋看去。他想要透過這種方式，來查看一下曹朋的反應。畢竟，甘寧一直跟隨曹朋，讓甘寧入仕，就有使其脫離曹朋的意思。

曹朋正色道：「姪兒正欲和世父說這件事……興霸有大才，不但武藝高強，更能獨當一面。只是此前他未立寸功，所以姪兒也不好開口。如今，他斬殺了文醜，還請世父賜他前程。」

「你，難道不後悔？」

「後悔？」

曹操笑道：「若甘寧如你所言這麼好，他早晚必在你之上。」

「為國家舉薦賢良，本就是姪兒的本分。再說了，甘寧本就在我之上，世父若重用他，豈不是說明我眼光不錯？呵呵，姪兒又有何後悔之處？說實話，姪兒一直覺得，甘寧在我身邊，屈才了。」

曹操瞇著眼，微笑點頭。

「此外，這次大戰，夏侯蘭也立下奇功。白馬時，子幽隨我潛伏城中，縱火燒城……剛才在十里營，也是子幽將高覽拿下。他原本就是世父麾下小將，只因當初一句戲言，才跟隨我至今。這些年，子幽忠心耿耿，立下許多功勞。所以姪兒斗膽向世父請求，讓子幽重返軍中……他在世父身邊，更勝於留我身邊。」

「好，好，好！」曹操仰天大笑，「若我身邊人都能如阿福你這般，何愁天下不靖。不過呢，甘寧也好，夏侯蘭也罷，還是讓他們暫留在你身邊為好。賞賜是要有的，只是……如今戰事尚未結束，你身邊也需要跟著可用之人。此前文醜在陣前斬殺我大將多人，致使軍心有些不穩。你現在帶著文醜首級回來，正可為我分擔憂愁，不知阿福你可否願意？」

「願從世父調遣。」

「如此，我明日一早會宣布，任你為檢驗校尉，暫領一校兵馬，駐守於酸棗西南面，陰溝之畔，如何？」

陰溝，又名陰溝水，出陽武縣蒗蕖。《史記》秦莊襄王元年，秦國大將蒙驁擊取成皋、滎陽，初置三川郡。故而，也有人說這陰溝是蒙驁所築。

曹朋聽聞，插手應命道：「姪兒遵命。」

曹操頓時露出笑容，「甘寧與夏侯蘭，就留在你麾下效力。不過有件事我要和你說清楚，這檢驗校尉，只是暫時。至於你的功勞，等戰事結束之後，返回許都，再由文若統一封賞。」

只是個暫時的啊！

不過曹朋並沒有因此而感到失望，相反感覺很高興。他現在是北軍中候，食俸祿比六百石，而檢驗校尉最少也是個比千石的俸祿……既然讓他做到檢驗校尉，那說明大戰結束後，他的職務不會小於千石。以十七歲而獲千石俸祿，這職位絕對不算小。

當然了，如果和孫權那種十四歲就當奉義校尉，得真兩千石俸祿的人比，比千石俸祿還真算不得什麼。但孫權畢竟是孫策的兄弟，人家現在還是吳侯呢……論年紀，和曹朋差不太多，已經做到了列侯。所以說，這種事情還真沒什麼可比之處。

曹朋欣然接受。

曹真厲害吧……那是曹操認的乾兒子，從小跟在曹操身邊，如今在虎豹騎，也就是個比六百石的司馬。曹休比曹朋年紀大，被稱之為『吾家千里馬』，也不過真六百石的俸祿而已。所以說，曹朋能得一個千石俸祿，在曹操軍中已算是少有。

「那早點去歇息吧。想來他們已把你的住所安置妥當……明日一早，我會委以重任與你。」

「喏！」曹朋起身行禮，躬身退下。

曹操坐在床榻上，不禁笑了！

這孩子倒也是個知輕重的人，懂得以退為進的道理。不過，我雖言寧我負人、毋人負我的話，但你對我忠心耿耿，我又怎會為難你呢……呵呵，阿福有這種眼力，將來一定能大有作為。

「文質。」

「喏！」

「去把國讓喚來。」

「是。」

曹彬領命，轉身要走，卻聽曹操又喊住他：「看看高昌辭可醒來？若醒了，把他帶過來。」

「遵命。」

曹操站起來，在帳中走了一圈，而後重回榻上坐下。他拿起一卷書簡，正準備閱讀，只聽帳外有人道：「司空，喚豫何事？」

「啊，國讓啊，快些進來。」曹操聽那聲音，不禁一笑，忙呼喚帳外人進來。

從大帳外走進來一個二十多歲的青年，只見他身高約七尺七寸，也就是一百七十六公分上下。面如粉玉，齒白唇紅，一雙眸子猶如晨星般閃亮，舉手投足間透出不凡之姿。

青年一身青衫，步履從容的走進來，拱手行禮。

曹操連忙示意他不必多禮，溫言道：「國讓，我有一件很重要的事情，想要拜託你。」

「但憑司空吩咐。」

「你可知我那族姪曹朋？」

青年一怔，旋即笑道：「就算此前不知，但經過今晚，豫也知曉。大名鼎鼎的曹八百，豫早有耳聞。以前以為他不過長於文事，卻不想竟有如此本領，斬了顏良，誅了文醜，俘了高覽……河北四庭柱已失其三，全賴曹八百之功，豫又怎可能不知？」

「呵呵，倒是我失言了。」曹操心裡不由得有些得意：看到沒有，我曹家也是有能人的……

不過，他旋即收起笑容，正色道：「國讓，我喚你前來，是有一事相託。明天我會命友學為檢驗校尉，駐守陰溝瀆亭。他做事沉穩，我是放心的……但他年紀畢竟還小，我擔心不免會得意忘形。故而我欲命你以軍謀緣令軍中丞事，助他一臂之力，你可願意？」

青年聽聞，拱手道：「願從司空調遣。」

「好吧，那你準備一下，明日我會命仲康領你去見他。」

「喏！」青年拱手應命，退出中軍大帳。

長長出了一口氣，曹操輕輕捶了捶額頭，露出疲乏之色。終究不年輕了！

曹操今年四十四歲，經過一夜搏殺，而後又有狂喜……各種事務處理結束後，難免感覺勞累。

他站起身，剛要往外走，就聽曹彬在帳外道：「主公，高覽帶到。」

曹操聽聞頓時露出喜色，腳下步履踉蹌，走出大帳外，只見高覽被繩捆索綁，正立於帳前。

「怎可對高將軍如此無禮！」曹操緊走兩步，厲聲道：「還不快與將軍鬆綁？」

也許，袁紹怎麼都想不明白，明明是占據上風，可為何一下子就落得個慘敗？

呃……不能說是慘敗，準確的說，是各有損傷。至少當袁紹回到大營的時候，他心裡還這麼認為。

得知文醜去追趕敵軍，袁紹也沒在意。後來聽高覽派回來的軍士說，高覽和文醜一同追擊，袁紹也就更加放心。他首先要處理的，是面前的殘局。

郭圖道：「主公，今夜之戰，非戰之罪，實那曹賊運氣好，也不知哪兒鑽出一支兵馬前來搗亂。」

袁紹深以為然，輕輕點頭。郭圖說得一點都沒錯，今天晚上還真是曹操運氣好，如果當時大營起火再晚一些，待大雨瓢潑時，就算有人劫營，也不會有太大用處。而那時候，己方也已經攻破曹操大營，說不定已經把曹操生擒活捉。所以說，這一飲一啄，乃天注定。

也許老天不想我今日解決曹操？

袁紹的心裡不免感到鬱悶。他目光掃過大帳中眾人，卻見沮授面帶沉思之色，一言不發。心裡微微一動，袁紹道：「沮先生，何故不出聲？」

沮授一愣，站出來道：「主公，今日大好局面未得成功，也許是上天提醒，與曹賊不可一戰功成。以授之見，主公應先設法在河南站穩腳跟。其實酸棗不必理睬就是，應先取濮陽。」

「濮陽？」

「取濮陽而定兗州。兗州一旦得手，曹賊勢必軍心換亂。那時候，主公可以設法招降臧霸，而後揮軍南下，直抵許都，曹操就算有天大本事也只能束手。」

「不可！」郭圖見袁紹心動，連忙出聲阻止。

好傢伙，若袁紹採納了沮授的意見，那豈不是說我今夜設計偷襲曹軍的行動，是多此一舉嗎？

郭圖道：「主公，今夜一戰雖未能功成，可是曹賊底細已暴露無遺。主公何必捨近求遠？曹賊就在眼前，只要攻破了曹賊大營，則天下定可唾手可得，此蒼生之幸。若依沮先生所言，恐怕這戰事一、兩年也未必能夠結束。與其這般，倒不如直搗許都。」

沮授一聽就急了：「公則，你言直搗許都可一戰功成，敢問如何功成？那曹操也非三歲小兒，他定會想盡辦法與主公周旋。若攻濮陽，則天下群雄必會聞風而動，但若取許都，如不能速戰速決，則群雄必隨之偃旗息鼓，靜觀事態變化，只恐怕反而不美。」

「曹操非三歲小兒，難道主公是平常人？主公出身高貴，麾下百萬精兵，若集中力量，曹操焉能抵禦？依我看，沮先生怕是別有用心。」

「郭圖，你……」

袁紹聽兩人爭吵，覺得腦袋都大了。「沮先生，公則，你們都住口！」

沮授和郭圖這才閉上了嘴巴。不過兩個人好像鬥雞一樣，相互怒視，誰也不肯向對方低頭。

袁紹長出一口氣，正準備開口，忽聽帳外小校來報：「主公，大事不好！」

「何故驚慌？」

「剛得到消息，文醜將軍，文醜將軍他……」

袁紹激靈靈一哆嗦，呼的站起來，厲聲喝問：「辛乙他怎樣了？」

「文醜將軍在十里營中伏，被……被曹軍殺了……」

「啊呀呀！」袁紹腦袋只覺嗡的一聲響，頓時天旋地轉。「你再說一遍？」

「文醜將軍被曹軍所殺，高覽將軍亦被曹軍擒拿。」

「呀呀呸！」袁紹撲通一聲坐下來，呆若木雞，半晌說不出一句話。

帳中眾人見此情況，頓時大驚失色。一個個爭相呼喚『主公，主公醒來』，更有人掐人中，好不容易袁紹才算緩過了這口氣。袁紹心如刀絞，長身站起，厲聲喝問：「何人殺了辛乙？」

「這個，不清楚。」

「不清楚，不清楚，不清楚……」袁紹暴跳如雷，抬腳踹翻了面前的書案，鏘的一聲拽出寶劍，「此等事情你都不清楚，我要爾等何用！」說著，袁紹手起劍落，一劍將那軍卒刺翻在地。

「立刻點起兵馬，我要再戰曹賊！」

「主公三思！」郭圖也嚇了一跳，連忙上前阻攔，「主公，今夜大雨瓢潑，曹賊剛造偷襲，必然已有所準備。再說了，以辛乙將軍之能，又豈是等閒人可殺？萬一曹賊設有埋伏，此去無異於自投羅網。以圖之見，待天亮之後，主公再點起兵馬，與那曹賊決一死戰，看那時候，曹賊還能有甚花招。」

袁紹總算是冷靜下來。可一想起文醜被殺，他就坐立不安。

顏良、文醜，此皆他心腹愛將，依為雙臂。如今雙臂缺失，這喪臂之痛，又豈能受得了呢？

「明日，明日……我誓取曹賊項上人頭！」袁紹雙手握成了拳頭，猛然間仰天一聲長嘯。

建安五年一月十九日，袁紹大軍渡過黃河，伺機與曹操決戰。

幾乎是在同時，劉備率殘兵敗將，抵達東海郡。旋即，東海郡太守昌狶在郯縣，起兵造反。

戰局，呈現撲朔迷離！

章十三 延津大撤退（一）

春雨綿綿，纏煞個人。鄧稷站在廊下，看著順屋脊而下的雨簾，眉頭緊鎖一處，透出濃濃的憂慮和一絲說不清的焦躁不安。

東海太守昌豨造反，使得鄧稷只得推遲離開海西的時間。

徐州刺史徐璆更出面勸說，請他暫緩行程。

包括鄧芝，也認為鄧稷不應該在這個時候離開。並且鄧芝的理由非常充分，說東海毗鄰海西，昌豨聚數萬之眾迎劉備前來，到時候海西必然面臨巨大威脅，鄧稷實不宜此時離開。畢竟鄧稷經營海西四載，其聲望非同一般，當地百姓也對他多有挽留，如果在這個時候離開海西，勢必會造成巨大的動盪。

從另一方面而言，鄧芝說：「海西，乃兄之海西。四載經營，今卻不得不拱手與人，是何道理？兄留海西，則海闊天空，有輾轉騰挪之餘地；若返回許都，兄恐怕就再難有什麼作為。」

鄧芝這話，有點誅心。

但不可否認，鄧稷有些心動了！

海西，是他一手營建起來，發展至今，有他多少心血？即便是由步鷺接掌，鄧稷也有一些捨不得。

而且，他在海西就好像土皇帝一樣，連刺史徐璆也要給他幾分面子，如果離開海西、返回許都的話，他不過是諸多官吏中的一員，誰又會在意他呢？

在外四年，鄧稷已經不是當初那個初至許都，凡事總是小心翼翼、如履薄冰的獨臂參軍。在海西經歷那麼多事情，鄧稷的心大了，也有點野了！當年，他只希望能成為廷尉一員，慢慢打熬資歷，獲得提拔；可現在，昔年的那點願望，早已被他拋在了腦後。

走，還是不走？鄧稷有些猶豫不定。

「老爺，濮陽先生到了。」

「啊，快請！」鄧稷聽聞，連忙開口道。

雖說濮陽闓如今已卸下了伊蘆長的職務，可是在海西，他仍然是鄧稷之下的第二號人物……最重要的是，濮陽闓一直是鄧稷的心腹。

不一會兒的工夫，濮陽闓的身影出現在兩廡。

「叔孫，你找我嗎？」

「先生快來，今日細雨濛濛，天氣涼爽。我得了一瓿美酒，正欲請先生品嘗。」鄧稷快步上前，迎住了濮陽闓。

濮陽闓笑道：「我亦有心腹事，與叔孫言。」

「哦，那可太巧了，我們就邊喝酒，邊說事情吧。」

兩人順著兩廡迴廊，穿過中閣，來到後院中。一座小小的涼亭，矗立在一片嫩綠之間，雨絲濛濛，更好像在這園中籠罩上一層薄薄輕紗。兩人在亭中坐下，胡班帶著家人呈上了菜肴，並在壚上溫酒。

胡班擺手，示意家人全都退下。而後，他在土壚後坐定，專心溫酒。

「一轉眼，已三年有餘了！」濮陽闓突然開口，「我當初心灰意冷，耐不住叔孫之請，最後一起來到這邊荒之地。如今，邊荒已成東海明珠，海西更是前景廣闊。我曾想，此生埋骨於此，不成想還有回家之時。」

朝廷傳來詔令，命濮陽闓返回許都，任太學五經博士。

鄧稷心裡一咯登，也不禁生出了幾分感慨：「闓公，稷有今日，得公之助頗多，且敬闓公一爵。」

濮陽闓欣然受之。

兩人飲下一爵酒，濮陽闓道：「叔孫似有心事？」

「哦，哪有。」

「呵呵，我與叔孫相交三年有餘，你心裡之事，我亦能猜出一二。其實，我今日來，也是受人之託，前來與叔孫交心。」

鄧稷一怔，「受何人所託？」

「伯苗接伊蘆長，臨行前與我言，希望叔孫你留下。」

鄧稷面頰一抽搐，抬頭向濮陽闓看去。

「子山不日將至海西，到時候叔孫欲何去何從？」

「這個……」

「我知叔孫心意，東海劉備反叛，叔孫欲藉此機會留下……可你莫忘了，子山乃阿福所薦。」

「我知道。」鄧稷低下頭，有些不知該如何說起。

濮陽闓抿了一口酒，呼出一口濁氣，「伯苗認為，叔孫你應該留下。可我卻不這麼看……我讀了一輩子書，性子有些倔強，但並非是看不清時局的人。叔孫你留下來，又能有多大作為？說句不好聽的，海西發展到現在，已經差不多是極致。若來年淮南推行屯田，則海西的位置勢必會降低。當然，叔孫你是屯田都尉，可以繼續執掌淮南屯田之事，可問題是……叔孫，我問你一句心裡話，你覺得你比呂布，能強上許多嗎？」

鄧稷激靈靈一個寒顫，看向濮陽闓。「闓公此話何意？」

「沒錯，海西是你一手推行屯田，更是你一手營建起來。可率土之濱，莫非王土。你把海西治理的再好，那也是朝廷治下。朝廷調你離開，你卻不願離開，莫非懷了貳心不成？叔孫，你若是覺得你比呂布還厲害，但留下來，也無甚大礙。」

這一席話，說得很重。

鄧稷咬著嘴唇，握緊了手中銅爵。

就算我比呂布厲害又能如何？呂布還不是死於曹司空之手？

「我知道伯苗心思，他覺得海西當為鄧氏所有……我也知道，伯苗一直讓你招攬棘陽族人。這兩年來，海西單鄧姓人，就遷來有多少？你自己心裡清楚。衙堂之內，公房之中，鄧姓之人十居二三，看上去似乎強大，可實際上……叔孫，我問你，老周會不會隨你？虎頭會不會聽從你調遣？潘文珪，願不願意服從你命令？馮超答不答應，你在這裡大興鄧氏宗族？平常時，他們會聽從與你，但如果你心懷雜念，你看他們會不會答應。」

「我知道，你想振興家族。可問題是，你現在還沒有那個能力和資本。你看看阿福，他已是曹公族人，又如何？還不是聽從調遣！曹公命他做什麼，他絕不會有半點猶豫。因為他看得比你清楚……你想留下來，你妻子、你兒子該怎麼辦？你真以為，海西人會和你一心？」

「我……」

「棘陽鄧氏，是棘陽鄧氏的事情。如今你已脫離了棘陽鄧氏，又何必再念念不忘？伯苗的智謀雖好，可有時候心卻大了一些。心太大了，並不是一件好事。特別是當你的心遮住你眼睛的時候，就會有殺頭之禍。」

章十三
延津大撤退(一)

「那……我回去。」

「不，你現在不應該回去。」

「啊？」

「我倒是覺得，你現在不適合返回許都，而應該去下邳，協助徐璆。單以政事而言，子山不輸於你，甚至更強於你，但他一直隨阿福身在淮南，對這裡並不是太清楚。此次東海三十七縣造反，子山即便有能力應付，一時間也怕難有頭緒。你撒手離開，會給人賭氣之嫌。而伯苗甚至有可能會趁機為難子山，到時候麻煩的還是你啊……」

「那我該如何是好？」

「去下邳，為徐璆出謀劃策。至於東海郡的作亂，你可以把你的想法，透過徐璆之口傳達。如此，伯苗即便心懷不滿，也不敢違抗命令，而子山也能從容布置……待他穩住局面之後，伯苗就算不滿，也無可奈何。」

鄧稷沉吟片刻，輕輕點頭。後又問：「先生，可這樣一來，伯苗他……」

濮陽闓喝了一口酒，沉聲道：「伯苗才華橫溢不假，然心大，且私心甚重。我倒是覺得，讓他留在這邊，可以多一些磨練。有私心不是壞事，怕的是這私心，蒙了眼。」

鄧稷沉默了！

濮陽闓這一番話，讓他有一種醍醐灌頂的感受。

濮陽闓只是在說鄧芝嗎？

未必！恐怕他更多的，是在提點鄧稷。

鄧稷比濮陽闓官高權重，但是在一些問題上，濮陽闓看得比鄧稷更加清楚。

這兩年，鄧稷的心何嘗不是變得大了，人也似乎有些飄了，甚至有些時候，他存了與曹朋爭鋒的念頭。許多人都在說，鄧稷能有今日的成就，賴曹朋甚多，包括海西許多重要的職位，全都是曹朋安排的人。也就是說，鄧稷是在吃曹朋給他留下的老本，而曹朋的聲望也日益巨大，使得鄧稷心生嫉妒。這嫉妒心一起，難免會蒙了眼！從海西官員的委任，就可以看出鄧稷心裡的變化。當初曹朋留下的人，漸漸和鄧稷疏遠，轉而開始任用鄧氏子弟……

濮陽闓一直想和鄧稷說說，卻苦於沒有機會。此次藉離任的時機，他乾脆把話挑明。

你不要和你兄弟存了爭鋒的念頭，說實話，你兄弟根本就沒看重這些，他和你走的是兩條路。

雨，停了！

鄧稷仍呆坐在亭中。濮陽闓是什麼時候離開，他也記不太清楚，心裡面平添了許多失落。

也許，自己是應該離開海西了！

海西雖然發展的不錯，可它畢竟就那麼大點的地方。自己守在一隅，自以為才能卓絕，可實際上呢？想當初郭嘉幫他，是希望讓他多幾分閱歷。而後來，鄧稷似乎有些被迷了心。

「胡班，我近來……真的變了？」

胡班輕聲道：「老爺，您已經很久沒有寫信給夫人了。」

「啊？」鄧稷抬起頭，「有嗎？」

「從去年夫人離開之後，您在剛開始寫了三封信，後來再也沒有寫過……夫人來信，您也沒回。」

心中，突然湧起了一陣愧疚。鄧稷深吸一口氣，露出一抹苦澀。

原來，我真的變了！

想當年，曹楠和他同甘共苦，默默忍受了多少委屈。當離開許都的時候，鄧稷時常掛念妻兒，可是這一年來，思念妻兒的次數，明顯比從前少了。估計曹楠誰也沒告訴，否則阿福早就來信痛斥他……仔細想想，鄧稷覺得濮陽闓說得一點都沒錯：他何曾真正控制過海西？

章十三
延津大撤退(一)

海西的巡兵，是馮超在管；海西的鄉勇，則歸周倉統帥；潘璋是曹朋收的人；王買，是曹朋的兄弟。人言鄧稷營建了今日的海西，倒不如說，是曹朋一手為他打下了堅實的基礎。可以想見，如果他和曹朋反目，他麾下的這些人便會毫不猶豫的離他而去。可是在此之前，鄧稷並沒有覺察到，他一直以為是自己打造了今日的海西，但回想起來，並非是這樣。

海西最興旺的集市，是曹朋一手所創的行會組織。

而曹朋的聲名越來越響亮，在中原的名聲也變得越來越大。此前金市行首黃整從雒陽回來時，還稱讚曹朋的了得。那時候，鄧稷是一句都沒有聽進去，只沉迷於自己那個小小的世界中。

不行，如果我繼續留在這裡，會與阿福相差越來越大。我是他姐夫，怎能被他比下去呢？

回許都，只有回許都，我才能走得更遠……

「胡班，收拾一下行李，待子山抵達後，我們去下邳。」

胡班聽聞，頓時笑了：「我這就去安排！」

海西，太小了，太小了……

建安五年正月二十三，步騭任海西都尉。

鄧稷離任之後，並未立刻返回許都，而是帶著家臣奴僕，直奔下邳。與徐璆一番密談之後，徐璆暫以鄧稷為徐州從事，並命人上奏朝廷，把實際情況一一告知。

二十五日，劉備在郯縣起事，將陳琳所做檄文傳示東海，與袁紹遙相呼應。

同日，劉備又命呂布假子呂吉為朐縣長，命呂吉出鎮朐縣，威脅伊蘆。可就在呂吉剛離開郯縣時，周倉率水軍自郁洲山出發，在朐山登陸。而伊蘆長鄧芝領兵出擊，占領了朐縣。

頓丘都尉潘璋輕騎出擊，於二十七日，在羽山伏擊呂吉，大獲全勝。

二十八日，夏侯淵和呂虔自泰山和琅琊出兵，攻入東海郡。同日，臧霸傳信，命昌豨投降……不過，這些事情與曹朋並無太大的關係，他更不清楚鄧稷在海西發生的種種事由。

誅殺文醜、擒獲高覽的第二天，曹朋便奉命來到濆亭，接手濆亭防務。

甘寧被任行軍司馬，類似於參謀長的職務；闞澤為主簿，夏侯蘭和郝昭分別授軍司馬之職，分領步騎兩部。一個檢驗校尉，下設五個軍司馬，各領四百人。曹朋未上任，這手裡的班底已經初具規模。同時，隨同曹朋一起赴任的，還有一個名叫田豫的青年，出任軍中丞。

袁紹在曹朋上任的當天，便向曹操發動了攻擊。只是這一次，曹操已有了準備，命樂進向他靠攏，使得陣型極為緊湊，令袁紹最終無功而返。但不到兩天，曹操便放棄了大營，退至酸棗進行防禦。

雙方戰事再次陷入了膠著，一時間難以分出勝負……而曹朋此時，已顧不得曹操。他雖清楚的知道這場戰爭最後是以曹操大獲全勝而告終，但戰事發展到這個地步，他也幫不得大忙。更何況，他手中也有重要的事情，需要儘快解決……

陰溝濆亭！這名字怎麼聽，怎麼覺著怪異。

陰溝？也不知道是哪位牛人想出這麼詭異的名字。也許是因為陰溝位於大河之陰，所以才叫陰溝？反正，曹朋不是很喜歡這裡。

曹朋駐守的地方，名叫濆亭，位於酸棗西南，陰溝水與濟水在這裡交會，形成一個奇異的十字交叉形狀。由此向東南，過濟水便是封丘縣城；而渡過濆亭，便可以直抵中牟，也就是官渡戰場所在。

此時，許都本部人馬，正在官渡緊鑼密鼓的進行布局。

為此，荀彧甚至將郭嘉、賈詡和程昱全都安排在官渡，就是為了能夠與袁紹進行一場決戰……

曹朋大抵上明白，曹操命他駐守濆亭，其實就是把自家的退路交給了他。

這是一種信任，同樣也是一種壓力。至少在曹朋看來，駐守濆亭的壓力，甚至比當初在白馬時還要大。如果濆亭一旦出現問題，不但是駐守酸棗的萬餘精銳完蛋了，連曹操也要面臨危險。所以，這濆亭要守住！不但要守住，還要守好，守得萬無一失，不能出現任何差池。

「國讓，濆亭現有多少兵馬？」

田豫立刻回道：「四部，共八百人。」

「只有八百人？」曹朋有些吃驚，愕然看著田豫，「不是四部人馬嗎？」

按照東漢的兵制，基本上是以二和五的倍數來進行計算。之前說過，漢軍最基礎的單位是伍，一伍五人，兩伍一什；五伍也就是五十個人，組成一隊人馬。而後兩隊組成一屯，設有屯長，又名都伯。做到了屯長，基本上就算是正式的基層軍官，比隊率要高出一等級。都伯之上，也就是曲長。兩屯為一曲，曲長又名軍侯；兩曲成一部，也就是四百人一部，設有軍司馬。

根據邊軍和京畿軍的區別，每部的人員也不盡相同。比如邊軍，一部差不多有八百到一千人左右，而京畿軍每部滿員只有四百。通常五部，即為一營，設檢驗校尉或者校尉來統領。按照這個計算方式，也就是邊軍一營在四千到五千之間。

而京畿軍武器裝備精良，遠非邊軍可比，所以一營滿員也就是兩千人。至於這戰鬥力嘛，還真不好說孰優孰劣。邊軍常年在苦寒之地作戰，而京畿軍戍衛京畿，同樣是訓練有素……如今也說不清到底是哪一支更厲害。

曹朋聽完田豫的話，脫口而出道：「可是北軍兵馬？」

田豫搖搖頭，「是邊軍。」

此時的邊軍，大抵是說郡兵鄉勇。

曹朋一蹙眉頭，「怎麼回事？」

田豫苦笑道：「這支鄉勇是浚儀兵馬，原本屬妙才將軍所轄，後妙才將軍調走，歸於廣昌亭侯……前些時候，主公剛奪回濮陽，尚未抵達酸棗。廣昌亭侯暫領陳留兵，與袁軍交鋒數次，結果……你知道，那文醜非同小可，數次交鋒，廣昌亭侯損失不小。這一營兵馬原來的校尉名叫陳雉，被文醜臨陣斬殺，所部當場潰敗，後來收攏回來時，只剩下這麼多人。」

原來是一支潰軍，怪不得田豫提起這支兵馬時，有些吞吞吐吐。

事實上，曹操手中除了北軍五校、虎賁武衛兩軍和虎豹騎之外，其餘兵馬基本上是由鄉勇郡兵組成。這些人的戰鬥力很難說有多厲害，可是一旦遇到潰敗，就會立刻出現大批逃兵。

一般來說，臨陣搏殺，一支人馬折損一成半時，就會出現大規模潰敗。如果主將陣亡，那就不可避免的出現逃兵現象。這些人從戰場上逃走後，很多人就不再歸隊，或是投降，或是成為流寇，反正很難說清楚具體的下落。這也是在東漢末年，人口普查很難進行的一個原因。各地流寇是越殺越多，其實許多流寇，就是從官軍轉換而成……

八百軍卒！也就是說，浚儀武卒只剩下兩成兵力。

曹朋回過頭，看了看跟隨他的本部兵馬，也不由得暗自苦笑。

他這次到瀆亭，一共帶了六百人。一部騎軍二百人，一部步軍四百人。其中有一半，是他原來的老部下，剩下的人則是曹操從手中抽調出三百精銳武卒填補上來。就算加上那瀆亭的八百潰軍，也湊不夠一個滿員營。

「只有八百人，為何還分為四部？」

田豫苦笑道：「四部軍司馬都在，各有各的人馬。最多的一部有三百餘人，最少的一部，不足百人……問題是，誰也不願低頭，只好暫時依照原先所部安置。司空一直都想要收整這些潰兵，奈何袁軍逼迫太緊，始終抽不出手來。」

章十三

延津大撤退(一)

曹朋大概明白了其中緣由。都是軍司馬，哪怕是沒有了部曲，也不想被別人吞併。被吞併，就代表著自己地位的降低……於是乎，四個軍司馬誰也不肯低頭，就僵持在這裡。

估計類似於這種情況的潰兵還有不少。但由於曹操抽不出手，所以就暫時安置在一旁。

曹操派他來，是希望他能夠將這一支潰兵收攏起來。不要求他能衝鋒上陣，只要在撤退之前，保證好退路不斷。

瀆亭有一座浮橋，長有六十多米，是曹軍撤退時的一條必經之路。

自有漢以來，橋梁發展很快。東漢最流行的橋梁建築，以石柱墩橋為主，其代表性橋梁，就是位於長安的灞橋。不過，漢光武帝年間，也就是西元三四年，在後世宜都和宜昌之間的江面上，出現了第一座浮橋。瀆亭浮橋，基本上就是依照宜都浮橋的形式所建造，可並排容兩輛馬車同時經過。

曹朋勒住馬，手指前方一片疏林，「國讓，我們歇一下吧。」

酸棗到瀆亭並不遠，兩個時辰的路程，很輕鬆便可以抵達。

曹朋突然停下來，顯然是在聽聞了瀆亭的情況之後，產生了一些想法，希望能停下來商議。

田豫大致能明白曹朋的心思，於是點頭應下。

兵馬就地在路邊休整，曹朋等人進了疏林之後，找了塊空地坐下。

「國讓，還有什麼狀況，你一併說來。」

田豫身為司空軍謀掾，對這邊的情況非常熟悉。幾乎所有的軍情戰報，都會經由他手處理，曹朋問他，倒真是問對了人。

想了想，田豫正色道：「這四部軍司馬中，勢力最大的，莫過於舒強。」

「舒強？」

「此人是陳留舒氏族人，其叔父便是袁術手下阜陵長舒邵，所部大都是舒氏子弟，故而極為驕橫。」

妙才將軍在時，也曾誇獎此人武藝不俗，所以……他手下雖然不足二百人，但最為心齊。往往舒強一語，營中無人敢與之辯駁，若有反抗，必群起而攻之。樂將軍就是見此人太驕橫，所以才不肯接受，害怕此人在軍中壞了軍紀。」

還是個世家子？

曹朋搔搔頭，臉色有些難看。怕就怕這種抱成團的宗族子弟，很容易就惹出禍端。

「還有呢？」

「陳留吳班，字元雄，手中兵馬最盛，有近三百人。此人素以豪俠而著稱，年紀不大，可身手卻極為剽悍。他也是陳留一大望族子弟，陳雉被殺後，也只他所部兵馬損失最小，而且保存最為完整。不過吳班不怎麼喜歡吭聲，大多數時候比較沉默。舒強雖然驕橫，也不敢招惹吳班……所以，能使吳班低頭，校尉便可控制瀆亭。」

說到這裡，田豫突然低聲道：「我聽人說，司空與陳留吳氏，似有關聯。」

陳留吳氏？

曹朋愣了一下，旋即反應過來田豫的話中之意。曹操的祖母，那位吳老夫人，似乎就是陳留吳氏的族人吧……

時隔一年之久，曹朋幾乎快要忘記吳老夫人。她在許都很少出面，也從不干預曹操的政務。好像只有在曹汲歸宗的時候，為曹汲說了幾句好話。除此之外，吳老夫人大部分時間都待在司空府中，除了少數幾個心腹，很少與外人接觸。

田豫說：「其他兩個，倒是沒什麼大礙。若校尉能解決吳班和舒強，則瀆亭自可穩定……瀆亭的情況大致如此，還要看校尉的決斷。」

曹朋在林中徘徊，並沒有立刻給予回答。突然，他問道：「伯道，主公送來的那些人，戰力如何？」

延津大撤退(一)

「尚可，若與黑眊交鋒，也能抵擋一陣。」
「那軍侯喚作何名?」
「韓德。」
「呃……把他給我，怎樣?」
郝昭笑道：「本就是公子部曲，公子若需要，末將沒有問題。」
「那我和你說好，你這一部兵馬，人數不會增加。黑眊是我最倚重者，我不希望濫竽充數。」
郝昭道：「末將明白。」
「校尉已有對策?」
曹朋一笑，「對策倒也說不上，但確實有些想法，還要到了瀆亭之後，見機行事。」
「也好!」
田豫並沒有去追問曹朋具體是什麼想法。他很清楚自己這個軍中丞的職責，說穿了就是為曹朋介紹情況。曹操派他來的目的，並非是要他給曹朋多少幫助，實際上還是為了讓他觀察曹朋具體應對。
田豫知道，曹操很看重曹朋。雖說曹朋名聲不小，立下了許多功勳，可要說到大用，如果沒有仔細的觀察和考校，曹操也不會輕易的任用。畢竟，曹朋的年紀擺在那兒，曹操總歸是有些擔心。藉由此次瀆亭整兵，也是一次對曹朋的考驗，考驗他的治軍本領，考驗他的機變能力……白馬也好，十里營也罷，都還無法看出曹朋的真實才能。
如果真到不可收拾的時候，田豫自然會出手相助。但只要事情不發展到不可控制的局面，田豫就不會做出任何舉措。
說穿了，曹操給田豫的另一個任務，就是考核曹朋。
似乎曹朋也清楚這一點，並沒有向田豫過多請教。他命郝昭把那個韓德叫過來，田豫起身離開。

「你叫韓德？」

「正是。」

曹朋覺得這名字，似乎有點耳熟。

「哪裡人？」

「末將乃涼州武威人氏。」

「涼州武威？那豈不是和都亭侯同鄉？」

「都亭侯？校尉所說的可是賈文和賈先生？我知道他……我是武威人，他是姑臧人，也算是同鄉。」

「這麼說，你並非是隨都亭侯來到中原？」

韓德搖搖頭，那張略顯稚嫩的臉，露出一抹為難之色。他輕聲道：「家父原本是董太師麾下裨將軍，隨董太師來到雒陽。後董太師遷都長安，家父奉命斷後，戰死於雒陽城外。我少時隨家父到了雒陽，而後便留在雒陽。司空迎奉天子時，末將在雒陽從軍，而後輾轉許都……後得夏侯將軍所重，在去年九月，當上了軍侯。」

原來是在雒陽長大，怪不得涼州口音不重。

曹朋奇道：「哪個夏侯將軍？」

「就是長水司馬夏侯尚將軍。」

「你是長水營的人？」

韓德搔搔頭，點頭稱是。

「那你認得我？」

「末將認得校尉……校尉當初在長水營平亂時，末將就隨在夏侯司馬身後，所以見過校尉。」

原來如此！那天夏侯尚身後的確是跟了幾個人，可曹朋並未留意。

章十三
延津大撤退（一）

他想了想，「韓德，我有一樁事情要交代與你，不知道你可有膽氣？」

「但憑校尉差遣。」

「很好，你附耳過來。」

曹朋擺手，示意韓德到跟前，在他耳邊低語幾句。韓德聽罷後，倒是沒有什麼驚異之色，只連連點頭應命。

「好了，準備出發。」

曹朋吩咐完畢之後，擺手示意韓德退下。

他雙手揉了揉臉，扭頭對闞澤道：「德潤，這個田豫如何？」

闞澤一笑，回答道：「此人不簡單，澤不敢論斷。不過曹公既然把他派給公子，想來並非僅是輔佐公子。他不到而立，便做到了軍謀掾，可以看得出，曹公對這位田國讓也很看重。」

是啊！可問題是，曹朋對田豫的印象幾乎全無。

《三國演義》中，他究竟有沒有登場？曹朋記不起來了！不過聽他的口音，似乎並非中原口音……《三國演義》裡疏漏或者杜撰的人太多，曹朋也不可能一一記住。

「走吧，咱們也該動身了。」

就在曹朋準備走出疏林的時候，一路上一直沉默無語的夏侯蘭，突然開口：「公子，我想起來這田豫是誰了！」

曹朋停下腳步，愕然向夏侯蘭看去。

田豫，字國讓，幽州漁陽雍奴（今河北安次）人，生於江寧四年，也就是西元一七一年，年二十八歲。早年劉備曾投奔公孫瓚，田豫那時候年少，故而毛遂自薦，史書上記載是『劉備甚奇之』。後來，田豫一直追隨劉備，歷經平原相、高唐令等劉備最低潮的階段。後來劉備任豫州刺史，田豫卻以母親年邁，需回家奉養的原因而辭行。劉備再三挽留，最終還是涕泣而別。

返回幽州後，公孫瓚命田豫出任東州令。

時公孫瓚大將王門造反，引袁紹兵馬萬餘人來攻，東州上下皆欲歸降。唯田豫不同意，登城將王門臭罵一頓之後，王門羞慚而退。公孫瓚明知田豫有權謀，卻礙於田豫出身雍奴大族，始終不肯重用。直至界橋之戰，夏侯蘭離開公孫瓚之前，田豫都只能偏安於小縣中。

「如此說來，田豫倒是一位能人。」

闞澤驚異的說道：「可他又怎麼到了司空曹公麾下？」

「這個，我就不太清楚了。」夏侯蘭搔搔頭，苦笑道：「當初劉備向公孫借兵，帶走兩人，一為我那兄弟，另一個便是田國讓。據我那位兄弟說，田國讓離開的時候，劉備曾執其手而稱：恨不能與君共成大事。只可惜，他返回幽州之後，就一直沒有被重用。所以我對他也不是很瞭解，大都是道聽塗說知曉。」

想想，似乎很正常。

夏侯蘭那時候不過是公孫瓚白馬義從之中的一員小將，當然不可能接觸太多人。曹朋對田豫這個名字非常陌生，不過聽到被劉備稱之為『恨不能與君共成大事』，足以說明這田豫非同等閒。要知道，劉備的眼光是相當好，不管你是否喜歡他，都不能否認劉備看人之準，猶勝於諸葛亮。就著名的例子，就是那因街亭之戰，而被諸葛亮揮淚斬殺的馬謖。

劉備曾說過，馬謖不足以擔當重任。可諸葛亮不同意，最後重用了馬謖，而使得諸葛亮兵出岐山的大計落空，最後不得不揮淚斬殺。

同樣，在諸葛亮兵出岐山中立下大功的另一位蜀國大將馬忠，也被劉備稱讚為『雖亡黃權，復得狐篤，世不乏賢人』。這也充分說明，在看人的問題上，諸葛亮與劉備有很大的差距。

章十三
延津大撤退（一）

曹朋不知道的是，這個田豫在歷史上，的確是一個大大有名的人物。此人一直活到了嘉平二年，也就是西元二五二年，官至太中大夫，享年八十二歲，是當時極有聲望的一位曹魏名臣。

不過，這並不會阻礙曹朋對田豫的看重。

「子幽！」

「嗯？」

「既然如此，以後你不妨多與田豫接觸一下。」

「喏！」

曹朋知道，田豫不可能像闞澤那樣過來幫助自己。

他歷經劉備、公孫瓚和曹操，如今更是司空府軍謀掾，其地位不同凡響。要這樣一個人臣服自己，難度的確不小。可是，曹朋卻能與他拉近關係。既然夏侯蘭和田豫都在公孫瓚帳下效力過，那麼他們之間就可以產生很多共同的話語。相信，田豫也不會對他的好意視而不見。

後世不是有一句話：多一個朋友多一條路。

曹朋知道，自己在曹操手下，要走的路還很長，能夠多結識一個能人，日後必然能成為一大臂助。

休息片刻後，隊伍重新開拔。

當晚，曹朋抵達陰溝瀆亭，遠遠就看見一座略顯破敗的兵營，在夕照斜陽下，透出些孤寂。

「何方兵馬？」

當曹朋率部快要抵達兵營的時候，從兩邊疏林衝出十幾名軍卒，攔住曹朋的去路。

「新任檢驗校尉曹朋，奉司空之名接掌瀆亭大營，爾等什麼人？」夏侯蘭催馬過去，厲聲喝道。

「新任檢驗校尉？」為首的什長一怔，上前一步道：「卑下乃浚儀部吳司馬帳下什長，敢問新任校尉，可是那火燒白馬的曹八百，曹中候？」

一個小小的什長，居然知道自己？

曹朋催馬上前，「我就是曹朋，你們何故在此？莫非是想要仿效盜匪行徑？」

什長嚇一跳，連忙道：「校尉休得誤會，我等是奉吳司馬之名在此值守，並不是要做盜匪之事。」

「哦？」曹朋眼睛一瞇，「你叫什麼名字？」

「回校尉的話，卑下名叫高月，浚儀人。吳司馬說，瀆亭雖是後方，但距離延津並不遠，位置非常重要，故而命我等在兩邊林中設下兩座小營，輪流值守。卑下並未得到通知，校尉前來接掌瀆亭，請校尉提交兵符腰牌，待驗證過後，才可以通行。」

高月說話時，不卑不亢。曹朋輕輕點頭，扭頭看了闞澤一眼。

闞澤取出校尉兵符，以及腰牌、度牒等物品，上前遞給了高月。

「請校尉在此稍候，卑下這就稟報司馬。」

曹朋沒有吭聲，只朝著高月點了點頭。

高月跑回去，與部下交代了幾句後，便跨上一匹瘦馬，朝著大營飛奔而去。

田豫突然開口：「這個吳班，倒是個人才。」

「何以見得？」

「瀆亭大營並未有任何任務，若一盤散沙。這個吳班還能堅持設下斥候和戍卒，一方面說明他治軍嚴謹，另一方面，此人說不定是看出了瀆亭的重要性，所以才會在這裡設立關卡。」田豫說罷，便閉上了嘴巴。

但曹朋卻從他這一番話語中，聽出了別樣的味道。

田國讓，你也太小瞧我了吧！

章十三
延津大撤退（一）

曹朋心裡有些不高興：這吳班是忠於職守，我又豈能因為他設關卡攔截，而刻意去為難他？

就在這時，一隊騎軍，大約有二十餘人，從遠處軍營疾馳而來。

為首一員小將，大約在二十上下的模樣，一件已經掉了顏色的破舊戰袍，一身劄甲，裝束頗為整齊。他催馬來到隊伍跟前，跳下戰馬後緊走幾步，朗聲道：「浚儀部軍司馬吳班，特來迎接曹校尉。敢問，哪位是曹朋曹校尉？」目光，下意識的向隊伍中的夏侯蘭和甘寧等人看去。

高月連忙上前在吳班耳邊低語兩句，又伸手指了一下曹朋。吳班一怔，看曹朋的時候，眼中不免流露出一抹失望之色，但稍縱即逝，又恢復到平靜之態。

「末將吳班，拜見曹校尉。」

他眼中的失望之色，被曹朋看在眼內。

雖然不明白吳班為何會有這樣的表情，可是在表面上，曹朋還是做出親熱之態，下馬走上前。

「吳司馬，做的好！」

吳班疑惑的看著曹朋，不太明白曹朋的意思。

「濆亭雖非延津，但吳司馬仍保持警覺，設立關卡，顯然是用了心思。曹朋年少，又是初臨濆亭，有許多不清楚的地方，還要吳司馬多費心……不過，這兩座小營，只能起到關卡的作用，若袁軍偷襲，只怕難以抵擋，所以還需要進一步加強。郝昭，韓德。」

「末將在。」

「你二人立刻接手關卡，並向東推進十里……我記得東十里處，有一處名為『小潭』的地方。你二人就在那裡設下營寨，嚴密監視延津戰事，若有異動，立刻向我稟報，不得有誤。」

「喏！」

小潭，是一處水潭，面積並不大。距離酸棗大約二十里左右，也是酸棗到濆亭的必經之路。

吳班眼中眸光一閃，臉上登時露出一抹淡淡笑意。其實，他也知道自己設立的關卡，只能有一個簡單的預警作用。若袁軍來襲，單靠一個關卡根本沒有用處。此前，他曾與其他三名軍司馬商議，把關卡向東推進十里，設立一座小營，四部兵馬可以輪流在那裡值守。

但其他三人，特別是舒強堅決反對。在他們看來，瀆亭又不是戰場，根本不需要如此。如果曹操在酸棗無法抵擋袁軍，那小小瀆亭，又怎可能抵擋？

一方面，是潰敗後士氣低落，軍心不穩；另一方面，幾位軍司馬各懷心思，誰也不肯做這種事情。吳班也是無奈，只好派人在這裡守護。

能不能抵擋袁軍不說，至少不要讓袁軍抵達時，本部大營毫無所覺。

曹朋一來，立刻表示了對他做法的贊成，並抽調兵馬，在小潭設立前哨營寨，令吳班非常高興。別小看這兩座小營！有這兩座小營，瀆亭大營的軍卒至少可以睡上一個安穩覺。

看起來，這位曹校尉倒是個知兵的人，能夠迅速做出反應，至少不是一個只為混資歷才過來的紈褲子弟。

田豫說，吳班是陳留吳氏族人，和吳老夫人有關係。

可事實上，陳留吳氏早已經衰頽，不復當年興旺。吳班的父親吳匡，曾經是大將軍何進的部將。光熹元年，何進謀誅十常侍事敗被殺，吳匡因怨恨車騎將軍，也就是何進的兄弟何苗與何進不同心，甚至懷疑何苗與宦官同謀，才使得何進事敗被殺，故引兵攻殺何苗於朱雀闕下。

《三國演義》裡也有出場，和董旻聯手殺了何苗。

不過也正因為這件事情，吳匡被人彈劾。加之他忠於少帝劉辨，於是和董卓反目。董卓入京之後，吳匡見董卓兵少，於是聯絡其他人準備攻殺董卓。不想董卓使了一手瞞天過海，命麾下兵馬夜間出城，而後日間入城，致使許多人產生錯覺，以為董卓的人馬一直在增加。吳匡見無人回應，自己也有些害怕，

章十三
延津大撤退(一)

於是棄官而逃，返回陳留老家。

在史書中，吳匡後來成為張飛的部將。

可如今，由於劉備並沒能在豫州站穩腳跟，而後率部逃離，吳匡非但沒有成為張飛的部將，反而當上了雍丘令。他和曹操是舊識，關係也不錯。只不過，吳匡並不知道，自家族人當中，還有一位成了曹操的養祖母。吳老夫人入宮之後，也和家裡斷了聯繫，故而陳留吳氏也不太清楚自己和曹操的關係……

陳留吳氏如今只剩下兩支，吳匡就是其中的一支。

而另一支的代表人物，名叫吳懿，在中平六年時，舉族隨劉焉入蜀，如今出任益州中郎將，為劉璋做事。

吳班少而豪勇，有任俠氣，是陳留本郡極有名的少年遊俠。官渡之戰開始後，夏侯淵下令徵召鄉勇郡兵，吳班也因名氣響亮，而被夏侯淵征辟，出任陳留軍的軍司馬，頗有些戰功。

不過，吳班沒有想到，陳留軍在延津大敗，主將被文醜所殺。陳留軍隨之潰散，吳班勉力保住了浚儀部，敗退封丘之後，又奉樂進之命，在瀆亭進行休整。雖未看出曹操真正的意圖，但吳班也知道，瀆亭頗為重要，於是勉力穩定大營。四部之中，唯有浚儀部至今仍保持著兵馬操演……

其他兩部軍司馬，隨吳班一同前來迎接曹朋。不過曹朋根本沒有給他們什麼好臉色，更懶得去記下他們的名字。

「舒強呢？」

在大營的中軍大帳坐下後，曹朋環視大帳中眾人。

按道理說，他新官上任，部曲將領必須到齊迎接……可是，這大帳中，獨少了陳留部的舒強。

看曹朋臉色不太好看，一位軍司馬連忙起身解釋，「舒司馬今日率部巡查，所以不在營中。」

「哼！」吳班突然冷哼一聲，面露不屑之色。

那說話的軍司馬，頓時露出幾分尷尬表情，不知該如何是好。

曹朋看了那軍司馬一眼，話題陡然一轉，看著吳班道：「吳司馬，可否與我說一下，這營中的情況？」

吳班忙起身拱手道：「回校尉，瀆亭大營現有四部兵馬，共八百七十人。班本部兵馬二百八十三人，屯駐瀆亭浮橋東岸……其餘三部，皆留守大營中，不過陳留部常出營『巡查』，大多數時間，都屯駐大營北面的塔村。其具體的情況，末將也不太清楚。」

「塔村？」曹朋眸光一閃。

一名軍司馬連忙解釋：「非是舒司馬自作主張，他屯駐塔村，也是為了和大營遙相呼應……」

「塔村距此約十六里，向西過陰溝，就是陽武。」田豫突然開口，向曹朋解說。

曹朋聽聞臉色微微一變，大致上聽出了這其中的奧妙。那傢伙，莫非帶著一幫潰兵，襲擾村落？

「塔村有多少人？」

「人口倒不是太多，也就是七、八十戶，不過三、四百人而已。」

「取地圖來。」

「喏！」

曹朋抬起頭，「本官既然來到瀆亭，自當恪盡職守。若有什麼得罪的地方，還請諸位原諒……吳班，你去通知一下舒強，就說本官到任，明日卯時點兵，與營中操演。各部兵馬，務必準時抵達。」

吳班連忙起身應命。

「從現在開始，瀆亭大營轅門關閉，設立哨卡。入夜之後，若無本官兵符，營中軍卒各守本部，不可隨意遊動。若有違犯，就依軍法論處。」

章十四

延津大撤退（二）

軍法從事？

舒強冷笑一聲，「毛都沒長齊的黃口小兒，又懂個什麼軍法。」

屋中，兩曲軍侯忍不住笑了，其中一人更連連點頭道：「點個什麼卯？當小孩子遊戲不成？以為燒了白馬，就天下無敵？我聽說，這曹朋也算不得什麼，靠著父兄的餘蔭才有今日成就。雖說是司空族人，可司空族人何其多？說是什麼族人，依我看不過是司空拉攏的手段而已。如今司空自身難保，他想要在瀆亭稱王，那還得問問司空是否答應。這瀆亭，除了司馬，誰可當得起校尉一職？」

舒強不由得哈哈大笑，透出張狂之色。

塔村，在一千八百年後，名塔浦鄉，歸屬河南延津。背靠曲遇聚，渡陰溝便是陽武所在。

舒強之所以選擇駐紮塔村，就是因為這曲遇聚有三艘渡船。如果曹操一旦戰敗，他可以憑藉渡船迅速渡過陰溝，逃入陽武縣境內。

憑他手中這些人，怎麼都能站住腳。舒強的手下有一百八十七人，全都是陳留舒氏族人，心思最齊。舒強的叔父舒邵，曾在袁術手下做官。不過袁術一死，舒家也隨之破敗開來……

舒強帶著一幫破落子弟，加入了鄉勇。延津一戰後，他帶著殘兵敗將來到濆亭，很快就成為軍中一霸。舒氏子弟人手多，心又齊，自然橫行霸道。只是吳班手下兵卒也不少，戰鬥力也不弱。舒強不希望和吳班發生衝突，又不願意屈居吳班之下，於是離開濆亭大營，帶著一幫舒氏子弟屯守在這小小塔村。

村子裡有三、四百村民，肯定不敢和舒強這些手握兵器的大兵作對。所以舒強乾脆就在塔村住下，並和吳班說明，大家井水不犯河水，誰也別找麻煩。吳班呢，即便是看不上舒強，但也不好和舒強發生衝突，他的人雖比舒強多，可也不想生出事端……畢竟，大家鄉里鄉親，這同鄉之誼擺放在那裡。舒強不惹吳班，吳班也不願節外生枝。

得到曹朋的命令之後，吳班連夜來到塔村，告之舒強軍令。

只不過，舒強表面答應，可心裡卻渾不在意……

在舒強看來，曹朋不過是寫了幾篇文章的書生而已，能有什麼本事？再說了，他在塔村住的正舒服，又何須理睬曹朋？卯時點兵？開始操演？去他娘的！曹操泥菩薩過河，說不定什麼時候就被袁紹幹掉。讓老子操演兵馬？想要我去送死嗎？我手裡有這些兵，走到哪兒都能立足。

所以，舒強根本就不理睬曹朋的軍令。

第二天，曹朋頂盔貫甲，準時擂鼓升帳。

卯時剛到，曹朋就開始點名，但連呼三次舒強的名字，始終無人應答。兩個軍司馬露出譏諷笑容，在大帳中看著曹朋鐵青著臉，心裡面不約而同的偷偷發笑……

「吳班，可曾傳我命令？」

吳班道：「末將昨晚親自到塔村告之。」

「那舒強為何不至？」

「末將不知。」

曹朋臉色鐵青，瞪著吳班厲聲叱道：「你不知道?你為何不知?」

吳班也有些怒了，「舒強又非末將部曲，他來與不來，末將怎能知曉?校尉乃瀆亭主將，何不親往塔村相詢?」

「你……」

「曹校尉，若無其他事情，末將先告退了。」吳班也是個火爆脾氣，轉身離開中軍大帳。

一名軍司馬道：「曹校尉，還要繼續操演嗎?」

曹朋坐在帥案後，雙手握成拳頭，突然氣憤的擂在帥案之上，「解散!」

四部兵馬，只來了三部。而沒來的一部，卻是最為重要的一部人馬!舒強不至，又操演什麼?

曹朋氣沖沖離開，而兩個軍司馬走出中軍大帳後，不禁相視而笑。

什麼『曹八百』，什麼『火燒白馬』?說穿了，就是他運氣好而已。如果他不是曹操的族人，哪裡輪得到他一個小孩子過來做校尉?看上去挺強硬，根本就是個草包!

「李司馬，既然今天不操演了，咱們喝酒去。」

「呵呵，我正有此意。」

兩個軍司馬結伴離去，神色顯得格外輕鬆。

正午時，舒強得到了消息，不禁放聲大笑：「我早就說過，一個區區黃口小兒，能奈我何?」

兩個軍侯也笑了。其中一人阿諛道：「舒司馬，那小子今天又得罪了吳班，依我看，恐怕是難以在瀆亭立足。」

「管他?」舒強冷笑道：「連曹司空都顧不得咱們，他一個小兒，成不得大事。」

說完，舒強命人在屋中擺下酒宴，與幾名心腹縱情聲色。

塔村雖然不大，倒也有些富戶。不過那些富戶，如今已成了舒強刀下冤魂，家中錢帛更被舒強霸占。至於村中的女人，更是遭了難……曹操此時被袁紹逼迫甚緊，根本顧不上整頓軍紀。而舒強手中握有兵馬，在這小小的塔村就如同太上皇一樣，過得是逍遙快活。

曹朋？

一個小兒罷了！

曹朋斬殺文醜、俘虜高覽的事情，莫說舒強不知道，就連吳班等人也不太清楚。

雖然此前曹朋火燒白馬，更取了顏良首級。可是在大多數人眼中，曹朋不過是沾著運氣好，才能夠大獲全勝。也許對於曹操手下的那些心腹而言，大抵知道曹朋的情況，但似吳班、舒強這種基層軍官，對曹朋並不太服氣。也許在他們眼中，曹朋也就是個運氣不錯，有些文采的傢伙。

天色，漸漸昏暗下來。

舒強喝了半天的酒，入夜後便倒在榻上，呼呼大睡。他這一喝醉，更無人去約束軍中將士。那些舒氏子弟或是早早睡覺，或是尋找樂子，根本無人在村頭值守。

戌時後，塔村陷入一片靜寂。

村外的山崗上，郝昭和韓德正靜靜觀察村中情況。

「伯道，校尉這樣子，會不會……」

「嗯？」郝昭扭頭，眸光閃閃，盯著韓德。

韓德心裡不由得一激靈，連忙道：「我的意思是，不如此，校尉如何立威？」

「這不是立威不立威的問題，而是關乎曹公基業的大事。」郝昭輕聲說道，旋即露出笑容，「老韓，你也莫擔心，校尉既然吩咐下來，你我以令而行便是……待會，我會帶人堵住曲遇聚渡口。待看到渡口嗚鏑，你就從村口殺進去……休放走那舒強，否則校尉問罪，你定然吃罪不起。今夜，正是你向校尉證明你勇武的最好機會。」

韓德下意識伸出手，握住了身旁那圓盤大斧。他咧嘴一笑，「伯道放心，我斷然不會拿我前程玩笑。」

「既然如此，我先出發。」

韓德點點頭，在山丘上蹲下來，凝視著不遠處的寧靜村莊。郝昭則帶著二百黑眊，悄然走下山丘，沒入夜色之中。韓德伸手在地上抓了一把土，然後一把攫住大斧，目光陡然獰戾。

他原本只是一曲軍侯，說實話在曹軍中，算不得什麼人物。可不知為何，那位小曹校尉對他頗為看重，竟然說出要他出任軍司馬的話語。

韓德在曹軍裡，並沒有什麼依靠。此前他憑藉自己一身好武藝，做到了軍侯的位置。可他知道，如果沒有特殊的原因，從軍侯到軍司馬，單是熬資歷，至少要七、八年。運氣好了，憑藉戰功，三、五年可以獲得提升。但是想要從軍司馬的位子上再向上走，可就沒那麼容易了。

如果沒有背景，沒有人扶持，可能一輩子也就是個軍司馬。

韓德看上去挺憨厚，卻也不是沒有野心的人。人往高處走，水往低處流，有好前程誰會拒絕？

被曹朋從郝昭手下分離出去，韓德立刻意識到，他的機會來了……

曹朋，那是曹公的族人。別看他年紀小，卻是個有背景的人物。

昨日，韓德奉命駐守小潭，還有些不太明白曹朋的心思。可今天正午時，郝昭突然把他找過去，讓他立刻點起兵馬，隨黑眊一起參加行動……

至於是什麼行動？郝昭當時並未告訴韓德。一直等到了塔村之後，郝昭才把目的說出：那就是要一舉將舒強所部的兵馬，剷除個乾淨。

攻擊部曲？

韓德嚇了一跳，有些轉不過彎兒來。

但他卻知道，這是曹朋讓他立下投名狀。如果他今天不能漂漂亮亮的完成任務，下次再想找靠山，那就要看機會了。想到這裡，韓德心裡的一絲猶豫蕩然無存。他不認識什麼舒強，更不會在意殺人……輕輕出了一口氣，韓德在心裡暗道：舒強，就拿你的人頭，來換某家富貴。

時間，一點點的過去。

韓德閉上眼睛，進入到一種古井不波的狀態之中。

忽然，從陰溝水方向傳來一聲淒厲的鳴鏑聲。韓德猛然睜開眼，抄起圓盤大斧，厲聲吼道：「兒郎們，建功立業，就在今朝，隨我殺人！」

「殺！」二百長水營軍卒，同時大聲呼喊。

韓德一馬當先，如同下山猛虎一般，衝下了山丘，直撲向塔村村頭。

鳴鏑淒厲的聲響迴盪在夜空之中，毫無防備的舒氏子弟被驚醒，迷迷糊糊的爬起來，從屋中走出。

「這麼晚了，搞什麼鬼……」

那『鬼』字還沒有出口，就見一個雄壯的漢子迎面衝來。軍卒先是一怔，旋即瞳孔放大，張口剛要呼喊。卻見那大漢猛然一個加速，一抹寒光掠過，軍卒頓時人頭落地。

「什麼人！」

「某家濆亭軍司馬韓德，奉校尉之名，誅殺叛軍！」

兩個舒氏子弟一怔：叛軍？

韓德的冷笑聲傳來，那圓盤大斧掄開，呼的一斧子落下，將一名軍卒劈成兩半。

「敵襲！」

延津大撤退(二)

另一個軍卒這時候才明白過來。他雖然不知道這『叛軍』是什麼意思，可是卻明白，眼前這執斧的漢子並不是什麼善類。他拔刀就要攔阻韓德，哪知韓德揮斧上前，便把他劈翻在地。

這韓德，也是一員猛將，天生神力，練得一身好武藝。此時，他一心要殺敵立功，出手更不會有半點容情。在他身後，一個個長水營軍卒衝進了村中，只要是看到從房舍裡走出來的人，二話不說，衝上去就殺。

「舒強在何處？」韓德抓住一個舒氏子弟，厲聲喝問。

「司馬、司馬在前面那間大宅子裡……」

韓德嘿嘿一笑，抬手便把那舒氏子弟砍倒在血泊之中，大步衝向前面的宅院。宅院大門陡然打開，從裡面衝出十幾個軍卒。韓德厲聲吼道：「哪個是舒強？快把人頭送上，老子給你一個全屍！」

操，這又是什麼理論？

連人頭都給你了，這全屍又從何談起。

從大宅子裡衝出的軍卒，在一名軍侯的指揮下，蜂擁而上。韓德面無懼色，圓盤大斧上下翻飛，每一斧落下，必然有一名軍卒倒在血泊之中。

「給我殺……」

軍侯站在門階上大聲呼喊，可沒等他說完，韓德已衝上門階。軍侯嚇得連忙揮刀向韓德砍去，韓德身形一閃，躲過了軍侯的長刀，探手一攫住軍侯的胳膊，抬腳就踹在軍侯的肚子上。那軍侯蹬蹬蹬連退數步，仰天倒在了地上。不等他站起來，韓德的大腳就踩在他胸口。

「你可是舒強？」

「我、我不是……舒司馬在後院正數第三間屋內。」

這個時候，什麼族人不族人，什麼上司不上司，保住自己的性命才是最重要。

韓德一聽這軍侯不是舒強，立刻抬起腳，就邁過了門檻。

軍侯一邊爬起來，一邊叫喊道：「將軍，小人願帶將軍去找那舒強，請將軍給小人一個……」

一支長槍，凶狠的插進軍侯的後胸。那軍侯看著從胸前冒出來的槍刃，嘴裡還喃喃道：「……機會！」只是他的聲音實在是太小了，以至於連他自己都聽得不是那麼真切……

「休放走一個叛賊，校尉有令，格殺勿論！」韓德的身上沾滿鮮血，猶如凶神惡煞般厲聲吼叫。

這時候，舒強剛醒過來。他是被外面的喊殺聲驚醒，還有些醉醺醺，迷迷糊糊走出了房間。

「何人在此喧譁？」

「你是舒強？」

舒強下意識的回道：「我就是舒強，你是……」

那『誰』字還沒等出口，舒強就看見一個渾身是血的大漢衝到跟前，手起斧落，向他劈來。

好大的斧頭！

舒強腦海中閃過一個念頭，緊跟著就聽卡嚓一聲，圓盤大斧狠狠的從他的前額砍了進去……

咚、咚咚、咚咚咚……

急促的戰鼓聲在瀆亭大營上空響起，剎那間沉睡的軍營一下子甦醒了，瞬間沸騰起來。

吳班睜開眼，愣了一下之後，突然醒悟過來：「升帳鼓！」

戰鼓的鼓點，是用來召集升帳點卯時所用。

天亮了？

吳班連忙衝出軍帳，卻見夜色漆黑，繁星閃爍。看這樣子，也不過寅時而已，這鼓聲又是怎麼回事？

不過，不管是否清楚發生什麼事情，吳班必須要前往中軍大帳點卯。

章十四
延津大撤退(二)

三通點將鼓，鼓聲落下時，若未至軍帳點卯，輕則二十軍棍，重責開刀問斬。吳班知道，自己在昨天頂撞了曹朋，如果沒有準時抵達軍帳，難保曹朋不會拿他開刀。這是軍規，誰也挑不出毛病。昨日曹朋要點卯操演，結果舒強未至，令他丟了面子。天曉得這曹校尉……

吳班對曹朋並沒有什麼恩怨，甚至還有些尊敬。只是這心裡面，終歸有些不太舒服，覺得曹朋年紀太小，恐怕坐不穩瀆亭大營。

而且，從昨天曹朋的表現來看，他的確是缺少一些威懾力。至於當時吳班和曹朋頂嘴，更多還是為自己的未來而感到擔憂。曹操派這麼一個小孩子過來，是不是有一點太過兒戲？

他連忙穿戴好了衣甲，跨上馬朝中軍大帳趕去。

第三通點將鼓已經響起，整個大營開始沸騰。誰也不知道這鼓聲究竟是怎麼回事？總之點將鼓響起，必然是有事情發生。即便是大營中的鄉勇郡兵們不願意起來，也必須走出軍帳。

「嘶！」吳班在中軍大帳外，倒吸一口涼氣。

大帳外的空地上，疊摞著一堆血淋淋的人頭。數十盞桐油燈，近百支火把的光亮，照映著那一堆人頭，令人毛骨悚然。吳班覺得自己的汗毛在瞬間都乍立起來，心裡頓時感到一絲恐懼。

因為，他看到了好幾張熟悉的面孔。

中軍大帳旁邊，一個魁梧的男子，赤著膀子，懷抱一柄圓盤大斧，森然而立。

第三通點將鼓，戛然而止。

吳班連忙快走幾步，恭聲道：「浚儀部軍司馬吳班，前來應卯。」

「吳司馬，進去吧，校尉在裡面。」一個文士笑咪咪的走上前，對吳班說道。他手裡拿著一卷竹簡，似乎是在登記什麼東西。

吳班認得這文士，知道他名叫闞澤，是軍中主簿，也是曹朋的心腹。

「闞主簿……」吳班心裡面有點發毛，語氣中不自覺的多了些恭敬的味道。

闞澤笑道：「進去吧，別讓校尉等的急了。」

吳班穩了一下心神，深吸一口氣，拱手道謝後，邁大步走進中軍大帳。

這中軍大帳的擺設，和昨天日間沒有什麼區別，正中央一張帥案，旁邊還設有一張低案。低案後，軍中丞田豫正奮筆疾書；而帥案後，曹朋正靜靜的坐著。他沒有穿戴盔甲，一襲青衫，透著書卷氣，身體半依著帥案，手裡捧著一卷竹簡，正秉燭而讀。在他下首，依次坐著兩名男子。

吳班也認得那兩人，一個是飛眊軍司馬夏侯蘭，另一個則是行軍司馬甘寧。兩個人眼觀鼻、鼻觀口、口觀心的坐著，如同老僧入定。當吳班走進來時，竟無一人看他，更無人理他。

「末將吳班，參見校尉。」吳班心裡有點發慌，上前躬身見禮。

還是一樣的人，還是一樣的地方，還是一樣的景物，可是給吳班帶來的感受，卻完全不一樣。此時的曹朋，沒有昨日那種暴跳如雷，更無半分怒氣。他就坐在那裡，手捧書卷而讀，卻令吳班心中生出難言的恐懼。

堆放在帳外的那些人頭，是舒強的部曲。也就是說，曹朋已經剿滅了舒強所部……

「嗯！」曹朋應了一聲，沒有再說話。

吳班額頭滲出細密的汗珠。他想了想，悄然退到一旁，在夏侯蘭的下首處坐下，一動不動。

點將鼓已經停止，可瀆亭四部司馬，只來了吳班一人。

曹朋沒有任何表示，就那麼靜靜的坐著。大約又過了十五、六分鐘，大帳外傳來兩個軍司馬的應卯聲。聲音有些發顫，顯然是看到了帳外的那些屍體。

曹朋放下手中書卷，慢慢抬起頭來。兩個軍司馬臉色蒼白，腳步有些踉蹌，走進了大帳。

「末將……」

曹朋不等他們開口，抬手示意他們住嘴。他閉上眼睛，似乎陷入了沉思。

中軍大帳裡瀰漫著一股令人窒息的壓迫感。吳班看著那兩名軍司馬，不由得暗自苦笑一聲。

「本來，曹某奉命來此，是受司空所託，出鎮瀆亭。說實在話，諸位沒有功勞，也有苦勞……從延津下來，在這等情況下守在這裡，可說是難能可貴。若非迫不得已，曹朋是很想與諸位把酒言歡，好好相處。若有機會，一同建功立業。」

「曹朋深知，自己資歷不足，所以也不想為難大家。可是，軍令如山，軍法如刀……這瀆亭大營裡，某為主將，說出來的話，就是命令！我昨天說過，卯時點兵，操演兵馬。若不至，以軍法論處，絕不會姑息……我不喜歡殺人，卻不介意殺人。舒強擁兵自重，意圖謀反，昨日三通點將鼓，他卻未率部前來……大敵當前，軍法容不得任何人違抗。某不得已，只得使人前往塔村，再次命舒強前來。可舒強仍不聽調遣……此等情況下，我只得下令，將舒強及其所部人馬剿滅……唉，想來著實心痛。」

果然！

吳班不由得心裡一顫，抬頭向曹朋看去。

這時候，闞澤走進了中軍大帳，手裡還挽著一顆血淋淋的人頭，呈放在帥案前的地面上。

「稟校尉，此次韓德、郝昭所部出擊，共擊殺反賊一百八十七人，與舒強所部人數吻合。舒強首級，被韓德軍侯所獲，現呈於校尉，請校尉檢驗。」

「都是自己人，我有什麼好檢驗？將舒強首級懸於轅門之上，以警他人。」

「喏！」闞澤拿起人頭，轉身步出大帳。

吳班看著曹朋，心中暗自感慨：這位曹校尉，真不愧是能火燒白馬、誅殺顏良的人物。只憑這份沉穩和謀劃，就非我等可比。還以為昨日他是惱羞成怒，不想他已是做出決斷……這是個殺伐果決的人物，我還須小心才是。

他正想著，耳邊卻響起了曹朋的聲音：「剛才，三通點將鼓畢，只有吳元雄一人應卯。我記得，他的軍帳位於浮橋東岸，距離中軍大帳最遠，反而最先抵達……兩位軍司馬就在我中軍大帳之畔，三通鼓畢，卻不見蹤影。今晚，已死了許多人，我實不欲再開殺戒。可我若是不處罰，則軍令威嚴何在？兩位軍司馬，可否給我一個解釋，也好令我不行軍法呢？」

一邊說著，曹朋慢慢抬起頭，目光灼灼，凝視著兩位軍司馬。

撲通，兩個軍司馬跪下了！

「校尉饒命，校尉饒命！」

他們算是明白過了，眼前這少年並不是一個剛出道，什麼都不懂的雛兒。其殺伐果決的狠辣手段，足以證明他是個說得出、做得到，而且不會計任何後果的傢伙。試想，有哪一個校尉剛上任，就敢把一百多個部曲幹掉？可曹朋做了！不但做了，而且做的是乾脆俐落，沒有半點拖泥帶水。等到大家明白過來的時候，一部人馬已經變成了一堆無頭的死屍。

曹朋既然說出軍法威嚴，那就定然會做到。

吳班看著兩個同伴，不由得在心中暗自苦笑……

其實，他昨天何嘗不是想要看笑話？今天能準時抵達，不過是習慣而已。如果不是多年養成的習慣，他說不定……暗自嘆了口氣，吳班知道，這瀆亭大營的天，恐怕已經姓曹了！

曹朋站起身來，繞過帥案來到兩個軍司馬跟前。

「非是某家想要殺人，實在是……我今日若不處罰二位，這軍法威嚴，如何能夠服眾？可若讓我殺了你二人，我心實有不忍。兩位，可有高見？」

我不殺你，以後就沒法子再命令別人；我殺了你，又有些不忍。

曹朋說得很清楚，讓兩個軍司馬如墮冰窟，不知道該如何是好……

「校尉，兩位司馬並無大錯，也許只是被耽擱了時間。如果就這麼殺掉，說不定會令校尉聲名在營中受損。那些軍卒，說不得會因此以為校尉公報私仇……豫有一計，可使校尉既能免了兩位軍司馬的性命，又可以令營中士卒無話可說。」田豫起身勸阻，兩個軍司馬頓時驚喜萬分。

曹朋道：「不知先生有何妙計？」

田豫一笑，「其實很簡單，若兩位軍司馬非校尉部曲，即便是來得晚了，也算不得什麼大錯。」

「哦？」曹朋露出疑惑之色。

而兩個軍司馬則有些莫名其妙。

田豫呵呵一笑，「兩位軍司馬不是要往長水營報到嗎？」

曹朋頓時恍然大悟，露出一抹喜色。

田豫的意思就是說，把這兩個軍司馬調走，這之前誤卯的罪名，自然可以不必再去計較。

他回過身，看著兩個軍司馬，「兩位以為如何？」

吳班不禁暗叫高明，把這兩個軍司馬調走，的確是一招妙棋。

曹朋已經殺了舒強所部，如果再殺了這兩個軍司馬，弄不好會令軍卒產生出恐懼，甚至發生營嘯。調走了兩人，曹朋可以順勢接受他二人部曲，同時還能令兩個軍司馬感恩戴德，更給軍卒以寬宏印象。這一手，可算得上是一箭三鵰。只要那兩人點頭，瀆亭大營將徹底被曹朋控制。

這一切，恐怕是早就設計好了，只等這兩人上鉤。

如果兩個軍司馬今天準時應卯，說不得曹朋還要另想他法。只可惜，這兩人自己撞上前來。

吳班雖然看出了端倪，卻不能站出來挑明。他心裡更生出一種奇怪的想法：這少年的手段，可算得上是高明。

「我等願往長水營。」兩個軍司馬連聲呼喊。

曹朋臉上也浮現出一抹燦爛笑容，「說起來，某曾為北軍中候，長水營倒也不算陌生。長水營的都校尉是個好人，其行軍司馬夏侯尚更是妙才將軍的姪兒，和你們的關係也挺親近。昔日妙才將軍是陳留太守，你二人是奉他征辟而來，如今到伯仁帳下，定然平步青雲。但是，你們的部曲必須留下……」

先離開這裡吧！和這個笑面虎在一起，壓力實在太大。

兩個軍司馬也不是傻子，如何看不出這其中的奧妙。只是，人家把事情擺在了檯面上，於情於理他們只能感恩戴德，卻不可能有半句怨言。

「我等部曲，本就是瀆亭武卒，自當留下。」

「如此……我這裡有一封書信，你們帶著書信，立刻去酸棗，向伯仁司馬報到去吧。」

靠，這就是擺明了趕人啊！

可兩個軍司馬還不能有半點怨言，連連道謝，退出大帳。

軍帳外，闞澤早已經命人備好了馬匹。兩個軍司馬一出來，立刻上馬，被護送出了轅門……

曹朋輕輕嘆了口氣，回身坐下，目光看似極為隨意的從吳班身上掃過。

吳班連忙起身道：「末將願從校尉之命。」

「元雄司馬，你是個人才。」曹朋沉聲道：「說句實在話，你我也算是親戚，本應相互扶持。也許你還不知道，司空的養祖母，便是你陳留吳氏族人。當年她入了皇宮，與家中斷了聯繫。可心裡，還惦記著你們。」

「啊？」吳班聽聞，大吃一驚。

「若你有心，待戰事結束之後，不妨回去查一查。如果你們願意，可以請老夫人回家看看。老夫人如今在許都，挺孤單，時常唸叨當年族人。」

吳班是真不知道家裡還有這麼一層關係，乍聽曹朋提起，他也是呆若木雞。

「舒強所部一百八十七人被誅，瀆亭如今只剩六百餘人。不過，張球二人既然走了，他們的部曲自然需要重新調配。我會命人調撥一百三十人到你麾下，使你部曲滿員，你看如何？」

吳班這時候有點暈！

不過能使已部滿員，對他來說也是一件好事，哪有不答應的道理？

「末將願從校尉之命。」

「韓德！」

「末將在！」

從大帳外走進來一人，正是剛才吳班在帳外看到，手持圓盤巨斧的彪形大漢。

「餘下尚有二百餘人，一併歸入你部曲。從今天開始，你為瀆亭軍司馬，負責駐守小潭，你可願意？」

「末將遵命。」韓德同樣是喜出望外。

曹朋向田豫看了一眼，沉聲道：「不過今天還有一件事情，你們要把瀆亭所有武卒的名單呈上。必須問清楚他們的住處、家庭成員等各項事務。我會讓闞主簿協助你們，務必今日完成。」

「末將遵命。」

吳班和韓德同時插手見禮。而曹朋臉上的笑容，也隨之變得更濃……

建安五年二月，在原來的歷史上，官渡之戰的序幕才不過剛拉開而已。

但在這個時空，序幕已近尾聲……曹操和袁紹在延津戰場展開慘烈博弈。從白馬之戰到現在，已持續了近五十天。雙方的損失頗為巨大，酸棗城下，用屍橫遍野形容毫不為過。

從一月下旬開始，除延津之外，又開闢了數個戰場。

臧霸屯守齊郡，和袁譚鏖戰不止。雙方都投入了大量人力和物力，但卻不分伯仲，難分勝負。

在歷史上，袁譚同樣是一個被小覷的人物。他手下還有審配、辛毗這樣的謀士，給予臧霸極為沉重的壓力。

而在東海郡，夏侯淵、呂虔卻展現出摧枯拉朽般的力量。

二月初，海西軍正式展開了行動……新任海西都尉步騭，在徐州刺史徐璆的指揮下，兵分三路，挺進東海。潘璋和王買各領一千五百人，攻克司吾、沂城，斬劉備麾下大將劉安首級，屯駐沭水下游；周倉在朐山登陸之後，與鄧芝合兵一處，兵臨羽山；夏侯淵占領蘭陵，次子夏侯霸屯兵次室亭；呂虔自琅琊出兵，占領利城、既丘。四路大軍合兵一處，向郯縣步步推進，使得劉備有些難以為繼。

二月初六，昌豨接到臧霸書信後，在襄賁獻城投降。劉備見形勢不妙，立刻棄守郯縣，率領部將向彭城郡逃逸……夏侯淵和徐璆都沒有想到劉備會如此果決的放棄郯縣，以至於措手不及，使得劉備從兩人之間穿行而過，逃匿無蹤。

二月初八，王買渡過沭水，兵臨郯縣城下。此時的郯縣，已經成了一座空城。不過王買得步騭勸說，並沒有進駐郯縣，只在城外駐營，等候夏侯淵抵達。

至此，東海戰事徹底平息。

劉備在東海郡只堅持了二十日，便潰敗而走。

不能說劉備沒本事，只能說劉備運氣不好。東海郡三面環敵，背靠大海。原本劉備希望借麋家的聲望，在東海郡立足。可問題是，麋家在經歷了海西的打壓之後，早已經變得衰頹，影響力大不如從前。昌豨雖為東海郡太守，畢竟盜匪出身，在東海郡並沒有太深厚根基。

相比之下，海西的影響力遠甚於昌豨這位東海郡太守。不管是此前的鄧稷，還是如今的步騭，明顯更能得到百姓的接納，所以劉備之敗，也是早晚。

延津大撤退(二)

史書曾記載，建安五年，劉備駐守下邳。

昌豨也曾起兵造反，並且讓夏侯淵非常頭疼。當時劉備在徐州的聲望不差，加之糜家並未受到太大的打擊，所以昌豨才能成功。可如今，糜家衰頹，劉備更四處漂流，根本無法給予昌豨支持。單憑一個小小的東海郡，失敗是早晚的事情。所區別在於，歷史上昌豨在經過這次叛亂後並未被曹操所殺；而這一次，昌豨歸降之後，夏侯淵二話不說，就砍了他的人頭。

這樣做，同樣是對臧霸的一種警示！

「司空，友學這樣做，是不是忒毒辣了些？」

酸棗城中，董昭忍不住詢問曹操。他得到消息，說曹朋在瀆亭大開殺戒。一共只有八百多兵馬，曹朋一下子就幹掉了近四分之一。

如今瀆亭，設四部軍司馬。其中飛眊可以刨除，黑眊也不好計算其中。

四部軍司馬，只有兩部滿員……曹朋在瀆亭的作為，也著實引起了不少人的爭議，言他殺戮過重。

曹操不禁笑了，「潰軍不可用。友學若不以雷霆手段，焉能治軍？依我看，他沒有做錯。至少現在，瀆亭方面非常平靜，不復早先散亂局面。我聽人說，瀆亭整日練兵，士卒們的士氣很足。這難道不是一樁好事嗎？」

「可瀆亭兵力……」

「這件事，國讓已呈報過來。友學言寧取五百精卒，不要烏合之眾。想想倒也有道理，他那裡倒是不需要太多兵馬駐守，只看軍卒是否訓練有素。此事，我看就到此為止……我既然把瀆亭交給他，就不想再過問了。」

曹操言語中的意思非常清楚，這件事到此打住，不必繼續追究。

董昭跟隨曹操已久，哪能不明白他的心思？既然曹操認可了曹朋的所作所為，再追究下去也沒什麼用處。兩百軍卒？又算得什麼事？酸棗每天死傷的人數，都不止兩百。

不過由此也可以看得出來，曹操對曹朋寵愛有加。

董昭出了大廳，心中卻盤算著另一樁事：既然司空對曹朋如此信賴，是不是應該拉近些關係？

他想了想，轉身順著迴廊來到前廳衙堂公房之中。

一個中年男子，正在處理文牘。聽到腳步聲，男子抬頭看去，見是董昭，便連忙起身相迎。

「兄長，你怎地來了？」

這中年男子名叫董訪，是董昭的弟弟。

不過，和董昭在建安之初便歸附曹操不一樣，董訪之前曾在張繡麾下做事，去年才隨張繡投奔曹操。如今，董訪在司空府接替田豫的職務，為軍謀掾，司空主簿。他請董昭落坐，而後恭敬詢問。

董昭坐下後，沉吟片刻道：「元謀，有件事我想拜託你去做。」

「什麼事？」

「瀆亭校尉曹朋，你知道吧。」

董訪笑道：「可是那火燒白馬，斬顏良，誅文醜，俘虜高覽的曹八百？我又怎可能不知此人？」

「他乃主公族子，不過早年流落南陽。你和張伯鸞的關係不差，能不能問一問，讓張伯鸞給曹朋一個功名？也算是你我一段善緣。」

「功名？」董訪愕然不解。

董昭說：「曹朋雖然是主公族子，可籍貫卻在南陽郡舞陰。你也知道，主公族人眾多，如果從譙縣取功名，恐怕不太容易。可如果沒有功名，對曹朋必然是一大遺憾。他需不需要這功名，是一件事；可有沒有功名，卻是另外一樁事情……既然無法從譙縣給予他功名，何不請張伯鸞舉薦他一個孝廉之名？

曹賊

章十四

延津大撤退（二）

他在南陽郡長大，由南陽郡舉薦倒也符合規矩。而且，曹友學為父而作《八百字文》，也堪稱當今一大孝行。」

董訪不是傻子，雖然反應有點慢，可聽完董昭這番話，便立刻明白過來……

「這件事並不難，張伯鸞其實也一直在為他早先宛城之戰時的事情而感到恐慌。如果能有這樣的機會，他斷然不會拒絕。反正南陽郡每年都有舉薦名額，今年乾脆就舉薦曹友學是了。」

「嗯，這件事你要趕快去做。等此戰結束之後，必然會有人想起這件事情。與其被別人討得這份情誼，不如咱們自己獲得。你剛附主公，雖有我照拂，畢竟有些單薄。曹朋聲名響亮，而且人脈頗廣。看樣子，主公對他的信任絲毫不輸於其他人。既然如此，你就儘快和他拉上關係，將來也有照應。」

「弟即刻寫信，今天就讓人送往宛城。」

董昭點點頭，和董訪閒聊幾句，起身想要離開。

就在這時，從門外走進來一名小校，「董主簿，許都六百里加急。」

「哦？」董訪連忙上前，從那小校手中接過信筒。

他扭頭向董昭看去，就見董昭一蹙眉，走上前接過信筒，「我立刻去見主公，許都六百里加急，必有要事。」

董訪點頭，忙和董昭辦了交接的手續。

董昭拿著書信匆匆返回花廳，卻見曹操正準備出門。

「主公，許都加急。」

曹操聽聞，連忙上前接過來，把書信取出。片刻後，他眉頭漸漸舒展，臉上露出一抹快意笑容。

「立刻召集眾將，前來議事。」

「喏！」董昭不敢怠慢，連忙轉身準備離去。

卻聽曹操道：「對了，派人去瀆亭，讓友學前來。」

看起來，主公對那個曹朋，還真的是夠重視。一個小小的瀆亭校尉，說實話並不足以列席會議，而曹操卻在這時候把曹朋找來，豈不是說明了他對曹朋的重視？

董昭覺得，自己之前的決斷並沒有做錯。

也許，應該再親密一些？

「主公，不若我親往瀆亭走一趟？」

「也好。」

董昭立刻領命而去。

曹操站在臺階上，臉上的笑容漸漸隱去，取而代之的卻是一派凝重。

終於，要開始了？

細雨霏霏，二月時，春雨不絕。

董昭帶著親隨，沿官道行進，只見路兩邊，綠柳搖曳。

從酸棗離開之後，他一路直奔瀆亭而去。當途徑小潭時，就見一座軍營在潭邊矗立，從營中傳來嘹亮號角聲。一隊隊兵馬從營中開拔出列，士卒冒著細雨，在空曠的原野上操練。

他們的操練，並不似常規操演，而是在一連串的口令聲中，不斷變換隊形。

一員大將正端坐戰馬上，穿著和軍卒並無區別。在他身邊，幾名小校不斷搖晃令旗傳遞口令……

董昭認得這員大將，好像是叫韓德，此前曾在長水營做事，跟隨夏侯尚……後來，被調至曹朋麾下，如今應該是一部軍司馬。

「信之。」董昭招呼一聲，催馬上前。

延津大撤退（二）

信之，是韓德的字。

聽到有人呼喊，韓德扭頭看去。見是董昭，他連忙撥馬迎過來，在馬上拱手道：「董祭酒，您怎麼在這裡？」

「我奉命往瀆亭，有事要見你家校尉。怎麼，你們這種天氣，也要照常操演不成？」

韓德笑道：「祭酒笑話了，這哪算得什麼操演？不過是出來活動一下，免得他們無事可做。真正的操演，還是得到瀆亭大營那邊。校尉操練起來，比這可要狠多了……」

董昭眉頭一蹙，朝著那些在細雨中練習佇列的軍卒看了看，有些弄不太明白。

不過，他倒是知道，這種佇列是曹朋創造出的練兵之法。當初典韋和許褚相爭的時候，典韋就是靠著這種操演之法，在短短時間把一群臨時徵召來的銳士捏成整體，並且戰力奇強。後來這種佇列操演，被許多人所採用。虎豹騎也是按照這種方法訓練，據說效果非常好。

只是，這『一二一』的喊，真的能有用？至少在董昭看來，還看不出什麼好處。

與韓德說了兩句，董昭便帶人離去。

一路上，他都在思索曹操叫曹朋過去的原因。難道說……

董昭搔搔頭，似乎想到了什麼！

抵達瀆亭大營的時候，雨已經停了，可是董昭卻被軍卒攔在了大營之外。看守轅門、負責警戒的，是郝昭所部黑旄。

「非是小人不肯放行，實校尉有令，未得准許，任何人不得進出營寨。」

「那煩勞你代為通稟一下。」

董昭倒是沒有生氣，反而輕輕點頭稱讚。他對身邊的親隨說：「沒想到這曹友學，倒是頗有些周亞夫之風。」

黑旺進大營後，不一會兒，就見田豫跑出來。

董昭不由得有些生氣，這曹朋的架子未免太大了些。你雖說是司空的族子，可我是司空祭酒，論官職比你大了好幾級。我是前來為司空傳令，你把我擋住也就算了，怎地連迎接一下也不見呢？

田豫看出董昭的不快，在進入轅門後輕聲道：「非是校尉不迎接，而是校尉正在操演兵馬，脫不出身來……」

「哦？」董昭聽聞，不免有些好奇，「那可否帶我去觀摩一番？」

「這個……倒不成問題，只是那邊環境有些不好，只怕怠慢了祭酒。」

董昭大笑，連道無妨。

田豫帶著他，直奔後營校場。這後營校場的面積很大，毗鄰河畔。只見一片泥濘的空地上，一隊隊軍卒正大聲的呼喊口令，在列隊行走。水坑，泥塘，在他們眼中似乎全然無視。在一面麾蓋下，曹朋站在一輛戰車上，手扶佩劍，表情嚴肅，凝視著軍卒的佇列操演。

「你們為什麼不前進？為什麼停下來？」

就見一隊兵卒，在河邊突然停下。從曹朋身後飛騎衝出一名小將，來到那隊兵卒面前厲聲嘶吼。

「軍侯，再往前就入水了。」

「那就入水！」軍侯面目猙獰，手中短棍狠狠的抽在那隊長的身上，「校尉並沒有更換口令，既然沒有更換口令，你們就要繼續前進！不要說入水，哪怕在面前的是刀山火海，你們也不能退縮！」

說著，他一把從那隊長的手中搶過令旗。「聽我口令，踏步前進！」

在這名軍侯的帶領下，一隊軍卒竟無視面前大河，邁步行進。

董昭站在校場邊上，看著眼前這一幕情形，不禁目瞪口呆……這，又算是哪門子操演兵馬？

章十五 延津大撤退（三）

曹朋不是什麼兵法大家。指揮個把人不成問題，但若說指揮千軍萬馬，可沒那麼容易。

接掌濆亭之後，曹朋的第一個命令就是恢復訓練。這場戰事不曉得什麼時候才能結束，所以曹朋必須要抓緊時間，把手中這些兵馬捏合成型。這並不容易，一群潰兵，想要恢復士氣？哪裡又是簡單的事情！

「校尉在掌控濆亭之後，便下令將所有兵卒的名冊登基完整，姓名、住所、家中家眷……校尉在軍中下了連坐之法，凡無法完成訓練者，一人不成，整伍連坐；一伍不成，整十連坐；一什不成，整隊連坐；一隊不成，整屯連坐……如果出現逃跑的現象，校尉會立刻命人緝拿家眷，滿門連坐。如此才算是將這些人老老實實看住。校尉有一句話說得好：平時多流汗，戰時少流血。他很少在操演時發表什麼意見，可不管是颳風下雨，他一刻不放鬆，全營都必須操演下去。」

田豫向董昭解釋，不過董昭還是疑惑不解：「這樣操演，有何用處？」

田豫笑道：「至少他們知道配合，知道協作，知道什麼是軍令如山。」

「什麼意思？」

「校尉說，這種時候，練習搏殺的用處不大，畢竟那不是一兩日就能練出來。但上了戰場，最重要的不是個人有多厲害，而在於他們之間的協作。這種佇列操演，就是為了培養他們的默契。不一定要達到進退如一人，但也能讓他們知曉身邊夥伴的重要，懂得相互配合，相互保護。唯有這樣，即便逢戰敗時，也不至於迅速潰敗……總之，好處的確是不少。」

校場中，鼓聲隆隆。

董昭看著一隊隊兵馬行進、後退，隊形隨著旗號變換，也不由得輕輕點頭。不過，他來這裡並不是為了觀看操演，而是為傳達命令。

「國讓，司空有命，命校尉前往酸棗議事，還請你儘快告知校尉。」

田豫二話不說，撥馬直奔麾蓋。

大約一刻鐘的時間，就見曹朋揮手下令停止操演，而後在田豫的陪伴下，匆匆來到董昭跟前。

「董祭酒，司空喚我何事？」

「這個……主公只說，命你即刻前往酸棗。」

曹朋和董昭並不陌生，所以也沒有那許多客套的贅言。聽聞曹操召喚，曹朋立刻回軍帳換了一身衣服，然後點起一隊飛眊，與董昭一起返回酸棗。

「公仁先生，酸棗戰事如何？」

「尚在僵持……不過這兩日，袁紹的攻擊並非特別凶猛。河北兵馬已渡河近十萬人，主公現在也很擔心，那袁紹說不定正積蓄力量，對酸棗發動猛攻。」

董昭倒也沒有隱瞞什麼，非常爽快的把形勢告之曹朋。末了，他輕聲道：「酸棗眾將如今也有些波動，軍心不太穩定啊。」

曹朋一笑，「放心，主公必然已有腹案。」

曹賊 章十五

延津大撤退(三)

但願如此！

董昭嘴上雖沒有發表意見，心裡面卻也不由得感到忐忑。

袁紹從最初的凶猛攻擊，慢慢變得冷靜下來。損失了文醜和高覽，雖說令袁紹士氣低落，可畢竟這瘦死的駱駝比馬大，袁紹手中的兵力畢竟擺在那裡，的確是讓人感到有一些憂慮。他現在放緩攻擊，擺明就是為之後的全力出擊做準備。

曹操之前雖說和袁紹各有勝負，看似在伯仲之間，但能否應付袁紹的總攻？董昭也說不清楚。

一路無事，曹朋和董昭趕回酸棗時，天已經黑了。

酸棗府衙之中，曹操和軍中將領親信們正商議事情。董昭領著曹朋，逕自來到衙堂之上。曹操見曹朋來了，也只是微微一笑，示意他坐下。

「究竟什麼狀況？」

「主公似決意退兵。」曹真低聲回答。

曹朋暗自倒吸一口涼氣，腦海中立刻反應過來這其中的奧妙。

曹操此時退兵？莫不是官渡戰場已經布置妥當？

他抬頭看去，就見荀攸正在向曹操稟報軍中情況。如今，曹軍在延津戰場上已調集了三萬餘兵馬。其中由陳留而來的鄉勇郡兵，大約兩萬人，而曹操本部兵馬，也在萬人左右……

兵力懸殊太大了！袁紹的兵力，是曹操的三倍。

而且酸棗無險可守，如今只能勉力而戰。所以荀攸向曹操建議，繼續堅守酸棗，恐怕損失更大，不如儘快撤退。

曹朋聽得出，荀攸這是和曹操商量好了。之所以說這些，是害怕軍中將領產生一些其他想法。

可這種事，根本就不可避免。

歷史上官渡之戰結束後，曹操從袁紹營中收到很多部曲寫給袁紹的書信。人數太多了，以至於曹操根本不敢去查看，直接命人將書信焚毀。而現在，恐怕已有人開始聯絡袁紹。

「如此，諸君就依計行事。」

曹操聽完了荀攸的話，沉聲道：「文謙領本部，藏於濟水河畔。袁紹若知我撤兵，必會下令追擊。到時候，文謙可趁機出擊，擊潰袁紹追兵後，迅速退過濟水。而後以濟水為天塹，死守陳留，與公明遙相呼應。袁紹到時候，必然不敢輕易出擊。」

樂進起身領命。

「友學！」

曹朋和曹真正低聲交流，忽聽曹操呼喚他的名字。他連忙抬頭，起身道：「末將在。」

「瀆亭方面，可做好準備？」

曹朋回道：「主公放心，瀆亭已準備妥當，末將已命人在河西岸紮營，一俟主公經過瀆亭浮橋，就立刻將浮橋摧毀，延緩袁紹追擊。」

「甚好！」曹操滿意的點頭。

當初他命曹朋駐守瀆亭，也就是為了保護好這條退路。

現在看來，曹朋已經非常清楚的理解了他的想法，並且做得非常出色。以雷霆手段控制住瀆亭，就等於確保瀆亭浮橋的安全。所以，曹朋在瀆亭雖然大開殺戒，曹操也沒有任何怪罪之意。在外人看來，曹操過於寵愛曹朋，可實際上，這也是曹操對曹朋一次重要的考驗。

曹朋的做法，令他很滿意！

不過，曹朋突然想起來一件事，「主公，末將還有一個問題。」

章十五
延津大撤退(三)

衙堂上眾人的目光，一下子聚集在曹朋的身上。

曹操問道：「什麼問題？」

「主公撤離酸棗，那酸棗的百姓，當如何處理？」

荀攸愕然，向曹朋看去，「友學，你這話是什麼意思？」

曹朋道：「末將只是突然想起了白馬。」

「嗯？」

「當初顏良渡河，偷襲白馬後，在白馬屠城，令白馬變成了一座空城。觀其部曲，便可知袁紹為人。若主公撤走，袁紹惱羞成怒之下，會不會下令屠殺酸棗百姓？」

荀攸不由得倒吸一口涼氣，回頭看向曹操。

這，倒是的確很有可能！

袁紹並非是什麼仁善之輩，那傢伙發起狠來，也極為凶殘……去年，袁紹擊敗公孫瓚之後，就曾下令屠城三日，令易京變成了一座空城。這次渡河而戰，袁紹損失更甚於當初和公孫瓚交鋒，特別是兩員愛將被殺，使得袁紹無比憤怒。曹操在酸棗駐防許久，難保袁紹不會遷怒酸棗百姓。一旦曹操撤退，袁紹占領了酸棗，必然會帶來一場酷烈的血雨腥風……

可問題是，曹操也沒有辦法！

這年月，屠城的事情多不勝數，幾乎成了一種習慣。曹操攻打徐州的時候，也曾屠盡彭城……

「友學的意思，難道繼續堅守酸棗？」

曹朋連忙道：「末將並非這個意思，只是希望主公在撤退時，能考慮一下酸棗的三萬生靈。」

「你是說……」

「主公撤退，何不率百姓一起離開？」

曹朋此話一出口，衙堂頓時好像炸開了鍋一樣，議論紛紛。

董昭道：「這不可能……我們這次是退兵，若帶著三萬百姓行進，勢必會拖延退兵的速度。」

許多人的臉上，都露出了幾分嘲諷之色。

而對於曹朋來說，他也不是不知道這樣做的危險實在是太大。

歷史上，曹操攻打荊州時，劉備帶著十萬百姓逃離新野，結果一日只行進二十里，最後被虎豹騎追擊，死傷慘重。如果曹操帶著酸棗百姓撤離，很有可能會提前上演長阪坡那一幕潰敗。

可是，曹朋還是希望曹操能夠接納他的意見。

當初在白馬時，他曾感慨顏良對白馬的屠城，並感到無比憤怒。所以，他實在是不忍心，酸棗再出現白馬的那一幕慘劇。哪怕是明知不可為，他還是想爭取一下。

「主公，朋也知道，這樣做會很危險。可主公有沒有想過，當主公入駐酸棗之後，就等於是把酸棗三萬餘百姓生生拖進了這場戰事。而且，自開戰以來，酸棗百姓給予主公諸多支持。難道說，主公現在退兵，就要放棄那些百姓嗎？那些人，可都是主公的子民，是大漢的子民……主公不過費些手段，卻能令三萬百姓存活下去。他日傳揚起來，世人必言主公仁義！所以，朋斗膽，請主公三思。」

說罷，曹朋撩衣跪下。

曹操陷入兩難。

不可否認，曹朋說的也有道理。可自古以來，打仗就是這樣……帶著三萬平民百姓撤離酸棗？那可不是一樁容易的事情。

曹操的性格，是那種『寧我負人，毋人負我』的性子。說穿了，就是以自我為中心，不在意虛名。

他向荀攸看去，卻見荀攸輕輕搖頭。

很明顯，荀攸並不贊成這樣的行為……舉城撤離？變數太大！曹操也無法肯定會是怎樣結果。但曹朋話語懇切，曹操也不知該如何拒絕。

沉吟良久，他苦笑一聲道：「袁紹是否會屠城，尚在兩說。可如果舉城撤離，卻非一件易事。別的不說，如今酸棗守軍不過三萬，根本無法確保他們的安全。弄不好，甚至會全軍覆沒。友學，這件事情，我不能答應。」

「可是……」

「友學，你莫贅言，一切依計而行。兵法有云，兵貴神速。若帶著三萬酸棗人撤離，弄不好會暴露我的意圖，這個責任，誰可擔當？」

曹朋也不禁沉默了！

但他並沒有起身，依舊跪在衙堂，「請主公三思！」

「胡鬧！」

曹操見曹朋仍是如此，不禁勃然大怒。他站起身，甩袖離去。

荀攸等人紛紛起立，默然從曹朋身邊行過。甚至有幾人偷偷嗤笑，似乎是在笑曹朋的異想天開。

「阿福，別鬧了！」

曹真走上前，想要攙扶起曹朋，哪知卻被曹朋甩開。

「我沒有胡鬧，我只是想保住酸棗這三萬生靈。」

「可你應該清楚，這不可能。」

曹朋大聲道：「不是不可能，而是肯不肯……我聽人說，水能載舟亦能覆舟。雖說天地不仁，以萬物為芻狗，可我們也不能用得上時，便是『民為重，君為輕』，用不上時，便棄之如敝屣。主公，我知道您在聽。我只是希望，主公能為那些一直歸附於主公的苦哈哈的老百姓們想一想，給他們一個可以看到的希望！」

曹真站在曹朋身邊，不知道該如何勸說了！

天色已晚，曹操站在花廳的門廊上，負手不語。

他思緒有些混亂，曹朋的呼喊聲，猶自在他耳邊迴響不止。用得上時，『民為重，君為輕』，用不上時，便『天地不仁，以萬物為芻狗』。這是何等刺耳的言語，令曹操的心也不由得一陣陣抽搐。舉城撤離？抑或者是單獨撤走？這是一個關乎生死的問題。

曹操深吸一口氣，在迴廊上徘徊，卻始終無法下定決心。

友學這麼做，究竟是什麼意思？難道他不知道，這婦人之仁要不得嗎？這是在打仗，可不是在遊戲……

但耳邊又有一個聲音，在不斷的嘶喊：答應他，答應他！

自入仕以來，曹操從未似現在這樣的為難。原本已經下定的決心，在此刻卻變得有些猶豫……這該死的阿福，分明是給我出了道難題！

「文質。」

「喏！」

「友學他……」

「曹校尉還跪在衙堂上。」曹彬輕聲道：「我阿兄怎麼勸他，他也不肯起來。」

「這孩子，這是怎麼了？」曹操突然有些暴怒，「在下邳時他放走了呂布家小；如今又這樣固執，他這是在逼我啊！」

曹彬嚇得閉上了嘴巴，低下了頭。

曹操看了他一眼，「文質，你以為，我該不該答應？」

延津大撤退(三)

「這個，姪兒不知。」

曹操心中的煩躁感，越來越強烈。他輕聲道：「你不是不知，你是不敢說……」

曹彬更噤若寒蟬。

停下腳步，曹操站在門廊上，用力呼出一口濁氣。良久後，他輕聲道：「立刻請公達前來！」

曹朋仍跪在衙堂上，腿已經沒了知覺。

這次恐怕玩得有點大了！不知道老曹會不會生氣？抑或者，會因為此事，而對我有看法？

曹朋心裡有些忐忑。

他從不認為自己是一個多麼偉大的人。只是那天在白馬城頭，看著一顆顆血淋淋的人頭，讓他產生出許多感慨。

陰錯陽差，重生於這一個時代，也是漢人最輝煌的時代。盛唐？在曹朋心裡，或許算得上偉大、榮耀，可不知為什麼，總有些疏離。前世他的身分證上標注的民族，是漢族！所以也讓他對漢，更感親近。他實在不希望漢人再去經歷那個狗屎的『民族大融合』的時代。

當然，他也知道自己的力量改變不了什麼，可他還是希望能做點什麼，能讓漢人在這個動盪的三國歲月多活下來一些。

今天能保住酸棗三萬……哪怕只有一萬人，也是一種勝利。也許我改變不了什麼，但我卻不能眼睜睜的看著歷史，朝著原有的軌跡行進！

突然覺得自己似乎狹隘了，似乎偏執了……不過那又怎樣？狹隘就狹隘了，偏執就偏執了！

曹朋深吸一口氣，重又直起腰，挺起胸膛。

「阿福，咱們走吧，你這麼跪著，沒有用。」曹真很無奈的看著曹朋，輕聲勸說。雖然他也知道他的勸說沒什麼用，可總不能不管不問。

其實他也不太明白，平時挺好說話的曹朋，今天怎麼就這麼固執呢？

而曹朋卻不能說出原因。難道告訴曹真，他自後世穿越而來，百年後，漢人將十不存一？如果真的說了這些，那麼曹真說不定會把他當成瘋子，直接拔劍砍殺在這小小的衙堂之上。

已經子時了，衙堂外漆黑一片，衙堂裡燈火熄滅。

曹真坐在曹朋旁邊，仍低聲的勸說不止。一陣腳步聲傳來，曹真抬起頭，向衙堂外看過去。荀攸手持一只燈籠，慢慢走近衙堂。

「子丹，你先回去吧。」

「荀先生……」

「我有些話，要和阿福說，你回去歇息，明日還有許多事情要做。」

聽荀攸的口氣，曹真立刻醒悟過來。

只怕荀攸此來，是受了曹操所託。至於要和曹朋說些什麼？曹真卻不敢猜測！

他站起身，與荀攸拱手一禮，而後又看了看曹朋，默默退出衙堂。走出衙堂，就看見典滿和許儀帶著人，守在衙堂三十步之外，曹真心裡一怔，而後好像想到了什麼，轉身詫異的向衙堂裡看去……

荀攸點上了燭火，衙堂上又恢復了光亮。他拿起一塊蒲團，擺在曹朋身前，而後坐下來，上上下下的打量著曹朋，一句話也不說。那目光很銳利，好像利劍，穿透曹朋的身體。

曹朋愕然看著荀攸，有些不太明白荀攸究竟是什麼意思。

「阿福，你何苦這般固執？」

聽到荀攸的稱呼，曹朋又呆愣了……

在他的印象裡，自己和荀攸並不是太熟悉，甚至只見過三、四次，說過的話加起來不超過十句。似

延津大撤退(三)

『阿福』這種帶有極其親切之意的稱呼，從沒有從荀攸口中說出來過。

也許是因為他和曹朋不熟？

所以一直以來，荀攸或是稱呼曹朋的名字，或是直呼他官位，甚至連曹朋的表字也極少出口。

曹朋猶豫了一下，輕聲道：「大丈夫有所為，有所不為。」

荀攸笑了！

「那你認為舉城撤退，可為否？」

「這個……」

「其實你也知道這樣做的凶險之處，可你還在堅持。我不明白你為什麼如此堅持，想來有你的原因吧……我也不想知道是什麼原因。我現在坐在這裡，只問你一句話，你可有對策？」

「這個……」曹朋低下了頭。

這個，還真沒有！

不過是一時衝動，可衝動過後，卻並沒有後悔。

荀攸輕聲道：「十日後，主公將率部撤往圃田澤，瀆亭乃必經之路。主公率部通過浮橋之後，你有一個時辰的時間，令酸棗百姓通過浮橋。一個時辰之後，浮橋必須斬斷，否則袁軍追擊上來，必然會對主公造成巨大的威脅……你，可曾聽清楚了？」

曹操同意了？

曹朋吃驚的睜大眼睛。這的確是出乎他的預料之外，一個寧我負人、毋人負我的人，居然會同意這樣的請求？老曹，可從來都不是感情用事之人啊！

「主公會抽調伯仁和子羽，各領一部兵馬協助你。記住，一個時辰！」荀攸沉聲道：「一個時辰後，浮橋必須斬斷，否則……我想你能明白。」

一個時辰，兩個小時！能不能令三萬人通過呢？曹朋也不知道。

不過他還是感到非常歡喜，「我明白。」

說著話，他就要站起來。可雙腿都快失去知覺，當他起身的一剎那，身體一個趔趄，險些摔倒在地上。荀攸伸手把他扶住，看著曹朋那一臉歡喜的模樣，嘆了口氣，笑著輕輕搖頭。

「去吧，伯仁和子羽帶人在外面等候呢。」

曹朋搓了搓兩腿，待回復了些知覺後，便站起身來，「荀先生，朋多謝你了！」

「不用謝我，此主公決斷……主公並非是那種無義之人，他比你更加清楚『民為重』的道理。」荀攸笑著，和曹朋一起走出衙堂。

曹朋又躬身向他施禮，而後快步向府門外跑去。

站在衙堂門階上，荀攸搖了搖頭……明公這一次的決斷，卻似乎有些兒戲了！

曹朋在酸棗城門口，遇到了夏侯尚和夏侯恩兩兄弟。兩人各帶五百兵卒，正等候曹朋。

「友學，你可真是給自己招惹麻煩。」

夏侯恩見到曹朋的第一句話，便責怪起來。

夏侯尚呢？只是靜靜看著曹朋，一言不發。

「走吧，咱們先回瀆亭去。」曹朋也沒有辯解，嘿嘿一笑，領著飛毦衝出城門。

「這傢伙，分明就是自己尋不自在。」夏侯恩苦笑著看了一眼夏侯尚，低聲的嘀咕。

夏侯尚猶豫一下，「阿福倒是個有情義的人……至少他比那些只會說不會做的人，要強百倍。」

「哈，你們兩個，還真是……」夏侯恩倒是沒有再說什麼，只大笑兩聲，便催馬跟上了曹朋。

回到瀆亭之後，曹朋先把夏侯尚、夏侯恩兩人安頓好，然後便把闞澤等人都喚到了軍帳之中。他把事情的經過原原本本說了一遍，闞澤不由得目瞪口呆。

好半晌，他苦笑著說：「公子，你這不是給自己招惹麻煩嗎？」

「我知道……可我覺得，有些事情我必須要做。」

闞澤說：「可問題是，這件事已不是你能夠承受的範圍。三萬人，想要通過浮橋，沒有兩個時辰，斷然不可能。你到時候斬斷了浮橋，至少會有三分之一的人流落這邊，還不是……」

「可至少能救下三分之二。哪怕只能救下三分之一，我也要嘗試。總好過眼睜睜看著袁紹屠城，數萬無辜百姓為之送命而無動於衷的強。」

「可是……」

「德潤，我找你來，是讓你幫我出主意。」

闞澤撓撓頭，沉吟半晌後道：「大主意我是想不出來，不過小主意，倒是有幾個。濆亭河段的水流並不算湍急，我們有十天時間，這附近也不缺林木。如果所有人動起來的話，這十天時間裡，我們可以搭建起兩座到三座小浮橋。如此一來，曹公退兵時就可以加快速度，為我們爭取更多的時間。只不過，我們需要大批輜重，否則不一定能把浮橋搭好。」

搭建小浮橋？

曹朋眼睛不由得一亮。

我怎麼就沒有想起來這個問題？夏侯恩和夏侯尚手裡還有一千兵馬，到時候可以全部參與其中，說不定能搭建出更多浮橋。

「好辦法，輜重方面的問題，我會向主公請求。」

「搭建浮橋是一方面，同時我們還可以多備木筏……公子還記得塔村嗎？塔村背靠曲遇聚，可直抵陽武。修造木筏並非難事，到時候咱們可以分出一部分人員，由曲遇聚乘木筏渡河，前往陽武。我不知道這兩者同時進行，能為咱們爭取多少時間，但想必總有些用處。」

曹朋連連點頭，表示闞澤這兩個主意不錯。

田豫卻有些擔心，輕聲道：「我最怕的是，當百姓渡河時，袁軍追來，必然出現混亂局面。」

曹朋笑道：「怕什麼，主公已有萬全之策，料那些袁軍也討不得好處。」

田豫說：「既然主公已有安排，那我就放心了。咱們說幹就幹，最好馬上通知兩位夏侯將軍行動……對了，曲遇聚那邊，也需有人留守才是。」

曹朋想了想，「曲遇聚，就由興霸看護，如何？」

甘寧起身，拱手道：「末將必不負公子之託。」

「你看，咱們這三個臭皮匠，抵得上一個諸……郭奉孝。接下來，大家就行動起來。我會命郝昭率黑旄接替韓德，暫時駐守小潭。」

眾人齊聲領命。

就這樣，在曹朋的安排下，瀆亭當晚便開始了行動。

甘寧率二百飛旄，在第二天一早，與從小潭趕來的韓德所部會合，趕赴曲遇聚，營造木筏。

塔村在經過舒強的洗劫後，幾乎名存實亡。許多村民已逃離塔村，存活下來的老弱婦孺，被甘寧當天就送到了河對岸。如此一來，塔村留有許多物品，還有三艘渡船。在甘寧的指揮下，韓德帶著人入駐塔村，開始營造木筏。

曹朋則命闞澤和田豫連夜寫好了一份詳細的計畫書，第二天一早送往酸棗。曹操在看罷了撤退計畫書之後，也沒有發表反對意見，只是讓董昭盡可能將輜重送往瀆亭。

十天的時間，飛快過去。

章十五
延津大撤退(三)

在這十天之中，曹操又命人數次佯攻，做出反攻的態勢。不過，並沒有給袁紹造成太大的麻煩。從黎陽渡河而來的袁軍，已經增至十三萬，袁紹的信心也隨之暴漲。

「明日，某將親自督帥兵馬，不取酸棗，誓不收兵。」

延津大營中，袁紹信誓旦旦。他看著大帳裡的眾將，臉上露出志得意滿的笑容。不過，當他的目光從沮授身上掃過時，笑容頓時隱去。

只見沮授面呈憂鬱之色，坐在一旁若有所思。

「則從，何故不語？」

沮授驀地驚醒，連忙起身道：「主公，授只是在思考一件事情，故而剛才有些走神。」

「則從所思何也？」

「這幾日，曹操連續攻擊，令我感到奇怪。他明知主公兵力占居優勢，理應加強守衛，領各地兵馬前來。可他非但不如此，反而做出反攻之勢，似乎非曹孟德所為。而且，自主公進駐延津以來，曹軍兵力似乎並沒有增加……他如此做，究竟是什麼意思？授剛才突然想到了一個可能，莫非是那曹操，想要退兵嗎？」

袁紹一怔，旋即露出沉思之狀。「則從所言，頗有道理。」

「而且，據探馬消息，最近一段時間，酸棗似乎很熱鬧，這也讓我感到有些不太正常。」

袁紹想了想，「既然如此，那我立刻派人打探。」

這似乎是最好的辦法。

在沒有弄明白曹操的真實意圖之前，即便是沮授也不敢輕舉妄動。

曹操不是公孫瓚，也不是袁紹以前的那些對手。這是一個真正的奸雄，必須要小心謹慎。

不過，斥候剛派出不久，就有小校前來稟報：「主公，剛得到消息，酸棗方面自午後便開始大開城門，探馬發現有許多百姓離開酸棗，正朝著濆亭方向撤退。」

「什麼？」袁紹聽聞，不由得一驚。

沮授一拍大腿，「主公，曹操這是想要撤兵！」

「那當如何是好？」

「曹操退兵，必然是看出主公意圖攻擊的想法，故而才率部撤離。以授之見，主公當迅速點起兵馬，追擊曹操……嘿嘿，曹孟德此次想向天下人展現仁義之風，實自尋死路。他帶著酸棗百姓撤離，其速度必然不會太快。主公可令騎軍先行出擊，拖住曹操腳步。」

袁紹聽聞，立刻點頭，「若非則從，某險些中了阿瞞之計。」

他立刻招來張郃，命張郃率大戟士，追擊曹操。

那大戟士，也是袁紹手下一支精銳人馬。

自麴義的先登營被他消滅之後，大戟士已隱隱有取而代之的勢頭。大戟士的主將，就是河北四庭柱之一的張郃張俊乂。張郃領命而去，沮授想了想，又連忙追出大帳，將張郃喊住。

只是，他沒有發現，當袁紹稱讚他的時候，一旁郭圖的眼中，卻閃過了一抹戾色……

濆亭河面上，出現了三座簡易浮橋。用兒臂粗細的纜繩將木板穿起來，連接兩岸。浮橋不算太寬，並肩能通行兩人；承重也不是太好，如果在浮橋上站滿了人，橋面就會沒入水中；人行走在上面，也不是特別的平穩。但行走卻不成問題，關鍵是要有一個秩序。

此時，河東岸已經擠滿了人，有軍卒，還有從酸棗而來的百姓。

為了這次撤退，曹朋可算得上是費盡了心思。十天裡，他數次往返酸棗和濆亭之間，並且將撤離計畫一次次的進行完善。歷史上，劉備率百姓撤離新野，根本沒有任何計畫和安排。也正因為這個原因，

章十五

延津大撤退(三)

使得撤離速度極為緩慢，更造成了長阪坡死傷慘重，百姓流離失所。

後世有一種說法，劉備之所以帶這些百姓撤離，是想要用這些平民百姓來延緩曹軍的追擊速度。事實上，結果也正是如此。如果沒有那十幾萬百姓的阻隔，劉備恐怕很難逃出生天。

這也是許多人對劉備深惡痛絕的原因之一，認為這個人只是偽善，根本算不得什麼好東西。

相比起曹操的屠城，劉備長阪坡上造成的死傷，似乎更大。

但後世許多人把這些傷亡，都記在了曹操的名下……曹朋算不上什麼偉大，更談不上仁慈。若真仁慈，他就不會一把火燒了白馬；若真仁慈，他也不會在數次大戰中，目睹傷亡而無動於衷。戰爭就是戰爭，慈不掌兵的道理，曹朋不是不懂。可他還是堅持要使百姓撤離，更多的是一種衝動。

白馬之夜，對曹朋來說有著極其重要的意義。在那一夜，讓他知道了他應該去做什麼。不是當什麼聖人，更非做什麼梟雄，他只想盡可能保留一些漢人的種子。

袁紹的凶殘，未必輸於曹操。

在經過了延津慘烈搏殺之後，他必然會對酸棗加以報復。

這和出身無關，即便是西楚霸王和漢室高祖，也都曾有過屠城的記錄。有時候，讀書越多，學識越高，殺起人來就越是肆無忌憚。袁紹四世三公出身又如何？他背信棄義，忘恩負義的事情甚至比曹操還多。想當初董卓入京，袁紹逃往渤海，得冀州刺史韓馥幫助非常大，可諸侯討伐董卓之戰以後，袁紹第一個幹掉的，就是韓馥。

後世有一首歌寫得好：道義放兩旁，利字擺中間。差不多，也就是這個意思吧。

曹朋縱馬衝上一座山丘，手搭涼棚看著夜色中，只見河東岸長長的人龍，不由得露出欣慰笑容。

「什麼時候了？」

「快子時了！」

曹朋點頭，輕聲道：「主公看樣子也該來了。」

他想了一下，沉聲道：「德潤，下去告訴郝昭，封鎖大橋，清空大橋通道。讓大家按照出城發放的號牌，依次從小浮橋通行。每次放行六百人，首批快要抵達橋尾時，第二批方可登橋。我們的時間還很充足，想必天亮前應該可以全部通過。你通知伯道之後，便去對岸，告訴子羽，點燃火把，準備接收百姓撤退……好了，都開始吧。」

闞澤拱手領命，衝下了土丘。

大橋橋頭，出現了一陣騷亂，但很快的便恢復了秩序。

河兩岸，燃起了篝火，使得視線一下子變得通透起來。曹朋和夏侯蘭勒馬駐足在土丘之上，身後跟隨有百名飛眊。本來，曹朋想讓飛眊全部跟隨甘寧到曲遇聚，可甘寧死活不肯，只帶走了一半人。後來曹真又從虎豹騎抽調出兩百騎兵，曹朋一併轉交給了甘寧駐守塔村。

「主公那邊情況如何？」

「正在大潭設伏，等待袁紹追兵。」

「估計，快開始了吧。」

曹朋和夏侯蘭正說著話，山丘下的官道上，突然傳來一陣嘈雜。

原來，是曹軍的輜重車輛抵達瀆亭。率領輜重車馬撤退的，是董昭和荀攸。曹朋不敢懈怠，連忙下山丘迎接。

荀攸看著井然有序的河岸，還有那河面上的浮橋，不由得露出滿意笑容：「阿福，果然被你做到了。」

曹朋連忙回答：「朋不過是盡我所能。」

董昭忍不住開口：「可你還是給主公增添了許多麻煩。這樣大規模的撤退，很有可能提前被袁紹覺察。主公原本這時候已該抵達瀆亭，可現在，還在等候袁軍的追擊。」

曹朋不由得露出赧然之色。

他何嘗不知，這種行為給曹操增添了許多麻煩，甚至可能會造成巨大傷亡。但是，他卻不能不堅持。若三萬人被袁紹屠城，酸棗勢必會變成一個巨大的修羅地獄，這絕不是他所希望見到的結果。

「公仁，阿福這樣做，也是出於仁義之心，雖費些周折，但也不算什麼。」

董昭笑了笑，沒有再開口。其實他也不是真的想要責備曹朋，只不過是忍不住埋怨幾句罷了……

轟隆！

官道上突然傳來一聲巨響，緊跟著人喊馬嘶聲不絕。

「發生了什麼事情？」

「侍中，一輛馬車倒了，堵在路中央。」

曹朋等人一聽，連忙趕到事發地點。就見一輛六輪大車倒在路中央，數十名軍卒拚命的想要把大車扶起來，可是車上的物品太重，以至於車輛紋絲不動的躺在路上。如此一來，原本寬闊的路面頓時變得狹窄起來，後面的車仗更不得不停下，使得路面頓時擁堵一處。

「把車仗掀到路旁，清空道路。」

「可是那車上……」

「再重要的東西，都沒有人命重要，傳令下去，所有大車全部丟棄，輕車快速通過浮橋。」曹朋催馬上前，厲聲斷喝。

董昭一蹙眉，「曹校尉，這大車上還有許多輜重。」

「這些東西不重要，全都聚集一處，燒了！」曹朋說罷，拱手對董昭解釋，「祭酒，非是曹朋想要浪費，大車太重，如果從橋面通行，大橋未必能撐得住。萬一在橋上出現問題，定然會更加麻煩。主公現在是要戰略撤離，一些不必要的輜重該燒就燒，該丟棄就丟棄吧。」

不當家不知當家的難！

但又不得不承認，曹朋說得有道理。

荀攸想了想，「公仁，就依阿福所言。」

董昭沉吟片刻，最終點頭答應。的確，有這些大車在，確實會拖慢了速度……

於是，一輛輛六輪大車堆積在山丘之下，眨眼間近百輛車，堆得好像一座小山。夏侯蘭命人在上面潑上桐油，迅速點燃起來。沖天的火焰劈啪亂響，把官道照得通通透透，令人心裡頓時敞亮許多。

有時候，這光明會給人帶來安全的感覺。

原本有些焦躁憂慮的百姓，當火焰亮起來後，一下子變得安靜許多。

一輛輛輕車，飛快的上了浮橋，朝著浮橋對岸行進。輜重車隊的速度提升了一倍還多。不管董昭心裡是不是舒服，可也不得不承認，按照這種速度，曹操兵馬抵達時，輜重車隊就可以全部通行。他不由得偷偷看了曹朋一眼，就見曹朋勒馬路旁，大聲的呼喚車隊加速。

「公達，這友學倒是個有魄力的人。」他突然發出一聲感慨。

荀攸則微微一笑，「否則，主公何至於對他如此遷就？」

董昭不由得也笑了……

將近丑時，從官道的盡頭，出現了一隊鐵騎。

曹純率虎豹騎抵達瀆亭，遠遠的看到那沖天火光，也不由得有些發愣。荀攸和董昭迎過去，關切的問道：「子和，前方戰況怎樣？」

曹純苦笑一聲，「候了半夜，居然沒有見到袁紹兵馬。」

「袁紹沒有追擊？」

延津大撤退(三)

「沒有!」

荀攸和董昭，不由得愕然相視。

「那主公……」

「主公已命文謙率部向封丘撤退，他自領武衛軍和虎賁軍斷後，並命我率虎豹騎先行渡河，在對岸列陣。」

虎豹騎是曹操耗費無數錢帛和精力打造出來的精銳。袁紹既然沒有追擊，虎豹騎的作用也就隨之減弱。虎豹騎的戰鬥力在於衝鋒，曹操看起來已決定撤退，那麼虎豹騎自然就無用武之地。既然無用武之地，那索性先行撤離，退守河西。

此時，輜重車隊已經全部通過。曹朋正在橋頭，與郝昭談論事情。

曹純輕聲道：「怎地把大車都燒了?」

「阿福說，大橋撐不住這許多大車的重量，還不如丟棄，加快通行的速度。」

「這小子……」曹純不禁笑了，抬頭向兩邊觀望。看著一隊隊百姓極為有序的從三座小橋上通過，他也忍不住發出感慨：「友學心細，幾乎面面俱到。此次撤離若能成功，友學當是首功一件……」

「嗯，聽說他在曲遇聚還造了數十艘木筏，用以載運百姓。如此一來，倒是讓濆亭這邊的壓力減小許多……當初他提出這個建議的時候，我本不太贊成。沒想到，好大一樁事情居然被他做成了!子和，曹氏子弟果真不凡，日後友學前程無量。」

聽到稱讚曹朋，曹純也不禁高興萬分。

曹朋不管怎麼說，都是曹家子弟。他做的出色，被人承認，其實也是對曹氏宗族的一種榮耀。

「子丹!」

「末將在。」

「去，接手橋頭防務，命兒郎們迅速渡河。」

曹真連忙答應一聲，率本部百騎，衝到了浮橋橋頭。和曹朋低聲說了幾句之後，曹朋點頭答應，命郝昭率黑眊迅速通過浮橋，在河西岸紮下營寨。

「你這個部曲，端地是人才。」看著黑眊迅速通過浮橋，曹真忍不住稱讚道。

曹朋一笑，「伯道武藝雖然不高，但是治軍嚴謹，有大將之風。此前他本是張遼麾下一個部曲督，後被送到我這邊來……這等情義，我又豈能不去報答。」

曹真知道，曹朋說的是他當初在下邳放走呂布家眷的事情。曹真輕輕點頭道：「若換作是我，恐怕也會如此。」

「對了，朱梅現在如何？」

「梅，甚好。」

朱梅，也就是朱贊的兒子。

朱贊死後，朱梅母子被曹真收留，更拜曹真為義父。曹朋和曹真這兩年，說實話接觸並不是太多。所以兩人在一起時，難免會說一些私事，其中自然也會包括朱贊的妻兒生活狀況。

「快兩歲了吧。」

「是啊，一轉眼，梅也會開口說話了。」

就在兩人交談的時候，曹純率虎豹騎開始通過浮橋。

荀攸和董昭也隨虎豹騎一同通行。臨行時，董昭問道：「友學，你難道不過橋嗎？」

「主公命我駐守濆亭，他尚未抵達，我焉能渡河？」

「如此，就辛苦了！」

曹朋笑了笑，點頭應承。而後他和曹真打了個招呼，便領著飛眊離開浮橋。

章十五

延津大撤退(三)

此事，已有數千人通過了浮橋，曹朋看速度仍有些緩慢，便通知下去，每次通行可增加四百人，如此一來，浮橋雖有些不堪重負，但渡河的速度也隨之明顯加快。虎豹騎通過浮橋後，郗慮的長水營抵達濆亭。隨著一支支人馬抵達，濆亭也變得越發熱鬧、越發嘈雜起來。

夏侯蘭不禁暗自感慨：如果沒有這三座小浮橋，只怕濆亭會變得格外混亂。

而現在，情況看上去雖然嘈雜，但並沒有出現亂象。軍卒走大橋，百姓走小橋，相互沒有任何影響。他深吸一口氣，看著前面挺直腰桿、沿途巡查的曹朋，心裡陡然多出許多讚嘆。

不行，我定要設法讓子龍前來！

想當初，夏侯蘭曾說過，會勸說趙雲過來為曹朋效力。可沒有想到，趙雲最終還是跟隨了劉備！這也讓夏侯蘭感覺非常不快，甚至見曹朋時，會感到羞愧。他倒是知道趙雲的去處，據說如今在南陽的韋子鄉。而且，趙雲還讓人送過一封書信給夏侯蘭，在信中說：劉皇叔是漢室宗親，乃天下正統，其人寬宏，且仁義無雙。

並且，他還勸說夏侯蘭棄了曹朋，去輔佐劉備。

也許是跟隨曹朋時間久了，所以夏侯蘭對劉備的印象並不是特別好。幾次衝突，都是劉備的人主動過來尋釁，更使得夏侯蘭在內心裡產生了一些排斥……

劉備仁義？他有我家公子仁義嗎？我家公子可以為三萬百姓冒死勸諫，劉備能做到嗎？我家公子可以為了這三萬百姓，不眠不休的操勞忙碌，劉備能做到嗎？我家公子才是真仁義，那劉玄德，不過假仁假義罷了。

想到這些，夏侯蘭更覺得應該勸趙雲過來。就把今天發生的這些事情告訴他，看子龍還能說什麼！公子年紀雖小，但若說仁義，那才是天下無雙！

就在這時，遠處突然傳來一陣陣喧譁和騷亂。

曹朋連忙催馬上前，一邊安撫百姓，一邊命人打探消息。

不多時，就見一名小校縱馬飛馳而來，「大事不好，袁紹追兵抵達，主公被袁軍衝散了……」

章十六 延津大撤退（四）

曹操失算了！

準確的說，他設下伏兵，準備半途伏擊的計策被人看穿了。一般而言，這種伏兵之計最大的問題就是被人看穿。因為一旦被看穿，主動權瞬間就轉到了敵方手中，危險性隨之增大。

曹操不可能一直等著袁軍的追兵，畢竟他是準備撤退。但只要他一撤出伏擊圈，當敵軍追擊上來的時候，必然會遭遇重創……

曹操知道，袁紹如果得知消息，一定會派出追兵，於是他設下埋伏，準備重創袁軍之後撤離。

可是，左等右等，卻不見袁軍追兵抵達。眼見時間一點點過去，曹操也不敢繼續逗留，如果袁紹大軍抵達，他手中這點兵馬根本不足以抗衡。所以，曹操決定徐徐撤退，命樂進率部向封丘撤退，又使虎豹騎率先脫離戰場。

子時中，曹操見袁軍仍無動靜，這才領兵開始撤退。

可誰又想到，他剛一撤退，袁紹的追兵就到了！而且領兵的還是河北四庭柱之一的張郃，使得曹操頓時陷入困境。

張郃指揮大戟士，直接發動攻擊。曹軍猝不及防之下，很快便潰敗下來。幸得虎賁軍在典韋的指揮下，死死抵住張郃兵馬，這才算是暫時拖住了袁軍的腳步。可即便如此，曹操在亂軍之中，也失去了蹤跡。等到典韋發現曹操不見時，大驚失色……再想尋找，可戰場已經人滿為患，亂成了一團。

袁紹領兵，追擊上來……

這就是一個『時間差』的戰術。

曹操退兵，必設有埋伏。沮授深知曹操狡猾，所以當張郃領兵準備追擊的時候，他跑出中軍大帳，將張郃阻攔下來：「儁乂可知，如何追擊？」

張郃想了想，毫不遲疑的回答說：「自然全力追擊。」

「儁乂若如此，必敗無疑。」

「都督此話怎講？」

沮授道：「曹賊狡詐，詭計多端。他既然舉城撤離，又豈能沒有防備。我可以肯定，曹賊必然會在中途設下埋伏。只要儁乂追兵一到，伏兵四起……到時候，儁乂你可就危險了。」

張郃不由得倒吸一口涼氣，連忙問：「還請都督教我。」

「我有八字贈與儁乂，儁乂只要按此八字去做，必能大敗曹賊。」

「敢問哪八個字？」

「曹賊不退，追兵不出。」

也就是說，拖著曹操，他不動你也不要動。

大家都藏在暗處，可張郃卻有著比曹操更有利的形式。曹操要撤退，他不可能一直守在那裡，否則袁紹大軍一到，他只能束手就擒；所以，沮授的計策就是讓張郃與曹操比拚耐心。

張郃不禁有些猶豫：「萬一曹賊沒有設伏，又該如何？」

沮授笑道：「倘又不知曹操，那曹孟德必定設有伏兵，而且會親自斷後，以穩定軍心……此人有雄才大略，同時也知如何穩住局面，並且膽氣甚壯。這種時候，若他不留後，還能有誰？所以我算定，曹孟德必然會留下來，等待追兵的到來。」

對沮授，張郃素來敬重。

沮授可說得上是謀略過人，算無遺策。若袁紹肯聽沮授的話，說不定早就占盡上風，而非現在這樣僵持。

張郃在猶豫了一下之後，果斷聽從了沮授的計策。沮授說得沒錯：他張郃拖得起，可曹操卻拖不起。

而事實上，也果真如此。當曹操開始行動之後，張郃立刻下令大戟士發動攻擊。

袁紹麾下，有萬餘騎軍。其中大戟士更是清一色騎軍裝備，足有五千餘人。

在雙方拖延的時候，袁紹也點起了兵馬，迅速撲向瀆亭。曹軍遭遇重創，幾乎是全軍潰敗！

曹朋聽聞，大驚失色。

而瀆亭河畔，酸棗百姓也出現慌亂。

「子幽，通知下去，每次放行一千五百人，加快通行速度。所有輜重車輛，全部拋棄焚燒，軍卒只帶兵器，迅速通過……我這就帶人前去查探情況。」

局面，一下子變得嚴峻起來。

曹朋最害怕的事情，還是發生了。最頭疼的是，曹操不見了蹤跡。如果曹操出了問題，那曹朋此前所做的種種，也就化為泡影。

同時，曹朋感到自責。若非他一力堅持，曹操又怎可能遭遇慘敗？

歷史上，曹操和袁紹曾在延津對峙很長時間。可當時究竟是怎麼撤退，史書上並沒有任何記載。那也就是說，如今所面臨的這場潰敗，原本是不存在的事情。如今發生了……難道說，歷史的軌跡，再一次發生偏移？曹操對曹朋不錯，甚至可以說是溺愛。他的生死，更關乎曹朋的未來，所以不論怎樣，曹朋都必須要弄清楚狀況，找到曹操，安全把他帶回。

「不要慌，不要慌亂！」曹朋催馬疾馳，一邊走一邊大聲呼喊。

「我乃瀆亭校尉曹朋，我將守在這裡，只要有一人未過河，我絕不撤離……大家不要慌亂，加速渡河。車輛等一應雜物，全部拋棄，等渡河之後，朝廷自會補償，現在全部輕裝渡河。」

洪亮的聲音，在夜空中迴盪，但迅速被哭喊聲淹沒。

好在橋頭已經接到消息，開始命令加快渡河的速度。

夏侯尚從河邊跑過來，大聲道：「阿福，究竟什麼情況？」

「袁軍快追上來了，我帶人前去阻攔，你告訴子丹，必須加快渡河速度，能不要的東西，就地處理。」說完，曹朋率飛瓩急馳而去。

夏侯尚也急了，在馬上厲聲喝道：「袁軍還未抵達，大家不要慌，聽從安排，加速渡河！」

軍卒們同時高聲呼喊，酸棗百姓漸漸穩定下來。

與此同時，曹朋率部向東撲去，越往東，喊殺聲就越清晰。沿途不時看到敗退下來的曹軍，一個個狼狽不堪。

「不要慌！橋頭尚有大軍駐守，大家都不要慌張！」

曹朋也知道，他不可能阻攔這些潰兵。但是他希望用這樣的方法，令潰兵穩定下來，否則他們這樣慌慌張張的跑回去，必然會令河岸的局勢更加混亂，弄個不好，會有全軍覆沒之危。

相信荀攸他們會做出正確的反應。

章十六

延津大撤退(四)

對曹朋來說，他現在必須要儘快找到曹操。

向東一直行進十八里，就是小潭。此時，小潭已經變成了戰場，到處可看到馳騁戰場上追殺曹軍的袁兵。曹朋咬咬牙，兩腳一磕馬腹，手執畫桿戟，厲聲吼道：「飛眊，隨我出擊！」

照夜白一聲長嘶，撒蹄狂奔。

一百飛眊緊隨曹朋身後，清一色長刀大槍，轟隆隆便闖入了小潭戰場之中。

「我乃瀆亭校尉曹朋，兒郎們速速向我靠攏！」

曹朋一邊嘶吼，手中畫桿戟猶如出水蛟龍，呼嘯著撕開一條血路。大戟上下翻飛，戟雲翻滾，所到之處袁軍紛紛落馬，只殺得血染征袍。照夜白帶著巨大的衝擊力，阻攔在途中的袁軍被撞得骨斷筋折。曹朋大戟掄開，凶猛劈斬，十數名大戟士被他挑落在血泊中。

在曹朋的身後，飛眊呼嘯而來，鐵槍凶狠的刺擊，長刀撕裂衣甲……

眨眼間，曹朋便率部殺進了戰場，沿途不時有曹兵靠攏過來，隨著曹朋在亂軍中橫衝直撞。有一年了吧！

自修習白虎七變，曹朋在進入洗髓階段後，又找到了新的方向。

他那位從沒有見過的便宜師父左慈，對這具身體的前任主人是真的很上心，所創出的功法，幾乎完全是依照著曹朋前任的身體情況而創，所以對曹朋而言，也格外合適。白虎，古之聖獸。白虎七變，是根據道家經典《白虎七變經》而創，左慈為此在深山中，觀摩猛虎搏鬥，幾乎每一個動作，都帶著百獸之王的氣勢。這一點對於曹朋而言，最為可貴。

一年來，曹朋已隱隱達到了一流武將的巔峰狀態，氣力比之當初，更提升數倍。

沉甸甸的畫桿戟在他手中，猶若燈草般輕若無物。一連幾名袁將衝上來想要攔阻，都被曹朋一戟擊殺。曹朋在亂軍中衝殺了一陣，遠遠的就看到典韋正率領數百名虎賁，與袁軍戰在一處。典韋已殺紅了眼，雙戟翻飛，身前無一合之敵。可問題是，袁軍太多了！多得讓典韋怎麼也殺不乾淨。同時，他還惦記著曹操的安全，故而越殺就越是惱怒，越殺就越是心急。

虎賁軍依照著此前訓練的陣法，三五一隊，緊隨典韋身後。可隨著袁軍源源不斷的到來，使得虎賁軍漸漸抵擋不住，如果繼續殺下去，只怕會全軍覆沒。

「典大叔！」曹朋大吼一聲，催馬就衝上前去。

這一聲巨吼，猶如驚雷炸響，讓典韋驀地清醒過來。

「阿福，你怎麼來了？」

「主公在何處？」

「我也不知……之前我負責斷後，主公正領人撤退，不想袁軍追來，使我和主公分散了……」

「那你還在這裡打個什麼？」

曹朋說話間，手中大戟一震，撲稜稜探出，將一名袁兵刺翻在地。

「典大叔，不要戀戰，隨我先找主公。」

「我正欲如此。」

典韋當下撥馬後退，曹朋衝上去，攔住了後面的袁軍。

一名袁將挺槍躍馬而來，曹朋眼睛瞇起，猛然催馬。照夜白感受到了曹朋的心意，一個加速，瞬間就到了那袁將跟前。曹朋的速度太快了，以至於那袁將有些反應不過來。畫桿戟在手中滴溜溜一轉，曹朋單手執戟，一招青龍探爪，呼的刺出。袁將剛要舉槍相迎，畫桿戟卻已到了跟前。只聽噗的一聲，戟刃凶狠的撕裂了他的甲胄，將那袁將從馬上挑飛出去……

曹朋和典韋合兵一處之後，威勢頓時暴漲。兩人一左一右，一個大戟翻飛，一個雙戟舞動，迅速殺出了一條血路。

章十六 延津大撤退(四)

「典大叔，主公剛才是往哪邊走？」

「我記得是往濟水方向……」

曹朋頓時明白了，曹操之所以往濟水方向走，恐怕是想要透過樂進之手，來抵擋袁軍攻擊。

「咱們追過去。」

「好！」

典韋這時候，基本上是聽從曹朋的主意。他和曹朋接觸最多，也知道曹朋鬼主意不少。打仗殺人？典韋從來不害怕任何人！可現在，當務之急是要找到曹操。這就需要有個明白人拿主意……在這種關鍵時刻，典韋選擇相信曹朋。

這兩人在一起，頓時在亂軍中掀起了一陣腥風血雨。

曹朋的武藝雖然比不得典韋，可是他手中畫桿戟，卻占有巨大的優勢。兩人一路殺過去，行出大約兩里，就見前方一隊袁軍正圍著一群曹兵苦戰。距離雖然有些遠，但典韋卻一眼認出，那指揮曹兵作戰的，正是曹操麾下的親兵曹彬。不過看樣子，曹彬已經是強弩之末。

「小賊，看你還能支持多久！」一員袁軍大將，手舞雙錘，凶狠的轟向曹彬。

曹彬舉刀相迎，只聽鐺的一聲，手中大刀便被磕飛出去。那袁將另一隻大錘橫掃而來，曹彬來不及躲閃，提韁繩，戰馬陡然立起。大錘狠狠的砸在馬頭上，把曹彬的坐騎砸翻在地。

曹彬被壓在馬下，眼見那袁將舞錘而來，不由得眼睛一閉。

「兀那狗賊，休要猖狂！」

一股金鋒呼嘯而來，袁將連忙翻錘磕擋。

鐺……

鐵錘將一枚鐵流星磕飛出去，而典韋拍馬衝過來，雙鐵戟高舉，狠狠的劈下。袁將再想磕擋，已來不及了……只聽噗的一聲，雙鐵戟正劈在那袁將的頭頂，把那袁將頓時劈落馬下。

「典中郎？」曹彬睜開眼睛，不由得喜出望外。

未等典韋開口，曹朋催馬衝上來，「文質，主公何在？」

「八哥……」曹彬興奮不已，掙扎著從死馬身下爬出來，探手一把抓住那袁將的坐騎，翻身上馬。

「你來的正好，主公被流矢所中，正在林中。」說著，曹彬伸手一指身後的疏林。

曹朋二話不說，撥轉馬頭，「文質，速去照看主公，待我殺退敵兵，咱們再設法殺出重圍！」畫桿戟掄圓了，橫掃千軍，把三名袁兵砍翻在地。

飛旄作勢衝出，頓時將袁兵殺得四散而逃。曹朋和典韋殺退了袁軍後，帶著人向疏林行去。

還沒有等他二人靠近，只見曹操匍匐在一匹馬上，在數十名親衛的簇擁下行出。

「君明，友學……救我！」曹操一見曹朋二人，立刻大聲呼喊。

曹操看上去很狼狽，全無早先的風采，臉色顯得蒼白，肩膀上被流矢所中，衣袍上還沾染著斑斑血跡。

典韋衝上去，跳下馬跪在曹操馬前，大聲道：「主公，典韋無能，主公蒙難，罪該萬死。」

「君明，這怪不得你！」曹操直起身子，苦澀笑道。

曹朋這時候催馬上前，「主公，此地非談話之所，請主公速走。」

這個時候，可不是談論過錯的時候。眼見著袁軍再一次衝過來，曹朋也不由得感到了惶恐。

典韋道：「主公不必擔心，典韋必護主公安全離開。」說著話，就見典韋收好了雙鐵戟，從戰場上找到一柄九尺五寸長短的圓盤大斧，翻身上馬。

雙鐵戟近戰搏殺，還是有些威力不足。如果用來鬥將，可能更合適一些，但在亂軍中衝殺，圓盤大斧的威力，明顯要高於雙鐵戟。

曹操也不敢耽擱，立刻命親隨跟上。曹彬手持一支龍雀，護衛在曹操身邊，神情萬分緊張。也難怪，曹彬雖是武將，可年紀還是小了一點，以至於他經驗不足，更沒有見識過如此混亂的局面，不免有些慌亂。

典韋大喝一聲：「典某開路，主公隨我來！」

曹操立刻招呼人馬跟上典韋，朝著濆亭方向迅速撤離。

曹朋領飛眊緊隨其後，負責壓陣。一群人在亂軍之中衝殺，所到之處，只殺得袁軍人仰馬翻。

典韋好像一頭瘋虎般的衝在前面，那圓盤大斧的品質並不算太好，卻勝在這大斧的分量重。加之典韋神力驚人，一柄大斧猶如閻王帖子般，沾著即死，挨著既亡。袁軍雖然奮勇爭先，奈何碰到了一頭搏命猛虎，以至於典韋如入無人之境，大斧掃過，只見到遍地殘屍。

曹朋則負責壓陣，畫桿戟翻飛，接連挑殺數人。

這畫桿戟雖不是呂布那支龍吞天方天畫戟，但式樣幾乎一模一樣。曹朋這一年來苦練戟法，已有小成，那桿大戟揮舞起來，雖不如呂布那般聲勢駭人，卻有無窮威力。至少，那些袁兵袁將想要攔住他，明顯有些困難。再加上飛眊悍勇，曹朋雖落在後面，卻沒有被拉開距離。

隨著一路衝殺，許多潰敗的曹兵開始向他們匯聚一處，眼見兵馬越來越多，堪堪近千人。而袁軍似乎也發現了狀況，開始加大了阻攔的力度。

小潭畔的山丘上，一面黃羅麾蓋下，袁紹得意洋洋的騎在馬上，眼看著曹軍被殺得狼狽而逃，心情正感爽快。哪知忽見一支人馬在亂軍中橫衝直撞，似無人能攔阻，袁紹不禁蹙眉凝視。

「是曹阿瞞！」袁紹突然大叫一聲。而後扭頭喝道：「哪位將軍為我拿下曹操？」

「末將願往！」

從袁紹身後，衝出三人，率兵馬風一般下了山崗。

袁紹一眼認出，那三人就是他心腹愛將淳于瓊三兄弟。淳于瓊是袁紹的心腹，早在袁紹還是司隸校尉時便追隨袁紹，論資歷，甚至勝於顏良、文醜。淳于瓊是老大，生性好酒，武藝比不得顏良、文醜等河北四庭柱，卻也是難得的猛將。其下有淳于安、淳于普兩兄弟，也非等閒之輩。此次追擊，張郃立了首功，但說實話，淳于瓊三兄弟對張郃一直不是太服氣。

顏良、文醜那也就罷了，人家身手太高。可張郃、高覽……哦，高覽現在已經被俘虜了，只剩下一個張郃。

當初袁紹籌建大戟士，本是在張郃和淳于瓊之間選擇。後來是顏良說，張郃可能更合適一些，於是袁紹便讓張郃組建大戟士。對此事，淳于瓊一直是耿耿於懷，甚至對張郃恨之入骨。在他看來，若非張郃是顏良的老鄉，同為冀州人，哪輪得到張郃出任大戟士？

聽聞袁紹下令，淳于瓊二話不說，帶著兩個兄弟出戰。

若我拿下了曹操，到時候看你張郃還有臉繼續統領大戟士否？

袁紹笑道：「有仲簡在，安得曹阿瞞逃走？」

說著，他向身邊看了一眼，卻發現郭圖面露憂慮之色，疑惑道：「公則，何故憂慮？」

「啊……主公，我在想一件事情。」

「什麼事情？」

「主公命俊乂出擊，偏偏沮則從讓他按兵不動。若非主公率兵追過來，我看那張俊乂……沮則從一語，便可使張郃言聽計從。如果他能早一點攻擊的話，說不定能全殲曹阿瞞。可正是沮授這一句話，竟使得曹操精銳安然的撤離。」

袁紹心裡頓時咯登一下，露出沉思之態。他蹙著眉，輕聲道：「公則，我知你多謀，不過如今大戰

延津大撤退（四）

之時，還是不要說這些動搖軍心的言語。」

郭圖連忙謙卑道：「此圖之過，請主公勿怪。」

「呵呵，待拿下曹阿瞞再說。」

郭圖沒有再言語，因為他已經知道，剛才他那一句話，已經令袁紹心生猜忌。

沮授算無遺策，才能出眾。若他在，自己早晚都被他壓制著，袁紹跟前必然再無地位。郭圖這一路上，就在考慮這件事。

沮授沒有過來，留守延津大營。郭圖知道，如果不給沮授上點眼藥，若此戰袁紹大勝，沮授必為首功。所以，他必須要趁此機會，挑撥一下袁紹和沮授的關係。至於張郃？郭圖也不甚喜。張郃身為河北四庭柱，袁紹手下大將，素與田豐、沮授走得很近，與郭圖等人則比較疏遠……所以，郭圖當然希望能藉此機會打壓一下張郃。令淳于瓊接掌大戟士，更符合他的心意。

「曹賊，休走！」淳于瓊率部衝進戰場，向著曹操撲來。

與此同時，袁軍其他將領也留意到了這邊的狀況，紛紛上前圍堵，試圖阻攔住曹操的去路。

曹朋舞戟挑殺一員大將，眼見身後淳于瓊越來越近，不由得暗自心急。他一咬牙，猛然勒馬調頭，大聲喊道：「典大叔，保護主公速走，我來斷後！」

典韋揮斧劈翻一個袁兵，高聲道：「阿福，你自己小心！」

曹操此時有心攔住曹朋，可無奈追兵將至，必須要有一人斷後。他在馬上扭頭看了一眼曹朋，一咬牙，催馬緊隨典韋。

這時候，淳于瓊三兄弟已追上前來，淳于瓊一馬當先，二話不說，掌中鐵槊迎著曹朋分心便刺。曹朋揮戟劈斬，只聽鐺的一聲，便崩開了鐵槊。不過，他猶自感到手臂發麻，暗道一聲：好大力氣！

「來將通名。」

「某家潁川淳于瓊，看槊！」

淳于瓊也不和曹朋贅言，挺槊分心便刺。

與此同時，淳于安和淳于普兩兄弟催馬上來，卻被飛眊阻攔住。曹朋這一百飛眊，都是久經沙場的悍卒，一擁而上，淳于安兄弟雖然勇猛，也不禁手忙腳亂。好在他們的部曲隨後跟上來，頓時壓制住了飛眊的攻擊。

可就是這一眨眼的工夫，典韋帶著曹操已衝出去數百米，越來越遠。

淳于安勃然大怒，好大的功勞，竟然被這小娃娃所阻攔。他挺槊將兩名飛眊挑殺之後，衝上前來，和淳于瓊雙戰曹朋。說實話，此前曹朋稍占上風，他和淳于瓊本在伯仲之間……不過藉助馬鐙和高橋鞍的優勢，曹朋隱隱能壓制住淳于瓊。但淳于安一上來，曹朋壓力陡增。

不過，此時他已是身陷重圍，想要撤走，並不容易。

一咬牙，曹朋怒吼一聲，大戟亂舞，使得風雨不透。那支畫桿戟，好似出海的蛟龍，每一次劈出必伴隨著刺耳的罡風銳嘯。憑著一股搏命之氣，曹朋漸漸挽回劣勢，和淳于瓊兄弟打在一處。可這一而再、再而衰、三而竭的道理，曹朋心裡卻很清楚。別看現在是個平手，他卻堅持不了太長時間，這樣子打下去，早晚必被對方所殺……必須要使一些詭計！

想到這裡，他猛然舞動大戟，逼退淳于安後，跳出圈外，探手從胯間麂皮兜囊裡，掏出兩枚鐵流星。淳于安這時候已挺槊再次上前……

原以為曹朋年紀小，可以手到擒來，哪知合兄弟兩人之力，也僅僅是打了一個難分難解。這讓淳于安如何能忍受？

眼見淳于安上來，曹朋一催馬，照夜白長嘶一聲，猛然仰蹄直立而起。

淳于安一怔，剛要出槊。也就是在照夜白直立的一剎那，曹朋陡然間把大戟橫在身前，一手挽住韁繩，側身刷的將兩枚鐵流星擲出！

流星追月……後世白猿通臂拳門派中的暗器手法，端地巧妙無比。兩枚鐵流星看似是一起擲出，卻一前一後飛向淳于安。淳于安猝不及防，眼見有金鋒襲來，連忙挺槍磕打。

流星追月的訣竅，就在那一個『追』字。第二枚鐵流星後發先至，鐺的撞在第一枚鐵流星之上。巨大的力量，使得第一枚鐵流星的飛行速度陡然加快，淳于安一槊打空，頓知不妙，連忙回槊想要封擋。說時遲，那時快，鐵流星已到了跟前……

只聽啪的一聲，鐵流星正中淳于安的肩膀。甲葉子被鐵流星砸得亂飛，巨大的力量直接撞斷了淳于安的鎖骨。淳于安大叫一聲，撥馬就走。

淳于瓊在一旁看見，心中大怒：「小賊，敢暗箭傷人？」他衝上前，就要將曹朋挑於馬下。

而曹朋卻不應戰，撥馬就走……只是畫桿戟在曹朋撥轉馬頭的時候，垂於身下。當淳于瓊快要追上曹朋的時候，畫桿戟猛然翹起，如虎尾巴一般橫掃而來。這正是白虎七變中的虎尾勢，又叫虎尾鞭。淳于瓊沒想到曹朋還有這樣的絕招，匆忙間橫槊想要封擋，卻聽鐺的巨響過後，被硬生生從馬背上砸了下來。落地時，腿被摔斷，他再想要起身，曹朋已到了跟前。

淳于普見勢不妙，逼開兩名飛眊，向曹朋衝來，吼道：「小賊，休傷我兄！」鐵槊掛著一股金鋒，呼的刺向曹朋，快如閃電。

曹朋連忙閃躲，也就是這一閃躲的工夫，袁兵上前，將淳于瓊和淳于安救下……

「飛眊休要戀戰，隨我突圍！」

曹朋見淳于瓊被救走，也不急於追趕。他大吼一聲，畫桿戟反擊，幻出戟雲重重，凶狠的連續劈斬，打得淳于普狼狽不堪。

二馬錯蹬時，曹朋猛然反手一戟橫掃，大戟帶著風聲，呼的砸向淳于普。戟桿在橫掃的過程中，竟呈現出微小的彎曲弧度，淳于普想要閃躲，已來不及了……啪的一聲，那大戟正拍在他的後背之上，打得甲葉子亂飛，淳于普在馬上哇的噴出一口鮮血，隨後翻身落馬，氣息奄奄，口鼻中不斷湧出黑血……

曹朋這一戟，顯然是用上了化勁的技巧，一戟下去，直接震碎了淳于普的內臟。

袁軍不由得一怔，忽然大叫一聲，想要把淳于普搶回去。

曹朋也不去阻攔，只是吼道：「飛眊，突圍！」

六十餘名飛眊隨著曹朋向外突圍，袁軍紛紛躲閃……

遠處山丘上，袁紹勃然大怒。他手指曹朋逃走的方向，厲聲吼道：「那小賊何人？」

「主公，那小賊就是曹朋。」一員小將催馬上前，看著曹朋的背影，咬牙切齒道。

「種平，你可看得清楚？」

「主公，殺父仇人，種平焉能看錯……請主公與末將一支人馬，末將誓取他狗命，為我父報仇。」

小將年紀約二十上下，生得眉清目秀。不過，此時他那張清秀的面龐，因仇恨而變得扭曲可怖……

他叫種平，正是前長水校尉種輯之子。當初曹操殺種輯的時候，種平並不在許都，當他聽到種輯滿門被殺的消息後，連夜逃奔冀州袁紹。種輯和袁紹也是舊識，故而將種平留在身邊，並讓他出任自己的親隨。

袁紹的臉上，也露出一抹戾色。

就是這個曹朋……他殺了顏良，誅了文醜，俘了高覽，三番五次壞了自己的大事。

袁紹厲聲喝道：「哪個殺了曹朋，賞萬金！」

話音未落，十數名袁將策馬就衝下山丘……

有道是，重賞之下必有勇夫，若能殺了曹朋，看起來是大功一件。曹操那邊有一個惡來保護，想要

章十六
延津大撤退（四）

殺曹操，難度有點大；可這曹朋……袁將一個個奮勇爭先，朝著曹朋突圍的方向追去。

「種平，我與你一支人馬，可敢為我取曹朋首級？」

種平大聲道：「主公放心，種平今日，誓取那曹八百人頭獻上！」

曲遇聚，塔村。

渡口還有數千人等待渡河，可袁軍追兵，已出現在塔村村口。

甘寧面色沉冷，凝視著逼近而來的袁軍追兵，俊朗的面容浮現出一抹森冷笑容……

「信之，都準備好了嗎？」

「已準備妥當。」

「傳我命令，全軍退入村中……袁賊騎軍為主，進了村莊，也就是失去了用武之地……來人，通知渡口，加快撤離速度。務必要使百姓穩定情緒，就說援兵已到達，無須擔憂。」

「喏！」親隨和韓德領命而去。

甘寧眼中閃過一抹憂慮之色。

袁軍已追至塔村，卻不知公子那邊的情況如何？

追至塔村的袁軍，是張郃所率領的大戟士，有千五百人。

本來，他在小潭追擊曹操成功之後，袁紹所率領的大軍旋即便抵達。張郃也無意在小潭爭鋒，袁紹大軍三萬人，足以吞下曹軍。他知道，曹操舉城撤離，在塔村上有一部分人手。

袁紹下令張郃，率一營大戟士攻擊塔村。

按照張郃的本意，他並不想攻擊塔村。他也知道，袁紹在三日前便下了屠城令，言攻破酸棗之後，屠城三日，不留活口。張郃並不想去屠殺那些手無寸鐵的百姓，可袁紹既然下令，他也不得不執行。趁著夜色，他率領大戟士兵臨塔村……遠遠的，就見塔村幽靜，恍若死地。

勒住馬，張郃蹙起眉頭。心裡隱隱有不祥之兆，可又說不清楚究竟是什麼原因。

依稀，可以看到曲遇聚渡口火光閃動，想必那些酸棗百姓還沒有成功撤離……

追，還是不追？

張郃猶豫不決。

「雨生，怎麼辦？」他突然轉頭，向身後的青年問道。

這青年姓田，冀州巨鹿人，單名一個方。說起這田方，就不得不提及另一個人人，那就是袁紹麾下的謀士田豐。田豐，就是田方的族叔。如今，田豐被關在鄴城大牢，而田方則跟隨張郃，成為張郃身邊的行軍司馬。他表字言之，不過張郃私下裡更多是稱呼他的小名：雨生。

田方輕聲道：「若中郎收兵，主公恐怕不會答應。」

張郃去年時，因攻易京消滅公孫瓚，而被封為寧國中郎將。

他嘆了一口氣，苦澀而笑。沒錯，如果他不遵命令，只怕袁紹會找他麻煩。

「雨生你率一部分人，留在村外，我率人進擊。若村中有埋伏，你可以隨後出擊，咱們內外夾擊，可大獲全勝。」

「我正欲如此。」

張郃想了想，一催馬，率領騎軍衝向塔村。

而田方眸光閃爍，看著張郃所部的背影，不由得輕輕嘆了口氣。「儁乂，休怪我無情……實袁本初徒有虛名，麾下傾軋太甚。此次他出兵，必敗無疑……我只不過為族人而慮。」

想到這裡，他沉聲道：「傳令下去，後撤十里。」

章十六

延津大撤退(四)

「田司馬，何故後撤？」

「一群烏合之眾，必非中郎對手。此地乃渡口，萬一曹軍反應過來出兵援救，中郎必陷入危險。」

想想，似乎也有道理。五百大戟士並沒有表示反對，便隨著田方開始後撤。

與此同時，張郃所部已衝進了塔村！

一進村口，張郃頓時覺察到一絲不妙……原來，這村中只有一條路，直通曲遇聚渡口。要想要前往路口，就必須穿行塔村。可這唯一的村中小徑上，卻橫七豎八的堆放著土石雜物。

張郃不得不放慢速度，想要從小徑穿過去，可命令剛發出，就聽一聲戰馬哀鳴。一匹戰馬在行進中，突然陷入一個小坑。別看這坑不深，可是卻給那戰馬致命傷害。前腿脛骨頓時折斷，倒在地上嘶鳴不止……而馬上的騎士，更被摔得頭昏腦脹。

張郃道：「點起火把，看清楚道路。」

大戟士連忙紛紛點燃火把，將道路照得通透。

地上的坑洞著實不少，還要繞過一些障礙物，騎軍根本無法加速行進。

張郃眉頭緊蹙，看著眼前的小徑，不由得連連苦笑。就在他準備提醒軍卒多加小心的時候，忽聽一陣急促的梆子響。梆梆梆……從兩邊的房屋頂上，突然出現兩、三百名弓箭手。

箭如雨下，朝著小徑上的大戟士射來。袁軍手裡都拿著火把，儼然就是一個個活動的靶子！眨眼間，百餘名大戟士便倒在血泊之中。

「攻下民居！」

張郃連忙大聲呼喊，從隊伍中立刻分出數百人，朝著兩邊民房衝去。

可不等他們靠近民居，第二波箭雨已經飛來。數十名大戟士中箭倒地，其餘人衝上去，踹開民舍院門，緊跟著就是一連串的慘叫聲。原來，那院子裡都挖開了一條條溝渠，裡面倒立著一根根尖銳的木刺，人掉進坑中，頓時便被木樁刺穿。若當場死去還好，那沒死的，在坑中淒厲慘叫，令人不寒而慄。

與此同時，第三波箭雨又至。

這三撥箭雨過後，張郃便折損了近三分之一的兵力。

「全部下馬，繞牆而入！」

張郃知道，他如果想要前往曲遇聚，就必須要通過這條村中小徑。可現在看來，曹軍已經有了準備。村中的障礙物，使得騎軍速度上的優勢蕩然無存，更變成了致命的威脅。如果不消滅村中這些曹軍，或者說將這些曹軍擊潰，勢必會給大戟士帶來慘重傷亡。

事實上，傷亡已經慘重，他必須要做出改變。不過，不能騎戰倒也無所謂，因為大戟士素來是上馬可以騎戰，下馬能夠步戰的軍中銳士。只要能繞過那些陷阱，曹軍這些弓箭手就難以產生作用。

數百名大戟士下馬，朝著小徑兩側撲去。

眼看著他們就要繞過院牆，忽聽一陣梆子響，從院牆後衝出一隊隊曹兵。

為首一個彪形大漢，手持圓盤大斧，猶如一尊煞神般衝出。只見他衝進人群，大斧掄開了，呼呼作響。大戟士雖然悍勇，卻非那彪形大漢的對手，眨眼間，七、八個大戟士便被他劈翻在地。

「韓德在此，袁賊還不受死！」那大漢聲如巨雷，在人群中橫衝直撞。

張郃見此，不由得勃然大怒，縱身下馬，持槍上前。

韓德見張郃上來，沒有半點懼色。大斧翻飛，硬是殺出一條血路，眼見距離張郃還有七、八步遠，他大吼一聲，騰身而起。圓盤大斧高舉過頭頂，一雙環眼圓睜，「袁賊，還不死來！」

大斧力劈華山，呼的落下。

張郃連忙挺槍相迎，鐺的一聲巨響，那圓盤大斧上傳來的力道，震得張郃雙臂發麻……

這廝好大力氣！

章十六

延津大撤退（四）

不過，張郃並不會懼怕韓德。從剛才的交鋒之中，他已經覺察到，韓德力氣雖大，但並不足懼。向後連退三步，張郃大槍在手中一順，撲稜稜一招怪蟒出洞，朝著韓德就刺了過去。韓德舉大斧相迎，哪知槍還未至，張郃突然變招，大槍斜撩而起，照韓德面門刺來……

好快的槍！

韓德也是嚇了一跳，連忙閃身躲開。

兩人就這樣戰在一處，才三五合，韓德便有些抵擋不住。張郃見占了上風，更得勢不饒人，他大槍舞開，幻出朵朵槍花，扎刺圈攔，拿撲點撥，銀光閃閃，迫得韓德連連後退。

「隨我殺了賊兵！」張郃口中大聲喊喝。

大戟士見張郃占了上風，頓時士氣大振，和曹兵戰在一處。

鐺鐺鐺！

銅鑼聲突然響起！這鑼聲顯得格外突兀，在夜色中，更清晰可聞。

張郃一開始以為是曹兵撤退的信號，但哪知道，鑼聲剛止息，村外就傳來隆隆的鐵蹄之聲。

一隊騎軍，約三百人左右，在一員大將的帶領下，殺入袁軍騎陣。此時，有大約四、五百名大戟士上在村外留守。這支曹軍騎兵衝過來之後，大戟士連忙應戰。

只不過，他們必須要先上馬。

剛才張郃下令全軍下馬，不少人冒著箭雨清理村中小徑。哪知道，這曹軍還有伏兵，匆忙之間上馬迎敵，可沒等他們拿起兵器，曹軍已經到了跟前。

「甘寧在此，候爾等多時！」

為首大將手舞雙刀，左劈右砍。大戟士們根本就攔不住他，被這大將一個小衝鋒，就殺了一個對穿。

剎那間，袁軍大亂……

「休要慌張，攔住他們！」張郃大驚失色，連忙高聲呼喊，轉身就想撤離。

可韓德又豈能讓他如願？被張郃壓制了半天，韓德終於找到了反擊的機會。口中暴喝一聲，掄斧衝上前，死死的纏住了張郃的腳步。

張郃想要取韓德性命，也非一蹴而就的事情。加之韓德拚命阻攔，硬是把張郃纏得脫不開身。甘寧趁此機會，率騎軍一陣凶狠追殺，把袁軍殺得東奔西走。張郃一邊和韓德交鋒，心裡一邊感到奇怪：怎地雨生到現在也不出現？

心中的不祥之兆，越發強烈。張郃知道，他這一次恐怕是輸了……

大槍翻飛，連環三槍逼退了韓德之後，他健步如飛，衝到一匹戰馬跟前，翻身就跨坐上前，剛在馬上坐穩，甘寧催馬已到跟前。河一雙刀劃出一刀奇詭的弧光，刷的劈斬過來。張郃匆忙間舉槍相迎，刀槍交擊一處，只覺一股洶湧巨力，猶如長江之水連綿不絕而來，口中不由得大叫一聲，身體呼的就摔落馬下。這一下，可摔得不輕，那股巨力透體而入，把張郃震得骨頭架子都好像酥了一樣。

落地之後，張郃一陣眩暈。不過，出於本能，他翻身站起。腳下剛站穩，烏騅馬拖著甘寧就衝過去，蓬的一聲，將張郃撞得飛了出去。韓德健步如飛，三步併作兩步到了張郃跟前，抬腳正踹在張郃胸口，把張郃踹得臟腑翻江倒海一般的難受，蹬蹬蹬連退數步，一屁股坐在地上。

「信之，留他狗命！」

甘寧一聲大喝，韓德的大斧幾乎是貼著張郃的頭皮掠過。

四名大漢上前把張郃按倒在地上，繩捆索綁……

「信之，結束戰鬥！」

甘寧說話間，催馬已到了張郃跟前。

「漢子，身手不錯，奈何從賊？」

章十六
延津大撤退(四)

「呸……我家主公，乃四世三公，德行高深，焉能為賊？」

「哈，管他袁本初狗屎的出身，如今你已成我階下之囚……我問你，為何只你一軍前來？」

張郃啐出一口帶血的唾液，「我家主公已率大軍親至，曹賊潰不成軍，早晚必將爾等誅絕。」

甘寧一怔，「司空兵馬被擊潰了？」

「嘿嘿，此刻我家主公兵馬，恐已到了濆亭。」

甘寧的臉色頓時大變。

袁軍已到了濆亭？那豈不是說，公子危險！

他顧不得理睬張郃，撥轉馬頭，厲聲喝道：「飛眊，立刻隨我前往濆亭。」

「司馬，發生了什麼事情？」

「袁軍已兵至濆亭，只怕公子有難，我必須要前去救他。你留下來，儘快掩護百姓撤離……給我把這廝看好了，若公子有三長兩短，我必凌遲了他！」

韓德二話不說，立刻答應。

甘寧帶著三百騎軍，風馳電掣般朝著濆亭而去。

張郃在一旁聽得真切，心裡不由得感覺奇怪：這廝如此身手，竟然只是個司馬？他口中公子，又是何人？按道理說，他應該是說前往濆亭救曹操才是，怎麼不提曹操，單說那『公子』？

此時，塔村的戰鬥已經結束。曹軍傷亡過百，不過大戟士死傷更是曹軍數倍。

張郃被俘之後，大戟士群龍無首，四散奔逃而去。韓德臉色陰沉，大步走到了張郃跟前，語氣森冷道：「狗賊，你最好祈禱校尉無恙。否則的話，甘司馬回來，必會令你生不如死！」說完，他指揮曹兵撤離塔村。

張郃終於忍不住，開口問道：「漢子，你叫什麼名字？」

「某家行不改姓，坐不改名，武威韓德。」

「那甘寧又是何人？」

「甘寧是我家校尉親隨，乃行軍司馬。」

張郃有點頭暈……甘寧的身手，他可是能看得出來，那絕對是一個超一流的武將，不遜色於顏良、文醜二人。如此厲害的人物，在曹操帳下，居然只是一個行軍司馬？實在太詭異了！

「你家校尉，又是何人？」

韓德頓時露出莊肅之色，沉聲道：「我家校尉，便是司空族姪，大名鼎鼎的曹八百，曹朋。」

張郃聽聞，不由得為之色變……

章十七

絕地大反攻

瀆亭河畔，已亂成一團。

袁軍步步緊逼，使得河畔的百姓都感受到了死亡氣息的逼近，一個個恐慌起來朝著河面浮橋湧去。夏侯尚拚命維持著秩序，可收效甚微。不得已，他只好祭起屠刀，將衝在最前面的十幾個健壯男子斬殺，才算是略微穩住了局面。

馬蹄聲陣陣，從遠處而來。曹操猛然勒馬，停在路口。

「阿福跟上了沒有？」

曹彬輕聲道：「八哥被袁軍拖住了，恐怕……」

典韋說：「我去救他。」

「君明，回來！」曹操連忙喊住了衝動的典韋，目光沉冷的掃過亂糟糟的河畔。

數匹戰馬從橋上風馳電掣而來，眨眼間就到了曹操的跟前。曹純、荀攸帶著一干曹軍將領，在曹操馬前單膝跪地。

「主公，請速速上橋。」

典韋一聽就急了，「主公，阿福還在亂軍之中啊！」

曹操心裡沒來由的一抽，臉上露出猶豫之色。曹朋是負責駐守濆亭，按道理說，他大可不必前往小潭。如果他沒有去小潭，說不定就不會陷入重圍，不過那樣的話，自己也很可能……

可以說，曹朋是捨了性命把他救回來。

曹操心裡也很清楚，曹朋身陷重圍，凶多吉少。他有心返回，將曹朋救出，可這樣一來，弄不好自己都要被搭進去。如果自己上了橋，也就等於將曹朋置之死地。曹操知道，只要他過了浮橋，勢必會下令將浮橋斬斷，曹朋即便能從亂軍中殺出一條血路，到頭來也會是身首異處。

上橋，還是不上橋？曹操有些為難了！

濆亭河畔，尚有數千兵馬，以及萬餘名百姓。

曹操閉上眼睛，全然不理正在和荀攸等人爭吵不休的典韋，思緒此起彼伏。

寧我負人，毋人負我！

小阿福並未負我，我也不應負他……可這些殘兵敗將，又如何能擋得住袁紹的虎狼之軍？

就在曹操猶豫不決的剎那，遠處鐵蹄聲陣陣，一彪騎軍風馳電掣般衝來，為首的大將正是甘寧。

「公子何在？公子何在？」

甘寧從塔村急急趕來，可到了濆亭，卻發現河岸上亂成一片。他大聲呼喊，猛然看見夏侯蘭匆匆而來，他忙催馬迎上前去，一把攫住了夏侯蘭手臂，急道：「子幽，公子何在？」

「公子方才前去營救司空，如今正身陷重圍。」

「你為何會在這裡？」

「我剛才去傳令，哪知道公子竟帶著人往小潭去了……我正要前往小潭，興霸可願同行？」

「廢話，我們走！」甘寧二話不說，撥轉馬頭厲聲喝道：「飛眊，隨我去營救公子！」

百騎長嘶，隨著甘寧、夏侯蘭兩人朝著小潭方向疾行。與此同時，郝昭也帶著二百飛毦從河對岸跑過來，甚至沒有和任何人招呼，直接向小潭行去。

曹操看得真切，不由得眉頭一蹙，「攔住他們，他們要去哪裡？」

典滿縱馬衝上前，「伯道，欲投敵乎？」

「投你媽……」郝昭大怒，破口罵道：「典滿，你趕快讓路，我要去小潭，救公子出來！」

「你瘋了！」

「你才瘋了！公子身陷險地，我焉能坐視不理？」說完，郝昭帶人就往前衝。

典滿連忙撥馬讓開，眼睜睜看著郝昭帶人風一般從身邊掠過……

他回到曹操跟前，把情況告訴了曹操。

曹操也不由得發出一聲感慨：「友學身邊盡為壯士。」

「主公，趕快渡河吧。」從小潭方向傳來的喊殺聲越來越清晰，使董昭不得不上前，再一次催促曹操上橋渡河。

曹操卻仍猶豫不決。

而在一旁，典滿突然找到了許儀，輕聲道：「二哥，當初咱們在聖人像前，曾立下宏願，不求同年同月同日生，但求同年同月同日死……今阿福身陷險境，我等豈能視而不見？連他那些部曲都去了，我們如果……日後傳揚出去，豈不是被人恥笑咱們，畏死而不守誓約？」

許儀面頰一顫，偷偷向曹操看去。片刻後，他一咬牙，撥轉馬頭，「阿滿，咱們去救阿福！」

許褚聽聞大驚，連忙上前阻攔，「你們瘋了？」

「阿爹，我等非是瘋了，而是當年盟誓，共用富貴。今阿福遭難，我等兄弟又怎能不理？」說罷，許儀和典滿帶著百餘名私兵，縱馬疾馳。

那隆隆氣勢，雖只百人，卻如千軍萬馬，令許褚也嚇得連忙躲開。

「阿滿，回來！」典韋大聲呼喊，想要攔住典滿、許儀二人。

遠遠的，就聽見典滿回道：「阿爹休要擔心，我等救了阿福就回來。」

「混帳東西，混帳東西！」典韋氣得暴跳如雷，破口大罵。可不知為什麼，他心裡面卻感到很欣慰：阿滿已經長大，他已經有了自己的主張……鼻子不由得一酸，眼睛隨之有些發紅。

接連三批人，往小潭方向趕去。

曹操看著他們離去的背影，竟半天說不出一句話來。這些小娃娃，卻是知道什麼叫『義之所在，雖千萬人吾往矣』的真意。難道，自己就這麼眼睜睜的看著？

「主公，阿滿他們……」

「君明莫要再說，阿滿他們都是好孩子。」

曹操在剎那間，突然下定決心，撥馬厲聲喝道：「子和！」

「末將在！」

「立刻將虎豹騎調回來。」

曹純大吃一驚，「主公難道……」

「吾有壯士，何懼袁紹！」曹操說著話，鏘啷拔出肋下寶劍，「三軍將士，隨我殺回小潭。」

董昭嚇了一跳，連忙上前抓住轡頭，「主公，怎可再犯險境？如今將士們皆已疲憊，袁軍士氣正旺，若返回豈不是自投羅網！」

「公仁，籌謀策劃，吾不如你。然行軍布陣，你卻比不得我……想當年，董卓氣焰何等囂張，某無兵無將仍敢追擊。今我尚有兵卒數千，猛將無數，袁紹人數雖多，不過烏合之眾。此正是反擊之時，爾休要阻攔。」

絕地大反攻

一旁，許褚、典韋已點齊兩千兵卒，翻身上馬。更有夏侯恩、夏侯尚等人紛紛前來，一個個躍躍欲試，似要和袁紹決一死戰。曹純率領虎豹騎，已登上浮橋……

一時間，瀆亭河畔曹軍士氣高漲，曹操走馬盤旋，朝著那河畔的百姓道：「爾等休要慌張，可徐徐渡河。待我殺退袁紹之後，與爾等在西岸共飲慶功酒……兒郎們，隨我殺敵去！」

胯下馬希聿聿長嘶，馱著曹操朝小潭方向疾馳。

典韋和許褚，一左一右護持曹操，風一般奔行……在他們身後，曹軍將士一個個如狼似虎，嗷嗷呼喊。虎豹騎此時已從浮橋下來，隨著曹純、曹真等人的指揮，轟隆隆恰似洪流，向小潭湧去。

董昭在橋頭失魂落魄，他突然拉住荀攸的手：「公達，這可如何是好？」

荀攸在經過了最初的慌亂後，此刻已經平靜下來。他突然一笑，「公仁休要慌張，依我看，主公這時候做出反擊，倒正是時候。袁軍已經散開，若烏合之眾，袁紹即便是想要重整軍陣，恐怕也難以成功。如今正是袁軍最鬆懈的時候，主公此次出擊，定能一戰功成……咱們在這邊維持秩序，命百姓儘快渡河，靜候主公凱旋。」

「能勝？」董昭輕聲道。

荀攸瞇起了眼睛，半晌後突然一笑，「必勝！」

小潭戰場上，曹朋已筋疲力盡，身邊的飛眊只剩下十幾名，餘者皆已戰死。手中畫桿戟，也變得越來越重。每一次揮舞，都必須要用盡全力。他已經記不清楚，究竟殺了多少人……反正殺到現在，已是血染征袍。也幸虧胯下照夜白通靈，隨著曹朋的力氣一點點消失，照夜白的衝擊更猛，連蹦帶跳，連踢帶踹，這匹西涼龍駒鐵蹄之下，已不知踩碎了多少袁兵的腦袋。

可是，袁兵卻越殺越多，不斷從四面八方湧來，使得照夜白的騰挪空間不斷縮小。失去了空間的照夜白，身上也是血跡斑斑……有袁兵的，還有牠自己的！

曹朋在馬上大吼一聲，大戟橫掃千軍，拍翻三名逼近過來的袁兵。身後，傳來一聲慘叫，一名飛眊從馬上跌落，倒在血泊中，瞬間被蜂擁而上的袁兵袁將砍成肉泥。

逞英雄吧，讓你再逞英雄！

曹朋心裡暗自責備，原本可以安然撤退，結果卻身陷重圍。難道這一次，自己就要死在這裡？回想重生時，他曾發過毒誓，這輩子再也不當英雄，結果……

我終究不是那長阪坡七進七出的常山趙子龍！

不過也好，至少我保住了主公性命。只要曹操活著，阿爹阿娘他們，此生定然能安穩度過。

袁軍中衝出一員大將，舞刀向曹朋砍來。

曹朋抬戟相迎，刀戟相交，發出一聲脆響。

從大刀上傳來的巨力，讓曹朋險些將大戟脫手。說實話，這袁將的力量若在曹朋巔峰時，根本算不得什麼。可現在，他連用戟都覺得吃力，如何是那袁將對手？

不過，想殺我？

曹朋冷笑一聲，與那袁將錯蹬之時，猛然抬手，蓬的攫住那袁將的手臂，而後順勢往下一拉，空手奪白刃，硬生生將那袁將手中大刀搶過來。畫桿戟丟棄地上，曹朋手起刀落，把那袁將斬於馬下。

老子用不得畫桿戟，但還可以使刀。

「飛眊，突圍！」

曹朋已記不清楚，這是他今晚第幾十次發出這樣的號令，嗓子已經嘶啞，但卻有著令人為之一振的魔力。十幾名飛眊齊聲呼應，鼓足餘力，隨曹朋再次衝鋒。

身下的照夜白突然一顫，雖然速度不減，但曹朋卻能覺察到，牠受傷了！

章十七
絕地大反攻

身體往下一伏，躲過一桿刺來的大槍，左手蓬的抓住槍桿，右手大刀貼著槍桿順勢一抹……只聽一聲慘叫，那大槍的主人被曹朋一刀砍下雙手。溫熱的鮮血噴濺在曹朋臉上，令曹朋的精神不由得為之一振。

「曹朋，還我父命來！」種平從人群中殺出，挺槍躍馬撲來。

與此同時，十幾命袁將圍上前，把曹朋包圍的風雨不透。

只見刀槍並舉，各個凶狠的看向曹朋。而曹朋在這一剎那間，腦子裡一片空白。喊殺聲似乎漸漸遠去，周圍的袁兵袁將，動作似乎變得格外遲緩。

在生死間，曹朋驟然突破。苦練一年之久的白虎七變，使得他在一瞬間，領悟到了什麼……大刀看似極為簡單的劈斬，可是卻融合了無數奇妙的變化和後招。衝在最前面的兩個袁將，被曹朋一刀一個斬於馬下……

種平的大槍凶狠刺來，可是在曹朋眼中卻極為緩慢。

曹朋在馬上使了個鐵板橋，整個人橫貼在馬背上，大槍從他身體上方掠過的一剎那，大刀撲稜一轉，刀口向外，順勢橫抹而出。二馬錯蹬，只聽種平的戰馬希聿聿一聲慘嘶，大刀勢無可擋的將碩大馬頭斬斷，而後狠狠的沒入種平的肚子……

當刀口切進種平身體的剎那，曹朋猛然鬆手，和種平錯身而過。

種平萬萬沒有想到，曹朋居然在這時候會使出如此精妙的招數，大刀入體的一剎那，他才反應過來，可身子已不受控制的從馬上栽倒在地上，一抽接著一抽，全身的力量好像在瞬間流逝的乾乾淨淨……好快的刀！種平瞪大著雙眸！

曹朋從馬上呼的坐直，周圍的一切似乎又恢復了正常。

大刀砍在種平的身上，手中只剩下一桿大槍。可是在這一瞬間，那突破的喜悅湧上心頭。眼見袁兵袁將衝過來，曹朋突然大吼一聲，擰槍呼的分心便刺……

飛毦，又有三人戰死！

短短百米，曹朋刀劈槍挑，連殺八人。

遠處觀戰的袁紹，不由得暗自心驚。

原以為曹朋就那麼點人，可以很快結束戰鬥。哪知道，這曹朋好像打不死的小強，在亂軍中橫衝直撞。明明已是遍體鱗傷，偏偏到頭來，總是己方戰將被殺。袁紹越看，越覺得惱火，忍不住一聲長嘆，「若顏良、文醜在，那容得小賊猖狂。」

這一句話，頓時惹惱了袁紹身邊一人。

「主公何必長他人志氣，滅自己威風……區區小賊，待某家取其首級！」

此人名叫眭元進，胡人。原本是遼東公孫度的一名奴隸，天生神力，武藝高強。後歸順袁紹，為袁紹身邊的親隨大將。

他跨上馬，抄起一柄圓盤大斧，就要參戰。

也就在這時候，忽聽遠處傳來一聲怒吼：「公子休驚，甘寧來也！」

一支鐵騎從濆亭方向飛馳而來，以迅雷不及掩耳之勢，衝入亂軍之中。為首大將，手持一對大刀，在亂軍中橫衝直撞，猶若入無人之境。那對大刀上下翻飛，只殺得袁軍落荒而逃。

甘寧遠遠看到身陷重圍的曹朋，立刻拍馬舞刀，殺入軍中……

曹朋連拿刀的力氣也沒有了！

沒錯，他剛才突破了……可突破並不代表體力全滿，那是遊戲裡面的設定。突破之後，曹朋的體力並沒有任何改變，只不過在搏殺時對於力量的運用，變得更加純熟……

生死之間初明『勢』。

可對於曹朋來說，並沒有太多改變，他仍身處險境。

人已完全處於癲狂之中，腦子裡只剩下『殺』的念頭。忽然間，他突然有一種很熟悉的感覺，似乎有人在向他靠攏。在這戰場上，飛眊幾乎殆盡，靠攏過來的，除了敵人，還是敵人。

曹朋本能的挺槍向來人扎去，甚至沒有看清楚對方的模樣。

「公子，是我！」

甘寧衝到了曹朋身邊，卻見曹朋挺槍就刺。他連忙舉刀相迎，只聽鐺的一聲響，曹朋手中大槍一下子飛出去老遠，整個人在馬上栽兩栽，晃兩晃，搖搖欲墜，似乎隨時都有可能從馬上摔下來。甘寧連忙大聲呼喊，衝到曹朋身旁。

「興霸……」曹朋這才清醒過來，待看清楚是甘寧，不由得一怔，「你怎麼在這裡？」

「我聽說袁軍追上來，擔心公子有危險，故而從塔村趕來！若公子有個萬一，寧又如何向黃公交代？」

耳邊，喊殺聲在提醒著曹朋，他們仍身陷重圍。曹朋連忙道：「先殺出重圍再說！」

「公子跟好，寧來開路。」甘寧說著，將短刀遞給曹朋，他手執長刀厲聲喝道：「飛眊，突圍！」

「突圍！」

「突圍……」

跟隨甘寧前來的飛眊，齊聲呼喊，聲勢較之剛才曹朋呼喊突圍時，不知要強橫幾分。跟隨曹朋的飛眊，僅剩不過六、七人，但仍緊緊護著曹朋，隨甘寧的人馬向外衝去。甘寧一馬當先，大刀翻飛，威勢驚人。袁軍雖不斷湧來，卻無人能阻擋住甘寧的去路。

「阿福，休要驚慌，我來了！」

「袁賊休得猖狂，許儀在此……」

就在甘寧護著曹朋向外衝殺的時候，典滿和許儀也帶著人趕到。在他們後面，是郝昭的二百步卒，一個個如同下山猛虎般，衝進亂軍之中，殺得袁軍人仰馬翻。

袁紹眼看著曹朋等人就要殺出去，怒不可遏。

「攔住他們，給我攔住他們！」

他說著話，就率部衝下山丘，袁軍頓時齊聲喊喝：「休走了曹賊，休走了曹賊……」

典滿、許儀皆一流武將，再加上甘寧這個超一流武將和夏侯蘭這個近乎一流巔峰的武將，在亂軍中護持著曹朋向外衝殺。可是，袁紹的人馬實在太多了，把曹朋等人包圍的風雨不透。最後在郝昭的保護下，一行數百人登上了一座土丘。黑甠組成陣型，拚死阻攔著袁軍攻擊。

曹朋喘著粗氣，沉聲道：「興霸，子幽……還有兩位哥哥，休要顧我，先行突圍。」

「阿福，你這是什麼話？」

典滿磕飛一枝利矢，左手戟挑翻一名袁將，厲聲喝道：「昔日我等金蘭結義，曾盟誓同生共死。老四被人毒殺，我等已錯失一個兄弟。今天要是再丟下你，小八義豈不是成了笑話？」

曹朋抬手一刀，砍翻一名袁兵，不過他也腳步踉蹌著，差點從馬上栽下來。聽聞典滿的喊喝，他不由得笑了，「既然如此，我等今日就同生共死！」

「同生共死！」

「願與公子同生共死！」

親衛們齊聲呼喊，剎那間，將把袁軍逼得連連後退。

「眭元進，還不為我取那曹賊狗頭！」袁紹手指土丘上的曹朋等人，厲聲喊喝。

眭元進大吼一聲，催馬就要衝上去，卻聽遠處轟隆隆蹄聲傳來！似有千軍萬馬奔騰呼嘯，鐵蹄踏踩

章十七

絕地大反攻

地面，震得大地為之顫抖。

袁紹嚇了一跳，連忙抬頭朝遠處看去。

此時，已過了寅時……只見遠處地平線上，一股黑色洪流正呼嘯著奔湧而來。視線不太清楚，也看不清楚究竟有多少人馬。不過這股洪流一出現在戰場上，頓時令小潭戰場籠罩一股令人窒息的氣氛。

「虎豹騎！」郭圖失聲叫喊起來。

在延津和曹操交鋒數次，對這支號稱曹操麾下第一精銳的虎豹騎，郭圖並不陌生。

袁紹在虎豹騎的突擊之下，數次慘敗。如今，虎豹騎突然出現在戰場上，令袁軍上下為之惶恐。

「殺！」

虎豹騎在曹純的帶領下，發出一聲怒吼。洪流席捲而過，只留下遍地的殘肢斷臂……

遠處，曹軍正迅速逼近。典韋和許褚二人奮勇當先，在他們身後，則是夏侯恩、夏侯尚兄弟……

曹操高舉倚天劍，遙指袁軍，厲聲喝道：「建功立業就在今朝……休走了袁紹！」

「休走了袁紹！」

「殺……」

喊殺聲，撕裂了黎明的寂靜，更使得小潭上空，籠罩著一層酷烈之氣。

曹朋在馬上喘著粗氣，沾滿血汙的臉上，露出一抹燦爛的笑容，「是主公，是主公來了！」

土丘上眾人，頓時精神大振。

而袁軍被這突如其來的兵馬嚇得膽戰心驚：曹軍怎麼又殺回來了？

兩名袁將撥馬就想走，被典滿手戟飛擲，斬殺於馬下。

「三哥，這一手飛戟，確實得了叔父真傳。」

「哈，那當然！」典滿精神振奮，雙戟舞動更加凶悍，幾乎是追著袁軍砍殺。

曹朋勒住馬，手搭涼棚向遠處眺望。夜色中，他突然看到遠處有一面黃羅麾蓋。心裡不由得一動，他連忙大聲喊道：「興霸，袁紹就在那黃羅麾蓋下，且取他狗命，謀取首功！」

甘寧馬打盤旋，朝著那黃羅麾蓋看去。眸光閃動，他猛然一催戰馬，「飛既，出擊！」

整整一個晚上，曹軍終於喊出了第一個『出擊』的口號。但也正是這個出擊的口號，成為了這場戰事的轉捩點。甘寧舞刀殺出一條血路，率領飛既朝著那黃羅傘蓋的方向惡狠狠撲去。

那支大刀，儼然已變成了閻王帖子。

烏騅馬踏踩著遍地的血肉殘肢，若劈波斬浪般，直逼黃羅傘蓋。

郝昭並沒有追擊，而是收攏黑既，向土丘後退。典滿和許儀兩人也隨著甘寧衝了出去，曹朋有心一起衝鋒，可渾身上下已使不出半點力氣。

「子幽，扶我一下。」他幾乎是趴在馬背上，連下馬的力氣都沒了。

夏侯蘭並沒有出擊，他很清楚自己的責任，就是保護曹朋的安全。聽到曹朋的呼喚，夏侯蘭連忙下馬，上前把曹朋攙扶下來。

當雙腳落地的一剎那，曹朋腿一軟，差一點就癱坐在地上。幸虧夏侯蘭扶住了他，才沒有讓他摔倒。身子是靠在夏侯蘭的身上，曹朋眼看虎豹騎如秋風掃落葉般殺進戰場，忍不住仰天哈哈大笑……老子，沒死！

「公子，歇一下吧。」

「等一等。」

曹朋讓夏侯蘭攙扶著他，走到照夜白身邊。他伸出手，把照夜白的脖子攏住，卻見照夜白探出腦袋，輕輕摩挲他的面頰。

「今天若非小白，我險些死在這裡……子幽，小白好像受了傷，回去之後記得找人為牠醫治。」

章十七

絕地大反攻

「喏！」

曹朋這才坐下來，居高臨下的看著戰場上的變化。

甘寧催馬撲向袁紹的黃羅麾蓋，沿途不斷有袁兵袁將阻攔，卻無人能擋住他凶狠的一刀。

眭元進拍馬揮舞大斧，撲向甘寧，卻被甘寧一刀斬於馬下……

袁紹嚇了一跳，眼見著甘寧就要撲到近前，他也感到了一陣膽戰心驚。

「主公，速走！」郭圖慌張大叫。

袁紹二話不說，撥馬就走，黃羅麾蓋護著他，向戰場外撤離。

「黃羅麾蓋下的，就是袁紹！」甘寧厲聲喝道：「休走了袁紹！」

本來，典韋和許褚正在追殺袁兵，聽到甘寧的喊聲，下意識看去。

袁紹在哪裡？

兩人眼睛不由得一亮，相視一眼後，催馬就衝了過去。

袁紹聽到身後的叫喊聲，連忙拔劍，將那持蓋軍卒砍殺。黃羅麾蓋轟然倒在地上，頓時令曹軍一陣歡呼。

「袁紹死了，袁紹死了！」

袁軍聽到那呼喊聲，軍心更亂。各個扭頭看，卻找不到代表著主將的麾蓋，不由得大驚失色。

所謂兵敗如山倒，大致如此。袁軍再也無心戀戰，朝著延津方向迅速潰敗而去……

甘寧緊隨袁紹身後，見麾蓋倒下，厲聲喝道：「穿青色披衣的便是袁紹，休走了袁紹老兒！」

袁紹連忙扯下披衣……

典韋和許褚此時也看清楚了狀況，立刻高聲喝道：「戴金冠的就是袁紹！」

兩人和甘寧會合一處之後，直追著袁紹而去。如果說，此前還有袁兵袁將上來阻擋甘寧，那是因為他們並不知甘寧的厲害。可現在……典韋和許褚，卻是人盡皆知的曹軍悍將，這兩人一出現，袁軍頓時四散奔逃。典、許、甘三人猶如三頭猛虎，緊緊的盯著袁紹。

袁紹把頭上的金冠也丟了，心道：這次你們沒法子追我了吧！

甘寧厲聲道：「長髯賊，哪裡走！」

袁紹生就一部美髯，平日裡仔細梳理，在行軍時將美髯置於鬚囊執掌。聽聞甘寧的喊聲，袁紹只好揮劍將鬍鬚斬斷。此時，他再也沒有半點四世三公子弟的風度，抱著馬脖子狂奔。

前方，突然出現一支人馬，攔住了袁紹的去路。袁紹頓時亡魂大冒，驚得險些從馬上掉下來……

「主公休要驚慌，王門在此。」一員大將衝上來，大聲喊叫。

袁紹差點哭了……

「將軍救我！」

王門等十餘員大將二話不說，蜂擁而上，便攔住了典韋三人。

袁紹也顧不得回頭觀戰，催馬一路狂奔。他始終想不明白，明明是占盡了上風，怎麼這一眨眼間，形勢急轉直下，他從一個勝利者，就變成了一個惶惶而逃的戰敗者？究竟是何故？

袁紹想不明白，曹操其實也想不太明白。

但有一點他卻知道，今日能大獲全勝，只因曹朋。如果不是曹朋身陷重圍，甘寧、郝昭、夏侯蘭等人就不會想著拚死前去救援；如果不是甘寧等人的行動刺激了典滿和許儀，兩人也不會緊隨其後。這一波波人馬衝出去，卻使得己方的士氣由衰頹一下子變成了高昂起來……

義之所在，雖千萬人吾往矣！

曹朋因義，救出了曹操。

絕地大反攻

甘寧等人因忠心，要解救曹朋。

於是，典滿等人又因兄弟之情，前去援救……

忠義！

這兩個字使得曹軍士氣大振，才有了這一場暢快淋漓的大勝。

曹操勒住馬，眼看戰場上四處逃竄的袁軍，忍不住哈哈大笑，「此天助我也，袁本初必敗！」

虎豹騎在戰場上橫衝直撞，只殺得小潭潭水變成了血紅色。

地面，被鮮血滲透，變成一片暗紅色的泥濘。屍體橫七豎八的倒著，有袁軍的，也有曹軍的……無主的戰馬，在戰場上嘶鳴。火光照映處，入眼盡是殘肢斷臂，還有那一灘灘血跡。

「阿福何在？阿福何在！」

在將士們的簇擁之下，曹操衝上了山丘，遠遠的便大聲呼喚。卻見曹朋匍匐在一塊大石上，正呼呼睡得香甜。

山丘下，喊殺聲震天……也無法阻止曹朋的酣然入睡。這一晚，他實在是太累了！事實上，從他接手掩護酸棗百姓撤退的命令之後，整整十天，他都處於一種高度的緊張之中。他很害怕出現長阪坡的那種局面，所以處處小心……只是連他也沒有想到，一場潰敗，到最後竟演變成了一場酣暢淋漓的大勝……眼見袁軍節節敗退，袁紹逃匿無蹤，曹朋心頭的那塊大石終於落下。

他靠著一塊石頭，睡著了……

曹彬上前想要喚醒曹朋，卻被曹操攔住。

看著如同是從血漿裡撈出來的曹朋，曹操心裡不由得一陣心酸。他上前兩步，將身上的披衣解下，輕輕蓋在曹朋的身上。而後他抬起頭，對夏侯蘭郝昭說：「照拂好阿福，莫要讓他再受驚嚇……你們將你家公子送過河去，順便告訴荀攸和董昭，讓他們不用著急，我們此戰大獲全勝，可以平安撤離。」

夏侯蘭和郝昭插手應命。

兩人連忙讓人臨時紮好一副簡易的擔架，把曹朋抬到了擔架上。由軍卒抬著擔架，夏侯蘭一手牽著照夜白，一手牽著自己的戰馬，在黑眊的護衛下，緩緩走下土丘。

眼見一行人漸漸遠去，曹操長出一口氣……

他拔出寶劍，朝著袁軍敗退的方向，厲聲喝道：「傳我命令，追擊十里收兵！」

章十八 與五子良將同行

袁紹敗了！但並非潰敗……

曹操贏了！可這裡面有太多不可複製的因素。

曹操很清醒，並沒有因為眼前的勝利而翹起他的小尾巴，只下令追擊十里，便收兵回營。事實證明，這十里追擊恰到好處。

沮授聽聞袁紹潰敗，立刻點起兵馬前來救援。

如果曹操再追擊下去，勢必會變成一場慘烈的遭遇戰。如果發生遭遇戰，對曹操而言並非好事。

袁紹驚魂未定，回到延津之後，總算是回過神來，在中軍大帳裡暴跳如雷。

此時，沮授尚未返回。

郭圖眼珠子一轉，立刻上前道：「主公，此戰頗有古怪。」

「哦？」

「曹操撤退時，沮則從命張郃按兵不動。待主公出擊之後，曹操卻集中兵馬猛攻，而張郃至今去向不明……此必有蹊蹺，圖以為，莫非沮則從與曹操勾結？我聽人說，沮授在渡河之前，曾命人返回家中，遣散家小族人……主公，你說會不會是沮都督他……」

話到七分足矣！

袁紹聽罷，不由得陷入沉思。

這一戰，的確是有些古怪！

天濛濛亮，下起了小雨。

濱亭橋頭的百姓在曹軍的指揮下，井然有序的渡河成功。曹操隨即命人將浮橋毀掉後，下令向鴻溝水撤退。同時，命樂進繼續駐守封丘，防範袁軍會強攻濟水，南下攻打陳留郡。

賈詡、郭嘉、程昱從中牟趕到鴻溝水，迎接曹操的兵馬。當晚，大軍就駐守於鴻溝畔。

曹朋這一覺，睡得是昏天黑地，直到半夜才醒來。渾身的骨頭架子都痠痛無比，顯然是脫力所致。

營帳裡非常安靜，兩支大蠟點燃，把小小的軍帳照映的通透，曹朋可一目了然。

「子幽！」曹朋輕聲喚道。

在旁邊打瞌睡的夏侯蘭驀地醒來，三步併作兩步走到曹朋跟前，「公子，你總算是醒來了。」

「我這是……」

「你淩晨在小潭鏖戰後，竟睡臥沙場。司空見你太睏，故而命我等將你抬回，而後隨軍一同撤離……你這一睡，整整睡了一天……司空好幾次派人過來打聽你的狀況。可見你睡得沉，所以命我等不許喚醒你。咱們如今在鴻溝。」

「鴻溝？」

曹朋閉上眼睛，半晌後輕聲道：「如此說，咱們贏了？」

他記得，淩晨時曹操發動了絕地反擊。只不過當時他睡得太死，以至於結果如何，並不清楚。現在

與五子良將同行

看來，曹操在小潭，恐怕是打贏了！

夏侯蘭點頭道：「正是。」

「損失不小吧？」

「越騎營幾乎全軍覆沒，虎賁軍折損了六成還多，其餘各部皆有死傷。我聽人說，小潭一戰，死傷當在三千左右。」

曹朋吸了一口涼氣。

三千，幾乎是曹軍精銳的三成還多。也幸虧是精銳，才能勉強撐住，如果是郡兵鄉勇，恐怕已徹底潰敗。

曹操這一次，損失可真不小……延津之戰，酸棗輪戰，曹操的損失恐怕也沒有這麼大。三千精銳啊！的確是有些怵目驚心。

夏侯蘭接著說：「不過袁軍折損更大，據說至少死了五、六千人，逃兵更不計其數。如果不是沮授率兵救援，說不定連袁紹都要折在小潭。司空還說，小潭之所以能先敗後勝，公子當記首功，讓你好好休息，明日渡河後，司空會在中牟召見。」

曹朋發現，夏侯蘭說話時目光有些閃爍，頓生不祥之念。

「子幽，你是不是有什麼事情瞞著我？」

夏侯蘭露出悲傷之色，輕聲道：「主公，黑眊和飛眊，死傷過半。」

三國時期，動輒就是數千人、數萬人的大戰，十萬雄兵於曹朋而言，都是浮雲，並無太多關係。可飛眊和黑眊卻不一樣，那是實實在在的親兵，最少也跟隨了曹朋有一年之久。

曹朋的親衛本來就不算多，黑眊飛眊加起來也不過幾百人。此次，他帶了三百人過來，後來又增加了一百飛眊。折損過半，對曹朋而言絕對是一個巨大損失。雖然曹朋早有心理準備，可聽到如此結果，也不禁呆坐在榻上，半晌說不出話來。

「飛毦如今只餘八十人，而黑毦也不過百人……」

「屍首可曾收攏？」

「戰場上混亂不堪，根本無法分辨。」

曹朋示意夏侯蘭取過一副褥子，墊在身下。他沉吟片刻，輕聲道：「讓德潤統計一下名單，回去之後，每家撫恤十金。以後要想個辦法，至少要給大家一個辨識身分的標記。兄弟們戰死沙場，別的咱無法做到，可至少要給他們一個靈位。這樣吧，你讓德潤寫一封書信到滎陽，命工坊打造一些名牌。」

「名牌？」

「就是一個小鐵片，在上面寫下名字或者編號，用鏈子穿起來戴在身上，可方便識別。」曹朋一邊說，一邊比劃。

夏侯蘭記下之後，起身走出軍帳。

不一會兒的工夫，就見闞澤、甘寧、郝昭、韓德四人衝進了軍帳。

「公子！」

「好了好了，莫要效兒女之態。」曹朋不等他們開口，便擺手拒絕他們叫喊。想一想，其實也挺丟人，短短一個月的時間，他兩次昏迷不醒。雖說這一次是累倒了，可還是有些丟人。

示意眾人坐下後，他詫異的看了韓德一眼。

闞澤連忙解釋：「咱們撤下來後，瀆亭營就被編入其他部曲。本來，信之所部要被調入越騎營，可信之想留在公子身邊，故而讓部曲過去，他卻留在這裡。我和興霸、子幽、伯道都認為，信之是個實在人。公子日後必然會需要更多人手，便答應下來。」

「請公子收留！」韓德是個聰明人，聽聞連忙跪在榻前懇請。

曹賊

章十八 與五子良將同行

在許多人眼中，韓德這種作為似乎有點愚蠢……

可韓德卻很清楚，似他這種沒有任何根基的人，想要出人頭地，除了拿命搏之外，再無其他選擇。如果他去了越騎營，的確是能成為一部軍司馬，可再想向上提升，恐怕並不容易。但如果留在曹朋身邊，則不一樣。

曹朋要名氣有名氣，要戰功有戰功，要資歷有資歷，要出身有出身……

這四點聚集一起，注定了曹朋日後前程不可估量。特別是曹朋被抬回來時，身上所蓋的那件染血披衣，據說是曹操從身上解下，親自蓋在曹朋身上。跟隨曹朋，肯定不會比去越騎營當軍司馬要差。韓德在建安元年從軍，五年才不過小小軍侯；可看曹朋身邊這些人，幾乎都有了功名。哪怕是手無縛雞之力的闞澤，如今也是一營主簿，位在軍司馬之上……

曹朋，又怎可能虧待自己？

看著韓德，曹朋終於想起了他的來歷。

這廝在《三國演義》中似乎也有過出場，不過是在後期。當時韓德已成為偏將，還有四個兒子，號稱韓家五虎，也算得上悍將。只是後來遇到了趙雲，被趙雲所殺……想起來，也挺可惜。

如今的韓德，還只是一個小人物，尚未娶妻生子。

甘寧說：「信之武藝不差，僅在子幽之下，他願意過來，倒是公子的一大幫手。」

曹朋點點頭，「既然如此，那就先委屈信之。」

他也知道，自己不可能一直讓甘寧留在身邊，隨著甘寧一次次建立功勳，早晚會被派出大用。而在曹朋心裡，也希望甘寧能夠飛黃騰達，而不是一輩子待在自己身邊，做一個打手。若真如此，那才是委屈了甘寧。

就這一點而言，曹朋並沒有什麼小心思。

如果甘寧走出去，即便將來飛黃騰達，也帶著自己的印記。能有這麼一個人扶持著，總好過於自己單打獨鬥。歷經這延津之戰後，曹朋發現了，這歷史有太多不確定的因素夾雜其中。本來，延津之戰沒有這麼艱苦，如今卻變得無比慘烈。

雖說顏良、文醜還是被殺了，可曹軍也同樣損失不小。

自己的『大局』，還能有多少優勢？連曹朋也說不太清楚。

如果外面有人幫襯自己，倒是個不錯的選擇。此時，曹朋倒是很希望能扶持甘寧等人上位。他們上位越早，影響越大，對自己就越有好處。如果甘寧走了，韓德過來也算個補充。

子龍？

暫時是搆不著了！

那麼其他人……曹朋一時半會也想不出來。就讓韓德暫時待在身邊，好好培養一番，倒也是一把好手。

想到這裡，曹朋欣然應允。而韓德更是興奮不已，因為他看到了一條康莊大道……

夏侯蘭端來了一碗粥，遞給曹朋。

一夜鏖戰，又昏睡一天，曹朋早就餓了。他躺在榻上，一邊喝粥，一邊和眾人聊天說話。從眾人的話語中，曹朋得知曹操已抵達中牟。看起來，官渡之戰已徹底拉開了帷幕。只是不知道袁紹經小潭一敗，還有沒有膽量再戰呢？

不過，這已不是曹朋需要考慮的事情！

「對了，我們在曲遇聚撤退的時候，抓了兩個人。其中一個說他是巨鹿田氏族人，名叫田方，特來投奔司空。但由於當時司空忙於撤退，而公子又昏迷不醒，所以也未能及時通報。他此時正被關押在咱們的營地中，等候公子發落。」

「巨鹿，田氏？」曹朋聽聞一怔，愕然向闞澤看去。

「就是袁紹麾下冀州別駕田豐的族人。」

「田豐，不是被袁紹關在鄴城大牢裡嗎？這田方何故歸降？」

「這個……」闞澤看了看帳中之人，輕聲道：「但凡世族豪門，多會未雨綢繆。就如同荀尚書，他與荀都尉皆荀氏子弟，乃主公麾下謀臣；可荀尚書二兄荀諶卻是袁紹謀主。據說此次袁紹出兵，荀諶也是主戰者之一。想來，這田方也是想要仿效荀氏一族做法。」

不把所有的雞蛋放在同一個籃子裡！

這也是世家名門最常見的一種做法。亂世之中，他們透過尋找不同的主公來存身；治世裡，則透過依附不同黨派來壯大。只不過，曹朋對此並不是特別瞭解，所以才會詢問闞澤。

闞澤這一解釋，曹朋頓時了然。

他沉吟片刻，「那田方如今還在營中嗎？」

「正是。」

「把他帶過來。」

曹朋說著，讓人把他從榻上扶起來，然後把粥喝完。

不一會兒的工夫，就見韓德帶著一人走進軍帳，拱手道：「公子，人已帶來。」

曹朋抬頭看去，只見這田方的年紀，估計不到三十歲，身高在一百七十五公分左右，長得也是一表人才。他走進大帳，並沒有跪拜，而是昂著頭，一臉倨傲之色。

「你是田方？」

「正是。」

「聽說你要歸降司空？」

「非也，乃為司空大業而來。」

什麼歸降？你會不會說話？我這叫投奔曹操，不是歸降曹操。

曹朋一蹙眉，輕聲道：「主公如今不在此地，估計你就算是去了，他也無暇接見……我可以把你送去中牟，只是主公會不會見你，卻要看你的運氣……這樣吧，天一亮我就讓人把你送走。」

他不喜歡這田方，因為這田方的口吻讓他不太喜歡。

曹朋素來是你敬我一尺，我敬你一丈。

你要在我跟前耍小性子，玩性格裝酷，我也不待見你。

你不是想要見曹操嗎？可以，我送你過去就是……

田方倨傲拱手，「如此，就先謝過。」說完後，他猶豫了一下，沉聲道：「我還有一事請教，你們打算如何處置俊乂？」

「浚儀？」曹朋一怔，「浚儀與我何干？自有主公派人駐守。」

「不是浚儀，是俊乂！就是張郃將軍。」

也許是口音的緣故，以至於曹朋聽錯了，把人名聽成了地名。但田方說出『張郃』二字的時候，曹朋可就聽清楚了。

張郃？他不是在袁紹麾下？又不是我的俘虜，我如何能處置他？

「你是說，那個在塔村被俘虜的袁將，就是張郃？」

闞澤也知張郃之名，聽聞田方提起張郃的名字，先是一怔，而後便醒悟過來。說實話，他們之前還真不太清楚在塔村俘虜的那人就是張郃，只以為是普通袁將，所以也沒有留意。小潭之戰結束後，先是忙於退兵，而後又牽掛曹朋的安危，以至於誰也沒有過去詢問。

若非田方這時候提起，恐怕沒有人知道，堂堂河北四庭柱之一的張郃已成了階下之囚……

章十八

與五子良將同行

曹朋不由得皺起眉頭，沉吟片刻後道：「明日一早，把他與張郃一同送往中牟。」說完，他又凝視田方，「若沒有其他事情，你先回去吧。放心，我不會處置張郃，自有主公決斷。」

剛才乍聽張郃之名，曹朋的第一個反應就是：牛人！

當然牛了，後世大名鼎鼎的五子良將之一，越老越彌辣的大將，連諸葛亮也要對他高看一眼的人物，又怎可能不牛？無論是史書還是《演義》，這都是個了不得的大將。或許張郃的武藝始終未入超一流，但作為統軍的將領，他在三國後期所起到的作用，絕對不可以小覷。

若早十年，曹朋一定會把他收在帳下。

可現在，他也就是想想，便拋開了收服張郃的這個念頭。

原因？

很簡單，現在的張郃，絕不是曹朋能夠招攬的人物。他在袁紹軍中已打下了赫赫聲名，連曹操都聽說過他的名字。和甘寧不同，張郃身為寧國中郎將，雖說不上功成名就，但也是聲名在外。曹朋可以去招攬甘寧這樣鬱鬱不得志的超一流猛人，卻無法碰觸張郃這樣的人物。

所以，曹朋連召見張郃的願望也沒有。

現在張郃只是暫時歸到他的部曲，如果貿然去招攬，反而可能會被羞辱。

他可不是那種被人臭罵一頓之後，還要上前和藹鬆綁的主兒。與其與張郃照面，倒不如直接把他送到曹操那裡。如果他投降，日後自然會有打交道的機會；如果不肯……曹朋也救不得他。所謂眼不見心不煩，對於不可能、也不能招攬的人物，曹朋根本不願去花費心思。

倒是這個田方……

田家人都是這德行嗎？

田豐直言犯上；這田方則倨傲不羈，給人的感覺他並不是俘虜，更像是一位上級。

曹朋更不願理睬他，把他請出去之後，旋即又躺在榻上。

明天，就要去中牟了！

第二天一早，曹朋還沒睡醒，便接到命令：曹操命他即刻渡過鴻溝，前往中牟。曹朋身子還有點虛，站起來的時候，會感覺天旋地轉。但是既然軍令傳來，曹朋倒也不會拒絕。

不過，他可不會再去騎馬。

且不說照夜白也受了傷，就算照夜白沒有受傷，讓曹朋這個走路好像踩在棉花地裡的人騎馬渡河？顯然也不太現實。留守鴻溝東岸的人，早為他準備好了馬車。渡河之後，曹朋直接上了車，隨著一路顛簸，向中牟行去。

張郃與田方則騎在馬上，隨同曹朋一起往中牟。

看上去，張郃很平靜。沿途田方倒是想與他交談，可張郃並不理睬。

正午時，隊伍將至圃田澤。曹朋感覺骨頭架子好像被顛簸的散了一樣，於是命隊伍在路旁停住，休息一下再動身啟程。

夏侯蘭攙扶著曹朋，從車上下來。

趕了一晌午的路，精神並不疲乏，身子骨也似乎恢復了不少，曹朋推開夏侯蘭，繞著馬車走了一圈。早上那種踩棉花的感覺已經緩解了許多，他站在車旁，深吸一口氣，在原地打了一趟太極。白虎七變也是強筋壯骨的功法，只是卻過於剛猛。如果在曹朋體力全盛之時，的確有蓄勢強筋的效果，但現在，還是太極拳更加合適一些。

遠處，田方正道：「俊乂，你又何必執迷不悟？那袁紹並非明主，家叔直言勸諫，卻落得個身陷牢籠的結果。則從都督也派人回家，遣散族人，另謀出路……我也是奉家主之名，為我田氏謀一出路。俊又你有大才，若歸順曹公，前途必然光明。勝似在袁紹手下飽受傾軋，辛苦一場，到頭來卻只能平白為他人做嫁衣裳。有道是良禽擇木而棲，良臣擇主而事。你有才華，何不為己求一前程？」

張郃一路上並未理睬田方，田方說話時，他的目光則盯著車旁的曹朋。

「言之，為前程，便可背友求榮？」

「我……」

田方還要解釋，可張郃卻不願再和他贅言。

說實話，田方這一次做的的確不太光明磊落。

張郃相信你，所以才把自己的後背交給你來保護。這是何等的信任？可是當張郃衝進塔村的時候，田方卻命人兵退十餘里，而後自己偷偷的拋開兵馬，投奔曹操，陷張郃於險地。

也是張郃敬田豐的德行，否則早就對田方飽以老拳。

如果用道德的標準來衡量，田方的所作所為絕對是小人行徑，他又豈能對田方有好臉色？

張郃邁步，向曹朋走去。

韓德和夏侯蘭閃身將他攔住，「張將軍意欲如何？」

「張某，只是想與那位小將軍言語。」

「你認識我家公子？」

「公子？」張郃一怔，露出愕然之色，心道：難不成這少年是曹操的兒子？

也難怪張郃，直到現在，他也沒弄清楚俘虜自己的究竟是什麼人。被韓德俘虜之後，張郃便被繩索綁的堵著嘴看押起來，當時韓德忙於渡河，也沒有工夫和他說話。後來曹朋回來，張郃與田方便被扔進了一座單獨的小帳裡看押，周圍全都是黑甠衛士，他們也跑不了。除了正常兩餐之外，沒有人理睬張郃。

張郃實在不耐煩和田方言語，又見曹朋那一套太極打得行雲流水，似有奧妙藏於其中，於是心生好奇。可聽聞韓德詢問，他卻有些赧然。

這一仗，打得真是窩囊。被自己人出賣也就罷了，最尷尬的是，到頭來連俘虜自己的究竟是什麼人，他也沒有弄明白。只知道俘虜他的人叫甘寧，眼前的漢子叫韓德。

他苦笑道：「敢問可是曹公公子？」

「你不認識我家公子？」韓德道：「我家公子雖非主公世子，卻也大大有名。」

「那還未請教……」

「我家公子，便是大名鼎鼎的曹八百。」

張郃一怔，脫口而出道：「可是那做出《八百字文》，以《陋室銘》而聞名天下的曹八百曹朋？」

「正是！」

韓德正要接著說話，曹朋從後面走來。

「張將軍，可是有事指教？」

韓德和夏侯蘭讓開路，曹朋來到了張郃跟前。他在打拳，卻可以覺察到周圍的動靜。更何況韓德那麼大的嗓門，他又怎可能聽不見。示意讓韓德、夏侯蘭退下，他朝著張郃笑問道。

張郃正要上前，卻感到有一雙淩厲的目光在背後緊盯著他。那目光中帶著提防之意，似又在警告他。張郃扭頭看去，就見甘寧正轉過頭。他不由得暗自心驚：這甘興霸是何來歷？如此猛將，為何從未聽聞過？

別看甘寧沒有看他，但張郃心知，只要他敢有半點異動，甘寧定會第一個將他斬殺。

深吸一口氣，張郃拱手道：「久聞曹公子大名，未曾想……張郃敗得不冤。」

他倒也不是說恭維話，而是真心實意。

曹朋在白馬那一場大火，著實毒辣。雖說袁紹對曹朋恨之入骨，可張郃和高覽在私下裡談論，卻是暗自佩服。更何況，曹朋以文成名，當年他做出《八百字文》的時候，連田豐也讚不絕口。

張郃對田豐，極為敬服。

「呵，張將軍何必在意。將軍之才，朋亦有所聞。有道是勝敗乃兵家常事，更何況將軍之敗，非戰之敗，乃天亡袁紹。」

「願聞其詳。」

曹朋一笑，「今天下乃何人天下？」

張郃說：「自然乃漢室天下。」

「那麼天子今在何方？」

「許都。」

「那就是了……自董卓亂朝以來，天子流離失所。我家主公迎奉天子，奉天子以令不臣，乃漢室正統。那袁紹，出身四世三公之家，身受重恩，可他卻不思報效朝廷，反而擁兵自重。我曾聽人說，他在冀州曾意圖另立新帝。今天子尚在，他卻有這種大逆不道的想法，實為袁氏蒙羞。」

「自天子定都許都以來，司空推行屯田，整治農桑，討伐叛逆，可謂是盡心盡力。而袁紹坐擁四州，政令由他出，臣子由他立，更不曾朝貢天子。我倒想問儁乂，他意欲何為？」

「這個……」

「儁乂，一個逆天而行，窮兵黷武；一個順天而為，安撫百姓。酸棗一戰，我家主公聽說袁紹欲在酸棗屠城，不忍生民塗炭，而保護三萬百姓撤離，不惜身陷險境，此何等仁義？要我說，儁乂你今天之所以敗，是因為你助紂為虐；而我之所以勝，不過是順應天意。你說，你之敗，豈不是敗於天，敗於朝廷，敗於那三萬酸棗百姓之民意？」

曹朋滔滔不絕，張郃啞口無言。

見張郃不說話，曹朋一笑，「我今送儁乂往中牟，何去何從，儁乂可自己考慮，我言盡於此。」

張郃拱手，一揖到地。「張某，受教！」

「好了，用過飯，我們還要趕路。張將軍不妨好好休息，恕我身體不好，所以就不陪將軍言論……呵呵，說不定到了中牟，將軍會有意外之喜。」

曹朋轉身離去，韓德和夏侯蘭緊緊相隨。

張郃站在原地，半天一動不動。直到那邊有人送來了飯食，他才醒悟過來，返身回到樹下。

「儁乂，那人是誰？」田方一手拿著麵餅，忍不住開口詢問。

張郃看了他一眼，突然展顏笑道：「那是曹公族姪，以《八百字文》而聞名的曹八百。」

「什麼？」田方激靈靈打了個寒顫，手中的麵餅掉在地上。

他還真不知道曹朋的來歷，他是自動來降，見當時曹軍兵馬不多，以為這曹軍的主將最多不過是個軍司馬。也正因為這個原因，他昨晚才會那般倨傲，卻沒想到對方居然會是曹朋……

對田方，張郃很瞭解。這個人才華是有的，但性子有點傲，不太能看得起人。看他這模樣，就知道他一定是對曹朋要酷了。怪不得，曹朋這一路上都沒有理睬他二人。

都是才華橫溢，可田方之才，遠不如曹朋之名。

張郃心裡突然有一種暢快的感受，伸手從地上撿起麵餅，塞進了田方的手中。「雨生，別浪費了……咱們在這兒還有麵餅可吃，下一頓可就不曉得要等到什麼時候了。」

說完，他拿著自己的麵餅，狠狠的咬了一口。

田方，你也有今天！

曹朋骨子裡，也很驕傲。不過，他倒是沒有把田方往心裡面放。

午飯過後，兵卒再次啟程。張郃剛要上馬，卻見韓德大步走過來，「張將軍，我家公子請你同車而行。」

張郃一怔，詫異不解。但他卻不能拒絕曹朋的邀請，隨著韓德一同向馬車行去。

「這位將軍……」

「我不是將軍，我只是公子的隨從。」

「呵呵，這位兄弟！」

張郃的性子柔中帶剛，並不是一個很剛烈的人。歷史上，他曾多次出任副將，輔佐過夏侯惇、夏侯淵等人。如果他只知剛強，肯定無法和這些曹操心腹合作。也正是他性子裡的那點『柔』，使得他能夠勝不驕、敗不餒，最終成為一個名將。

「先前我發現，你們的馬似乎裝備有些奇怪。」

韓德笑道：「你說的可是馬鞍和雙鐙？」

「正是。」

「此我家公子所創，不過除了曹公親軍配備之外，只有我家公子的兵馬有這種裝備。」

「曹公子，竟有如此奇思妙想？」

「那當然，我家公子天縱奇才，這種事情又算得什麼？」

此時的韓德，已經充分的進入一個狗腿子的角色。雖然對曹朋並不太瞭解，但卻不會妨礙他誇獎。身為一名優秀的狗腿子，必須要有主榮僕榮，主辱奴死的心理準備。既然決意要去抱住曹朋的大腿，那何妨再狗腿一些？要知道，可不是什麼人都能抱得住曹朋這條大腿！

來到馬車旁，車簾一挑。

曹朋笑道：「張將軍，可願與我同車暢談？」

張郃連忙拱手，「公子所請，張郃焉能推脫？」於是，他登上馬車，坐進車廂。

不過他也清楚，想要劫持人質，可能性太小。且不說曹朋也是個有武藝的人，但只是那趕車的夏侯蘭，至少也是個一流武將的水準。只要他有異動，夏侯蘭絕對可以攔住他，到時候……

張郃雖然不喜歡田方的嘮叨，可是也不得不承認，他動心了！

如果……只是說如果，曹操真的是一個可以為之效命的主公，那麼和曹朋打好關係，倒也不是壞事。而他正好可以藉此機會，和曹朋拉近關係……

中牟，位於管城（今河南省會鄭州）和陳留之間，為歷代必爭之地。

春秋時，魯宣公曾會諸侯於棐林以伐鄭；魏惠王十六年，秦國公孫壯伐鄭圍焦城；戰國時，秦七攻魏國五入圃中。圃中，亦即中牟別稱……千年來，在這塊土地上，曾發生過無數次大戰。而今，中牟亦將迎來另一場大戰，一場決定北方命運，並影響後世的世紀大戰……

時，西元二〇〇年，二月十六。

巍峨的中牟古城，在夜色中猶如一頭巨獸，匍匐圃田澤之畔。城池已變成了一座軍鎮，在延綿數十里的大地上，旌旗招展，營盤林立，透出騰騰的殺氣。

張郃與田方不禁倒吸一口涼氣。直到此時，他們才弄清楚了曹操的真實意圖。原以為曹操是要在延津和袁紹決戰，未曾想真正的決戰之地，卻是在這裡。

車馬抵達中牟之後，立刻有人前來迎接。

迎接曹朋的，正是前長水營行軍司馬夏侯尚。

「阿福，主公已等候多時。」

曹賊

章十八

與五子良將同行

夏侯尚彬彬有禮，話語並不算多。不過對曹朋，他倒是很親切，言語間更透著一股敬重之氣。

曹朋還禮，手指張郃與田方，在夏侯尚耳邊低語幾句後，夏侯尚向兩人看了一眼，旋即露出一抹古怪的笑容。

「二位，請隨我來。」

夏侯尚並未帶兩人入城，而是領著他們直奔城外一處兵營。

田方這時候可不敢再說什麼『我是巨鹿田氏族人』的言語，和張郃一起，隨夏侯尚一同進入軍營。

「小將軍欲領我等何往？」

「帶你們見一個熟人……主公今日恐怕無法召見你們，你們先在這裡住下，明日我自會通稟。」

「如此，有勞小將軍。」

張郃客氣兩聲，不過心中卻想著：熟人又是哪一個？

夏侯尚憑著手中軍牌，在營中暢通無阻，直奔中軍大帳。一名小校剛要阻攔，卻見夏侯尚手舉軍牌道：「煩請通稟昌辭將軍，就說有故人前來。」

站在夏侯尚身後的張郃，激靈靈一個寒顫。

昌辭？莫非夏侯尚所說的昌辭，就是高覽嗎？

河北四庭柱裡，張郃與高覽關係最好。兩人都不屬於那種武力熏天的人物，他們更多的是把精力放在行軍打仗、兵法研究之上。共同的愛好，也讓兩人產生了極為親近的友情……

此前在延津，張郃聽聞高覽被俘，還想要去營救。只不過曹朋當時打了就走，張郃趕到十里營的時候，卻已經不見了曹朋等人的蹤跡。文醜被殺，以至於張郃以為，高覽必性命不保。

難道說……

就在這猶豫間，一個熟悉的身影出現在軍帳門前。

「俊乂？」

熟悉的聲音，傳入張郃耳中，令張郃更加興奮難耐。他三步併作兩步，衝到那中等身材的男子跟前，張開手臂一個熊抱，口中激動的喚道：「昌辭，你竟然還活著……想煞我也！」

田方在一旁，目瞪口呆。

「昌辭將軍，主公命張將軍二人今夜暫棲你營盤之中，明日一早便會召見。」

「多謝伯仁！」

高覽連忙向夏侯尚道謝，送夏侯尚離去之後，他拉著張郃就往裡走，一邊走一邊道：「俊乂，我正欲派人通知你，不成想你卻來了……對了，你怎麼會在這裡？難不成也是被俘虜的嗎？」

張郃臉一紅，止住腳步，「昌辭，你先把言之安排一下。」

高覽一怔，看了一眼田方。他知道，田方是張郃的副手，張郃對田方也一向親近。原本他是要張郃、田方一起進軍帳說話，可聽張郃的口氣，卻似乎不是那麼回事……兩人好像有些隔閡。但高覽和張郃的關係更近一些，所以田方……

高覽點頭，招手示意親隨，將田方帶去隔壁小營休息。

田方心裡不由得哀嘆：看起來，自己在曹營的生活不會太輕鬆。就如同他之前出賣了張郃一樣，張郃斷然不可能和他恢復到從前那般交情。

我，也許太急功近利了些！

田方嘆了口氣，隨親兵如小帳休息。

「俊乂，你怎麼會在這裡？」在大帳中落坐之後，高覽立刻問道。

張郃陰沉著臉，「你還是先和我解釋一下，你這是怎麼回事？」

高覽露出尷尬之色，輕嘆一聲道：「這事，說來話長……」

於是，他扯開話匣子，開始講述他這月餘的遭遇。從追擊曹朋，到後來十里營文醜被殺、他被俘虜的經過，沒有任何隱瞞，一五一十的告知張郃。

「我原本是想一死報效袁公，但曹公一席話，卻讓我改變了主意。曹公說，我乃漢家子，即便是報效，也應報效天子，而非袁紹……我一開始也不肯低頭，但曹公待我甚厚。後來我幡然醒悟，如今天子尚在，曹公奉天子以令不臣，乃順天而為，反觀袁公……於是我便歸順曹公，如今在軍中忝為裨將軍，暫領一校……儁乂，你勿怪我。」

張郃沉默了！

順天而為，還是逆天而為？這種事情自古以來便是公說公有理，婆說婆有理的事情。

不過，不管怎麼說，曹操畢竟是占了正統之名。反倒是袁紹……

張郃腦海中，不由得回想在來的路上，曹朋與他說的那些話。想自己本為韓馥麾下，後歸順了袁紹，雖說袁紹待他不薄，卻總感覺有一種隔閡。哪怕是後來袁紹封他為寧國中郎將，也不能消除什麼隔閡之感。那是他該得的封賞！袁紹帳下，傾軋甚重，張郃時常小心謹慎，可即便如此，袁紹不還是對他心存疑慮？

他嘆了口氣，輕聲道：「不瞞昌辭，我和你一樣，也是被人俘虜。」

「被何人俘虜？」

張郃苦笑不答。

高覽愕然道：「莫不成，你也是被那曹朋所俘？」

「所以說，你我真的是兄弟，連俘虜我們的人，都是同一人。」

這句話裡，雖帶著打趣的意味，卻也有無盡的苦澀。張郃把塔村的遭遇和高覽一一說明，最後又道：

「我倒是不怪雨生另尋出路，只是他的作為……待明日見過曹公，我與他便為陌路。昌辭，你覺著曹公……真能成就大事？」

中牟，縣城。

曹朋一進中牟，便感受到了濃濃的殺氣。

駐紮於城內的是虎豹騎和武衛軍。虎賁軍因為傷亡過半，故而已成為曹操的親衛隊，駐紮內宅。也就是說，典韋雖然依舊是虎賁中郎將，但實際上虎賁軍已不復存在。虎豹騎駐守周邊，武衛軍出鎮城內，虎賁衛隊則負責守衛府衙。裡三層、外三層的守護，使得中牟小小府衙看上去格外森嚴。

曹朋命郝昭等人先駐紮營地，他自帶著夏侯蘭和韓德兩人奔府衙而去。

府衙外，典滿正在值守，見曹朋過來，他立刻熱情的應過去，和曹朋來了個熱烈的熊抱之後，狠狠的捶了曹朋一拳。

「阿福，你大好了？」

「不過是些皮肉傷而已……三哥，主公可在裡面？」

「主公這會兒正在休息，不過曾有命令，讓你一回來，便去見他。」說著話，典滿帶著曹朋往裡走。

而夏侯蘭和韓德兩人，逕自在門房休息。

穿過中閣大門，曹朋和典滿來到後院。只見這園中的杏花已經綻放，散發著淡淡花香……

曹操正在花廳裡假寐。聽聞曹朋抵達，他立刻命曹朋覲見。

花廳裡，光線很充足，照映在曹操的身上。他看上去略顯憔悴，想來又是勞累一整日所致。

「叔父，您可要注意身體才是。」

曹朋忍不住輕聲勸說，又使得曹操開懷大笑。

曹賊

章十八

與五子良將同行

「不礙事，不礙事……倒是阿福你鏖戰一夜，身子可康復？」

「已經大好！」

曹操拉著曹朋坐下，上上下下打量一番，眼中盡是讚賞之色。

「我這麼匆忙把你找來，想必你也能猜到一些端倪。據細作回報，袁紹已入駐酸棗，不日將南下中牟。延津一戰，我原本擔心把袁本初打得怕了，不敢南下……哪知道，他竟然把沮授囚禁起來，執意要南下攻打許都。嘿嘿，若他從了沮授之計，我還真有些不好應對！」

曹朋靜靜的聆聽，並未言語。

沮授，還是被抓了！

這也是唯一一個能威脅到官渡之戰勝負的傢伙。

袁紹把沮授囚禁，等同於斬了他自己的雙臂。看起來，官渡之戰仍依照著歷史的軌跡發展，我亦無須擔心。

「叔父，袁紹為何要囚禁沮授？」

曹操冷笑一聲，「無他，傾軋耳。」

「哦？」

「據細作打探回來的消息，袁紹小潭失利後，郭圖便進獻讒言。沮則從再次獻策，建議袁紹放棄許都，主攻兗州，可是袁紹卻不同意……沮授許是言語激烈了一些，以至於袁紹大怒，將他拿下。依我看，沮則從這一次恐怕是凶多吉少。以郭圖、逢紀等人的德行，定不會放過打壓他的好機會。只可惜，此等人物，竟非我所用，可惜！」

所以說，打死也不能投靠袁紹。如果真的投靠袁紹，不是在戰場上被殺，恐怕就要被那些謀士所害。

曹朋不免心有戚戚焉，話鋒一轉道：「叔父這麼急將我喚來，究竟何事？」

曹操沉吟片刻，「想來你也知道了，越騎營在小潭一戰，幾乎全軍覆沒……我欲重建越騎營，所以把你喚來，想要問問你的意見。」

「我的意見？」曹朋一怔，愕然看著曹操。

那意思分明是說：你不會是想要我去重組越騎營吧？

曹操微微一笑，用力的點了點頭。

「兵員你無須擔心，子孝已在許都徵召兩萬兵卒。你可以從這兩萬人中任意抽調兵馬，重組越騎營。我和奉孝商議了一下，就讓你暫領越騎校尉，在許都練兵。所需輜重軍械，可向子孝領取。校尉以下任免，由你決定……不知你有沒有信心，做好此事？」

曹朋倒吸一口涼氣。

真的是讓我做越騎校尉？那可是秩比兩千石的職位！

別看曹朋現在也是校尉，他現在這個校尉的頭銜和越騎校尉相比，差距甚大。檢驗校尉不過比千石而已。如今一下子變成了比兩千石的越騎校尉，曹朋等於連升三級。從檢驗校尉往上走，還有秩千石、真千石兩個俸祿登基。誰都知道，從千石校尉到兩千石校尉，中間隔著一道天塹，能成為兩千石校尉，才算是真正的進入核心階層。

曹朋遲疑了一下，輕聲道：「叔父，我怕我年紀不大，資歷不足啊！」

「哈，當年冠軍侯十八歲而得驃騎將軍，你今已十七，論戰功更是顯赫，誰又敢出言阻止？你放心，此事非我一人之意，公達、公仁皆以為你可擔當重任。」

曹朋猶豫了一下，起身應命：「姪兒必不負叔父所託。」

十七歲的越騎校尉！

哈！這在三國年間，並不算多。

曹賊

章十八 與五子良將同行

曹朋開始體會到了這背後有靠山的好處。

只是，曹操要用他，曹朋可以理解；但朝中那些臣工，居然也沒有反對的意見，卻有些奇怪。

想到這裡，曹朋突然一個激靈。他抬起頭來盯著曹操，輕聲道：「叔父，可是還有其他託付？」

曹操心裡面本有些失望，但是聽了曹朋這一句話，頓時露出了笑容。

「阿福，你也發現了？」

「嗯！」

「不錯，我任你為越騎校尉，還有另外一個用意。你此次返回許都，除了要重組越騎營之外，還有一個安排，就是兼宮中旁門司馬之職。」

宮中旁門司馬？

曹朋開始感覺到牙疼了！

這宮中旁門司馬，是個比千石的官職，隸屬於衛尉，也就是曹仁所轄。

凡宮中之人，都在所屬的宮門處存有名冊，把所屬的宮名印在鐵製符信上。宮中旁門司馬的職責，就是查驗這些符信，只有通過宮中旁門司馬的查驗，宮中的人才可以進出皇城。若是外臣因事情需要入宮，也必須通過這個宮中旁門司馬查驗。

換句話說，這宮中旁門司馬，就是皇城的看守者……

曹操讓曹朋出任這個職務，無疑是要他封鎖皇城與外界的聯繫。而在這個時候，曹操突然委任曹朋出任這個職務，除了出於對曹朋的信任之外，必然還有一些不為人道的特殊原因……

曹朋深吸一口氣，輕聲道：「叔父，許都……又有動靜了？」

章十九

父子兩千石

許都的確出事了！

自從袁紹跨河出擊之後，許都在經過了短暫的平靜後，再一次暗流激湧。隨著曹操親率大軍出征，剛經歷了一場血腥鎮壓的保皇黨，似乎又變得不安分起來。而這不安分，在延津之戰進入僵持階段以後，變得越發明顯。昔日那些追隨漢帝遷都的漢室老臣，便蠢蠢欲動。

不得不說，袁紹那四世三公的身分的確有用處。

袁氏家族門生故吏眾多，如今朝中不少臣子皆出於袁氏門下。

此前，袁術公開造反，那是逆天而行，這些人也不好說什麼。但現在，袁術死了，一個比袁術更強大的袁氏家族子弟在河北崛起，昔日袁氏門生故吏、故交好友，自然是格外激動。

孔融曾公開表示，曹操應該迎袁紹來許都。

袁紹為大將軍，手握雄兵百萬，若曹操能夠予以配合，則漢室中興指日可待。

那言下之意就是說，你曹操不應該繼續把持朝綱！你說你是忠臣，那袁紹是四世三公之後，也是漢室臣子。你可以把他請來，一起輔佐漢帝，這樣一來，天下人必然稱讚你的胸懷！

曹操也聽到了這種說法，只能苦笑連連。

這孔融雖有名士之名，讀的書也多，但真是讀書讀傻了！

我迎袁紹？那是不是應該把袁紹百萬大軍一同迎來？

可這些，曹操也沒法向一個書呆子解釋清楚，且由他去吧……

孔融這種表現還算好，至少他在某種程度上，承認曹操是在輔佐漢室。而且似他這種在明面上的，曹操倒不需要擔心。真正讓曹操擔心的，是那些藏在暗處、推波助瀾的袁紹同黨。

許都，雖然是曹操的許都，卻不可避免的有許多支持袁紹的朝臣。

曹操現在沒有精力查找，即便是查出了對手，也不能輕易大開殺戒。許都，需要平穩，而非動盪。當然了，如果曹操收拾了袁紹之後，倒是不會介意對這些人來一次秋後算帳。

這些人要動作，勢必會與皇城裡聯繫。

曹操最害怕的是，再鬧出一個類似『衣帶詔』的東西，那對他而言，絕對是致命的打擊。

本來，他把荀彧留在許都，是希望荀彧能穩定局勢。但從目前的狀況來看，荀彧更多時候是一種不作為的態度，對這些人並沒有給予警示……這也讓曹操很失望。他雖然無法收拾許都城裡的那些人，卻必須要把皇帝牢牢控制起來。

至少，要切斷漢帝與那些人的聯繫。

「曹朋？」

輔國將軍府中，伏完瞇起眼睛，咬牙切齒的罵道：「總有一日，要那小賊碎屍萬段！」

「國丈何故如此？」公車司馬令張翔好奇問道。

這張翔，是鉅鹿人，先從袁紹，後歸附曹操，出任公車司馬令。

公車司馬令，秩六百石，掌宮南闕門，負責接待官吏和百姓上書，以及四方進獻貢品。凡是被徵召至公車者，皆由公車司馬令出面負責。基本上，這是一個皇帝與外界聯繫的重要樞紐。雖無兵權，卻責任不小，也許算不得什麼大官，卻有著極其重要的意義和職責。

伏完嘆息一聲，「吾兒腳殘，即曹朋所為。」

「哦？」

建安二年時，張翊不在許都，所以對當時的事情也不是特別清楚。

伏完就把當初曹朋等人在回春館外打殘了伏均的事情簡單解釋了一番。當然，他不會說伏均在鬧事縱馬疾馳，也不會說伏均一幫子人圍攻曹朋母親的事情，只說曹朋何等的凶殘……

「我兒一腿致殘，此生入仕無望。可那曹朋，卻只判了監禁數月，便被釋放出來，並且一路升遷，如今竟做到了越騎校尉之職。世人為他那兩篇可笑文章所欺瞞，皆稱頌他品德高尚。殊不知，此人之惡，更盛曹賊。」

張翊面露怒色，「此等人物，焉能稱之為名士？」

「若非他是曹賊族人，怎能有此名望？」伏完說罷，恨恨的一拳捶在書案上。

「可嘆，陛下歷經磨難，原以為曹操是一忠臣，不成想也是狼子野心。如今陛下名為漢帝，不過是那曹賊傀儡……朝中大小事由，皆不經陛下，悉數由曹操自行決斷。似越騎校尉這等職務，居然被一個十七歲的黃口小兒所霸占，此漢室之奇恥大辱，奇恥大辱啊！」

張翊沉默不語，眼中閃爍出一抹戾色。

「既然如此，國丈何故要同意那小賊出任旁門司馬之職？」

伏完輕聲道：「不如此，難道讓老賊派別人嗎？那小賊或許有幾分急智，但終究不過一介小兒罷了。他為旁門司馬，難免會有疏忽，我等也可以保持與宮中聯絡。如果換作他人，對老賊忠心耿耿，豈不是令我等與陛下失了聯繫？」

張翔點點頭，「國丈所慮甚是。」

「而且，身在宮城，自有許多規矩。那小賊從前不過是一鄉野村夫，其父更目不識丁，一粗鄙之人而已。他守皇城，只要有一點逾矩，我就可以命人彈劾於他。到時候，就算是老賊要保他，也可以使他受些教訓，為我兒出氣。」說罷，伏完目光灼灼，凝視張翔。

張翔立刻心領神會，起身拱手道：「國丈放心，我定會盯死那小賊。」

「如此，拜託了！」

伏完說罷，起身上前拉住張翔的胳膊，「如今袁本初兵臨豫州，曹賊已難以抵擋。我等還需多做準備，迎袁本初兵馬。我自會設法與人聯絡。不過你在宮中，需盡量護持陛下，保陛下安危。」

「國丈只管放心，元鳳省得！」

張翔又坐了一會兒，便起身告辭。他前腳剛走，就見一跛腳青年走進屋內。那青年大約在二十出頭的樣子，長得也是一表人才，可那隻跛腳卻總讓人看著彆扭。

伏均一進屋，先是向伏完見禮，而後輕聲道：「阿爹，這張元鳳可靠嗎？」

伏完看著伏均，心裡不由得一痛。

他四個兒子，如今二子喪命，一子殘疾，那幼子尚不懂事，更幫不得他任何忙。

如果伏德還在，那該有多好啊！

本來，伏完是想要全力扶持伏均。但由於他跛了一隻腳的緣故，此生再也無法出仕，成為伏完一樁心事。

他示意伏均坐下，輕聲道：「我兒今日沒有出去？」

「阿爹不是說，最近一段時間最好不要出門……再者說了，我就算出去了，又有什麼去處呢？」

父子兩千石

伏均的幾個狐朋狗友，死的死，逃的逃。

董越因衣帶詔之事，被曹操誅殺；種平在種輯出事之後，更不知所蹤；楊修被楊彪關在家裡，不讓他和任何人接觸，生怕他在外面招惹是非。算一算，少年時的那些好友，似乎都沒有了……伏均臉上露出頹然之色，用手輕輕捶了捶大腿，發出一聲長嘆。

這看似無意的舉動，卻使得伏完心中更痛。

他沉聲道：「我雖說不讓你出門，也是怕你在外面生事。不過，你若是在家裡悶了，出去走走也無妨。如今正是春暖花開，外面的景致正好。你要是願意，就帶人到城外踏青遊耍……但有一件事你要記住，不許惹是生非，聽明白了沒有？」

伏均連忙道：「孩兒謹記父親囑咐。」

「朝堂上的事情，你不要去管，也不要插手。有空了，就去宮中看看你姐姐……她總在宮裡，也沒個說話的人，你過去陪她，她必然高興。另外，和陛下多接觸一下。只要陛下肯開口，給你個前程，就算曹司空也說不得什麼。」

伏均眼睛一亮，連忙答應下來。

「那孩兒先告辭了！」他躬身退出房間。

看著伏均那走路時一瘸一拐的身影，伏完臉色陰鬱，雙手下意識握成拳頭。

「曹朋！」他咬牙切齒，從牙縫中擠出了兩個字。

少府，藏書閣。

曹汲正在查找書籍，就見劉曄笑咪咪從外面走進來。

「雋石，恭喜啊。」

「子揚兄，你這是……喜從何來啊？」

當了一年的民曹都尉，曹汲的進步的確不小，至少在言談舉止上，已經有了一些官員的風範。

想當初，他剛入仕的時候，可說是兩眼一抹黑，什麼都不懂。幸虧當時郭嘉給他推薦了一個郭永，才令他不至於在公開場合上丟了面子。可私下裡，許多人還是在嘲諷曹汲，嘲諷他舉止的粗魯，嘲諷他目不識丁，乃至於嘲諷他說話的口音。

不過，一篇《八百字文》出，使得大半嘲諷煙消雲散。

曹汲也很勤奮，如今不但能把《八百字文》倒背如流，說話時還能引經據典，令許多人為之讚嘆。他先是隨闞澤讀書，後又隨黃月英識字。月前，濮陽闓從海西返回，專程到曹府拜訪。而後曹汲又時常去向濮陽闓請教，以至於到現在，雖說不上出口成章，但至少不會說錯話語。

劉曄道：「剛得到消息，友學要回來了！」

曹汲聽聞，頓時露出驚喜之色：「阿福……友學要回來了？」

「嗯，我剛才去尚書府，文若和我提起這件事情。友學在前方表現不俗，立下赫赫功勳……司空已命他暫領越騎營，出任越騎校尉之職，不日將返回許都。雋石，有子若斯，連我都羨慕不已。十七歲的越騎校尉，我大漢從未有之。」

曹汲頓時懵了！

越騎校尉？

他當然知道這是個什麼職務，可是卻從未把這個職務和曹朋聯繫在一起。此前，曹朋出任北軍中候，已經令他感到萬分開懷，如今，卻突然變成了越騎校尉，著實讓他有些意想不到。不過，他馬上反應過來，輕聲道：「司空不是還在前線與袁紹交戰？友學既然做了校尉，為何要返回許都？」

劉曄眼睛一眯，心中暗自讚賞。最初認識曹汲時，連說句話都結結巴巴，可現在，他已經能從一些

父子兩千石

言語中體會出個中深意。

劉曄忍不住讚道：「士別三日，即更刮目相待……如今雋石，已非昔日中陽村夫，可喜可賀。」

士別三日當刮目相待，出自呂蒙之口。

不過，劉曄卻提前多時，說出了類似的言語。

中陽村夫，倒也沒有什麼鄙薄之意，更多的是一種玩笑。

曹汲出生於中陽山，此前目不識丁，只是一個鐵匠。中陽村夫這一名詞，倒也算得上妥帖。

曹汲呵呵一笑，倒也不覺得氣憤。

劉曄道：「不瞞雋石，我剛從尚書府得到消息。五日前，司空與袁紹決戰小潭，一場大戰，越騎營幾乎全軍覆沒。此次友學從中牟回來，即為重組越騎營。我聽說，他之前曾孤軍深入，斬殺袁軍無數，才使得司空能大獲全勝……友學才華出眾，他這次回來，你要勸勸他，莫讓他以後再輕身涉險……否則，即我漢室之殤。」

劉曄這番話，不免有吹捧的嫌疑。

漢室之殤！

這個說法確實有些過了。曹朋即便是再有才學，也擔不起這四個字。

劉曄也是不得已而為之……他如今身分很尷尬，身為漢室宗親，卻效忠於曹操，偏偏這漢室宗親的身分，使得曹操雖願意重用他，卻又有些排斥，甚至是懷疑。劉曄倒是看得清楚，漢室中興也好，衰亡也罷，曹操都將扮演重要角色。袁紹雖然強大，只怕也不是曹操對手。

他需要在自己和曹操之間，建立起一個穩固的基礎。

而曹汲身為曹氏宗族子弟，雖然是歸附者，地位卻日漸高漲。此次曹朋出任越騎校尉，返回許都……

劉曄敏銳的覺察到，曹操對這父子的信任，又增加了一分。

曹汲聽聞，卻是一個寒顫。他知道前方打得非常慘烈，此前曹朋在白馬昏迷，已經使得張氏魂不守舍，幾天都沒能睡好。如今……

他猶豫了一下，輕聲道：「子揚兄美意，汲心領之。但友學所為乃國事，我雖為人父，也不好阻止。不過，他這次回來後，我定會帶他拜訪大兄。」

「呃，我也想與曹八百好生交談，只可惜不行。我剛得到通知，明日一早便要往中牟拜會司空……來日方長，待此戰結束，再見友學亦不晚。」

曹汲奇道：「大兄亦要離開許都？」

「嗯，還有一樁事，我需提起告之……今日在尚書府，我聽文若的意思，雋石可能會被派往太僕寺。雖說雋石這兩年歷練不差，但還是要做些準備。太僕寺那邊的情況，可是複雜。」

「太僕寺？」

曹汲頓時愣然……

正如劉曄所說，曹汲歷經四載宦海，已非昔日中陽村夫！

劉曄離開後，曹汲也無心繼續查找資料，便離開了藏書閣。如今的曹汲，也配備了隨從。雖說只是個奉車侯，沒有食邑，只有名號，可那也是一個侯爺。所以，曹汲出門已換乘馬車，並配備了三十名黑眊和二十名飛眊相隨，一方面是習俗，另一方面也是為了安全。

畢竟，曹朋這兩年是聲名鵲起，可也招惹了不少的仇家。曹汲倒是不覺得什麼，可黃月英卻認為最好還是小心一些為好……

車到中途，曹汲突然喚住了車馬。

「去濮陽博士家。」

他需要找個人商量一下，因為這個消息實在是太突然。

太僕，九卿之一。

始於春秋年間，秦漢沿襲，執掌皇帝輿馬和馬政。

西漢年間，隴西、天水、安定、北地、上郡和西河等六郡設立牧師官，養馬三十萬匹，而這些馬匹，包括逢年祭祀所用的牛羊，皆歸於太僕寺所轄。東漢以後，太僕除了保留車府、未央以主管皇帝車馬之外，其餘諸廄和西北六郡的牧師官皆被省去。但同時又增添了少府所屬的考工，監造弓弩刀甲，還包括了織造以及諸雜工示意。這權力倒也沒有被削減太多。

曹汲身邊並沒有什麼幕僚。此前在滎陽時，有郭永相助就足矣。返回許都後，曹汲就忙於製造曹公車，所以也沒有必要召集幕僚，有黃月英幫忙便足矣。

但如果去了太僕寺，可就不比從前，那等同於將要參與到朝堂糾紛之中……

曹汲在司空府，基本上無人為難。大家都知道他是曹操的族人，一個女婿、一個兒子，都非同等閒。而司空府又直接在曹操手中掌控，誰又會吃飽了撐著跑去找曹汲的麻煩呢？

可到了太僕寺，就不同了！

曹操總領朝綱，以司空制九卿。但太僕寺畢竟不是司空府，自成一個體系。其中的人事糾紛，以及政見分歧很多，而曹操也不可能事事去過問太僕寺，那樣反而不太好。

曹汲到了太僕寺，等於從頭再來，這讓他怎能不感到憂慮？

濮陽闓住在一條小街上，門面並不搶眼。

身為五經博士，又剛上任，自然盡量保持低調。濮陽闓同樣沒有任何根基，所以做起事來，也就小心翼翼，甚至在選擇住宅上，也表現的很謹慎。本來，曹汲想要幫他找一處好宅院，可濮陽闓卻拒絕了！他在一條小街上找了一處住所，五間瓦房，一個小院，便足夠了。

馬車在濮陽闓的住所外停下，曹汲從車上走下來。他敲了敲門，片刻工夫就聽見裡面傳來一個聲音，「哪位？」

「在下曹汲，特來拜會濮陽先生。」

門吱扭一聲打開，一個十八、九歲的青年探頭出來。

「曹都尉，您怎麼來了？」少年看清楚是曹汲，露出燦爛笑容。

曹汲認得這少年，正是濮陽闓獨子，名叫濮陽逸。

建安二年時，濮陽闓曾有意遷往江東，把獨子濮陽逸送去了吳郡的好友家中。可後來由於種種原因，濮陽闓並沒有成行，而是隨鄧稷去了海西。而後在海西，煥發了濮陽闓的第二春。不但入仕，還成為一縣之長，甚至連濮陽闓自己，都沒有想到他能夠做到這樣的地步。

建安四年，孫策跨江擊廣陵。濮陽闓便找人把濮陽逸從吳郡接回去，在海西待了一年。隨後，濮陽闓出任五經博士，濮陽逸便隨著濮陽闓一同到了許都。

前次濮陽闓拜訪曹府時，曹汲也見過濮陽逸。於是微微一笑，輕聲道：「子安，令尊可在？」

「家父剛回來，叔父來得正好。」

曹汲轉身，讓飛眊和黑眊在外面等候，他帶著鄧巨業，邁步走進濮陽闓的家中。

濮陽闓也聽到了動靜，於是走出房間，看是曹汲，不由得奇道：「奉車侯，您怎麼來了？」

在濮陽闓身後，還跟著一個十四、五歲的少年。曹汲也認得，那少年叫陸瑁，據說是濮陽逸在吳郡時認識的朋友。

「濮陽先生，汲叨擾了！」

「哈，奉車侯客氣了……」

濮陽闓和曹汲客氣了兩句之後，便走進了客廳。

曹賊

章十九 父子兩千石

兩人分賓主落坐，濮陽逸和陸瑁奉來酒水，便退了出去。他們也知道，曹汲突然前來，一定是有事情要和濮陽闓商議。雖說曹汲未必會背著他們，可這基本的禮數還是要遵循。

「子璋，奉車侯來做什麼？」濮陽逸小聲問道。

「不清楚，想必是發生了什麼變故，來求教伯父。」

「嗯……也不知那位曹八百，什麼時候回來？」

陸瑁搔搔頭，輕聲道：「此事也急不得……家兄派我前來，也說過可徐徐而行，不必著急。」

濮陽逸點點頭，便閉上了嘴巴。

兩人在門廊上坐下，取出一副圍棋下了起來。

而此時，在客廳裡的曹汲也不囉嗦，開門見山的把情況向濮陽逸說了一遍，然後道：「雖說調我去太僕寺，也是情理之中，可我並沒有聽說太僕寺如今有什麼空缺。今農耕正忙，司空突然興起此意，我有點想不太明白……我擔心，這裡面會不會藏著什麼奧妙呢？」

濮陽逸認真聽罷，沉吟不語。

良久，他輕聲道：「我倒是隱約可以猜出司空的意圖。司空把你派去太僕寺，大概有兩層意思。其一，他不希望你一直留在司空府，畢竟在司空府，你得不到太多的歷練。你如今已認祖歸宗，算是司空心腹之人，他當然希望有朝一日你能夠獨當一面，為他分解憂愁……這一點，從司空一直重視族人的行為，便可以看出端倪。司空這是要磨練你，將來必然還會有升遷……雋石，我卻要恭喜你了！」

濮陽闓言語中，不免露出了幾分羨慕之意。

事實上，他也的確是羨慕。這曹汲真的是好運氣，有個了不得的兒子不說，女婿如今也政績卓絕。他本身也有一技之長！哪怕這技藝在許多人眼中，不過是粗鄙技藝，可憑藉這技藝，曹汲也是好運連連，升遷不斷。

曹汲道：「那敢問，這第二層意思呢？」

「第二層意思……」濮陽闓猶豫了一下。

他起身走出房間，看濮陽逸和陸瑁在不遠處下棋，於是點點頭，轉身返回。

「這第二層意思，我以為並非是針對雋石。」

「哦？」

「雋石難道沒有覺察到，近來許都氣氛並不太輕鬆？特別是孔融的那一番話，把司空推到了風口浪尖之上。司空未必會在意這些，可也不得不謹慎小心。讓友學回來，一方面固然是為了重組越騎營，另一方面，也有加強許都監控之意。畢竟，司空對友學，當極為看重……那麼，司空派你去太僕寺，就變得意味深長。」

「我雖然不知道會讓你去太僕寺出任何職，但想來品秩不會低於你現在的民曹都尉，甚至……如果是這樣，那麼司空的意思就非常明顯。」

「我不懂！」

和讀書人說話就是費事！你直截了當的說明不就得了？偏偏一句話要拐彎抹角，讓人捉摸不透。若是我家阿福，肯定會說得清清楚楚。

但曹汲也知道，這是為官之道……坐在這個位子上，難免會有諸多襟肘。說起話來，有時候確實需要隱晦一些，以免禍從口出，這也是存身之道。

甚至在有些時候，曹汲也這麼說話。

不過，濮陽闓說得的確太隱晦了，已經超出了曹汲的能力範圍。

濮陽闓笑了，輕聲道：「如今太僕寺由誰執掌？」

「荀尚書啊。」

「那司空離開許都的時候，又是把朝堂交給誰來負責？」

「也是荀尚書……」

曹汲話一出口，驀地一下子清醒過來，抬起頭看著濮陽闓，卻見濮陽闓微笑著輕輕地點頭。

「你是說……」

「沒錯，司空讓你去太僕寺，其實就是告訴荀尚書，他對荀尚書有點不滿意了。」

敲山震虎嗎？應該是吧……

這恐怕也就是曹操向荀彧表達的意思。

我安排一個我信任的人，到你的手下出任重要的職務。透過這樣一種方式，表達我的不滿！

荀彧之前的猶豫，造成了現今許都的暗流激湧。如果當時荀彧在孔融說出那番話之後，明白無誤的給予警告，那麼會讓許多人心生畏懼，從而老老實實的繼續待著，許都自然平靜。

可偏偏，荀彧當時什麼表示都沒有。

這也會給許多人造成一種錯覺，那就是曹操目前很危險，所以無暇顧及……既然曹操自身難保，再加上袁紹一直以來留給人們的印象都是強勢，自然會有人心生別念。

曹汲，就是曹操用來敲打荀彧的一枚棋子。

當然了，曹操這個安排也非常有趣。他深知曹汲還不足以擔當重任，如果直接派去尚書府，定然會引起很多人的不滿，甚至會跳出來反對。可太僕寺卻不同……

太僕寺本身就轄考工之事、兵械甲冑，而曹汲本身又是隱墨鉅子，最擅長的就是這個方面。把曹汲派去太僕寺，即便是有人反對，也找不出藉口。

用曹汲分去荀彧一部分可有可無的權力，既可以對曹汲加以磨練，又能給予荀彧一定程度上的警告，此一石二鳥之計。荀彧受到了警告，同時曹操又告訴他「我還信任你，希望你別讓我失望」；又能提拔一個族人，並得到充分的磨練……這筆帳，曹操算得非常清楚。

他沒有找別人去，是告訴荀彧：我依然信任你。

同時，曹汲一家和荀彧的關係也不錯，荀彧也不會生出怨念。

濮陽闓一邊想，一邊對曹汲解釋。可解釋到最後，他也不由得倒吸一口涼氣，暗自稱讚曹操這一手安排的巧妙！

不愧是治世能臣，亂世奸雄……這舉重若輕的手段，就不是一般人能夠想得出、做得到……

曹汲，也陷入了沉思！

第二天，曹汲接到了荀彧的命令，讓他到尚書府報到。

已經做好了心理準備的曹汲，立刻來到尚書府。不過荀彧並沒有在公房接見曹汲，而是讓他到書房裡談話。這也是荀彧向曹操表示的一個資訊：我已經明白主公您的意思，我非常感激，並沒有任何怨言。您看，我對曹雋石還是和以前一樣，非常親密，更不會心生隔閡，為難與他。

到了曹操和荀彧的這個位置，一舉一動，都有著特殊的意義。荀彧當然清楚，在他的尚書府內，一定有曹操的耳目。這種事情也稀鬆平常，荀彧並不在意。他只是透過這樣一種方式，向曹操道歉。

當然了，曹操是否會接受他的歉意，還要看荀彧接下來的行動。

「雋石，兩天前太僕丞因病致仕，所以空出了一個位子。本來，我打算再挑選一下，可你也知道，如今司空正與袁紹交鋒，這兵甲器械，斷然不能出問題。所以，我決意由你出任太僕丞一職……總理太僕寺事務，你若有什麼要求，只管提出。」

曹汲一聽，頓時懵了！

父子兩千石

太僕丞？那是太僕之下，太僕寺最大的職位。

如今的太僕寺，是由荀彧兼任。但聽他的口氣，分明是要讓曹汲獨立承擔起太僕寺的責任。

曹汲曾想過，荀彧最有可能讓他出任的職務，是考工令。可現在……荀彧把整個太僕寺的事務，全都交到了他的手中。

曹汲沉吟片刻，深吸一口氣道：「曹汲遵尚書令調派。」

荀彧看了曹汲一眼，心中也在暗自感慨。想當初，讓曹汲出任一個三百石的諸冶監令，曹汲就戰戰兢兢，甚至不敢擔當；而今，偌大一個太僕寺交給他，他也僅僅是猶豫了一下而已。這其中的改變，著實太過於驚人……

曹汲一門，當真不凡。

想到這裡，荀彧沉聲道：「此外，司空還有一項委任，命你暫領執金吾丞一職。」

如果說，太僕丞的任命還算是在曹汲預料之中的話，那麼接下來的這個任命，卻讓曹汲目瞪口呆：執金吾丞？之前讓我當武庫令，我還能夠理解，可這個執金吾丞，未免太出人意料。

如今的執金吾是賈詡。而賈詡此刻，卻是在中牟輔佐曹操。

也就是說，他要擔當起執金吾的事務……執金吾丞，那可是正經的比兩千石官職！

曹汲腦海中突然閃過了一個念頭：阿福越騎校尉比兩千石，我又當上了執金吾丞……豈不是說，我父子皆兩千石嗎？

章二十 衝冠一怒

曹楠帶著郭昱，從商鋪裡走出來。身後幾名婢女捧著一匹匹的布帛，臉上帶著歡喜之色。

郭昱笑道：「夫人，聽說小公子這次回來，卻是要高升了……不曉得會做到什麼樣的位置。」

曹楠卻嘆了口氣，「我這弟弟，自小就讓人操盡了心思。以前是身體不好，如今身體康復了，卻風裡來雨裡去，整日腥風血雨的，時時都有性命之憂。阿娘前些時候聽說他受了傷，一連幾日不思茶飯，整個人都好像失了魂兒似的。他這次能回來，也算是了卻阿娘的一樁心事。只要能平平安安，我覺得比什麼事情都來得好……」

郭昱聽罷，不禁頷首贊成。

她是郭永的長女，也就是郭寰的姐姐。

自郭永成為曹氏家臣以後，郭永的子女便成了曹家的家生子。郭寰跟隨曹朋，而郭昱則成了曹楠的婢女。不過曹楠是個性子溫順的人，與郭昱年紀又差不多，所以相處起來也很融洽。

「對了，阿昱妳讓她們把東西放在車上，我去對面的店鋪裡買些糕點回去。」

「喏！」

郭昱答應一聲，便帶著婢女們將布匹綢緞往馬車上放。而曹楠則橫穿大街，來到了斜對面的一家糕點鋪。

就在她穿行大街的時候，位於街邊的酒樓上，一雙眼睛正通紅的盯著曹楠的身影。

「看清楚了沒有？」

「公子，看清楚了。」

「知道該怎麼做了？」

「小人明白！」

那雙眸光，陡然間變得格外猙獰，甚至透出一抹瘋狂之色。

張氏的身子有點不太好，前些日子聽說曹朋身受重傷，使得精神有些恍惚。她最喜歡吃這家糕點鋪的東西，所以臨出門的時候，洪娘子還特意和曹楠說了一聲，讓她順便買回來一些。

曹楠在糕點鋪裡，非常盡心的挑選了幾款張氏喜歡的糕點，讓人裝好了，便走出了店鋪。

陽光明媚，照映在長街之上。

曹楠一手提著糕點，準備橫穿大街。

就在這時，只聽長街盡頭突然傳來一陣人喊馬嘶的聲音。一匹黑馬風馳電掣般從長街盡頭衝過來，馬上的騎士臉上戴著一副遮面巾，只露出一對眼睛。

曹楠嚇了一跳，連忙想閃身躲開。哪知那匹馬陡然間加速，朝著曹楠就狠狠的撞了過去……

「啊！」

曹楠慘叫一聲，飛出去五、六米遠。

當她嬌柔的身體從地面飛起來的一剎那，酒樓上的人忍不住握拳狠狠捶在桌子上，同時大叫一聲：

「好！」

曹賊

第二十章 衝冠一怒

那俊秀的面容上，閃過一抹笑意。

黑馬馱著騎士，沿著長街急馳而去，蹄聲漸行漸遠，漸漸不見了蹤影。

曹楠倒在血泊中，手裡的糕點散落一地。

遠處，郭昱被這一幕嚇傻了，好半天才驚叫一聲：「夫人！」

她跌跌撞撞衝過去，一把將曹楠抱在懷中。曹楠的腿，明顯被撞斷了，呈現出一個誇張的扭曲弧度。口鼻中不斷湧出血沫子，整個人已昏迷不醒。白色的衣裙，被鮮血染成了紅色……

「快去請華太醫！」郭昱猛然清醒過來，衝著隨從大聲呼喚：「通知老爺，夫人被人撞傷了！」

尚書府中，荀彧和曹汲相談正歡。

他發現，曹汲已不是早先那個唯唯諾諾的鐵匠，言談舉止似乎都透著一股書卷氣……

「雋石，近來在讀什麼書？」

曹汲靦腆一笑，「不過是些雜書罷了。」

「呃？」

「前些時候，黃小姐為我推薦了一卷《考工記》，偶爾還會看看《論》與《春秋》。不過除了《考工記》之外，大部分我都看不太明白。黃小姐有時候會與我講解，只可惜我太愚笨了。」

《考工記》，是中國歷史上年代最早的手工業技術文獻。

據說，這《考工記》是齊國官書，為稷下學宮的學者所著，編撰於春秋末年，後又由後人增補了一些戰國中晚期的內容。

西漢年間，《周官》書由於種種原因，遺失了《周官》六篇之一的《冬官》。於是河間王劉德便將《考工記》補入《周官》，又經西漢末期著名學者劉歆整理校對，將《周官》書改為《周禮》，《考工記》也隨之成為《周禮．考工記》，並一直流傳下來。

這部《考工記》篇幅不算長，但涉及了各個行業，其中包括了製車、製兵、禮器、鐘磬、練染、建築、水利和紡織等方方面面。

荀彧也讀過《考工記》，不過更多的是為了加強學識修養，所以匆匆閱讀，並未有太多深入的研究。可他卻知道，這《考工記》是一部奇書。

看著曹汲，荀彧不由得連連點頭，表示出發自內心的讚賞。

這麼說了，讓曹汲出任太僕丞，似乎也正對了口。

至於《論》和《春秋》，那不是一、兩年就能夠讀明白的東西。

即便是荀彧，也不敢說自己通讀這兩部書。曹汲識字不過一年，能夠閱讀這兩部書，並且把上面的字認全，已經是了不得的事情。所以從內心而言，荀彧對曹汲，還是有一些欽佩。

他輕輕咳嗽一聲，道：「黃小姐，可是那江夏黃彣之女？」

「正是。」

「聽說，她和阿福已有了婚約？」

「是啊……」

一說起這件事，曹汲頓時眉開眼笑。

對黃月英，他非常滿意。這女娃娃知書達理，性子也溫順，待他夫婦非常孝順，毫無半點大家小姐的嬌柔做作，而且很能吃苦。學識也好，有的時候，曹汲會主動詢問黃月英的意見，並請她出謀劃策。

「去歲，陳紀先生還派人去了江夏，與黃老先生定下了這門親事。原打算今年讓他二人成親，卻不想……估計會推遲一些時候。月英來我家已有許久，若再不給她一個名分，可就對不起人家閨女。這次阿福回來，我也正要和他商量這件事情呢……到時候，少不得還要請尚書令賞光。」

章二十 衝冠一怒

「那是一定，那是一定！」

荀彧心中感嘆：這光陰似箭，一眨眼，昔年那『聲聲入耳，事事關心』的小童子，也要成家了。

不過，他心裡又有些遺憾：之前大兄提起這件事的時候，我未在意，不成想卻被陳紀搶先。妙才這次怕是要失望了！誰讓他一直躲躲藏藏，猶豫不決？只可惜那小真那丫頭的一番心思。

「老爺，老爺……出事了！」

正當荀彧和曹汲談話的時候，一名衙丁跑了進來。

他氣喘吁吁的進了房間，向荀彧一禮，而後對曹汲道：「曹老爺，您府中府丁前來通報，說曹夫人在街上被馬撞成重傷，如今昏迷不醒。奉車侯夫人請老爺快點回去，說是情況糟糕。」

曹汲先是一怔，旋即激靈靈一個寒顫，站起身來。

荀彧也連忙起身，一把拉住了曹汲，「雋石，你莫著急，先回去看看情況，我隨後就到。」

「那、那、那我先告辭了。」

曹汲這時候也失了分寸，連忙向荀彧一揖，急匆匆離開。

荀彧卻一把拉住了那名衙丁，「究竟是怎麼回事？」

「具體情況小人也不清楚，只說曹夫人買了東西出來，有一匹馬直接就撞在她身上，當時就昏迷不醒。那行凶者隨後逃匿無蹤……」

荀彧道：「可曾看清楚行凶之人？」

「未曾！」

荀彧只覺一陣頭大。這事情發生的太過於巧合，這邊曹操剛訓斥過他，那邊就發生曹汲之女被人撞傷的事情。

難道說？

荀彧的臉色，變得有些難看起來。

也許，我之前對你們，的確是太過於放縱！

「立刻傳令許都令，封鎖城門，嚴加盤查。」

「喏！」

荀彧在屋中走了兩圈，又問道：「可曾通知衛將軍？」

「已經通知了！」

「既然如此，先備好車馬，我們去奉車侯府看看情況……這件事啊，弄個不好，會有大麻煩！」

荀彧命人準備車馬，他換了一身便裝，剛要出門上車，卻見一匹快馬疾馳而來。

「荀大人！」

馬上的小校在尚書府門外下馬，匆匆來到荀彧面前，單膝跪地，「我家將軍讓我通知您，剛得到消息，越騎校尉一行已至許都城外十里亭。將軍說，他未必能拖住越騎校尉，請荀尚書早做打算。」

「越騎校尉到了？」

荀彧聽聞，又是一陣頭疼。

還真是怕什麼來什麼……

本來，荀彧是打算先解決了這件事，那樣一來，即便是曹朋回來，也不會說什麼。可現在，曹朋卻突然抵達許都，也使得情況一下子變得格外複雜，有些不可收拾。

試想，一個在前線征戰搏殺，立下赫赫戰功的人回來，卻得知家人被撞傷……

這件事擺明了並不是一次意外，否則那行凶之人何故當場逃匿？連曹仁都說，他未必能拖得住曹朋……這也說明，曹操對曹朋的信任和寵愛，未必會輸給曹仁。這麼，一個剛從戰場上下來的驕兵悍將，又是曹氏宗族子弟，曹仁還真難強行壓制。弄不好，會令許都來一場腥風血雨。

荀彧沉吟片刻，立刻從懷中取出一方印綬。

「荀安。」

「老奴在。」

「持我印綬，即刻前往中牟，將此事稟報主公，請主公定奪。」

「喏！」

荀彧說完，便登上了馬車。

「老爺，咱們去哪兒？」

「進宮！」

荀彧輕輕搓揉了一下面龐，心中暗自苦笑：也許，正如長文信中所言，是時候做決斷了！

曹朋坐在馬車裡，照夜白的韁繩就拴在車廂後面的柱子上。

在中牟領到了將令，曹朋又休息了兩天，待精神恢復一些之後，才踏上了返回許都的歸途。

中牟兩日，曹朋得曹操的命令，從軍中選出四百銳士，充足黑眊和飛眊兩支親隨。

既然已坐上了越騎校尉的位子，他也就有了組建部曲私兵的資格。其中，有一百騎軍，是從虎豹騎中抽調出來，三百步卒則歸入黑眊。如此一來，黑眊人數補充至四百人，正好湊成一部。郝昭隨之被任命為軍司馬，負責統帥黑眊；而騎軍二百人，也湊足一部之數。夏侯蘭繼續執掌飛眊，任飛眊軍司馬。

曹朋在這兩天裡，仔細的謀劃了一番……

甘寧在經歷小潭大戰之後，的確已不適合再留在他身邊。如此猛將，曹操也不可能放過。如果說，此前曹操還可以置之不理，那小潭之戰以後……甘寧入仕，已無法避免。

既然是這樣，曹朋索性主動一些。他和甘寧商量了一下，在征得甘寧同意之後，向曹操主動推薦。曹操也欣然接受，旋即將甘寧調至麾下，委以裨將軍之職，虎豹騎副都督，拜蕩寇校尉。其中，裨將軍是階，副都督是官，蕩寇校尉是秩。

曹朋對於甘寧的這個任命，也非常滿意。在自己麾下熬了兩年，甘寧終於有了出頭之日。他將來的成就，一定會遠遠高出歷史上的甘興霸。

當然，曹朋送出了甘寧，曹操也給予補償。曹操正式將司空軍謀掾田豫任命為越騎營行軍司馬，任闞澤為越騎行軍主簿。夏侯蘭、郝昭，另拜為騎都尉，韓德則被封為都尉。

這其中，收穫最大的，莫過於韓德韓信之。他原本只是長水營的一個小小軍侯，卻一下子得了都尉之職。短短數日，連升數級，不曉得讓多少昔日袍澤羨慕。

田豫到任之後，便立刻履行起行軍司馬的職責。他勇武遠非甘寧對手，但若論智謀，卻非甘寧可以相提並論。田豫在和闞澤商議後，便找到了曹朋，向曹朋提出建議。他建議曹朋將黑毦和飛毦直接編入越騎營，並以此為根基，重組越騎營。

二百騎軍，四百虎賁……再加上一個韓德，曹朋便可以輕而易舉的將越騎營掌控在手中。

曹朋深以為然。

不過，曹朋心裡面卻在思考另一件事。

曹操補充給黑毦的軍卒，清一色關中軍，更有許多來自西涼苦寒之地。這些關中軍，皆身經百戰，乃軍中銳士。體型大都高大而粗壯，力量也非同小可；精通箭術，長於搏殺……可以說，他們已經有了很好的基礎，只需要稍加配合訓練，便可以出戰。

曹朋第一眼看到這些粗壯軍卒的時候，腦海中便立刻浮現出了一個並不存在於這個時代的兵種。他

十二章 衝冠一怒

專門抽出一日時間，看了一下這些軍卒的訓練，腦海中的想法也隨之更加清晰！

縱觀歷朝歷代，曹朋最嚮往的一個兵種，便是有唐以後的陌刀軍。

在唐朝，陌刀軍縱橫天下，有三千陌刀可敵百萬雄兵的說法。在唐史的記載當中，陌刀軍的確是悍勇無敵。長弓大刀，重甲披身，臨戰之時先以弓矢應戰，而後揮刀迎敵，威力巨大。只是由於種種原因，在唐以後，就少有陌刀軍的記載，甚至連陌刀也幾乎消失在漫漫歷史長河之中……

曹朋前世，一個很偶然的機會，認識一位專門收藏古代兵器的收藏家。那位收藏家的手裡，就有一柄出土的、疑似陌刀的兵器，還寫過一本專門的評論。直到看見那柄疑似陌刀的兵器，曹朋才知道，那的確不是隨便就能使用的兵器。

如果，如果我組建起一支陌刀軍，又會是什麼樣？

這念頭在曹朋腦海中一起來，便再也無法消除。

他有許多組建陌刀軍的優勢……

首先，曹汲本身就精於鍛打造刀，可以打造出理想的陌刀。曹朋又是越騎校尉，所以在權力上也不成問題，他要訓練陌刀軍，絕不會有什麼阻礙。第三點，那就是人……而這一點，恰好是最容易解決的一個問題。曹朋手裡還真不缺這個人手，同時他手中還掌握著海西九大行會每年兩成的心意，所以錢帛方面也不成問題。最後一點，就是訓練者！郝昭承陷陣營練兵之法，正可擔當，而且郝昭是他的心腹，不必擔心他背叛。

這些問題都解決了，剩下的，也就不再是問題了……

離開中牟之後，曹朋一路上和郝昭、田豫不斷商議這練兵之法。

在陌刀未曾出現之前，必須要先加強兵卒的體質，以及搏殺的技巧。為此，曹朋苦思冥想，倒是想出了一些頭緒。他準備在抵達許都之後，便在黑甿中推廣起來，為陌刀軍打基礎。

一路上，走走停停。

在離開中牟的第二天，曹朋所部抵達許都城北，十里亭。

曹仁親自帶人前來迎接，可謂是給足了曹朋面子。

兩人在十里亭好一番寒暄，曹朋心裡不免奇怪：子孝叔父這是怎麼了？已經接到了，按道理說，接下來就該返回許都，進駐營地，待來日挑選兵卒，開始訓練……可他卻拉著我，在這十里亭不走，又是什麼意思？

「叔父，姪兒自去歲出征，今已有三月未曾返家。我想先回家看看，不知可否？」

曹仁當然聽說了曹楠在街頭被人撞傷的事情，而且他也認為，這件事絕非是一個意外事件。

他也不知道該怎麼對曹朋解釋，所以只好在這裡拖延一下時間，希望荀彧能趁此機會找到一些線索。如此一來，也可以有一個交代。曹朋現在提出要回家，是一個再合理不過的要求。曹仁心中苦笑，不知道該如何拒絕。於是，他點點頭，和曹朋一起上馬，並轡而行。

「叔父，聽說許都近來不太平靜？」

「呃……還好吧。」

「主公此次還任我為宮中旁門司馬，不知何時就任？」

宮中旁門司馬，屬曹仁所轄。

曹仁想了想道：「隨時可以就任……不過呢，你最好還是先挑選兵馬，把越騎營組建起來再說。」

「姪兒省得！」

兩人就這麼一邊走，一邊說著閒話。

眼見，許都城門就在前方，曹仁輕輕咳嗽了一聲，決定還是把情況先與曹朋說一下，讓他也好有個準備。

忽然，從城門裡衝出一人。

「公子，公子……大小姐，被人撞傷了！」一個少年衝到了曹朋馬前，撲通一聲跪在地上，「老爺聽說公子回來，請公子立刻回府！」

「……王雙？」

曹朋依稀認出，眼前的少年正是當初劉光送給他的犬奴。

他只記得這少年叫王雙，此外再無半點印象。也難怪，曹朋收王雙後不久，便隨曹操出征，以至於乍見之下，曹朋並未認出王雙。

不過王雙的外貌特徵還算有特點，所以曹朋在片刻後，便喚出他的名字。

看起來，王雙過得應該挺好。衣服很乾淨，一襲灰袍，上面有一個極為搶眼的圖案。一把刀，被一團火焰包圍！這也是奉車侯府獨特的標誌。

「王雙，你剛才說什麼？」

「大小姐晌午在街頭被人縱馬撞傷，如今尚在危險中。老爺已請了兩位太醫令診治，不過……老爺說，請公子立刻回去。」

被人縱馬撞傷？

曹朋驀地扭頭，向曹仁看去。

「友學，這件事你且聽我說，文若已下令搜查，必然會給你一個交代。你先回去，千萬別莽撞行事。」

看起來，曹仁早就知道。

曹朋咬著牙，片刻後突然扭頭喝道：「郝昭！」

「喏！」

「帶黑眊先回營地……傳我命令，人不解甲，馬不卸鞍，候我命令。」

「喏！」郝昭和韓德立刻領命。

曹仁看著曹朋那鐵青的面龐，心知曹朋這算是給了他面子，沒有當著他的面直接鬧將起來。

「來人，領他們去西校場。」曹仁擺了擺手，而後對曹朋道：「友學家中既然發生這等事故，今日就不為你接風洗塵了。」

「那卑職告退！」

曹朋在馬上一拱手，催馬向前走了幾步。突然，他勒住馬，厲聲喝道：「韓德，斧來。」

韓德連忙上前，將他那支沉甸甸，足有五十斤重的圓盤大斧遞到曹朋手中。曹朋接過大斧，猛然一抖韁繩，照夜白希聿聿一聲長嘶，馱著曹朋風一般衝進了城門。

在城門口，有一座五百斤重的狻猊雕像。只見曹朋催馬到了跟前，掄起圓盤大斧，呼的劈落下來。

轟！

一聲巨響，狻猊石雕被劈的四分五裂。

周遭圍觀的人，一個個嚇得連連後退，驚叫聲不止。

「傷一婦孺，算甚好漢……我不管你是哪路神仙，總之你聽清楚，我會把你抓出來，碎屍萬段！」

曹朋氣沉丹田，發出咆哮。

那聲音，猶若巨雷，在城門上空炸響，迴盪不息。

曹仁的臉色頓時變了，看著殺氣騰騰的曹朋，心中也不由得暗自一聲嘆息：看起來，這許都恐怕是要亂上一陣子……我早就知道，他曹友學不會善罷甘休，只是沒想到他會如此……

「傳令，許都九門自即刻起，封閉！」

在這個時候，曹仁也必須要做出一個姿態。

曹賊

十二章

衝冠一怒

曹朋把大斧還給了韓德，又朝著曹仁一拱手，縱馬疾馳。夏侯蘭領二百飛眊緊隨其後，郝昭、韓德則從軍中抽調出一匹戰馬，暫時借給王雙使用。

曹朋一路飛奔，很快便來到奉車侯府門前。

鄧巨業正在門階上徘徊，一見曹朋，他立刻從門階上下來，三步併作兩步上前，一把攫住了轡頭。

「公子，快進去吧！」

曹朋也顧不得詢問，翻身下馬，闖進侯府大門。

與此同時，夏侯蘭和田豫、闞澤率飛眊抵達，鄧巨業忙命人開了角門，迎飛眊進駐曹府。同時，夏侯蘭三人從正門進入，鄧巨業隨後下令關門。曹府沉甸甸的大門，轟隆關閉……

「阿福，你阿姐他……」

曹府此時亂作一團，進進出出的僕役，一個個緊張萬分。郭寰和步鸞在黃月英的帶領下，在門外安慰張氏。曹汲正陰沉著臉，背著雙手，在門廊上走動。

張氏一見曹朋，立刻撲上去，抱住曹朋大哭。

「阿娘，別難過，別擔心……阿姐不會有事。」

「都怪我，你阿姐本來可以沒事的，可偏偏想著要給我買什麼糕點，竟然逢此大難……那該死的殺千刀，撞了人就跑得無影無蹤。阿福，你要找到那人，為你阿姐報仇啊！」

「我會的！」曹朋一字一頓，摟著張氏好一番的勸說。

好半天，張氏才算是止住了哭聲，曹朋示意黃月英過來攙扶張氏。

「小艾沒事兒吧？」

「沒甚大礙，郭昱和洪家嬸嬸照顧著他呢。」

「幫我看好阿娘。」

曹朋說罷，便上了門廊。

「阿爹，阿姐情況如何？」

「華太醫和董太醫都在裡面，還有回春堂的肖先生也在幫忙……阿福，這件事透著古怪呢。」

聽說華佗和董曉都在，曹朋多多少少放下了心。

有華佗在，應當沒有什麼大礙，如果連華佗都救治不好，那這個時代，估計也無人能夠救回曹楠。曹朋深吸一口氣，攙扶著曹汲在一旁坐下。感覺得出，曹汲的身子骨都在輕輕發顫。他也很緊張，可是卻又不敢表露出來，否則張氏等人會變得更加驚恐，乃至於不可收拾。

「究竟是怎麼回事？」

「具體情況我也不是很清楚，你阿姐今天帶著小昱出門，說是要買些布料，準備給你製作幾件新衣服。買完了布料之後，正好看到對面的糕點鋪……你阿娘最喜歡吃那裡的糕點，所以你阿姐便過去買了些，準備帶回來。哪知道從糕點鋪出來，就被一匹馬衝過去撞飛了……小昱說，那個人，似乎是有意為之。」

「哦？」

「當時你阿姐已經躲閃，可那人還是縱馬撞了上去。撞完了之後，人就跑得無影無蹤……我當時在尚書府和荀尚書說話，接到消息就趕了回來。」

明明躲閃，還是被撞到？

曹朋的眼睛不由自主的瞇在一起，眼眉間透出一抹戾氣。

就在這時，從屋內傳來腳步聲。

華佗走出來，看得出，他很疲憊。

十二章

衝冠一怒

「華太醫，我阿姐情況如何？」曹朋連忙上前問道。

華佗一見曹朋，先還了一禮，而後道：「情況還好，楠小姐肋骨斷了兩根，不過已經扶正，不過腿骨……恐怕日後好了，也會有些影響。她身體素質不錯，所以應該不會有什麼問題。回春堂的老肖和董太醫正在收拾，一會兒就能出來了。」

對於曹朋，華佗是發自內心的感激。

曹朋給了他一個大好的機會，令他得了少府太醫令之職，總算是讓生活穩定下來。並且在少府太醫院，華佗可以查閱海量的醫典，以及種種醫療筆記。這對華佗而言，無疑是最想要的結果。若換個人，華佗未必肯親自出馬，但曹楠是曹朋的阿姐，他二話不說就趕來。

聽到曹楠沒有性命之憂，曹朋總算是鬆了口氣。不過，他心中的怒火並未因此消散，反而越發的強烈起來。

「阿爹，你陪華太醫說話，我有些事情要去問一下郭昱。」

「好！」

曹朋與華佗道了個罪，便帶著夏侯蘭等人離開。

在奉車侯府的偏廳裡坐下，他命人把郭昱找來，仔仔細細的詢問了一遍當時事情的經過。郭昱當時被嚇得不輕，不過大體上倒還能說出一個大概。

「公子，我覺得當時那個人，就是衝著夫人過去。」

對於曹朋，郭昱接觸並不多。

曹朋自建安二年離開許都之後，東奔西走，很少在家中停留。郭昱更多時候，是從曹楠等人口中得知曹朋的事情。不過她也知道，曹朋在這個家中所占據的地位，無人可以取代。

最重要的是，郭昱知道郭寰似乎喜歡曹朋。而且聽張氏等人在私下裡閒聊時，似乎有意讓郭寰和步鸞在曹朋成親之後，作為曹朋的妾室。

郭家和曹家，在經歷了四年的磨合後，已快成為一體。

郭昱很盡心，把當時的情況詳細的解說，生怕會有什麼漏洞。

曹朋坐在一旁，只是靜靜的聆聽，卻沒有開口。

闞澤道：「小昱，妳再想想看，可還有什麼遺漏之處？」

「那個人蒙著臉，似乎是怕人認出他的長相……啊，我想起來了！事發之後，我們抬夫人上車時，我依稀記得隔壁酒樓的夥計，臉色似乎有點不太正常……嗯，是不太正常的樣子。」

「哪家酒樓？」

「就是糕點鋪斜對面，那家高升樓。」

「小昱姐，謝謝妳了……先下去吧。」曹朋突然開口，臉上強露出一抹笑容。

郭昱行了一禮之後，緩緩退出偏廳。

「國讓以為如何？」

田豫搔搔頭，苦笑道：「以我看來，許都那些不安分的傢伙，未必會做出這樣的事情來……這行徑更像是為了洩私憤，而非公事。雖說也有那滿門被殺的例子，可基本上是撕破了臉，全無半點轉圜餘地時才會這樣做。要說這種向家眷行事……就算對家眷下手，也不可能選曹侯啊。」

私怨？

曹朋不由得透出疑惑之色。他也覺得，曹操那些政敵不太可能用這樣的手段。

「若只是私怨，那倒是好辦了！」

曹朋對闞澤道：「德潤，打聽一下，如今許都守衛是由誰來執掌，儘快給我一個消息。」

「好！」闞澤起身，便走出偏廳。

十二章

衝冠一怒

曹朋站起來，在屋中徘徊片刻。

「我阿爹一向老實，此前一直在滎陽做事，而且所做的職務又是個偏門，不太可能招惹是非。就算有仇家，無非也就是一些地方工官罷了……至於我和姐夫更常年在外，也沒什麼仇家可言。要說仇家……雒陽一案牽扯出的是皇家。國讓，你說會不會是……」

田豫立刻搖頭道：「不可能，今上或有野心，但不至於用這麼幼稚的手段。」

「那我真就想不起來，還有什麼仇家了。」曹朋說著話，復又坐下來，閉上眼睛，沉思不語。

片刻後，闞澤面色古怪的走進偏廳，輕聲道：「公子，打聽出來了。」

「嗯？」

「今許都治安，皆由執金吾所轄。然執金吾賈詡賈侯在中牟，所以暫領執金吾的人，便是執金吾丞……也就是令尊，曹侯！」

「我阿爹？執金吾丞？」曹朋詫異的瞪大眼睛，「什麼時候的事？我怎麼不知？」

「就是今天。」

曹朋不由得笑了，「那正好，還省得我費手腳。」

他說罷，起身走出偏廳，直奔正廳而去。

曹汲正陪著華佗、董曉說話，見曹朋進來，華佗和董曉連忙起身。

「阿爹，你是執金吾丞？」

「呃……正是，不過還未就任。」

「那執金吾丞的印綬，可曾拿到？」

曹汲點頭，「今日荀尚書將太僕丞和執金吾丞的印綬一同交與我，但我還沒有打開來看。」

「阿爹，把印綬給我！」

曹汲讓人取來印綬，同時疑惑的問道：「阿福，你要做什麼？」

「有人想要和我玩花樣，我就陪他玩個天翻地覆。」曹朋惡狠狠回道。

不一會兒的工夫，就見郭寰捧著一個匣子進入正廳。曹汲把印綬遞給曹朋，輕聲道：「阿福，別玩兒太過火。」

「放心，我有分寸。」

曹朋說罷，拿著印綬轉身大步走出正廳。

「夏侯，點兵。」

「喏！」

夏侯蘭立刻點起飛眊，王雙牽著照夜白，在府門外等候。

「公子，咱們去哪兒？」

「先去高升樓，給我先封了那座酒樓。」

曹朋心頭的火越來越旺，翻身上馬，沉聲道：「我就不相信，偌大許都，這麼多人，竟然連一個人都不認得凶手。一日找不出那行凶之人，我就把許都翻它一個底朝天，為我阿姐報仇！」

伏完晚飯時喝了點酒，正躺在榻上假寐。

他心裡面，總覺得非常彆扭，所以有些悶悶不樂。

憑什麼，憑什麼那打鐵的曹家父子，就能得兩千石俸祿！當老子的成了執金吾丞不說，當兒子的居然當上了越騎校尉，讓人心中不快。

想他伏完是外戚，如今也不過是個真兩千石的職位。

幹了大半輩子，連個十七歲的小孩子都比不過，總覺得不是滋味。哪怕他之前也同意曹朋出任越騎校尉，可也是迫於無奈。而且，曹朋還是斷了他寶貝兒子伏均入仕的罪魁禍首，他眼睜睜看著曹朋飛黃騰達，偏偏又無可奈何。

伏完越想，越覺得憋屈，索性翻身坐起。

「老爺，宮中來人。」

「誰？」

「是一位小黃門，只帶來一封書信。」

「書信呢？」

伏完走出房間，從老家人手裡接過書信，而後轉身回房。

片刻後，就見伏完從房間裡衝出來，臉色有些難看，厲聲喝問道：「伏均，伏均今在何處？」

【曹賊　第二部卷二　誰人亂世奸雄　完】

狂狷文庫012

曹賊(第二部) 02- 誰人亂世奸雄

飛小說。We Love Easyfly.

出版者■典藏閣
作　者■庚新（風回）　繪　者■超合金叉雞飯
總編輯■歐綾纖
製作團隊■不思議工作室

郵撥帳號■50017206 采舍國際有限公司（郵撥購買，請另付一成郵資）
台灣出版中心■新北市中和區中山路2段366巷10號10樓
電　話■(02)2248-7896　傳　真■(02)2248-7758
物流中心■新北市中和區中山路2段366巷10號3樓
電　話■(02)8245-8786　傳　真■(02)8245-8718
ISBN■978-986-271-322-8
出版日期■2013年2月

全球華文國際市場總代理／采舍國際
地　址■新北市中和區中山路2段366巷10號3樓
電　話■(02)8245-8786　傳　真■(02)8245-8718

新絲路網路書店
地　址■新北市中和區中山路2段366巷10號10樓
網　址■www.silkbook.com
電　話■(02)8245-9896
傳　真■(02)8245-8819

曹賊. 第二部 / 庚新作. -- 初版. -- 新北市 :
華文網，2013.01-
冊； 公分. --(狂狷文庫系列)
ISBN 978-986-271-304-4(第1冊 : 平裝). --
ISBN 978-986-271-322-8(第2冊 : 平裝)

857.7　　101024773

☞您在什麼地方購買本書？☜

☐便利商店＿＿＿＿＿☐博客來　☐金石堂　☐金石堂網路書店　☐新絲路網路書店

☐其他網路平台＿＿＿＿＿☐書店＿＿＿＿＿市／縣＿＿＿＿＿書店

姓名：＿＿＿＿＿地址：＿＿＿＿＿＿＿＿＿＿＿＿＿＿＿＿＿＿＿＿＿＿＿＿＿

聯絡電話：＿＿＿＿＿電子郵箱：＿＿＿＿＿＿＿＿＿＿＿＿＿＿＿＿＿＿＿＿

您的性別：☐男　☐女

您的生日：＿＿＿＿＿年＿＿＿＿＿月＿＿＿＿＿日

（請務必填妥基本資料，以利贈品寄送）

您的職業：☐上班族　☐學生　☐服務業　☐軍警公教　☐資訊業　☐娛樂相關產業

☐自由業　☐其他＿＿＿＿＿＿

您的學歷：☐高中（含高中以下）　☐專科、大學　☐研究所以上

☞購買前☜

您從何處得知本書：☐逛書店　☐網路廣告（網站：＿＿＿＿＿＿＿）　☐親友介紹

（可複選）　☐出版書訊　☐銷售人員推薦　☐其他

本書吸引您的原因：☐書名很好　☐封面精美　☐書腰文字　☐封底文字　☐欣賞作家

（可複選）　☐喜歡畫家　☐價格合理　☐題材有趣　☐廣告印象深刻

☐其他＿＿＿＿＿＿＿＿＿＿

☞購買後☜

您滿意的部份：☐書名　☐封面　☐故事內容　☐版面編排　☐價格　☐贈品

（可複選）　☐其他

不滿意的部份：☐書名　☐封面　☐故事內容　☐版面編排　☐價格　☐贈品

（可複選）　☐其他

您對本書以及典藏閣的建議＿＿＿＿＿＿＿＿＿＿＿＿＿＿＿＿＿＿＿＿＿＿＿＿＿＿

＿＿＿＿＿＿＿＿＿＿＿＿＿＿＿＿＿＿＿＿＿＿＿＿＿＿＿＿＿＿＿＿＿＿＿＿＿＿

＿＿＿＿＿＿＿＿＿＿＿＿＿＿＿＿＿＿＿＿＿＿＿＿＿＿＿＿＿＿＿＿＿＿＿＿＿＿

✌未來您是否願意收到相關書訊？☐是　☐否

✎感謝您寶貴的意見✎

✌From＿＿＿＿＿＿＿＿＿＿＿＿@＿＿＿＿＿＿＿＿＿＿＿＿＿＿＿＿＿＿

♦請務必填寫有效e-mail郵箱，以利通知相關訊息，謝謝♦

印刷品

$3.5
請貼
3.5元
郵票
不思議信箋
FUSIGI POST

235 新北市中和區中山路二段366巷10號10樓

華文網出版集團 收

（典藏閣－不思議工作室）

三國風雲之

曹賊

第二部

卷之貳

誰入亂世奸雄

庚新（風回）著

超合金叉雞飯 繪